단한번의
연애

단 한 번의
연애

성석제 지음

1판 1쇄 발행 | 2012. 12. 17.

발행처 | **Human & Books**
발행인 | 하응백
출판등록 | 2002년 6월 5일 제2002-113호
서울특별시 종로구 경운동 88 수운회관 1009호
기획 홍보부 | 02-6327-3535, 편집부 | 02-6327-3537, 팩시밀리 | 02-6327-5353
이메일 | hbooks@empal.com

값은 뒤표지에 있습니다.
ISBN 978-89-6078-154-2 03810

성석제 장편소설

단 한번의
연애

Human & Books

차례

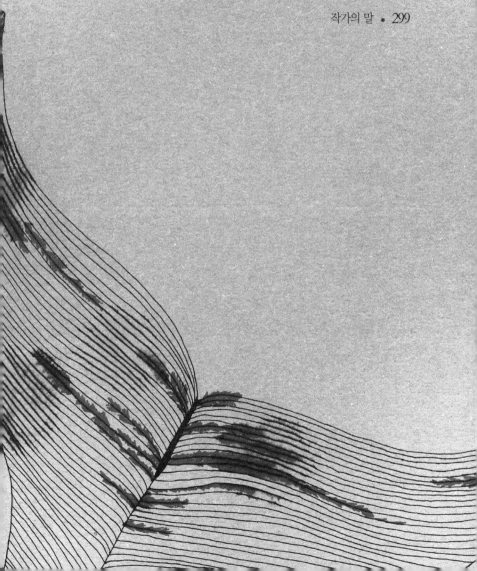

고래였다. 또 고래다. 일평생을 질기게 쫓아다닌, 내가 고래를 쫓는지 고래가 나를 쫓는지 알 수 없게 쫓고 쫓겨 온 고래였다. 그 고래는 언제나 길이 십팔 미터, 집채만 한 참고래였다. 고래는 거대한 눈으로 나를 노려보고 있었다. 고래의 눈 속에 담긴 나는 눈 바깥의 나를 보며 애원하는 듯했다. 고래는 전지전능한 신처럼 모든 것을 다 알고 있다는 표정이었다. 신이 그렇듯 무표정한 표정이었다.

고래는 나에 대해 모르는 게 없었다. 내가 태어나기도 전부터 죽고 난 다음의 세상에 이르기까지 모든 것을 파악하고 있었다. 내 유전자, 염기서열, 조상, 가족, 집, 고향, 기억, 오감, 집착, 희로애락, 희망과 절망을 고래는 지배했다. 지긋지긋하게 쫓아오고 어디에나 있지만 일정한 거리를 둔 채 언젠가는 한입에 삼켜 버릴 자세로 나를 지켜보고 있었다. 그렇게나 먹을 게 없느냐, 세상에 삼킬 게 나밖에 없느냐고 외치기도 하고 제발 나 같은 사소한 존재는 무시해 달라고 애원도 해보았다. 고래가 보고 있는 줄 알면서 꿇어 엎드려 통곡하고 절망의 신음을 치약처럼 쥐어짜며 몸부림도 쳐보았다.

고래 앞에서 나는 한없이 무기력하고 작은 존재였다. 고래와 맞서 싸울 수도 없었고 도망칠 수도 없었다. 고래는 숭배의 대상이면서 근원적인 두려움을 안겨 주는 존재였다. 그런 고래가 느껴지지 않으면 내 인생도 의미가 없는 것처럼 느껴졌다. 고래에게서 도망치고 있다가도 고래가 보이지 않으면 되돌아가는 이유가 그것이었다.

바다에서는 물론 이 세상 전체에서 가장 큰 괴물이 고래였다. 그저 그 덩치만 가지고도 뭇 생령을 압도하여 두려움과 무력감에 사로잡히게 할 수 있는 존재였다.

호랑이와 사자 같은 맹수는 본능적인 두려움을 안겨 준다. 하지만 그런 맹수들을 동물원에 가두어 사육하거나 초원과 밀림이라는 멀고 먼 보호지역에 있는 녀석들을 다큐멘터리로 찍어 구경하게 되면서 더 이상 두려워하지 않게 되었다. 고래는 그렇지 않다. 길들여져 쇼에 나오는 돌고래, 내 마음속 영원한 고래잡이배 포수인 박대호가 고래로 치지도 않는 그런 '쬐맨한' 고래 이야기가 아니다. 진짜 고래는 죽으면 죽었지, 인간에게 고개를 숙이지 않는다. 고래에게는 숙일 고개조차 없다.

그 고래가 또 나타났다. 고래 중의 고래, 참고래가. 나는 언제나 그랬듯 납작 엎드려 전율하며 온몸의 땀구멍에서 식은땀을 흘리고 있었다. 모든 것은 고래의 처분에 달렸다. 성채처럼 높은 고래의 몸에서는 어떤 소리도 울려 나오지 않았다.

이게 실물일 리는 없다. 나도 안다. 이건 꿈이다. 그 역시 나는 안다. 나를 삼킬 듯한 저 거대한 입도 허상이며 그 속의 축축하고 넓고 어두운 고래 뱃속 역시 허상일 뿐이다. 안다. 하지만 이 공포, 고래보다 큰, 내 삶과 의식을 압도하는 이 공포는 틀림없는 실감이다.

소년 시절부터 백 번도 넘게 꾸어 온 고래 꿈이다. 어린 시절은 초고도비만 환자가 위 절제 수술을 할 때처럼 내 생에서 잘라 버릴 수 없다. 그 시절 그 소년은 죽을 때까지 내 속에 있다. 그러므로 아직도 고래 꿈만 꾸면 어린 시절 처음 고래 꿈을 꾸었을 때의 어린아이로 돌아가 고래 앞에 오체투지하듯 꿇어 엎드려 경배해야 한다.

따지고 보면 고래는 그저 바다에 사는 좀 커다란 피조물일 뿐이고 사람들이 지나치게 많이 잡아먹어서 멸종위기에 이르기까지 한 동물 가운데 하나에 불과하다. 고래여, 너는 한낱 미물이다. 하지만 나는 언제나 식은땀을 흘린다. 이 근원적인 공포는 어디에서 연원하는가. 내 기억에서는 찾을 수 없다.

내가 막 세상에 태어났을 때 각인된 공포였을까. 내 유전자에 새겨져 있는 공포일까. 알 수 없다. 물어볼 해녀 어머니, 술고래 아버지는 이승에 없다.

하지만 구원자가 나타난다. 이제야, 드디어, 마침내, 어쨌거나, 하여튼 근원을 알 수 없는 공포에서 나를 구원할 존재는 모습을 드러냈다. 언제나 그랬듯이 그는 바다의 신 포세이돈처럼 삼지창을 들었다. 자세히 보면 그는 남자가 아니라 여자의 모습이다. 그녀의 오른손에 들린 건 삼지창이 아니라 세 개의 작살이다. 여전사는 승리의 여신 니케처럼 손에 종려나무 가지가 아닌 강철 작살을 들고 바다의 조가비에서 막 깨어난 아프로디테처럼 긴 머리를 날리며 전신 아테나처럼 강인하게 고래 앞으로 짓쳐 들어간다.

긴 작살이 그녀의 손을 떠나자 고래의 눈이 휘둥그레진다. 첫 번째 작살이 고래의 지느러미 아래에 명중한다. 뭉클뭉클 고래의 피가 쏟아져 나온다.

그녀, 신이 내린 고래잡이 여전사, 박민현은 화살같이 빠르게 고래 앞으로 헤엄쳐 가 다시 작살을 하나 더 고래의 숨구멍에 명중시킨다. 고래는 입을 벌리며 고통스러워 한다. 꼬리를 뒤흔들어 위기에서 빠져나가려 한다. 하지만 고래에게 남은 것은 굴복뿐이다.

너무 쉬운가. 지켜보고 있던 나는 언제나 의아해 한다. 보통 사람, 아니 보통의 전사 수천수만의 힘으로도 힘들 것 같은 일을 단 하나의 전사 민현은 아무렇지도 않게 해치워 왔다. 고래의 피로 그녀와 고래 사이의 바닷물이 흐려진다. 내 눈에도 고래의 피가 들어갔는지 시야가 붉게 흐려진다. 그녀는 물속을 어뢰처럼 유영하며 고래의 몸을 해체한다. 고래의 살점이 찢기고 몸체가 분해되고 한낱 고깃덩어리가 될 때까지 그녀는 멈추지 않을 것이다.

이제 고래의 위협으로부터 내가 무사하리라고 느껴지면서도 나는 그녀가 더 이상의 무자비한 살육은 하지 않았으면 싶다. 나를 위해서 고래를 죽이고 있는 게 아닌 것 같다. 그녀는 도살자처럼 고래에게 작살을 꽂고 또 꽂고 있다. 어떤 증오가 그녀의 몸속에서 들끓고 있는지 알 수 없다. 고래는 이제 완전히 제 모습을 잃는다. 고래의 피로 바다는 어두워지고 백상어 같은 물고기들이 모여들고 새까지 하늘에서 날아들어 고래의 살을 나눠 먹으며 잔치를 벌인다. 물 반 고기 반이다. 꿈은 그렇게 끝난다. 언제나 그렇듯 뒷맛은 정액 냄새처럼 비릿하다.

꿈에서 깨자마자 침대 옆을 더듬는다. 있다. 꿈속에서의 그녀, 민현이다. 나는 그녀의 살결을 살금살금 어루만지기 시작한다. 그 살결은 어린 처녀의 살결처럼 매끈하지도, 중년의 농익은 여체처럼 뭉클거리지도 않고 적당히 부드럽고 적당히 탄력이 있다. 그녀를 지각하는 내 손가락 끝이 감전이라도 된 듯 찌릿하다. 이어서 그 감각은 손으로, 팔로, 가슴으로, 심장으로 전해진다. 나는 입술을 그녀의 살결에 댄다. 입술은 손가락보다 훨씬 뛰어난 열과 전류의 전도체다.

내 기척에 민현이 깨어난다. 그녀의 흰 허벅지가 천천히 움직여 내 허리를 감는다. 나는 숨이 막혀 캑캑거리면서도 그녀의 오른쪽 허벅지에 남아 있는 도장 같은 흉터를 확인한다. 그것은 시간의 낙인이고 어떤 고래잡이가 지상에 존재했었던 흔적이다. 그녀는 여러 가지 방법으로 모습을 바꾸어 왔지만 몇 가지 자신만이 가지고 있는 시간의 인장을 지워 없애지는 않았다. 허벅지의 흉터는 가장 오래된 것 가운데 하나다. 그걸 보는 것만으로도 나는 흥분한다. 내 상징이 부풀어 오르는 것을 느낀 그녀가 더 세게 나의 허리를 조인다.

"늙을 줄을 몰라요. 시도 때도 없어."

민현의 목소리는 울림이 풍부한 중저음이다. 합창단에 들어가면 메조소프라노에서 알토를 모두 담당할 수 있다. 나는 항변한다.

"우리 나이의 신체 기능은 예전의 마흔이라고. 마흔이 무슨 의미인 줄 알아? 인생에서 가장 황금기야. 청소년 시절 같지는 않더라도 하루에도 몇 번씩 불끈거리는 게 정상이란 말야."

내 말이 길어진다 싶은지 민현이 내 귀에 입김을 불어넣어 간지럽

한다.

"그래서? 어쩌겠다고? 그런데 넌 언제부턴지 누나한테 버릇이 없어졌구나."

그녀의 다정한 손길, 그녀의 목소리, 그녀의 냄새, 그녀의 입김에 온몸이 기화하는 것 같다. 우리는 지난밤에 이어, 둘만의 24시간이 시작된 이후 세 번째로 얽혀든다.

결정적인 반응은 머릿속에서 일어난다. 쾌감이 충전된 전히의 폭풍 구름이 머릿속에서 피어오른다. 강력한 번개가 빛을 뿜는다. 노호한다. 온몸의 숨구멍이 따끔거린다. 나는 환호와 신음을 막으려 애쓴다. 살아 있어야만 누릴 수 있는 이 벅찬 기쁨, 광란의 즐거움. 민현은 언제나 내게 그걸 가져다준다.

나는 깊은 동굴의 침묵 속에서 오매불망 그녀를 기다리던 쉰 살로 돌아간다. 그녀를 먼발치에서만 봐도 설레던 사십대로 돌아간다. 그녀에게 전율하던 삼십대로 돌아간다. 그녀 때문에 온몸을 떨며 서럽게 울던 이십대로 돌아간다. 애틋한 십대로, 그리운 소년 시절로 돌아간다. 벼락을 맞아 감전된 듯하던 때, 그녀를 처음 만나던 바로 그때 고향 구룡포의 여덟 살로 돌아간다. 나는 내 인생 모든 무대의 주연배우가 되어 그녀에게 돌입한다. 그녀는 내 존재를 온몸으로 받아들여 준다.

휴대전화의 진동음이 울린다. 내 전화기는 물론 아니다. 이곳에 들어오고 나서부터 나는 내 전화기로 음성통화를 한 적이 없다. 내 명의로 된 전화기가 아예 없다. 나에 관한 정보를 누설하고 추적을 불러들일 수 있어서였다.

내 전화기는 전화기라기보다는 시각적 메시지를 전달하는 메신저이고 다른 전자기기와 시설의 컴퓨터를 제어하는 리모트컨트롤이자 단말기이다. 요점은 누구의 목소리로도 내가 혼자 누리고 있는 고요와 침잠을 방해받고 싶지 않다는 것이다. 이 공간은, 시간은 온전히 나의, 우리의 것이다. 침묵 속에서 그녀를 기다리는 안온하고 가슴 벅찬 시공을 누구에게 빼앗기고 싶어 하겠는가.

하지만 민현은 다르다. 나와 달리 그녀에게는 전화번호가 하나가 아니라 대여섯 개가 있다. 그녀와 관련된 연락처는 수십만 개가 넘을 것이다. 나는 알려고 하지 않는다. 그녀는 우리 둘만의 이 시공으로 들어올 때 그녀가 가지고 있는 외부와의 어떤 연락수단 때문에 이곳이 노출되거나 피해를 입으면 안 된다는 것을 충분히 잘 알고 있다. 사실 확인할 필요도 없이 그녀는 완벽하다. 그녀는 수백 가지 존재로 세상에 화현한다. 그녀의 정체를 정확하게 아는 사람이 많지 않을 것이다. 그녀가 태어나면서 받은 박민현이라는 이름을 아는 사람은 세상에 몇 명 없다. 그녀는 호적상의 이름을 이십대에 바꾸었다. 영어로는 재채기할 때 나는 소리처럼 '엠에이취(MH)'라고 불린다. 프랑스 이름은 '미뇽'이었던가. 독일과 스페인에서 통하는 이름은 박하를 뜻하는 '민트'. 일본, 중국에서는 '미냐'인가로 불릴 것인데 잘은 모르겠다. 알고 싶지도 않고 알 필요도 없다. 평균수명이 아흔 살에 육박하고 있는 시대가 되어도, 알고 있으면 안 될 비밀을 알고 있는 사람의 수명은 그가 기대하고 있는 것보다 훨씬 짧게 마련이다. 물론 그렇게 되는 데는 다 이유가 있다.

순면으로 만든 흰 시트에 그녀가 떨어뜨린 체액의 흔적이 남아 있다. 내가 손가락 끝으로 그걸 밀어 보는 동안 그녀는 베개로 자신의 가슴을 가린 채 전화통화를 하고 있다. 이번에는 프랑스어권 상대 같다. 목을 울리는 후음(喉音)이 자주 들린다. 어느 때는 프랑스어가 후음으로만 만들어진 것 같다. 봉주흐. 메호시. 빠히. 나도 그 정도는 알아듣는다. 여러 번 듣다 보면, 그게 중국어든 이탈리아어든 일본어든 스페인어든 특정 단어에 익숙해지게 되어 있다. 미치겠군! 미치겠어! 메흐드, 메흐드, 쥘리앙! 그렇지만 상대의 이름이나 성이 쥘리앙이라고 속단해서는 안 된다. 그 역시 적어도 몇 개의 이름을 가지고 있을 수 있다.

"당케 쉔. 이히 리베 디히!"

그녀는 내가 지켜보고 있다는 것을 의식한 듯 통화를 끝낸다. 통화 상대의 언어와 인접한 언어 가운데 '사랑해'로 통화를 끝내는 건 그녀의 습관이다. 그녀가 정말 그를 사랑하는지 궁금하지 않다. 그런다고 한들 무슨 상관인가. 상관한다 한들 어쩌겠는가.

중요한 건 그녀가 인생의 후반기에 접어들었다고는 믿을 수 없을 만큼 젊고 아름답고 사랑스러운 육체의 소유자라는 것. 영혼 또한 마찬가지라는 것.

그녀에게 들은 바에 의하면 2010년대 초반에 인간의 수명과 난치병 정복과 관련된 중요한 의학적, 과학적 진전이 있었다. 유전자 이식, 세포간 유전형질 도입, 뉴런과 교세포의 상호작용 등의 연구에 엄청난 자금이 비밀스럽게 투입됐고 대뇌피질과 기본적인 회백질 핵들을 연구하는 신경생리학, 이온채널·흥분성 아미노산·영양인자를 연구대상으로 하는 신경과학, 혈액에 대한 연구, 단백질을 연구하는 구조생화학이나 물리학, 계산신경과학에서 괄목할 만한 성과가 있었다. 그런 것 중에 공개된 것도 있고 상용화된 것도 있으나 전 세계 상위 0.001퍼센트 미만의 사람에게만 알려져 있는 것도 적지 않다.

그녀는 현존하는 인류 가운데 그런 혜택을 가장 많이 입을 수 있는 사람 가운데 하나다. 그녀가 그중 어떤 것을 선택했는지 나는 정확히 모른다. 그녀는 이곳에 처음 왔을 때인 십몇 년 전과 다름없이 여전히 젊어 보인다. 하지만 영혼의 젊음은 가장할 수가 없다. 모험심과 열정은 어떤 값비싼 대가를 치르고서라도 얻을 수가 없다. 민현의 정신적, 육체적 나이가 얼마든 내게는 여덟 살 때 처음 만났을 때의 소녀가 남아 있다. 그건 그녀가 만나고 있는 그 어떤 사람도 모를 나만의 영역이다. 나는 그 소녀를 사랑한다. 그 소녀부터 사랑했다. 내 생애 전부를 바쳐 오직 그녀만 사랑했다.

온 세상에 소리쳐 자랑하고 싶다. 나의 사랑을. 누구든 따라올 수 있으면 따라와 보라고 외치고 싶다. 죽을 때까지 벗어지지 않을 피 흐르는 사랑의 징표를. 나는 그녀를 사랑한다. 민현, 넓고 넓은 바닷가 오막살이에 사는 소녀 클레멘타인, 늙은 아비와 살던 클레멘타인을.

내 어머니는 해녀였다. 어머니는 한겨울 칼바람 속에서 바다로 들어가 딴 미역과 다시마 같은 해초나 전복, 소라 같은 조개류며 성게, 멍게, 해삼과 물고기를 잡아냈다. 그걸 장에 내다 팔고 그 돈으로 내가 초등학교 입학식에 입고 갈 옷을 샀다. '곤색 쓰봉'—일제 때 일본

사람이 많이 살아서인지 일본말이 일상에 많이 남아 있던 고향 구룡
포에서 사람들은 곤색이니, 프랑스어 'jupon'이 일본말로 변형된 쓰
봉, 단쓰(장롱), 수루메(오징어) 같은 일본말을 여럿 쓰고 있었다—곤
감색 바지에 '도꾸리(목이 긴 윗도리)'를 내게 입혔고 도꾸리의 가슴께
에 있는 '보게또(포켓·주머니)' 앞에는 손수건을 달았다. 문제는 양말
이었는데 하필이면 그게 세 살 위인 누나가 신는 빨간색이라는 것이
었다. 어머니는 입학식에 신고 갈 나만의 양말을 따로 살 생각은 하
지 않았다. 어머니가 내게 신긴 빨간 양말은 '쓰봉'의 긴 '기장(길이)'—
장차 키가 클 것이고 그럴 때를 대비해 바짓단을 자르지 않고 접기만
하여 살짝 꿰매 두어서 엄청나게 길었다—으로도 잘 가려지지 않았
다. 흰 고무신과 바짓단 사이로 내다보이는 세상이 뭐가 그리 궁금한
지 자꾸 빨간 얼굴을 내밀려 들었다. 나는 창피했다. 한 사람의 일생
에서 가장 중요한 사회적 의식 가운데 하나인 초등학교 입학식에 그
사람의 성(性), 나이에 어울리지 않게 빨간 양말 같은 건 신어도 아무
런 상관없다고 생각하는 어머니의 그 무신경함이 원망스러웠다. 자나
깨나 술에 취해 있는 술고래인 아버지는 빨간 양말은커녕 입학식 자
체에도 무관심했다.

입학식은 일제 때 세워져 삼십 년이 넘었다는 긴 목조 교사 앞의
넓은 운동장에서 열렸다. 3월 초순, 해송의 빗살 같은 잎 사이를 통과
해 들어온 차가운 바닷바람이 아이들의 허술한 옷깃을 파고들었다.
아직 한기가 제법 느껴질 때여서 신입생을 맞는 재학생들은 '도빠'라
고 부르는, 얇은 스펀지를 넣고 누벼 만든 외투를 입고 있었다.

내 어머니는 해녀였다. 그런 정도의 바닷바람은 바람이라고 생각하

지도 않았고 그 정도의 추위에 콧물, 눈물을 찔찔 흘리는 아이는 자신의 자식이라고 여기지 않을 게 분명했다. 얇은 고무신 바닥으로 쌀쌀맞은 운동장의 냉기가 그대로 전해졌고 그건 빨간 양말이든 구멍난 양말이든 아랑곳하지 않고 내가 하찮은 날씨의 변덕에도 여지없이 휘둘리는 연약한 존재라는 것을 일깨워 주었다.

낯선 얼굴의 고만고만한 수백 명의 아이들 사이에서 나는 외로웠다. 나이에 비해 주름이 훨씬 많아 보이는 어머니가 줄 바깥 먼 곳에 무뚝뚝한 표정으로 서 있는 건 전혀 위로가 되지 않았다. 나는 동쪽 하늘이 어서 해를 중천으로 보내 주기를 빌었다. 교장의 환영사 겸 훈화는 무척이나 길었다. 차가운 바람은 볼과 목덜미를 꼬집듯 계속 불어 들었고 발바닥은 더욱더 시려 왔다. 나는 이런 냉랭한 시간이 앞으로 영원히 지속될지도 모른다는 두려움에 거의 울 뻔했다. 수많은 사람이 운동장에 서 있었음에도 불구하고 운동장은 너무 넓고 휑뎅그렁해 보였고 담장은 거기에서 벗어날 수 없을 것임을 포고하듯 드높았고 거대한 철대문은 신장(神將)처럼 무서워 보였다. 그때 내 눈에 누군가 보였다.

처음 나는 그게 인형인 줄 알았다. 직접 본 것 같지는 않은데 어쩐지 본 듯한 느낌을 주는 일본 인형. 이국적이면서도 내가 아는 여자들과 어딘지 닮았고 고상하고 품위 있으며 세련된 인형. 흠잡을 데 없이 깔끔한 복색과 생김새, 그러면서도 영원히 그 모습 그대로일 것 같은 인형 말이다. 민현의 첫인상은 그랬다.

민현은 보라색 블라우스와 분홍빛 치마를 입고 조끼처럼 짧은 외투를 걸치고 있었다. 목에는 베이지색 머플러가 둘러져 있었으며 그

위의 머리는 두 갈래로 땋여져 리본으로 묶여 있었다. 흑백이 분명한 눈은 어디를 향하고 있는지 알 수 없었지만 적어도 나를 보고 있는 건 아니었다. 얼굴은 희었고 갸름했다. 얼핏 봐서는 예쁘다기보다는 고귀한 혈통의 공주처럼 도도해 보였다. 무엇보다 그녀를 인형처럼 보이게 하는 것은 흰 망사장갑이 씌워져 있는 손가락이었다. 다섯 손가락은 아무것도 잡고 있지 않았는데 약간 안으로 구부러져 있는 것이 우아하기 그지없어서 잡아 보고 싶은 충동을 일게 했다. 나는 순식간에 그 인형에, 아니 그녀에게 매료되고 말았다.

민현은 내 시선에 아무런 반응도 보이지 않았다. 나는 지극히 평범한 초등학교 신입생 가운데 한 아이였다. 주목을 끌 일이 없었다. 비록 다른 사내아이들과 다르게 빨간 양말을 신고 있고 그걸 감추려고 애쓰기는 했지만. 그런 민현의 무관심이 내가 더더욱 그녀에게 끌리게 하는 요인이 되었을 것임은 틀림이 없다.

관심이나 좋아한다는 감정은 물이나 기압처럼 높은 데서 낮은 데로 흐른다. 우주선에 구멍이 뚫렸을 때 우주선 속에 있던 승무원이나 부서진 부속이 진공과 다름없는 캄캄한 우주 공간으로 빨려 나가는 것과 같은 이치다. 사고능력이 없는 우주 공간이나 우주선과 달리 인간은 관심의 높낮이 정도를 직감적으로 인식한다. 혹은 무의식적으로라도 느낀다. 관심이 높은 쪽에서는 억울하다 하더라도 관심이 낮거나 없는 상대에게 자신의 일부, 시간이 빨려 나가는 것을 어찌할 수 없다.

나는 생애 최초로 가족이나 이웃의 친구가 아닌, 초등학교라는 사회에서 조우하게 된 여러 존재 가운데 하나인 민현에게 내 존재가 빨려 나가는 것을 느꼈다. 그것은 거머리한테 피를 빨리는 것처럼 달콤한 자멸감을 수반했다. 그 대가로 나는 처음에는 칼날처럼 차갑고 닿기 싫던 학교에 자발적으로 매일, 어서, 빨리 가고 싶다는 충동을 얻었다. 민현을 멀리서라도 훔쳐보고 나 자신이 조금씩 빨려 나가는 달콤한 상실감을 즐기기 위해. 하지만 내가 아무리 엄청난 각오를 하고 학교에 와서 그녀의 눈에 들기 위해 필사적으로 노력한다 한들 그녀는 나를 알아주지 않았다. 그렇게 보였다.

초등학교에서 사회생활을 시작한 사내아이들은, 집단을 이루기 시작한 야생 포유류들이 그렇듯 서열을 짓기 시작했다. 고사리 주먹을 휘두르고 먼지투성이인 교실 바닥에 뒤엉켜 뒹굴거나 심지어 옷을 찢고 코피를 터뜨리게 하는 일도 있었지만 지혜로운 영장류답게 팔다리가 부러지고 평생 흉터와 장애가 남을 치명적인 피해는 없이 싸움이 끝나고 대개는 서열이 정해졌다. 적극적으로 그런 질서에 참여하지 못한 아이들은 마음속으로 만만한 상대를 점찍고 그의 서열보다 조금 앞에 자신의 서열을 설정했다. 입학 초기의 몇 달이 지나자 나름대로 서열과 질서가 잡혔다. 동해안의 어촌 마을의 초등학교에서 어린 인간 수컷들이 그런 식으로 중요한 사회적 체험을 하는 동안 어린 호모 사피엔스 사피엔스 암컷들은 자신들끼리의 쟁투에 골몰했다. 그들이 서열을 정하는 방법은 남자의 방식에 비해 훨씬 복잡하고 다양한 요소와 과정을 포함하고 있는 것이 틀림없었다.

자신의 능력을 드러내는 도구 중 두드러지는 것은 언어와 기세였다. 사내아이들조차 압도해 버릴 만큼의 강력한 기세를 보여 주는 것, 그건 일차적으로 사나운 표정과 욕설로 표현되었다.

"이 간나이 년이 뒤질라고, 뒤질라고 환장했나, 이 개썅 간나 왜년 화냥년. 자빠져 지랄하다 곪어 뒤져라."

외모나 옷차림에서 민현보다 돋보이는 여자아이들이 없었던 건 아니지만 내가 가장 먼저 발견하고 다른 남자아이들이 뒤늦게 지각한 민현 나름의 고고한 분위기와 신비로움을 가진 아이들은 없었다. 민현은 그것만으로 남자아이들 사이에서 여왕과 같은 위치를 차지했다. 그것은 여자아이들 사이에서 즉각적인 질시를 유발했다. 오월의 어느 날 오후, 막 하교하려던 사내아이들은 일제히 걸음을 멈추고 이 홍순이라는 읍내에서 부자로 손꼽히는 선주의 딸을 주목했다. 홍순은 민현의 턱밑에서 손가락으로 목이라도 찔러 버릴 듯 치켜들고 욕설을 퍼붓고 있었다.

평소에 무표정하던 민현의 얼굴이 붉어져 있었다. 처음부터 아무런 반응도 보이지 않고 상대를 미치게 만드는 방식으로, 상관없다는 듯 무시하며 서 있다가 '왜년 화냥년'에 반응한 것이었다. 하지만 그뿐, 민현은 걸음을 다시 옮기기 시작했다. 홍순의 논리, 승리를 인정하는 것이라면 어깨를 움츠리고 등을 보인 채 울음이라도 터뜨리는 것이어야 했다. 그러나 민현의 행동은 아직 밀림을 지배하는 암호랑이처럼 당당했다.

"이 천하에 개호로쌍놈 고래잡이 딸년아. 니가 암만 도도하기 그캐도 니는 왜년의 호로자슥 뚱기저귀나 빨아주던 종년 어미에 우리 아부지 배도 못 얻어 타는 천한 뱃놈 딸이다. 니 다시는 고개를 들고 못 댕기구로 할 기다. 한 분만 더 까불어 봐라."

홍순의 대사는 오래도록 치밀하게 준비된 것이 분명했다. 나름대로 확보한 정보를 상대가 충분히 모욕감을 느낄 수 있도록 번역했고 반격의 여지가 없이 인정하고 포기하도록 만들어진 폭발물이었다. 결과는 홍순의 계산대로 나온 것 같았다. 민현의 매력인 신비로움의 원천은 샅샅이 드러나고 흙탕물이 되도록 휘저어졌다.

민현은 천한 고래잡이배 선원의 딸이었고 그녀의 어머니는 해방 전 구룡포의 일본인 거리에 있는 일본인의 집에서 종처럼 살았다. 북방의 오랑캐와 마찬가지로 남방의 왜인 역시 오랑캐였으니 그들의 피가 섞인 아이라면 '호로자식'이 될 터였고 그 호로자식을 돌봐 주어야 했던 신세였다면 호로자식보다 못한 신분이었다.

"아, 그래이 민현이 자가 왜놈들 호로자슥 기저귀 빨아주미 종 노릇하던 엄마한테 나가 저도 호로자슥 피가 섞인 기구마는. 우째 일본 기생들 맨쿠로 얼굴에 뭐가 허옇게 발린 거 겉애서 속을 모르겠다 했다."

선주의 아들로 홍순과 같은 일본인 거리 골목에 살아서 친하던 석규가 말했다. 다른 아이들은 고개를 끄덕거렸을 뿐이었다. 나는 석규가 무지하고 비겁하다고 생각했다. 나는 그들이 그런다고 해서 민현이 가진 알 수 없는 어떤 힘이 줄어들 거라는 생각은 하지 않았다. 운명이 화인을 찍은 것처럼 이미 민현이 갖고 있는 후광에 내 눈이 멀어 버렸던 것이었다.

그 뒤로도 매일 교실 안팎에서 민현에게 집요한 공세가 취해졌다. 민현이 갖고 있는 사내아이들에 대한 영향력, 실은 사내아이들의 눈길을 누구보다도 자주, 강하게 흡인하는 능력이 스러지지 않는 한은 계속될 것 같았다. 괴로웠지만 어쩔 수 없이 나도 민현에게 무관심한 태도를 취했다. 사내아이와 여자아이의 세계 사이에는 서로 넘어가지 않는 단애가 있었고 그것을 넘어 간섭을 하려 들면 세계를 유지하는 규칙에 정면으로 맞서는 결과가 될 것이었다. 누가 가르치고 정의해서 아는 게 아니었다. 아이들도 알 건 다 알았다. 비록 말이나 법으로 명확하게 정리하지는 못한다 하더라도. 하지만 그렇게 민현에게 억지로 무관심한 척했던 것이 준 스트레스가 엉뚱한 방향으로 나를 움직이게 했다.

온몸으로 저항하다 뒤로 누워 버린 해송을 툭툭 발로 차듯 바람이 흔들던 칠월의 어느 날 오후, 나는 비닐 책가방을 메고 민현의 집으로 향했다. 민현의 집은 우리 집과는 항구를 사이에 두고 남북으로 정반대 방향에 있었다. 동행도 없었고 초대받은 것은 물론 아니었다. 알 수 없는 운명의 힘에 등을 떠밀려서, 운명의 속박에 묶인 포로가 되어 타박타박 걸음을 옮겼다. 나는 겨우 여덟 살이었다. 내가 잘 모르는 충동을 이겨낼 힘이 없었다. 그게 뭔지도 몰랐다.

항구에는 새벽에 그물을 걷고 돌아온 수십 척의 어선이 할 일을 마친 거대한 가축처럼 쉬고 있었다. 바다는 뿌연 연무로 스스로를 덮어 그 안의 풍요로운 생태계를 감추고 있는 듯했다. 민현의 집은 270도에 가까운 깊숙한 원호를 그리고 있는 항구 남쪽 끝의 작은 곶을 돌아서 내려간 마을 용주리에 있었다. 그때 내게는 용주리가 '몽둥이'라는 뜻의 '몽디리'로, '모두'를 뜻하는 '몽조리'로도 들렸다. 상관없다. 날은 더웠고 내가 뭘 하는지 몰랐고 무슨 생각을 하는지도 몰랐다.

민현의 집은 남쪽에 있는 그 마을에서도 가장 남쪽에 있으면서 외딴집이었다. 그녀의 집은 주변이 공터처럼 텅 비어 아무것도 없는 것이 교실에서 무슨 잘못을 저질러 쫓겨난 뒤 복도에서 벌을 서고 있는 아이처럼 보였다. 마을에서 떨어져 독립성을 유지하고 싶다는 집주인의 의지가 드러나기보다는 마을에서 소외된 사람들이 살고 있는 곳이 틀림없었다.

민현의 집이 학교 운동장의 조회단처럼 워낙 훤히 드러난 곳이어서 가까이 가면 쉽게 사람들 눈에 띌 것 같아 걸음을 멈추었다. 학교가 끝난 뒤 한 시간은 더 미적거리다 교문을 나섰고 민현의 집으로 오는 내내 내 뒤를 따라오는 사람은 없는지, 낯이 익은 사람은 없는지 수십 번은 더 돌아보고 살피며 왔다. 아는 사람이 있으면 언제라도 발길을 돌리기 위해서였다. 하지만 사소한 것에서 아무리 완벽을 기하더라도 운명의 자침이 가리키는 방향을 바꿀 수는 없었다. 나는 두려웠다. 가슴이 콩당콩당 뛰었다. 그렇게 가슴이 빠르게 뛰는 것 또한 내가 기억하기로는 처음 겪는 것이었다.

마을 앞을 지나가는 길은 소리 없이 내리쬐는 햇빛의 지령을 받은 듯 아무런 자취도 없었다. 낯선 아이가 들어서는 것을 즐거워하는 개가 있을 법도 한데 짖는 소리조차 나지 않았다. 모두들 낮잠이라도 자는가 싶었다.

더 이상 햇빛과 침묵의 시험을 견디지 못하고 막 돌아가려던 참이었다. 와장창, 하고 유리창이 깨지는 듯한 시끄러운 소리가 났다. 그건 여유가 있는 사람들이 바다를 향해 내놓는 창문의 유리가 깨지는 소리는 아니었다. 유리를 달 수도 있는 문, 하지만 유리는 아니고 문살과 나무판자가 대어져 있고 종이가 발린 두 쪽짜리 여닫이문이 앞으로 쓰러지며 박살 나는 소리였다. 또한 나는 보았다. 야트막한 슬레이트 지붕 위로 솟아오른 양동이를. 물고기를 담아 두거나 손질할 때 요긴하게 쓰는 함석 함지를. 그토록 무거운 게 어떻게 저리도 높이 공중으로 날아올랐을까 의문이 가시기도 전에 "까라라락!" 하고 정체 모를 뭔가가 땅에 심하게 끌리는 소리가 났고 어떤 사람의 형체가 모습을 드러냈다.

사람의 형체를 인형(人形)이라고 한다. 사람의 모습을 흉내 내 작게 만든 장난감을 이르기도 하고. 내가 본 건 인형과 닮은 사람의 형체였다. 여자였다. 머리를 뒤로 틀어 올리고 몸에 감기는 일본식 하오리 모양의 옷을 입었으며 짙게 화장한 얼굴은 희었다. 입술 오른쪽에 피를 흘리고 있는 것이 막 무서운 이야기에서 튀어나온 귀신 같았다. 여자의 얼굴은 온통 일그러져 있었고 땀인지 눈물인지로 범벅이 되어 있었다. 여자의 발에 신겨 있는 신은 흔한 고무신이 아닌 게다였다.

"이 화냥년, 가래이를 잡아째서 직이뿐다. 일로 안 오나! 니 누구한테 잘 빌라꼬 아양 떨라꼬 이리 처바르고 꾸미는 기가, 으이? 니 그래 자꾸 도망가 봐라. 내 이 집구석에 불을 확 다 싸지르고 아고 어른이고 다 직이뿔란다!"

뒤에서 들려오는 소리에 여자는 몸을 멈추었다. 혹은 그 말이 뜻하는 게 뭔지 해석하기 위해 생각에 빠진 것일 수도 있었다. 또는 낯선 내가 누구인지, 왜 거기 있는지 확인해 보려고 그러는 것이었을까.

"어린 기 왜놈들 집에 종으로 들어가 나나 하던 거를, 해방 되이 왜놈 집에서 질국 쫓기나가지고, 갈 데 올 데 없이 굶어 죽을라 카는 거를, 바다에 빠져서 얼어서 뒤져가는 고얘이 새끼 겉은 거를 건지가,

마캐 사람 행시하구로 만들어 놨더마는, 이기 왜년 기생 귀신이 썼나, 죽으라고 바다에 나가가 돈 및 푼 만들어가 오마는 맨날천날 귀신당 겉은 얼굴에 구리무만 처발라쌓고 하나뿐인 얼라를 똑 저 겉은 기생을 만들라꼬 개지랄을 해쌓이 내가 도저히 더 참을 수가 있능가."

뒤에 들려온 소리는 얼마간은 하소연처럼 들리기도 했다. 아무리 어린 나이이고 세상 돌아가는 것을 모르는 어린아이더라도 직감적으로 무슨 일이 어떻게 돌아가는지 파악을 할 때가 있다. 그것이 아이가 아는 몇 안 되는 정보를 가지고 가공된 것일 경우에는. 그때 내가 그랬다.

민현의 어머니는 홍순이 말한 것처럼 '나나'였다. 원래 구룡포 항구 인근은 사람이 많이 살지 않던 한적한 어촌이었다. 일본의 어부들은 이십 세기 초부터 풍부한 어족자원이 있는 조선의 바다로 수십 척의 신단을 조직해 본격 조업을 하러 왔다. 1920년대 중반, 일본인들이 항구를 둘러싸는 방파제를 짓고 마을을 이루어 눌러앉게 된 뒤로 고등어 성어기에는 어선과 운반선이 이천 척 넘게 내항할 정도로 구룡포는 어업의 근거지로 부상했다.

청어와 고등어 어업의 황금기를 맞은 데다, 엄청난 정어리 떼가 몰려들고 삼치, 대구, 오징어 등으로 어종이 다양해지면서 거리는 밤낮없이 흥청댔다. '개도 지폐를 물고 다닌다'는 말이 구룡포에서는 빈말이 아니었다. 목욕탕, 이발소, 세탁소, 약국, 사진관, 잡화점에 여관과 식당, 술집과 기생을 고용한 고급 요정까지 밀집해 있어 밤이면 노랫가락과 웃음소리가 그칠 줄 몰랐다. 일본인들만 해도 천 명 가까이 거주했다.

　그때 일본인 집에 들어가 아이를 봐주고 잔심부름하는 일을 하던 어린 처녀들은 한두 달이 지나면 일본어를 유창하게 하는 게 보통이었다. 맨 처음 그 일을 하던 처녀의 이름이 '란' 혹은 '난'이었는데 이름을 '난아'로 부르던 게 '나나'가 되었다. 결국 나나는 일인들 집에서 잔심부름을 하는 처녀를 통칭하는 명사가 됐다.

　민현의 어머니는 열두 살의 어린 나이에 요릿집을 운영하는 일본인의 집에 맡겨져 심부름을 하며 살게 되었다. 아이가 없던 게이샤 출신 여주인은 그녀를 딸처럼 귀여워하며 일본 여자 식으로 치장을 해주고 화장이며 의복문화, 춤과 노래 등에 관해 가르쳤다. 그렇게 애완동물처럼, 게이샤 인형처럼 처녀가 되도록 자란 뒤 해방이 되었다. 그사이 아버지가 죽어 그녀는 돌아갈 곳이 없게 되었다.

　처녀는 혼자 남아 주인 부부가 남기고 간 큰 집을 지키고 있었다. 하지만 법적, 사회적 뒷받침이 약한 처녀는 시간이 갈수록 불리한 상황에 놓였다. 누구도 그 큰 집을 감히 자신의 것이라 주장하지는 않았다 해도 그렇다고 패전국 국민인 집주인이 귀국하면서 급히 적어준 종이쪽 한 장으로 그 집이 저절로 처녀에게 돌아가는 것도 아니었다. 결국 그 집은 적산가옥으로 몰수되었다. 집도 절도 없고 의지할 데도 의지할 사람도 없자 그녀는 절망감에 바닷가에서 죽으려고 했다. 그런데 그 전부터 처녀를 눈여겨보던 남자가 있었다.

　남자는 먹을 게 없던 어려운 시절, 일본인들의 포경선을 탔다. 열여섯 살 때부터 고래잡이배에서 취사와 잔심부름을 담당하는 '화장'이 되었던 것이다. 몸놀림과 신체조건이 뛰어난 남자가 이십대 중반, 어깨너머로 배운 기술만으로도 포경선의 포수 노릇을 너끈히 할 수 있게 되었을 때 해방이 찾아왔다. 일본의 포경선이 제 나라로 돌아가면서 고래잡이도 중단되었다. 그렇다고 고래잡이배를 타다가 일반 어선을 탈 수는 없었다. 남자는 고래잡이배가 다시 뜨기를 기다리며 매일같이 바닷가에 나왔다. 그러다 고래보다 더 큰 횡재를 잡았으니 차가운 바닷물에 빠져 죽으려던 처녀를 만난 것이었다.

두 사람은 일본말을 썩 잘한다는 것, 일본 사람들로부터 여느 사람과는 다른 재주며 기술을 배웠다는 공통점이 있었다. 그렇다고 그 기술로 당장 뭘 어떻게 할 수 없다는 것도 같았다. 시대, 지역, 비슷한 환경, 우연이라는 겹겹의 인연으로 그들은 같이 살게 되었다. 두 사람은 바닷가 마을에서 좀 떨어진 집에서 나름대로의 삶을 영위하기 시작했다.

여자는 한동안 잊고 있던 삶의 방식에 적응해야 했다. 살림 또한 서툴렀다. 여자는 자신이 태어난 고향에서 살고 있었지만 어릴 적부터 배우고 익혀온 일본인들의 전통을 그리워했다. 여자의 그리움은 일본식의 복색으로 살고 그 방식의 치장을 하는 것으로 환원되었다. 그녀는 몸이 약했다. 몇 번 아이를 사산하고 나서 한참의 세월이 흐른 뒤 그들 사이에는 딸이 하나 태어났다. 그게 민현이었다.

바로 그 민현이 언제부터인가 나를 지켜보고 있었다. 이를 악물고 주먹을 쥔 채, 제 어머니를 닮은 그대로 인형처럼 꼼짝 않고 서서. 모녀의 시선이 나를 중간에 두고 얽혔다. 빛줄기를 서로 쏘아 보내는 듯한 시선이 내게 고슴도치처럼 박혔다. 누가 데려왔느냐, 왜 왔느냐, 뭘 알고 있느냐, 뭘 하자는 것이냐, 나는 누구이고 너는 누구인가……

낚싯바늘을 닮은 수많은 의문부호가 공중에 날아올랐다.

내 여덟 살 칠월 어느 날 오후, 넓고 넓은 바닷가 마을 오막살이에 사는 늙은 남자가 모습을 드러냈다. 그는 포세이돈처럼 삼지창, 아니 작살, 아니 자루 달린 갈고리를 질질 끌면서 알몸으로 여자의 뒤에 나타났다. 울퉁불퉁 솟은 팔 근육과 햇빛이 흘러내리는 늠름한 가슴, 바람에 휘날리는 반백의 긴 머리 아래 붉은 얼굴은 순간적으로 내게 바다의 신, 술의 신, 운명의 신처럼 느껴졌다.

여자는 도망쳤다. 그는 무섭게 고함을 치다가 여자를 향해 갈고리를 집어 던졌다. 갈고리는 멀리 날지 못하고 내게 가장 가까운 집 돌담에 부딪쳐 아래로 떨어졌다.

그런데 도망치는 여자와 남자 사이를 막아섰던 민현이 쓰러지듯 넘어진 뒤 떨어진 갈고리의 끝이 밑에 고무줄을 낀 검은 팬티 아래 하얗게 드러난 허벅지에 박혔다. 짧은 순간이지만 그건 내게, 봐서는 안 될 아찔한 치부처럼 보였고 본 이상 벌을 받거나 대가를 치러야 할 것 같았다. 민현은 아무런 비명 소리도 내지 않고 갈고리 끝을 뽑아냈다. 허벅지의 상처가 분홍빛 내부를 드러냈다. 곧 선홍색 피가 내부를 채웠다. 그 또한 봐서는 안 될 것 같았으나 나는 보지 않을 수 없었다. 그녀는 그 상처를 잘 보라는 듯 남자를 힘껏 노려보았다. 이윽고 그녀의 시선이 나를 향했다. 넌 뭘 그렇게 공짜로, 열심히 보고 있느냐는 듯이.

나는 도망쳤다. 책가방이 덜그럭대며 따라 뛰었다. 그것은 내가 미친 듯 달리고 있다는 의미였다. 그 또한 내가 짧은 생애에 가장 격렬하게 달린 첫 번째 경험이었고 이렇게 달리다 보면 바람을 타고 하늘로 날 수도 있겠다고 확신하게 만들기도 했다.

이처럼 민현은 내가 생애 처음 겪고 느끼고 알게 된 수많은 것을 선물했다. 호의나 고의에서가 아니라 그저 그냥 비슷한 시기, 비슷한 공간에서 운명적인 매력을 가지고 태어나 내게 치명적인 관심을 불러 일으켰다는 것으로.

무서웠다. 민현의 그 하얗고 통통한 허벅지, 음부를 닮은 상처, 시선, 집념과 귀기 어린 그 모습이 왠지 모르게 두렵고 도망쳐야 한다는 느낌을 갖게 했다. 느낌의 지시를 받은 근육과 심장은 충실히 제 역할을 수행했다.

민현의 어머니는 그로부터 얼마 되지 않아 바닷가 마을에서 영원히 자취를 감추었다. 그녀는 무엇으로부터 도망을 친 것일까. 운명? 권태? 오해? 모른다.

나는 그 여자가 사라졌다는 이야기를 듣기 전에는 물론이고 그 후에도 내가 그 여자를 보았다는 이야기를 누구에게도 하지 않았다. 민현이 고무줄을 낀 검은 팬티를 입었고 팬티와 대조되는 새하얀 허벅지에 상처를 입었다는 이야기 역시 아무에게도 해서는 안 될 것 같았다. 하지만 그 여자가 사라지고 난 것을 민현의 변화로 누구보다 빨리 알 수 있었다.

1967년 10월 8일 아르헨티나 출신 의사이며 혁명가인 체 게바라가 볼리비아의 정부군에 체포되었고 다음 날 총살당했다. 만 39세였다. 두 해 전에 딸 일디타에게 보낸 편지에서 그는 이렇게 썼다.

"정의를 지지할 수 있도록 준비하거라. 나는 네 나이에 그러지를 못했다. 그 시대에는 인간의 적이 인간이었다. 하지만 지금 네게는 다른 시대를 살 권리가 있다."

"그때 그런 식으로 구경만 하고 도망쳐 버리다니. 내가 당신을 절대 용서하지 않으려고 했지."

이미 수십 번도 더 넘게 해온 이야기지만 어린 시절 이야기로 돌아가면 그때의 흥분이 되살아나는 것 같다. 민현은 우리 사이에 긴장이 풀어지고 느른한 평화가 찾아오면 그 이야기를 꺼냈다.

"왜 우리는 어린 시절 이야기를 계속 되풀이하는 거지? 그 시절이 그렇게 좋기만 했을까? 그 이야기를 하면 마음이 편해져서?"

민현은 내가 멸치젓갈로 간을 해서 자작하게 끓인 강된장에 내가 텃밭에 유기농으로 재배해서 따온 청양고추를 박았다. 김이 오르는 하얀 쌀밥이 입으로 들어가고 이어 향유고래의 이빨같이 가지런한 민현의 이에서 나온 작고 붉은 혀가 고추를 효과적으로 처리하는 게 보였다.

"지나간 옛날, 유년기에 관한 이야기는 해피엔딩 영화나 소설처럼 안전하거든. 이미 지나간 일이니까 말이야. 더 이상의 위험성, 폭발성이 없는 이야기로 전환되었다고."

"하여튼 경제적으로나 편리한 걸로 보나 사는 게 그렇게 쉽지는 않았을 텐데. 다들 지금보다는 가난하고 춥고 배고프고 불편하게 살았을걸. 문명의 혜택을 크게 입은 것도 아니고. 기껏 장날 약장수 쇼가 재미있는 공연이고 라디오나 들으면서 산 거 아니었나. 그런데 그때를 왜 그렇게 그리워하고 아름답게 생각하는지 연구 과제야."

민현은 웃었다.

"우리가 인생에서 느끼는 기쁨의 구십구 퍼센트는 첫 경험에서 나와. 노래나 영화는 옛날 들었던 원곡, 원작이 좋고 도시는 고향이, 집은 자기가 태어나 자란 곳이 최고지. 어떤 이야기든 처음 들었을 때 감동이 크잖아. 과거에 대해서 인간은 늘 긍정적으로 기억하게 되어 있어. 설령 그 기억이 잘못된 것이라도. 우리의 뇌가 설탕처럼 좋아하는 게 바로 그거니까. 어린 시절, 사춘기 또는 청춘 시절에 좋아하던 음악, 영화, 유행, 제품, 음식, 모든 것에 대한 취향은 평생을 가. 그 느낌을 불러일으켜서 돈을 쓰게 만드는 게 현재 기업에서 소비자에게 하는 일이야. 그냥 지나가는 건 없어. 자연스러워 보일수록 의심하라고."

그녀의 설명은 언제나 빠르고 구체적이고 명쾌하다. 나는 또 다른 질문을 던진다.

"당신의 아버지가 전설적인 고래잡이 포수였다는 건 좋은 기억인가, 나쁜 기억인가?"

그녀는 시원시원하게 크게 쌈을 싸서 입으로 밀어 넣은 뒤 천천히 씹으면서 말한다. 씹히는 게 상추와 마늘, 강된장과 밥만은 아닌 것 같다. 뭔가를 음미하는 눈치다.

"태어날 때 부모의 직업이 뭐였느냐, 초등학교 때 누가 짝이었느냐 하는 게 왜 중요하냐 하면 삶의 옵션이 별로 없던 때여서 작은 인자라도 큰 영향을 끼치게 되기 때문이야. 그게 두고두고 인생 전반에 영향을 주는 건 나비효과고."

"내가 태어나서 처음 여자로 의식하고 사랑하게 된 상대와 지금 마주 앉아 있다는 게 얼마나 큰 행운인지. 내가 키운 채소, 내가 농사지은 걸로 음식을 해서 같이 나눠 먹을 수 있다는 것 역시."

그녀는 눈가에 주름을 잡으며 웃었다. 오, 그래서? 파종에서 요리까지? 쑥스러워진 나는 식탁을 정리하기 위해 일어선다.

"그냥 두자. 이렇게 흐트러진 채로, 청소 따위도 하지 말고. 내가 여기 있는 동안은 최대한 게으르고 불성실한 모습을 보여 주는 건 안돼?"

"나야 뭐 하는 게 있나. 애들 시키면 돼요."

"애들?"

"로봇. 수동이지만."

방학이 끝나고 모습을 보인 민현에게서는 인형 같은 면모가 사라져 있었다. 그건 민현에게 특별한 치장을 해주던, 여성스러운 아름다움에 헌신적이던 여인, 어머니의 부재증명이나 다름없었다. 거지꼴이 되지 않은 것만 해도 민현의 비범한 능력을 증명해 주고 있었다. 혼자만의 힘으로 자신의 모습을 그만큼이라도 가꾼 것이었기 때문이다.

아름다움은 태어나면서 갖고 있는 유전자처럼 하늘에서 그저 주어지는 것이 아니다. 먹는 것이 아름다움을 구성한다. 무엇을 먹느냐에 따라 그 바늘 끝만 한 차이가 커다란 차이를 가져온다. 씻는 것은 아름다움의 절대적인 요소이다. 무엇으로 어떻게 얼마나 씻느냐에 따라 큰 차이가 있다. 입는 것 또한 아름다움의 절대적 요소라는데 대부분의 사람들이 동의할 것이다. 사내들은 범상한 혀끝으로 "옷이 날개"라고 한다. 빛깔, 디자인, 네크라인, 실루엣, 날씨와의 관계, 계절, 유행, 길이, 크기, 내구성, 다른 아름다움의 요소와의 조화…… 무엇을 어떻게 입느냐에 따라 미추가 결정된다. 머리카락은 어떤가. 머리를 다루는 수많은 가게가 옷가게 못지않게 많다는 것이 머리의 중요성을 말해 준다. 피부는 또 어떤가. 이는? 귀는? 입술은? 목은? 젖가슴은? 손 모양, 발 모양은? 살은? 근육은? 건강미는? 몸 전체의 균형은? 이 목록을 기억하는 것만으로도 대부분의 사람들은 벅차 한다. 아름다움을 가꾸는 건 엄청난 자원을 필요로 하는 훈련된 직관에 따른 숙련된 노동을 의미한다. 그것이 자신의 노동이든, 남의 노동이든 간에. 민현은 어린 나이에도 타고난 능력을 발휘하고 있는 셈이었다. 그러나 그 결과는 홍순이 바라던 대로였다. 민현은 더 이상 사내아이들이 관심을 쏟는 고고한 기품의 여자아이가 될 수 없었다. 나는 달랐다.

담임선생은 여자였고 미혼이었다. 노래를 가르치는 것을 좋아했다. 공부를 잘하는 아이들보다 노래를 잘하는 아이를 편애했다. 그 대신 일상생활에서는 지나칠 정도로 엄하다는 게 특징이었다. 그녀는 아이들에게 벌을 줄 때 회초리로 매질하는 것을 조금도 망설이지 않았다. 맞는 데는 모든 아이들이 평등했다. 일본인 거리에 사는 부잣집 아이들도, 학교 뒤 한때 거대한 말목장의 일부였던 깊은 골짜기에 사는 많은 아이들도, 언덕받이 좁은 골목길에 사는 아이들도, 해녀의 아들인 나도 마찬가지였다.

어느 가을, 나는 짝이던 복수와 다툼을 벌이던 와중에 유리창을 깼다. 순번을 바꿔 가며 누군가는 말이 되고 누군가는 말에 올라타는 사람이 됐어야 했는데 누군가 순번을 어겼다. 그게 나였는지도 모른다. 그건 중요하지 않다. 서로 주먹을 휘두르고 얼싸안고 뒹굴다가 일어나고 쫓고 쫓기는 중에 유리창이 깨졌다. 그게 중요하다. 유리창을 깬 건 복수의 이마였고 그의 이마에서는 피가 났다. 그 또한 중요하다. 나는 유리창을 깬 데 대한 징벌로 담임에게 종아리에 피가 나도록 매질을 당했다. 좀체 피가 나지 않는 손바닥 역시 매질로 얼얼해졌다. 그리고 유리창 값을 변상하도록 명령을 받았다. 복수는 모든 벌에서 제외되고 유리창 값을 변상할 책임도 면제받았다. 이마에 피가 조금 났다는 이유로.

담임은 이듬해 12월 중순, 연말연시와 겨울방학을 얼마 남겨두지 않은 때에 아이들에게 친구들과 헤어질 때 부르는 노래라며 〈올드 랭 자인〉과 함께 〈클레멘타인〉을 가르쳐 주었다. 가사는 죽을 때까지 잊을 수 없는 것이었다.

넓고 넓은 바닷가에 오막살이 집 한 채
고기 잡는 아버지와 철모르는 딸 있네.
내 사랑아 내 사랑아 나의 사랑 클레멘타인
늙은 아비 혼자 두고 영영 어디 갔느냐.

담임은 늙은 아버지를 위해 뱃사람에게 몸을 팔아 공양미 삼백 석을 마련하고 인당수에 몸을 던진 심청에 대해서 이야기를 해주었다. 심청과 클레멘타인은 여러 면에서 대조적인 인물이었으나 그 노래를 기억하는 데는 심청 이야기가 도움이 되었다.

나는 그 노래를 배우는 내내 민현의 얼굴을 지켜보았다. 민현의 옆 모습과 함께 그 노래는 내 머릿속에 지울 수 없이 새겨졌다. 숯검정으로 칠한 것 같은 눈썹. 동전만 한 멍이 든 오른쪽 눈자위. 군데군데 마른버짐이 피어난 뺨. 오래도록 빗지 않고 그저 묶어 두기만 해서 지저분한 머리카락. 웃을 때마다 드러나는 작고 가지런하고 누런 이. 조금 벌어져 있는 꺼칠한 입술. 때가 낀 건지 아닌지 알 수 없게 검은 목. 분명히 때가 낀 게 틀림없는 칼라의 보랏빛 티셔츠. '쫄쫄이바지'라고 불렸던 스판 소재의 검은색 바지에 묻은 허연 얼룩. 평범한 여자아이들과 크게 다를 바 없었다. 하지만 나는 민현을 영원히 기억할 운명, 종속될 운명이었다. 그녀를 보면서 몰입이 뭔지 배웠다.

민현을 지켜보고 또 노래를 배우는 데 집중한 나머지 나는 변의를 잊었다. 정신을 차려 보니 휴식시간이 끝나고 마지막 수업이 시작될 순간이었다. 나는 괄약근으로 전해지는 변의를 통제할 수 있을지 가늠해 보았다. 그게 참 애매모호했다. 모든 사건은 이렇게 불분명하고 불투명하다는 데서 비롯된다. 결과가 분명히 예상될 때 일이 터지도록 내버려두는 사람은 별로 없을 테니까.

참아낼 수 있을지 없을지 좀 애매하긴 한데 이번에는 괜찮을 거야. 일어날 확률이 조금 더 낮아. 그런 식으로 개연성과 확률에 책임을 미뤘다가는 정작 사건이 터지면 확률은 책임을 지울 수 없는 허수아비라는 걸 깨닫게 되고 모든 책임을 다 뒤집어쓰게 되는 것이 인생이다. 나는 그것을 초등학교 1학년, 겨울방학을 며칠 앞두고 친구들과의 이별을 염두에 둔 슬픈 노래를 배우면서 확실히 배웠다.

결국 화장실에 다녀오지 못한 상태에서 수업이 시작되었다. '그것'은 천천히 내 어린 괄약근을 집요하게 공격했다. 그것은 내 몸속에 있긴 했어도 내 존재의 사정을 아랑곳하지 않는 이물질이었다. 그것은 최선을 다해 성채를 방어하고 있는 괄약근에서 어디가 약한 곳인지, 힘의 균형이 무너진 곳은 어디인지 찾으려 여러 가지 형상을 취했다. 터질 듯이 부풀어 오르는가 하면 수축하면서 예봉을 치켜들어 벽을 후벼 파는가 했다가 여의치 않으면 잠시 자극을 멈추기도 했다. 방심하는 틈을 노리기 위해서였다. 40분 수업의 절반가량을 무사히 방어해낸 뒤 나는 담임의 얼굴을 쳐다보았다. 개개인의 사정을 아랑곳하지 않고 평등하게 매질을 가하는 냉정한 인간의 얼굴이었다. 내가 그녀에게 내 사정을 호소했을 때 그녀가 어떤 식으로 응대해 올 것인지 상상해 보았다.

니는 노는 시간에 다른 아들 변소 갈 때 안 가고 혼자 뭐했노? 니그래 가꼬 나한테 관심 끌라 카는 기제?

그 상상은 변의를 참는 데 상당한 도움이 되었다. 몇 분이 흘러갔다. 잠시 어이없게 현혹되었다 싶었는지 그것의 압력은 더욱 증대됐다. 만일 그것을 결국 참아내지 못한다면 어떤 결과가 올 것인가 생각해 보았다.

내 옆, 앞, 뒤를 둘러싸고 있는 아이들이 코를 쥘 것이다. 냄새는 점점 더 광범위하게 퍼져 가고 점점 더 많은 아이들이 코를 싸쥐고 서로에게 눈을 부라릴 것이다. 처음 아이들은 반에서 바보로 유명한 만우를 의심할 것이다. 하지만 그 아이 역시 나름대로 영문을 모르는 눈으로 사방을 둘러보고 있다. 냄새는 점점 강해지고 더 참을 수 없을 지경이 되면 한 아이가 손을 들고 일러바칠 것이다.

"선생님요. 누가 똥 쌌어요."

그러면 담임은 다가와 물을 것이다.

"누고? 어떤 놈이 교실에서 똥을 싸고 지랄이가? 퍼뜩 일나봐라."

하지만 나는 일어설 수 없다. 더 많은 그것이 폭포처럼 쏟아져 나올지도 몰라서. 시간이 조금 더 걸리기는 하겠지만 나는 결국 미혼의 여교사가 담임을 맡고 있는 학급에서 있을 수 없는 일을 저지른, 처녀 교사가 감당하기 힘든 문제아로 지목되어 맹꽁이처럼 어기적거리며 교실 밖으로 추방된다. 이후 나는 학교를 졸업할 때까지 아이들 사이에서 '똥싸개'로 불릴 것이다. 아이들의 기억 속에서 일생을 '똥싸개'로 호명될 것이며 열일곱 살 되던 여름, 학교 졸업 이후 열린 최초의 동창회에서부터 칠순 기념 동창회에 이르기까지 영원히 '똥싸개'로 지칭될 것이다. 바보, 멍청이, 돌대가리, 얼간이, 쪼다, 말미잘을 능가하는 찬연한, 구체적 사실을 담은 별칭 똥싸개에 대해 나는 영원히 항변할 수 없다. 그런 상상만으로 몇 분의 시간이 더 연장되었다.

하지만 결국 올 것은 왔다. 최후까지 성채를 지키던 괄약근이 더 이상 견딜 수 없어 하며 항복을 선언하는 순간, 그것은 전면적으로 성문을 밀어젖히며 밖으로 밀고 내려왔다. 세상에 처음 모습을 보이는 신생아처럼 소리쳐 우는 대신 생전 처음 겪는 기이한 뜨거움으로 자신이 세상에 나왔음을 알렸다. 끓는 물의 뜨거움, 불타는 아궁이의 뜨거움, 한여름 바닷가 모래밭에 직각으로 내리꽂히는 햇빛의 뜨거움, 겨울 바다에 들어갔다 나와 어지럼증과 탈진으로 자리에 쓰러져 끙끙 앓는 어머니 손의 뜨거움을 나는 알고 있었다. 하지만 내 내부에서 쓸모를 다하고 버려진 불순한 이물질이 가지고 있는 뜨거움은 내가 겪었던 어떤 뜨거움보다 끈덕지게 오랫동안 내 기억을 지배했다. 그 뜨거움은 수치심을 동반한 것이었다. 거기에는 누구보다 좋아하는 사람에게 들키고 싶어 하지 않는 간절한 마음이 결부되어 있었다.

상상했던 것과 달랐던 것도 있었다. 더 이상 상상만으로는 견딜 수 없게 되기 직전, 수업이 끝났음을 알리는 종이 울렸다. 담임은 코를 킁킁대다가 다음 날 아침 손등과 손톱 사이의 때를 검사하는 '위생 검사'를 실시하겠다고 고지하고 "제발 좀 얼굴이라도 씻고 오거라이, 이 까마구 사촌들아" 하고 종례를 마쳤다. 아이들 가운데 몇몇이 코를 쥐고 누가 방귀를 뀌었느냐며 손가락질을 해대기 시작했다. 방귀 논쟁은 어느 것이 독한가, 누구의 것이 독한가로 번졌고 종류 또한 단순 똥 방귀, 고구마 방귀, 감자 방귀, 달걀 방귀, 보리밥 방귀 등등이 백과사전적으로 열거됐다. 하지만 내가 어기적거리며 걸어 나왔을 때 나를 콕 찍어 지목한 아이는 없는 것 같았다.

하지만 운명을 피해갈 수는 없는 법이었다. 운명은 언제부터인지 얼굴이 노래진 나를 주시하고 있었고 내가 똥을 쌌다는 사실을 명확히 인지했다. 민현은 내가 자신을 주목하는 것에 대해 당연시하는 것만큼이나 내가 자신에게서 눈을 떼고 내 나름의 일에 골몰하는 것을 참지 못했던 것이다.

변소에서 똥이 잔뜩 묻은 내복으로 뒤를 닦고 내복을 버린 다음 벌벌 떨며 나오는 내게 민현이 다가왔다. 그녀가 평생 처음으로 내게 건넨 말은 이랬다.

"니 교실에서 똥 싼 거 내 싹 다 안다."

나는 부인할 수 없었다. 그녀 앞에서는 무엇도 감출 수 없으니 그녀가 알고 있는 건 당연했다. 내가 고개를 떨어뜨리고 있자 그녀는 내게 또 한마디 더 했다.

"나 말고는 없다. 그라이……."

그로부터 우리는 서로의 비밀을 공유하게 되었다. 어느 쪽이 더 치명적인 비밀을 가지고 있느냐에 상관없이 나는 민현이 원하는 것이라면 무엇이든 해줄 의무를 졌다. 그건 내가 원래 하고 싶어 하던 것이었다.

설거지와 청소를 마쳤다. 수많은 집사와 하인, 하녀들의 도움을 입어서. 물론 그들은 사람이 아니다. 로봇, 흔히 가전제품이라고 통칭하는 것들이다. 전기밥솥, 청소기, 식기세척기, 세탁기, 건조기 등등.

현대인 한 사람을 봉건시대의 신분사회로 돌려보내고 지금과 같은 의식주 생활을 유지하게 하는 데 드는 하인의 숫자는 팔십 명쯤 된다고 누군가 계산해 냈다. 로봇은 센서와 모터를 통해 사람이 하는 일을 대신 하는 기계를 말한다. 그런 의미에서 가전제품 역시 로봇이나 다름없다. 스위치며 시간 설정 등을 사람이 손으로 한다는 것만 빼면.

수동 로봇이 대신할 수 없는 게 있다. 수동 커피 그라인더로 하와이산 커피를 굵게 갈아서 핸드드립 커피를 만드는 일 같은 것. 민현이 나타났다. 빅토리아 양식의 흰 철제 탁자에 커피 잔을 놓고 마주 앉았다.

"내가 커피를 마시는 이유의 절반은 향 때문이야. 마시지 않으려 하다가도 향을 맡으면 사기가 완전히 꺾여서 저항할 수가 없어."

나는 뿌듯한 기분으로 커피를 한 모금 들이마신다.

"커피콩 하나 생산되지 않는 나라에서 쩔지 않은 콩 사는 게 쉽지 않아. 생원두 사다가 직접 통을 돌려가며 로스팅을 했으니까 원래의 풍미가 많이 남아 있는 거야."

나를 넘겨다보며 웃는 그녀의 눈가에 주름이 살짝 잡힌다. 그게 더 자연스럽다. 한때 성형을 많이 해서 로봇처럼 무표정한 얼굴을 한 사람을 특권층으로 생각해 주던 시절이 있었다. 지금의 의료기술은 최대한 자연스러움을 보존한다.

"나머지 절반의 이유는 궁금하지 않아?"

"글쎄. 다른 사람과 비슷하지 않나? 카페인, 각성효과."

"그래. 중독 때문이야. 카페인을 섭취하면 뇌에서 도파민 흡수가 방해를 받게 되지. 도파민이라는 신경전달물질은 모든 중독에 관여해. 도파민이 분비되면 감정이 상승되고 쾌감이 유발되지. 이게 정상 수치로 떨어지면 다시 도파민 분비를 자극하는 특정 행동을 반복하는 거고. 카페인은 또 수면을 유발하는 이노데신산을 흡수하지 못하게 만들어서 각성효과를 내지. 커피를 마시면 동일한 개체에 있는 에너지, 활력을 미리 당겨쓰는 것이나 마찬가지야. 어차피 제한되어 있는 에너지를 미리 쓰고 나면 그 다음에는 무기력해지고 의욕이 떨어지고 짜증이 나면서 불안해지지."

"커피 한 잔을 가지고…… 좀 살벌하네."

"한 가지 더 생각해 볼 수 있어. 도파민은 인간이 생존을 위해 취하는 행동에 대해 보상회로를 형성하는 데 중요하지만 이걸 악용한다는 게 문제야. 도파민이 작용하는 행동들, 곧 행동과 쾌감의 연결 고리를 학습하게 하는 술, 담배, 마약, 식품, 쇼핑, 비디오게임, 인터넷,

휴대폰, 소셜 네트워크 서비스 등등을 마케팅에 적극적으로 활용하는 기업들이 있다는 것. 여기에는 섹스 중독도 포함되지. 이런 물질이나 행동에 대해 지속적이고 통제 불가능한 의존상태를 유발하는 게, 이윤 추구를 위한 수단으로 삼는 게 도덕적으로 법적으로 정당하냐는 거지. 청량음료에 들어가는 카페인, 콘시럽, 설탕, MSG와 고칼로리, 고지방 식품은 도파민 분비를 촉진하지. 당연히 중독성이 있고. 그 다음에 일어나는 비만이니 중독이니 당뇨병이니 대사장애 같은 것에 대해서는 기업은 책임을 지지 않지. 그건 개인이 자발적으로 선택한 것으로 밀어붙이는 거야."

"커피가 다 식네요."

"걱정 마. 식으면 빨리 마실 수 있어. 예전에는 식은 커피를 하루 한 갤런씩 마셔댔지. 인간의 머릿속에는 백억 개의 뉴런에 비슷한 수의 신경교세포가 있어. 시냅스는 육십조 개나 돼. 이렇게 많은 연결이 있어서 좁은 공간에서 수십억 개의 미세회로가 작동하는데 이걸 가지고……"

다행히 그녀의 휴대전화가 몸을 부들부들 떤다. 웃음소리를 낸 그녀는 전화를 받으러 자리를 뜨기 전에 한마디 덧붙인다.

"휴대폰 진동음도 중독성이 있다는 게 예전에 이미 입증됐지. 진동음을 들을 때마다 도파민이 분비되거든."

일본식 가옥이 줄지어 선 거리는 젖어 가고 있었다. 한때 탐스럽고 요염한 붉은 꽃을 피웠을 굵은 줄기의 늙은 능소화가 바람에 떨고 있었다. 그 능소화가 타고 올라간 나무대문은 대문으로서의 기능을 상

실하고 능소화의 지주 역할만 하며 서 있었다. 그 외에 민현의 어머니
가 십대 초반에 들어가 해방이 될 때까지 살았다던 일본인 요릿집의
외관은 그런대로 유지되고 있었다.

짙은 갈색의 이층 목조건물에 이웃한 웬만한 집보다 두 배는 더 커
보였다. 외관은 세월의 칠을 머금어 무게를 느끼게 했다. 자세히 보니
이층 목조 구조물에 섬세한 문양이 새겨져 있었고 지붕의 선은 이웃
과 비슷해 보여도 어딘가 달랐다. 삶과 시간, 생활의 예술품이라 할
수 있는 집은 품위 있고 아름다웠다.

민현의 어머니의 어머니, 곧 외할머니는 제주에서 살던 해녀였다.
그녀는 스물두 살밖에 되지 않던 나이에 남편을 바다에 잃고 당시의
습속에 따라 혼자 살았다. 물질을 하러 동해안 바닷가까지 왔다가 태
풍과 폭우에 갇혀 있던 중에 민현의 외할아버지를 만났다. 팔다리가
굵고 엉덩이가 큰 이방 여자의 어떤 매력이 어촌 마을 총각의 관심을
끌었던지 폭풍우가 거세게 몰아치던 어느 밤 총각은 해녀에게 깊이깊
이 씨를 뿌렸다. 결국 두 사람은 한집에서 살게 되었다.

해녀는 동네 처녀들에게 바다야말로 생명의 원천이며 물질만이 잘
살 수 있는 길이라고 야무지게 일러 주고 바다로 뛰어들게 했다. 그
처녀 중에 내 어머니도 있었기 때문에 후일에 그런 이야기를 알게 되
었다. 민현의 외할머니는 삼십대 중반의 나이에 요절했다. 아내를 끔
찍하게도 사랑했던, 그래서 주변의 만류에도 불구하고 그녀를 반려
로 맞아 행복해 하던 남자는 그만큼의 절망과 슬픔으로 늘 술에 취
해 살았다. 그 바람에 민현의 어머니가 일본인 거리의 요릿집에 맡겨
지고 나나가 된 것이었다.

비록 일본인 주인 부부로부터 딸처럼 사랑 받고 많은 것을 배웠다고는 하나 나는 결국 나나였다. 일본이 패망하고 귀국선이 도착하자 그들은 열여덟 살 난 처녀를 그 큰 집에 팽개치듯 버려두고 값나가는 것은 모두 챙겨 가버렸다. 그때의 서러움과 서러움보다 더 견디기 힘든 불안과 불안보다 무서운 외로움을 무너진 나무대문 곁에 있던 능소화에게 하소연했을지도 모른다. 가을까지 처연히 꽃을 피워 올리는 능소화를 바라보며 가슴을 치곤 했을 것이다.

조금씩 뿌리는 이슬비 때문인지 거리에는 다니는 사람이 없었지만 나는 민현을 따라 조심스럽게 걸음을 내디뎠다. 일본인 거리의 골목은 좁고 길었다. 높은 집이 만들어 내는 그늘 또한 깊었다. 마지막 일본인 거류민이 집을 떠난 지 이십 년이 훨씬 넘는 세월이 지났으나 거기에는 묵직한 그들의 사연이 아직 서려 있는 듯했다.

"내 언젠가는 저 왜놈 집들을 몽땅 다 사고 말 끼다."

갑자기 나를 돌아보며 민현이 소곤거렸다. 소리는 작았지만 어조는 단호했다. 나는 학교에서도 가장 부자 축에 드는 아이들을 마주치기라도 할까 잔뜩 겁을 먹고 있던 참이었다. 민현의 말이 담고 있는 뜻이 뭔지 알 수가 없었다.

"집이 이래 많은데? 오십 개, 백 개도 더 된다. 이거를 다 우째 산단 말이고?"

말을 하면서 나는 일본 가옥의 수직으로 높은 나무벽에 붙어 빠르게 걸음을 옮겼다. 고양이처럼 소리 없이 가볍게 움직이고자 하는 바람과는 어긋나게 고무신에 들어간 빗물 때문에 찌걱찌걱 소리가 났다. 나와는 달리 민현은 이슬비처럼 소리는 전혀 내지 않은 채 내 뒤

에 바싹 붙어 따라왔다. 처마에서 이따금 큰 물방울이 날렸다. 가랑
비에 옷 젖는다는 말마따나 이미 어지간히 젖었는데도 그 큼직한 물
방울만큼은 피하고 싶었다.

"집이 백 개 천 개가 무슨 문제고? 두고 봐라. 내 언젠가는 이 집들
을 다 살 기다. 다 사 가지고 우리 어무이한테 선물할 기다."

네 어머니는 집에서 도망치지 않았느냐. 나는 말할 수 없었다. 그녀
는 자신의 꿈에 사로잡혀 있었고 그건 그녀에게 힘을 주는 원자로 같
은 것이었다. 나는 그렇게 생각했다.

"만약에 어무이가 이 집이 싫다, 이 꽃도 싫다고 하모 내 싹 다 불
싸지르고 없애 버릴 끼다. 누구도 못 살기 할 끼다."

그녀의 눈은 빛났고 입술은 붉었다. 능소화는 한 그루만 있는 게
아니었다. 거리를 지나는 동안 열 그루가 넘는 능소화가 나무로 된
집을 타고 올라가는 것을 보았다. 집 뒤쪽 절벽이 드러난 곳에는 분
재처럼 절벽 틈사이로 오동나무들이 자라고 있는 게 보였다. 차가 급
정거할 때처럼 찢어지는 소리를 내며 바다의 긴 채찍 같은 바람이 종
아리를 휘감았다. 오동나무는 코끼리의 귀처럼 거대한 잎을 펄럭거렸
다. 나는 물에서 막 나온 개처럼 떨리는 입술로 말했다.

"고마 가자."

그러나 민현은 자신이 서 있고 싶은 만큼 서 있으려는 듯 끝이 보
이지 않는 일본인 거리를 노려보았다. 서너 번 가자고 말했을까. 그녀
의 대답 대신 일본인 가옥 가운데 가장 큰, 난간이 쳐진 다락에서 그
렇게 내가 피하고 싶던 아이의 목소리가 들렸다. 석규였다.

"점마 완저이 민현이 저 딸아 부하네."

"쫄병이다. 지집아 쫄병. 쫄쫄 따라댕기민서 아양이나 떠는. 자슥아, 붕알 따라."

석규의 말에 맞장구를 치는 녀석은 복수였다. 복수야말로 석규의 뒤를 졸졸 따라다니면서 아첨하는 간신이나 다름없었다. 하지만 나는 고개를 들 수 없었다.

"저 딸아가 뭐 좋은 거를 준다캤길래, 치마 밑에 뭐라도 보이줬길래 저래 비까지 맞아가민서 강아지맨키로 쫄랑쫄랑 따라댕기지릴."

석규는 내 머리 위에 오줌을 내깔기듯 치욕을 퍼부었다. 코를 쳐든 민현이 오만하게 발걸음을 뗐다. 나는 민현을 따라다니는 게 아니라는 걸 보여 주려고 한사코 앞장을 서려 애썼다.

1968년 6월 16일 오전 8시 경 시인 김수영이 사망했다. 그는 전날 술에 취한 채 귀가하다 버스에 받히는 사고를 당한 뒤 서울 적십자병원으로 이송되었다. 김수영은 1961년에 4·19 혁명에 관한 시 〈사랑〉을 썼다.

어둠 속에서도 불빛 속에서도 변치 않는
사랑을 배웠다 너로 해서

그러나 너의 얼굴은
어둠에서 불빛으로 넘어가는
그 찰나에 꺼졌다 살아났다
너의 얼굴은 그만큼 불안하다

번개처럼

번개처럼

금이 간 너의 얼굴은

남자아이들 사이에서 여자처럼 취급받는 것이 나을까, 외톨이지만
매력 있는 여자아이의 단 하나밖에 없는 친구가 되는 게 나을까. 당
연히 후자가 낫다. 지금 같으면 그걸 선택했을 것이다. 어쨌든 그때
나는 사고가 충분히 여물지 못했다. 나는 최선을 다해 사내아이들 속
에서 놀아 보려고 했다.

　밑바닥부터 시작했다. 간신, 거지, 똥걸레 같은 놈이라는 소리는 숱
하게 들었다. 가랑이 사이를 기어 다니는 건 보통이고 술래는 재미없
어 할 때까지, 제발 그만두라고 할 때까지 도맡았다. 민현이 지금 잠
시 외롭더라도, 내가 원망스럽고 우습게 보일지라도.

　사실 사내아이들의 세계는 여자아이들, 그중에서도 민현 같은 섬
세하고 고결한 영혼에는 비할 수도 없이 유치했다. 이따금 전쟁놀이
에서 나무 칼에 맞아서 쓰러져 죽을까봐, 누군가의 궁둥이에 얼굴이
깔렸을 때 숨이 막혀 죽을까봐 가슴이 떨리는 기분이 드는 것을 빼
고는 별다른 느낌도 없었다. 더러워도 남자아이들은 더 더러웠고 냄
새도 훨씬 많이 났고 욕심이 사나웠다.

　돈이 뭔가. 돈은 타인에 대한 지불약속이고 교환수단이다. 내가 어
렸을 때 그건 먼 나라 남의 이야기였다. 돈은 인격이고 지위이고 권력
이고 심판관이었다. 돈을 많이 가진 사람의 아들은 제 아버지처럼 권

력자이자 지혜와 감성을 갖춘 영웅이었다.

우리들 중 가장 돈 많은 집 아들이자 최대 어선의 선주 아들 석규는 세상에서 가장 맛있는 음식이 제 집에서 매일처럼 먹는 불고기, 계란찜, 전복구이 같은 산해진미가 아니라 산 너머 시오리길에 있는 강 상류에서 그물로 잡은 피라미로 만든 잡탕이라고 주장했다. 두 번째는 콩 서리, 밀 서리, 감자 서리처럼 훔쳐서 구워 먹는 것. 세 번째는 하천과 바다가 만나는 어귀에서 훌치기낚시로 잡은 숭어다. 석규의 말은 법이었다.

세상에서 가장 맛있다는 것을 먹기 위해 나는 그를 따라 내가 태어난 곳보다 더 멀고 무서운 곳, 하천 상류로 갔다. 그는 발에 물 한 방울 적시지 않고 내가 지고 간 그물을 던졌고 나는 옷을 입은 채 물에 뛰어들어가 개처럼 헤엄을 치며 물고기를 후렸다. 그 사이 다른 아이들은 나무토막을 가져다 불을 피우고 큰 냄비에 물을 끓였다. 잡은 피라미는 세게 쥐기만 해도 내장이 쥐어짜졌다. 남들이 징그럽다고 하기 싫어하는, 내장을 빼내는 것도 내 일이었다. 그 가운뎃손가락보다 좀 긴 것을 머리도 떼지 않고 끓는 물에 투하하고 주변에서 훔쳐 딴 호박을 썰어 넣었다. 감자가 있으면 훔쳐 캐다 썰어 넣고 마늘도 훔쳐 뽑아서 넣고 깻잎도, 파도, 풋고추도, 무도 훔쳐 집어넣었다. 그렇게 해서 피라미 몇 마리에 훔친 채소를 더하고 냇물로 끓인 잡탕을 먹다 보면 내가 제대로 부하 노릇을 하고 있다는 실감이 났다.

그 아찔하고 중독적이며 원시성을 자극하는 수렵, 채취, 어로의 복합체인 피라미잡탕 놀이가 끝나고 서녘 하늘에 황홀한 노을이 질 때쯤 돌아오는 길마다 석규는 이런 이야기를 해주었다. 수십 번, 아니

십수 번.

"세상에서 제일 큰 동물이 바로 고래다. 고래를 한 마리 잡는 게 피라미 억만 마리를 한꺼번에 잡는 거보다 훨씬 더 훌륭하다. 고래를 잡는 것이야말로 사나이가 태어나서 한번 해볼 일이다. 하다 그 자리서 죽어도 좋을 일이다."

그가 민현을 잠시라도 좋아해서 고래잡이를 존경하게 된 것인지, 고래잡이를 존경해서 민현을 좋아하게 된 건지 모를 일이었다. 아무튼 그 말 또한 법이었다. 그러던 그가 보리가 누렇게 익은 언덕을 넘어오다 정자처럼 생긴 해송 아래에서 외쳤다.

"고래다. 고래가 들어왔다!"

우리들은 한달음에 바다로 뛰어내려 갔다. 뛰는 것은 아이들만이 아니었다. 노인, 아이, 남자, 여자 가릴 것 없이 뛰고 있었다. 동네 개들마저 한 마리 빠짐없이 나와서 짖고 있었다. 아득한 옛날이라면 수천 명 마을 사람들이 한 달은 먹을 수 있는 식량이 들어오고 있었던 것이다. 사람들이 폭포처럼 고래배가 들어오고 있는 포구로 쏟아져 내려가고 있었다. 목이 터져라 한껏 고함을 지르고 가슴을 두드리고 싶게 하는 장관이었다.

망루 끝에 망통을 돛대처럼 단 배 한 척이 들어오고 있었다. 빼애액 빼애액 하고 기적을 불어 젖히면서 들어왔다. 겨우 아홉 명이 탄 목선이었지만 고래를 배에 매달고 들어오는 이상 구백 명이 탄 항공모함보다 더 커 보였다. 맨 앞에 일어서 있는 사람이 선장이었다. 그 뒤가 기관장, '세라(Sailor·선원)'였고, 맨 뒤에 밥을 도맡아 하는 청년 화장까지 의기양양한 표정을 하고 서 있었다.

"일등 세라 다음이 이등 세라, 그 뒤가 경비하고 불나는가 보고하는 도방새다. 갑판장도 조기장도 있네. 그런데 고래배에서 젤로 으른이 누군가 아나? 바로 포수, 아니 포장님이다. 법으로는 선장이 으른이지마는 고래배에서 고래한테 작살포를 쏴제끼는 포장님이 젤로 대장인 기다."

등 뒤에서 석규의 설명이 들려왔다. 나는 그 포수인지 포장인지가 어디 있는지 보기 위해 까치발을 하고 눈을 부볐다. 공처럼 통통 뛰어가며 고개를 내밀었다. 하지만 포수는 보이지 않았다.

배가 땅에 닿기 전에 이미 고래를 맞이할 준비는 다 돼 있었다. 같은 고래잡이배라 해도 해마다 2월부터 서해안까지 올라가 몇 달씩 조업하는 철선과 달리 목선들은 연근해의 고래를 주로 잡았다. 소규모의 목선은 길이 큰 고래는 감당하기 힘들어 가끔씩이나 잡고 십 미터 이내의 새끼 고래나 밍크고래를 주로 잡았다. 고래를 잡았다 하면 가장 가까운 항구로 가는 것이 불문율이었다. 멀고 큰 항구로 가면 돈은 조금 더 많이 받을 수 있지만 시간이 오래 걸리고 시간이 걸리면 고래가 부패할 수도 있었다. 배를 접안할 공간이 있는지, 해체를 제대로 할 수 있는지도 알 수 없었다. 또 돈을 받으러 다시 그곳까지 가야 한다는 게 번거로운 일이었다.

이미 연락을 받고 도착한 고래잡이배의 선주가 술과 안주를 들고 배에 올라갔다. 수고했다고 막걸리나 막소주가 아닌 평소에는 보기 힘든 일본식 청주를 한 잔씩 돌리고 선장과 악수를 나누었다.

잡혀 온 고래는 참고래인 '나가수'였다. 나가수는 장수경(長鬚鯨), 곧 긴수염고래라는 뜻인데 나가수의 '나가'는 '길다(長)'는 의미의 일본

어이고 나머지는 수염(鬚)이라는 것을 나중에 들어 알았다. 참고래는 턱 밑에서부터 배꼽까지 길게, 쉰 개에서 백 개쯤 되는 세로주름이 나 있어 수염처럼 보이기도 한다. 참고래는 최대 길이 이십 미터에 팔십 톤까지 나가는 큰 몸집을 가지고 있어 잡으면 큰돈이 된다. 육지 가까이에서 돌아다니고 고래잡이배가 가까이 가도 잘 도망치지 않는다. 작살에 맞아도 가라앉지 않고 물에 뜨기 때문에 잡기가 제일 편하다. 석규의 중계와 해설은 계속됐다.

잡혀온 고래는 처녀 고래, 곧 아직 미성숙한 암고래라는데도 길이가 십 미터나 되고 이층집 높이에 머리와 꼬리에 서 있는 사람이 서로 보이지 않을 정도로 컸다. 고래가 크레인에 의해 부두로 끌려 올라왔다. 경매를 하는 사람들이 몰려들었다. 이미 그들은 고래의 크기가 얼마인지 살이 얼마나 나오는지 미리 셈을 해놓고 있었는데 실제로 재보아도 거반 차이가 없었다.

중개인이 종을 흔들었다. 부위별로 호명이 되자 가격을 제시하는 사람들은 점퍼에 손을 감추고 손가락으로 단가를 매겼다. 손가락을 셈하는 동안 중개인은 "여어어어어어어어" 하고 노래도 구호도 아닌 소리를 냈다.

부위별로 고기가 낙찰되자 해부용 장화를 신은 해부장이 도경용 칼을 움켜잡고는 고래의 목을 절단했다. 목에서 피가 쏟아져 나오자 고무호스를 든 남자가 물을 뿌려 피를 씻어냈다. 고래가 물고기가 아닌 온혈동물이라는 건 피가 뜨뜻한 것으로도 입증이 되었다. 머리를 자르고 등지느러미와 꼬리지느러미를 자르자 세찬 물살에 허연 뼈가 드러났다. 칫솔처럼 빽빽한 수염이 통째로 들려나와 머리 옆에 떨어졌다. 갈증이 나는지 해부장은 냉국을 달라고 해서 벌컥벌컥 마셨다. 이어서 갈비나 내장 순으로 해체가 되었다.

숙련된 기술자들이 커다란 칼로 방석 모양을 내가며 껍질을 발라 내고 고기를 끊어냈다. 고기 주변에 얼음을 채워 냉동창고로 운반했다. 머리와 꼬리 같은 부위까지 경매에 입찰한 사람들이 얼음에 채워 집으로 가지고 갔다. 사십 톤짜리 고래에서 고기만 이십 톤이 나왔고 뼈와 껍질에서 기름이 사오십 드럼 나왔다. 칠 미터 정도 되는 밍크고래 하나를 해체하는 데는 두세 시간, 십오 미터쯤 되는 대형 참고래는 열 시간이 훨씬 넘게 걸리기도 했지만 돌고래는 몇 십 분이면 충분하다고 했다.

고래의 해체가 끝나고 난 뒤 여자들이 고래뼈를 연료로 하여 솥에 고래고기를 삶았다. 어느새 인근에서 온 사람들이 그 고기를 샀다. 돈이 있는 사람들은 살코기를, 가난한 사람들은 살코기를 제외한 부위를 사갔다. 그러고도 남은 껍질은 큰 솥에 넣고 불을 땔 때서 기름을 걷어 따로 비누공장에 팔았다. 그 기름마저 빠지고 남은 찌꺼기가 고래과자가 되었다. 고래과자를 씹으면 껌처럼 질기면서 쫄깃하고 고소했다.

우리는 비릿하고 짭짤한 맛이 나는 고래과자를 씹으면서 그날 고래잡이배의 최고 가는 영웅, 포장을 찾아 시장과 골목을 개처럼 쏘다녔다. 결국 항구 맞은편 시장 뒷골목 고래고기 파는 식당이 줄지어 있는 곳에서 그를 찾아냈다. 그는 바로 삼지창을 든 포세이돈이었다.

그는 일반 남자들보다 키가 머리 하나는 더 커 보였다. 자신보다 작은 사람들과 대화를 하느라 그런지 어깨가 구부정했다. 머리는 여전히 길었고 반백이었으며 눈이 컸다. 귀 또한 크고 손가락도 굵었다. 전체적으로 균형이 잘 잡혀 있었고 잘생겼다. 세상 어떤 아버지보다 더 위대한 남자처럼 보였다. 적어도 내 아버지보다는 훨씬 아버지다웠다.

저 사람이 내 아버지였다면. 가슴이 뻐근했다. 목이 메었다. 그는 사람들을 둘러보며 천천히 막소주를 마셨다. 기자회견을 하는 대통령처럼 질문이 있는 사람들로 하여금 손을 들게 하고 그 손을 지목해 질문을 받고는 천천히 자신이 아는 것을 이야기해 주었다.

고래고기 중 가장 비싸게 치는 것은 일본 사람들이 좋아하는 꼬리 부분의 고기로 '오노미'라고 한다. 십 킬로그램짜리 상자에 담는데 그 상자 하나의 고래고기 값이 웬만한 밍크고래 절반치에 해당한다고 했다.

고래는 고기, 기름, 심줄이 다 쓰임이 컸다. 특히 고래뼈와 지방을 가마솥에 넣고 네 시간 이상을 삶아서 빼낸 기름은 세제, 윤활유, 기계유, 마가린, 식료품, 화장품, 비누 등을 만드는 데 썼다.

고래고기 식당 주인이 거들었다. 사람마다 입맛이 달라서 기름을 좋아하는 사람은 기름만 먹어도 만족한다. 싸다고 나쁜 건 아니다.

어떤 일에든 뒤치다꺼리를 주로 하는 남자가 악을 쓰듯 말했다. 고래고기에서 최후로 남은 뼈로는 공예품을 만들고 비료나 가축 사료로도 쓴다. 하나도 버리는 게 없다.

포세이돈 포수는 여러 사람이 서둘러 자신이 아는 것을 털어놓으려 애쓸 때 그것이 맞다, 그르다를 공평하게 판정하고 재미있다, 없다를 냉정하게 품평했다. 그는 영웅이자 왕이었다. 전장에서 이기고 돌아왔다. 모든 사람의 우러름을 받았다. 그럴 만도 했다.

감동으로 뻐근한 내 목이 채 풀리기도 전에 아버지는 그날 저녁 밥상머리에서 식구들에게 통고했다.

"이 놈의 집구석 고마 팔렸다. 인자 한 달마 있으모 이사 간다."

내 어머니는 해녀였다. 바다만 있으면 누구에게도 손 벌리지 않고 떳떳이 살아갈 수 있다고 했다. 원래 동해안에는 해녀가 없었다. 우리나라 해녀의 본산인 제주에서 해녀들이 뭍으로 진출해서 동해 바닷가에서 물질을 시작하면서 제주 아닌 다른 지역에도 해녀들이 살게 되었다. 내 어머니는 그런 해녀 가운데 한 사람으로부터 물질 기술을 배웠다.

아버지는 이미 해녀로서 한 사람 몫을 충실히 하게 된 어머니와 결혼할 때 자신의 아버지, 그러니까 돌아가신 할아버지의 명령에 어쩔 수 없이 복종을 한 것이라고 한다. 어머니의 시아버지, 곧 내 할아버지는 물질을 할 줄 아는 생활력 강한 처녀를 며느리로 맞은 것을 무척 기뻐했다. 바다 속에는 뭍의 논밭처럼 바위마다 임자가 있었고 그 바위에서 나는 미역은 바위 임자와 관련된 해녀만 채취할 수 있었다. 그런 '미역 바위'는 거래가 가능했다. 할아버지는 며느리에게 미역이 많이 나는 바위를 사서 주기까지 했다. 그 모든 것이 며느리의 남편, 곧 자신의 아들을 위한 것이었건만 그 아들은 자신의 아버지가 죽은 뒤 몇 년 되지 않아 바다 속 바위와 집을 노름꾼처럼 헐값으로 처분한 뒤 이사를 했다.

아버지는 해녀의 남편으로 무위도식하며 삶을 마치는 것을 원하지 않았다. 나는 민현과 내 어린 시절과 나서 자란 고향을 떠나는 것을 티끌만큼도 바라지 않았다. 해녀인 어머니 또한 미역 바위가 있는 바다를 떠나 살 수는 없다고 했으나 그날은 말이 없었다. 결국 우리는 한 달 후에 떠났다. 빚도 없으면서 빚쟁이가 야반도주하듯. 그 또한 운명이 시킨 일이었다.

"그땐 전학을 간다는 게 그렇게 부러울 수가 없었어. 모든 걸 다 버리고 떠나갈 수 있다는 걸 네가 처음 알려줬지. 갑자기 말도 없이 사라진 것으로. 너는 또 도망친 거였어. 나한테서. 감히 내 허락도 없이!"

커피를 마시고 마당을 가볍게 돌며 산책하는 동안 그녀는 쉬지 않았다. 기분이 좋다는 증거다.

"내가 너를 놀라게 할 수도 있었던 거군."

나는 기뻤다. 정말 몰랐던 부분이다. 아버지에 대한 고마움이 처음으로 생겼다.

"전학을 갈 때 인사를 하러 오지도 않았어. 학교에서 인사를 한 것도 아니고. 그렇게 무시를 당한 경우는 처음이었어."

"그게 인사를 하고 싶지 않아서가 아니고…… 갑자기 가는 바람에 그랬던 것 같아."

"갑자기는 무슨. 너 전학 가기 전에 일주일 내내 나랑 같이 걸어 다닌 거 몰라? 방파제 끝에서 끝까지, 산에서 바다까지, 언덕에서 해변까지, 일본인 거리에서 말목장 근처 산 아래까지 매일 안 간 데 없이 갔었는데. 그때 네가 말 한마디 하지 않고 갔지. 나쁜 놈."

그녀는, 아니 여자들은 남자들이 기억하지 못하거나 중요하게 생각하지 않는 것을 세세한 부분까지 기억해 두었다가 이따금 공격을 할 때 활용한다. 프로야구에서 팀의 우승과 상관없게 된 상태에서도 투수가 승수를 쌓듯이 심상하게. 아마 고향에서의 유년기 마지막 시기, 나는 그동안 민현에게 심상하게 대하던 것을 속죄하는 의미에서 사내아이들의 시선을 아랑곳하지 않고 그녀와 붙어 다녔던 것 같다.

"너도 미국 갈 때 나한테 보고하고 가지는 않았지. 나처럼 가기 전에 둘이 같이 놀러 다녔던 건 더더욱 아니고. 나나 너나 거기가 그렇게 좋아서 선택해 간 게 아니잖아."

나는 오랜만에 반격한다. 그녀의 눈이 가늘어진다.

"미국이 좋다고 말하고 싶은 모양인데…… 하긴 지금 미국인들의 십 퍼센트 정도만 여권을 가지고 있어. 그 사람들한테는 전 세계 어디를 가도 햄버거와 콜라, 맥주만 있으면 그게 다 미국인 거지. 굳이 비용과 위험을 무릅쓰고 불편한 외국 현지까지 여행할 필요가 없지. 미국이 지금 저렇게 망조가 든 건 그 우물 안 개구리들이 너무 지나치게 화석연료에 의존을 했기 때문이야. 주거, 난방, 교통, 도로, 농업, 공업, 유통, 에너지, 서비스, 정치, 경제, 사회, 문화…… 거의 전부. 삶 자체가 화석연료가 없으면 존속할 수가 없게 되었어. 그만큼 화석연료 생산과 소비의 감소가 주는 타격도 전 방위적이고 회복 불가능이야. 미국이 옛날처럼 국민들한테 풍요로운 생활도 복지도 제공하지 못할 것은 당연하고 역사상 최악인 지금보다도 악화돼 갈 게 뻔해. 그래도 국가의 규모가 있으니 전 세계를 상대로 내가 망하면 너희도 망한다는 식의 협박범 노릇은 당분간 하겠지."

나는 그녀가 언제부터 미국의 미래에 대해 의문을 가지게 되었는지 알 수 없다. 그녀야말로 누구보다도 미국과 미국인, 미국적인 시스템의 혜택을 가장 많이 입은 사람인데도.

"당신이 미국에 가 있을 때 죽도록 가보고 싶었지. 딴 데보다도 도박도시 라스베이거스에. 잭팟 한 방으로 운명을 바꾸고 싶었지."

그녀는 허리를 굽히고 보랏빛 해국을 손바닥으로 쓰다듬다 고개를 들었다.

"거긴 너 같은 마마보이가 혼자 갈 데가 못 돼. 싸우러 가는 것이라면."

아버지가 솔가해서 이사한 곳은 그로부터 몇 해 뒤에 대표적인 국가기간산업인 제철소 1기 고로가 들어선 장소가 강 건너에 빤히 바라다보이는 포항시의 남쪽이었다. 오로지 어업으로 번성했던 내 고향과는 달리, 포항은 동해안에서 가장 큰 어항과 가장 큰 군부대와 미군기지, 전국적으로도 가장 큰 시장이 있는 도시였다. 바로 그 포항에 국내 최초의 일관 제철소까지 들어서면서 뭔가 큰 변화가 생기고 무엇을 하든 산 입에 거미줄을 치지는 않을 것이라고 아버지는 생각했을 것이다. 정보를 입수하고 고향을 떠날 때는 그토록 빠르고 과감했으나 아버지는 태어나서 한 번도 밟아보지 못한 땅에 자리를 잡는 데는 서툴기 짝이 없었다. 결국 네 식구 생계에 관련된 일은 어머니가 떠맡았다.

제철소 공사가 시작되면서 많은 기술자, 노무자와 관리직 회사원들이 모여들었지만 그들에게 제공될 기본적인 생활기반이 여러 가지로 부족한 상태였다. 그들 역시 인간이었다. 의식주를 해결해야 했고 인간으로서의 기본적인 욕구를 충족시켜야 했다. 그런 와중에 어머니는 식당을 열었다.

처음에는 집 안의 부엌 딸린 방에 손님을 받았다. 고만고만한 식당이야 이미 포화상태라고 할 만큼 많았기 때문에 단골을 늘리기가 쉽지 않았다. 하지만 어머니에게는 비장의 무기가 있었다. 어머니는 해녀였다. 어떤 해산물이 싱싱하고 맛있는지, 싸면서도 구하기 쉬울지 누구보다 먼저 알았다.

포항의 항구에는 아침마다 한류와 난류가 교차하는 연안에서 잡은 가자미, 청어, 열기, 삼치, 쥐치, 도미, 오징어 등을 실은 어선들이 즐비하게 정박했다. 어부들은 조업을 나가면서 채소와 물, 초장 등을 배에 실어 가지고 바다로 갔다. 물고기가 일단 잡혀 올라오기 시작하면 굶어도 허기를 모르고 옆에서 인어를 따라 용궁으로 사라져 가도 모르는 게 인지상정이다. 밤중부터 새벽까지 그물을 당기고 물고기를 끌어올리던 그들은 한껏 허기가 지는 새벽에 참을 먹기 위해 갑판에 앉았다. 잡아 올린 물고기를 큼직큼직하게 썰어 그릇에 넣고 시원한 오이며 채소를 푹푹 썰어서 더하고 고추장을 넣어서 쓱쓱 비빈 뒤에, 빨리 먹기 위해 물을 그득 부어서 나눠 먹는 것, 그게 어머니가 내놓은 물회의 원래 모습이었다. 게다가 어머니가 직접 물질로 잡은 해삼, 멍게, 소라, 성게 같은 해산물까지 물회로 만들어 내놓음으로써 해녀가 운영하는 식당으로 유명해졌고 손님은 급증했다. 아버지는 아예 대놓고 술고래 노릇을 시작했지만 마당에 평상을 만들어 놓았고 얼마 지나지 않아 마당은 평상으로 가득 채워졌다. 모든 것이 순조로워 보였다. 어머니가 음식을 팔아 떼돈을 번 건 아니었지만 할아버지의 예견대로 남편과 자식들을 건사하는 데는 아무런 문제가 없어 보였다.

하지만 나는 계속 앓았다. 병의 근원은 굳이 명명하자면 향수병 같은 것이었다. 나는 이사를 하고 나서부터 감기를 달고 살았고 디프테리아, 홍역, 볼거리 같은 전염병은 물론 천식, 종기, 부스럼, 버짐, 빈혈, 기생충 감염 등에 시달렸다. 시내에서도 제법 유명한 해녀물회식당 아들이 영양실조에 걸릴 일이라곤 없었지만 나는 마음의 영양이 부족했다.

스위스의 의사 요하네스 호퍼가 정의한 대로라면 향수병은 적어도 나라를 떠날 정도로 고향에서 멀리 떠났어야 증세가 나타난다. 나는 고향 북쪽으로 직선거리로 오십 리쯤 되는 거리를 이동한 것뿐이었다. 마음만 먹는다면 걸어서도 얼마든지 고향에 갈 수 있었다. 하지만 나는 결코 고향에 다시 돌아갈 수 없으리라는 어처구니없는 격절감에 시달리는 중이었다. 거기에는 민현에 대한 상실감이 강하게 겹쳐졌다.

딱지가 앉은 상처가 가려워지면 낫는 증좌라고 어머니는 말했다. 민현을 생각할 때마다 가슴속 어딘가에서 아픈 것과 근지러운 것의 중간쯤 되는 오래된 상처가 있는 것처럼 가려웠다. 내 몸속의 일부분이 내 존재 전체를 뒤흔드는 듯했다. 한번 생기면 영원히 내 존재를 불안하게 만들 불치의 상처였다. 그런데 그 상처를 어루만질 때마다 감미로운 느낌마저 들었다. 정체가 뭔지 궁금했다. 덧나더라도 좋으니 딱지를 떼고 어떻게 됐는지 들여다보고 싶었다. 하지만 그 상처는 떼어낼 딱지가 없었다.

고통과 슬픔은 즐거움이나 기쁨보다 기억의 밭을 훨씬 더 깊게 갈아붙인다. 그건 존재를 위협할 수 있는 외부의 공격, 내면의 교란을 경고한다. 고통과 슬픔을 완화시키기 위해 뇌에서 분비되는 천연의 엔도르핀은 중독성을 가지고 있다. 고통과 슬픔을 위무하고 남은 엔도르핀은 마약과 비슷한 쾌감을 준다.

내 어린 영혼은 상처를 입었을 때의 날카로운 아픔, 나을 때의 황홀하고 감미로운 근지러움에 중독이 되었다. 눈에 보이도록 피가 흐르는 것이 아니며 어지러움과 의식을 잃는 것 같은 신체적 증상이 나타나는 것이 아니어서 남들과 마찬가지로 나도 그런 상처를 입을 때의 위험성을 잘 몰랐다. 그저 아파하고 앓을 뿐이었다.

그렇게 시름시름하던 나를 가장 많이 돌봐 준 것은 이웃에 사는 세 살 많은 형 유도구였다. 그는 바다와 강이 만나는 하구의 섬에서 나서 자랐는데 그곳에 제철소가 들어서기 훨씬 전에 이사를 와서 내가 모르는 도시의 문명은 물론이고 자연에 대해서도 많은 것을 알고 있었다. 그의 어머니는 시장에서 커피 행상을 하면서 가계를 꾸려 나가고 있었다. 그의 아버지는 중풍으로 쓰러지는 바람에 반신불수가 되어 십 년 넘게 자리보전하고 누워 있었다. 어머니는 자신보다 열 살쯤 많은 데다 세상 돌아가는 것을 잘 아는 도구의 어머니에게 매사를 의논했고 동기처럼 가깝게 지냈다. 어머니에게는 친언니가 없기도 했다. 그녀의 아들 도구와 나의 관계 또한 그렇게 변해 갔다. 나는 도구를 형으로, 그의 어머니를 '큰이모님'으로 불렀다. 그들 모자를 알게 된 뒤로부터 어머니는 마음 놓고 바다로 나가 해산물을 더 많이 채취해 올 수 있었다. 시장에서 여러 가지 음식을 많이 먹어 본 큰이모의 아이디어로 물회에 들어가는 물을 멸치육수로 바꿔서 넣기도 하고 고추장에 마늘과 통깨 같은 양념을 더해 만든 초장을 쓴 물회도 만들었는데 그때마다 손님이 더 늘었다. 국수와 물회를 결합한 회국수도 메뉴에 추가됐다. 누구도 특허를 내지 않았고 원조를 따질 생각을 하지 않던 시절이었다. 어쨌든 우리 집 물회는 한때 인근에서 꽤나 인기를 끌었다.

도구는 도시에서의 삶과 놀이 모든 면에서 나의 스승이었고 공부까지 잘해서 초등학교부터 전교 일등을 놓친 적이 없었다. 도구의 여러 재능 중에서도 가장 탁월한 것은 세상만사를 이야기로 번역해 내는 능력이었다. 별것 아닌 이야기도 그의 말대로 하면 세상에서 가장 흥미진진한 일이 되었고 그걸 하지 않으면 몸살이 날 지경이 되는 것이었다. 그러던 어느 날 도구가 집 앞에서 입에 손을 대 보이며 조용히 하라고 했다. 중요한 손님, 엄청난 이야기꾼이 왔다는 것이었다.

집 안에는 어른들만 수십 명이 모여 있었다. 식당 손님은 아닌 것이 그들은 아무것도 먹지 않고 무슨 공연을 보듯 앞쪽을 바라보고 앉아 있는 중이었다. 안방 마루 앞 평상은 권투나 레슬링 중계가 있을 때 TV가 한가운데에 자리를 잡았는데 그날은 웬 덩치 큰 사내가 평상을 점령하다시피 하고 앉아 있었다. TV와 달리 사내는 쩝쩝거리며 뭔가를 먹고 있기도 했다. 그건 나도 어쩌다 조금씩이나 얻어먹는 해삼과 전복, 성게의 내장으로 만든 젓갈 반찬과 어머니가 직접 딴 미역에 갈치를 넣어 끓인 국이며 기름이 잘잘 흐르는 밥 등등이었다. 세숫대야만 한 그릇에 물회가 그득 담겨 있는 것은 물론이었다. 그는 막 들어온 고래잡이배의 포수였다. 그 앞에는 술고래인 아버지가 떡

하니 마주 앉아 있었다.

　새로 맛있는 음식점이 생겼다는 소문을 듣고 온 포수와, 포수의 장모에게서 물질을 배운 해녀는 한눈에 서로를 알아보았다. 밥을 먹고 난 뒤 어머니가 내준 진짜 소주, 귀한 약처럼 됫병에 담은 채로 벽에 걸어놓았던 증류주를 가지고 술고래와 대작하며 포수는 사람들에게 고래 이야기를 들려주었다. 도구는 상대가 되지 않는 길고 느리고 흥미진진하고 슬프고 아름다운 이야기를.

　일제 때 일본 포경선들은 한반도의 동해 연안을 이동해가며 고래, 특히 크고 잡기 쉽고 실속이 있는 나가수—참고래를 많이 잡았다. 배 하나 당 연평균 백 마리씩 잡아서 일본으로 가져갔다. 어떤 때는 넉 달 동안 백 마리 넘게 잡았다고 학교에서 대대적으로 기념행사를 열기도 했다.

　해방이 되고 고래를 잡던 일본 사람들이 물러나자 배가 없어 삼 년 동안은 고래를 잡을 수 없었다. 그때는 누런 보리가 물결치는 언덕에서 내려다보면 고래가 바다에서 드글드글 돌아다니는 게 보였다. 일본에서 고래잡이에 종사하던 한국 사람들이 노임으로 오십 톤짜리 고래잡이 목선 두 척을 들여와서 고래잡이가 재개되었다.

　그는 포경선의 조리사로 출발한 지 십여 년 만에 포수가 되었고 '포장'이라는 존칭으로 불렸다. 그는 단 한 방에 고래의 심장을 맞히는 명사수로 유명했다. 한 방으로 고래를 눕히면 최후를 맞는 고래의 고통을 줄여줄 수 있었고 고래의 역습으로 배가 뒤집히는 일도 막을 수 있었다. 다른 배에서 고래를 잡아온 걸 보면 어설픈 포수가 쏜 작살이 네댓 개씩 꽂혀 있는 경우가 많았다.

고래는 평시에 먹이가 많은 북쪽 차가운 바다로 이동해서 배를 채우고 번식을 하기 위해 따뜻한 바닷물이 있는 적도 부근으로 내려간다. 바다 전체가 고래의 삶의 무대이며 지구는 고래의 집이다.

고래는 시각보다는 청각이 더 발달해서 물속에서 공기 중에서보다 세 배나 빨리 전달되는 음파를 사용해 의사소통을 한다. 노래를 부르기도 하는데 유행가도 있고 신곡도 발표한다. 번식기에 수컷이 암컷에게 부르는 연가는 밤중에 더 애절해진다.

고래는 물 위로 삼분의 일밖에 올라오지 않고 물결은 출렁대므로 경험이 없이는 고래를 맞추기가 어렵다. 고래의 심장에 작살이 명중하면 주변 바다는 삽시간에 피바다를 이룬다. 고래가 피를 흘리며 로프를 끌고 도망을 갈 때는 긴장을 늦출 수 없지만 짜릿짜릿한 대결의 재미가 그만이다.

암수가 짝을 지어 가는 두 마리의 고래가 있으면 뒤에 있는 수놈을 먼저 잡지 않는다. 수놈이 죽으면 암놈은 도망쳐 버리기 때문이다. 반대로 암놈을 먼저 잡으면 수놈은 도망가지 않아서 함께 잡을 수 있다.

"한분은 수놈 세 마리가 암놈 하나를 쫓아다니는 거를 보고 암놈한테 작살을 쏴가 맞췄는데 수놈들이 황소겉이 우엉우엉 울미 계속 따라오는 기라."

교미를 할 때 암놈 하나에 수놈 예닐곱 마리가 몰려 있다. 그때는 수놈부터 잡아도 된다. 수놈들은 암놈만 있으면 곁에서 친구가 죽거나 말거나 상관하지 않고 그저 암놈만 쫓아다닌다.

고래는 가족을 이루고 다니는 경우가 많다. 제일 뒤에 수놈이, 그 앞에 암놈과 새끼가 간다. 고래배가 쫓아가면 새끼가 힘이 달려 처진다. 이때 어미가 지느러미 위에 새끼를 업다시피 얹어서 간다. 그런 걸 보면 고래가 사람보다 낫다. 나는 고래를 잡아야 하는 사람, 미안하지만 어쩔 수 없이 작살포를 겨냥한다.

"한 십 년 전에 어미 고래 한 마리를 잡아가 달고 왔는데 그날 밤중에 온 동네가 이상한 소리로 시끄로왔다. 다음 날 보이 방파제 앞 바다에서 새끼 고래가 와가 지 어미 찾아서 울었던 기라. 그거는 고마 보고도 못 잡겠더구마는."

나는 포수가 누구인지 알았다. 누군가 그를 존경스럽게 '박 포장님'이라고 호칭해서가 아니라 잊을 수 없는 기억을 끄집어냈기 때문이었다. 그는 민현의 아버지였다. 자루 달린 갈고리를 아내에게 던졌다가 엉뚱하게 딸의 허벅지에 눈깔사탕만 한 구멍을 낸. 모를 수가 없었다.

나는 그날 밤 어둠 속에서 〈클레멘타인〉 노래를 부르며 민현을 생각했다. 무서운 고래가 나오는 꿈을 꾸며 울었다. 민현이 나타나 나쁜 고래를 처치해 주었다. 다음 날부터 그동안 나를 괴롭히던 잔병들, 부스럼, 종기, 잔기침, 마른버짐, 눈다래끼, 야뇨증, 몽유병 등등이 서서히 물러갔다. 민현을 생각하고 그리워하는 것만으로도 치료 효과가 나타나는 것을 처음 알았다.

아침나절 차를 타고 나가서 고향 오일장에 가보기로 했다. 그녀를 알아보는 사람은 없을 것이지만 선글라스를 끼고 모자까지 깊숙이 눌러썼다. 나 역시 농부들이 쓰는 운동모에 선글라스, 몸매를 가리는 점퍼 차림이다.

은빛 사륜구동 승용차를 숲에 있는 주차장에서 꺼냈다. 전기자동차지만 백 킬로미터의 속도에 도달하는 데 칠팔 초밖에 걸리지 않고 최고 시속 이백 킬로미터에 달할 정도로 힘은 충분하다. 집에서 자체 생산한 전기를 충전해서 쓰고 있는데 차를 쓸 일이 그리 많지도 않아서 한 달에 한 번 제 집을 나설까 말까다.

민현은 주황색 샌들에 옅은 노란색 셔츠와 캐주얼 바지 차림이다. 아무렇지 않게 차려입은 것 같지만 누렇게 변해 가는 풀밭, 푸른 하늘, 흰 파도, 굴곡이 많은 도로와 숲, 하다못해 가을날 시골 장터에서도 잘 어울린다.

"장터에 그 할매 국수가 아직 있을까? 학교 앞의 찐빵과 국수 팔던 오래된 분식집은?"

들뜬 소녀 같다.

"그 분식집, 역사가 한 육칠십 년 됐겠네. 할매 국수는 시장 안 국숫집 할매가 철공소에서 주문한 옛날 기계로 국수발 뽑아서 동해안 바람과 햇빛에 일일이 손으로 걸고 돌려가며 말린 거야. 그래서 대기업 공장에서 열풍건조한 면보다 훨씬 더 쫄깃한 거지. 절대 퍼지지를 않거든."

민현은 즉각 대답한다.

"물론 사람의 경험도 중요하지. 하지만 밀가루의 쫄깃쫄깃한 식감을 강화해 주는 건 대부분 글루텐의 역할이야. 글루텐은 적당한 염분으로 활성화되는 거고."

"쫄깃쫄깃한 게 글루텐 때문이라고? 웃기네. 닭다리가 퍽퍽한 닭가슴살보다 쫄깃쫄깃한 게 글루텐 때문이야? 젠장."

그녀는 참을성 있게 설명해 준다.

"닭다리는요, 많이 움직이는 부분이라 조직에 혈관이 많아요. 그래서 색깔이 가슴살보다 붉은 거고 씹을 때 찰진 느낌을 주지요."

차는 기분 좋게 사차선 도로를 내달린다. 그녀의 머리카락이 흔들리며 샴푸 냄새가 내 머리를 마구 뒤흔든다.

"국수공장은 그거 하나 남았지만 국수 파는 분식집은 꽤 돼. 우리 동네 사람들, 일본 사람들 영향을 받아서 그런지 국수 정말 많이 먹었지."

"작은 가게가 많이 남았다는 건 그 지역공동체가 건강하다는 뜻이지. 그 가게들 주인이 자식 낳아서 학교 보내고 지방세 내고 자치회도 한단 말이지. 대자본이 침투하고 시장지배력이 강화되면 지역 전체가 죽어. 주민들의 삶이 활기차고 건강한 생태계는 일급수 같아서 다양한 소자본 사업체, 관계망이 발달한 곳이지. 우리 고향이 아직 그런 채로 남아 있다는 게 얼마나 다행이야."

민현의 말마따나 기본적으로 고향 읍내가 소자본의 건강한 생태계여서 그런지는 모르지만 오일장 특유의 흥청거림은 그다지 느껴지지 않는다. 수산물 하나는 풍성하던 상설시장에 공산품 행상 트럭, 제철 농산물이 더해진 모양을 하고 있다. 한 시간가량 천천히 걸어다니며 장 구경을 했다. 마지막 순간에 민현이 탄성을 지르며 손에 집어든 건 포도다.

한때 이 지역에 머물렀던 시인 이육사가 노래한 '내 고향 칠월은 청포가 익는 계절'로 시작되는 〈청포도〉와 대조적으로 포도 중에서 가장 늦게 나오는 극만생종으로 머루포도라고 하는데 정확한 품종은 스튜벤이다. 일반 포도는 물론, 그보다 더 단 독일의 아이스바인에 들어가는 포도보다 훨씬 더 달아서 당도가 23브릭스를 넘는다는 설명이 붙어 있다. 하지만 당도만 자랑거리가 아니다. 스튜벤의 매력은 향기에 있다. 단향과 벌꿀의 중간쯤 되는 고급스러운 냄새. 이 냄새 때문에라도 한번 먹기 시작하면 먹는 것을 멈출 수 없게 된다.

스튜벤을 손에 든 그녀의 눈은 스튜벤처럼 검다. 포도알 또한 영민한 여성의 눈을 연상시킨다. 오염되지 않고 순진한, 그러면서도 강렬한 소녀의 이미지도 있다.

내게 변화가 일어난 것과 마찬가지로 머루알 같은 눈의 그녀에게도 큰 변화가 생겨났다. 다른 사람을 자신의 뜻대로 조종하는 능력이 나타났다는 것이다. 누구든 어느 정도는 타인에게 영향을 끼칠 수 있지만 민현의 경우에는 타인을 제물로 삼았다는 게 남달랐다.

가용자원이 없는 존재가 살아가는 데 필요하다면 남이 가진 것을 빌리거나 훔치거나 빼앗을 수밖에 없다. 혹은 이용하거나 잡아먹는다. 자연의 먹이사슬에서는 그런 일이 그야말로 자연스럽게 일어난다. 그건 얼룩말이 풀을 뜯어 먹는 것처럼, 사자가 얼룩말을 잡아먹는 것처럼 특별히 잔혹하거나 끔찍한 게 아니다.

또한 생명체는 자신의 유전자를 영속화하려는 욕망을 가지고 있다. 가장 흔한 것이 자신의 유전자를 가진 개체수, 후손을 늘리는 것이다. 그러려면 짝이 되도록 많이 있어야 하고 필요하면 남의 짝도 가로채 와야 한다. 수컷 물개가 수백 마리의 짝을 독점할 권리를 두고 생사를 건 싸움을 벌이거나 수십 마리의 암컷을 거느린 사자가 시

66

도 때도 없이 생식행위를 하는 것은 그지없이 자연스럽다. 인간 수컷이 마음에 드는 암컷을 쟁탈하기 위해 수컷끼리 피 터지는 싸움을 벌이는 것은 동물적인 저급한 행동으로 간주된다. 남들 앞에서 알몸으로 생식행위를 하는 것은 사회적 규율을 위배한 것으로 처벌 대상이된다. 그런 한편으로 남의 시선과 간섭이 없는 어둠 속에서 차마 발설할 수 없는 비열한 행위를 하고 변태적인 상상을 하는 것도 인간이다. 성을 사고팔고 성적 욕망을 이용해 자신이 원하는 뭔가를 얻어내는 것도 인간이다.

민현은 특별한 존재였다. 특별한 운명을 개척하기 위해 특별한 자원이며 특별한 크기의 기댈 언덕이 필요했다. 자신이 가진 게 없으니주변에서 뭔가를 찾아야 했다. 첫 번째 희생자는 가진 게 많은 석규였다.

구룡포의 어판장에는 1960년대 중반까지만 해도 5대 주요 수출품목의 하나였던 오징어가 거의 쏟아지다시피 들어왔다. 청어, 꽁치, 고등어, 문어 등 난류와 한류에 사는 어종이 고루, 그것도 아주 많이 잡혔다. 일본과 가까웠던 탓에 인근의 다른 어항보다 일본으로의 수출량이 많았고 외환이 귀하던 시절, 그 돈은 또 부자들을 더 큰 부자로만들어 주었다. 그들은 자신의 부를 대물림하는 수단으로 자식을 도시에 유학 보내는 방식을 선택했다. 고향에서 손꼽히는 선주였던 석규의 아버지 역시 그랬고 일곱 자매 딸부자인 홍순의 아버지 또한 마찬가지였다. 문제는 석규가 그걸 한사코 마다했다는 것이었다.

포항 시내의 공립 중고등학교는 중학교 무시험 입학이나 고등학교평준화 시책이 실시되기 전만 해도 인근 읍면과 농어촌의 유력한 집

안 자제들이 진학하려고 애쓰던 학교였다. 석규의 아버지는 맏아들인 석규를 중학교에 들어가기 이 년 전에 전학을 보내려고 했다. 초등학교 때부터 도시 분위기에 적응하게 하기 위해서였다. 하지만 석규는 자신은 그대로 고향에 머물러 있겠다고 했다.

"그기 다 그 여우 겉은 지집아가 시킨 짓이다. 지 죽을 때까정 뒤를 닦아 달라고 안 했겠나."

홍순이 내가 다니던 초등학교로 전학을 온 것은 4학년 때였다. 시내에 집을 장만하고 가정부까지 두고 생활을 했으나 한 달에 한두 번은 집에 다녀왔으므로 고향 사정에 밝았다. 게다가 집착과 질투를 품고 있는 대상들에 대해서는 고향에 있을 때보다 더한 관심을 가지고 더 많은 정보를 수집하고 있었던 차여서 내가 홍순에게서 민현의 소식을 얻어듣는 것은 익을 대로 익은 봉숭아가 꼬투리를 터뜨리는 것을 기다리는 것처럼 쉬웠다.

석규는 왜 전학을 가지 않으려 하느냐고 묻는 아버지에게 속 시원한 대답을 하지 않았다. 사랑하는 부모님을 떠나기 싫다는 둥, 설사가 났는데 콜레라인지 식중독인지 모르겠다는 둥 그때그때 그 자리를 모면할 핑계를 댔을 뿐이었다. 하나둘 친구의 자식들이 보이지 않게 되면서 석규 아버지의 불만은 커져 갔다. 마침내 "이 자슥이 왜 자꾸 헛소리를 해쌓고 이카노? 똑바로 대지 못하나?"라는 말로 인내의 한계가 표현되었을 때 비로소 먼 산을 바라보던 석규의 입에서 민현의 이름이 물방귀처럼 슬그머니 새어 나왔다. "가를 두고는 갈 수 없다"라고 했다든가 "가와 같이 가야 가겠다"고 했다든가 둘 다이든가 그랬다고 했다. 그 문장에 공통적으로 들어간 단어는 "죽어도"였다.

"거기 누고? 고래배 타는 포수 놈 딸래미? 그 무식한 놈 아가 우에 니하고 어울리나? 이 자슥이 완전히 돌아뺐나? 맞아 뒤지고 싶어서 환장했나?"

석규가 아버지에게 맞은 곳이 아침마다 사이렌 소리와 종소리가 요란하게 울리는 어판장 앞의 식당이었으므로 어지간한 사람은 아비가 아이를 예배당 종 치듯 멍석에서 먼지 털듯 두들겨 패는 모습을 볼 수 있었다. 엄청난 양의 해산물이 쉬지 않고 올라오고 거기에 응찰하기 위해 몰려든 사람들, 낙찰된 물건을 실어 나르는 트럭들로 시장 바닥이 따로 없었다. 웬만한 사람들이라면 거기서 일상적인 대화를 지속하는 것조차 불가능했을 것이지만 석규의 아버지는 고향에서 가장 큰 배를 가진 선주였다. 선주는 배의 크기에 비례해 큰 목소리를 가지고 있는 게 고향의 법칙이었다.

나는 석규가 민현에 대해 자주 기회주의적인 태도를 취했던 것을 기억해 냈다. 그는 내가 그랬듯이 민현이 가지고 있는 남다른 매력을 분명히 감지하고 있었다. 영웅적인 모습의 고래잡이 포수에 대한 존경심도 남달랐다. 그렇지만 선주의 아들로서 주입 받은 세계관과 지켜야 할 태도 사이에서 혼란을 겪고 있었다. 그래서 어느 때는 자신의 감정에 솔직했다가 어느 때는 분위기와 자신의 계급성을 따르는 이중적인 태도를 취할 수밖에 없었다. 내가 알았는데 민현이 그걸 몰랐을 리 없었다. 그녀는 바로 석규의 빈틈을 파고들었다.

바로 그것 때문에 석규는 항구의 끝에서 끝으로 아버지에게 연속으로 얻어터지며 쫓겨 다녀야 했다. 주먹과 손바닥이 아파 오자 그의 아버지는 발길질을 시작했고 구두가 벗겨져 바다로 달아난 뒤로는 몽둥이를 찾았다. 결국 그의 손에 쥐어진 것은 배를 묶는 로프였고 그걸 채찍 삼아 제 자식을 실컷 팼다. 석규는 초장에 식당 안에서 귀퉁이를 좌우 펀치로 제대로 맞은 탓에 고막이 터졌고 그 뒤에 맞은 것을 다 합친 충격으로 실어증에 걸렸다.

"지집아 하나가 멀쩡한 머슴아를 완전히 빙신 쪼다 만들었다 아이가."

홍순이 모르는 게 있었다. 실어증은 고막이 터지거나 골절상을 입은 것과는 다른 종류의 정신질환으로 치료를 받아야 한다. 또 그건 상처에 딱지가 앉고 아물고 흉터가 남는 식으로 증세의 호전이 눈에 보이게 분명한 것도 아니고, 어느 순간 심봉사 눈 뜨듯 기적처럼 나을 수도 있지만 평생 치유가 되지 않을 수도 있다.

홍순의 이야기를 들은 지 얼마 되지 않아 석규가 고막 치료를 하기 위해 어머니와 함께 시내의 병원을 드나드는 것을 볼 수 있었다. 안질이 걸려 병원에 다니는 아이들이 안대를 하는 것처럼 석규는 한여름에 귀마개를 하고 어머니의 뒤를 따라갔다. 키가 나보다 한 뼘은 더 크고 몸무게는 두 배는 더 나가게 뚱뚱한 석규는 큰 얼굴에 크고 멍한 눈을 하고 있었다. 상어처럼 눈꺼풀이 없는 것처럼 보였다.

인간이 다른 동물과 가장 구별되는 점은 언어가 고도로 발달되었다는 것이다. 말을 잃어 버린 석규는 바보 같다기보다는 무기력한 가축 같았다. 이따금 딸꾹질을 하듯 고개를 이상하게 치켜들곤 했는데 나중에 알게 된 바로는 틱 장애였다.

시내에는 석규의 실어증과 그에 수반된 틱 장애를 제대로 치료할 만한 병원이 없었다. 그런 병명이 있는 줄조차 모르는 사람이 대부분이었다. 석규의 어머니 역시 마찬가지였다. 석규의 아버지는 관심이 없었다. 그에게는 아들이 석규 말고도 셋이나 더 있었다. 그래서 석규의 치료는 자연스럽게 병원에 이어 시내의 유명한 무당에게 맡겨졌다.

바다를 삶의 무대로 살아가는 것은 자연의 순환과 규칙에 따르는 농사일에 비해 부침이 심했다. 만석꾼은 몇 년 흉년이 들어도 만석꾼일 수 있고 오히려 땅을 더 넓힐 기회를 가질 수도 있다. 하지만 큰배 열 척을 가진 선주도 태풍이 와서 배를 몽땅 침몰시키는 경우를 피해 갈 수는 없다. 풍어와 흉어의 격차는 농사의 풍흉에 비해 훨씬 더 컸다. 투기성, 위험성이 훨씬 높았다.

선주들은 매달 보름과 그믐에 정기적으로 제를 지내기 위해 절을 찾아가는 게 기본이었고 새로 배를 만들면서부터 출어를 하거나 귀항을 할 때 무당을 불러 선왕대에 기를 꽂고 순항과 만선을 기원했다. 그 외에도 선주 개개인의 믿음과는 상관없이 무당을 찾을 일은 절을 찾아가는 경우보다 훨씬 더 많았다. 교회나 사찰 같은 복잡하고 고차원적인 종교보다는 많은 사람들이 즉각적인 효험이 있다고 믿는 방식을 선호할 수밖에 없었다. 그래서 석규는 어머니와 함께 병원에서 그리 멀지 않으면서 선주들 사이에서는 영험하기로 소문난 무당 일월보살의 집에 드나들게 되었다.

석규가 말을 할 수 없게 된 바로 그해에 중학교 입시가 없어졌다. 중학생이 되기도 전인 어린이들을 시험지옥에서 살게 하는 것이 성장에 지장을 초래하고 과외가 성행하는 부작용의 폐해가 커서 그랬다는 설이 있었지만 많은 사람들은 대통령의 아들이 중학교 입학을 앞

두고 있어서 그랬을 것이라고 믿었다.

실어증을 고치긴 했으나 전과는 비교할 수 없이 과묵해진 석규는 중학교 때 나와 같은 학교에 배정받았다. 놀라운 것은 민현 또한 내가 입학한 중학교에서 멀지 않은 공립 여중에 배정을 받았다는 것이었다. 석규의 실어증 치료사였던 무당의 수양딸이 되었다고 했다.

1973년 7월 20일 금요일 밤 10시, 홍콩의 퀸 엘리자베스 병원에서 영화배우 이소룡(李小龍)이 사망했다. 그의 나이 32세였다. 그는 죽음에 대해 이런 말을 남겼다.

"삶은 그 자체가 목적이다. 당신은 그저 순전히 사는 것이지 무엇을 위해 사는 것이 아니다."

또 말했다.

"폭력은 삶의 일부다. 폭력과 공격성이 우리 일상의 일부라는 사실을 인정해야 한다. 텔레비전이나 영화를 보면 우리는 이것을 쉽게 알 수 있다. 그것이 존재하지 않는 양 살 수는 없는 법이다."

또 말했다.

"자신을 즐겨라. 친구여, 당신이 성취할 것뿐만 아니라 네가 품고 있는 계획, 그 자체를 즐겨야 한다는 것을 명심해라. 부정적인 에너지를 쏟기에 인생은 너무도 짧다."

그는 이런 말도 했다.

"적응한다는 건 무엇일까? 그것은 본체의 움직임에 스스로를 맞추는 그림자의 즉각성 같은 것."

나는 어릴 때부터 냄새에 예민했다. 민현은 남다른 독특한 냄새를 가지고 있었고 자신의 표식으로 사용할 줄 알았다. 그러고 보면 우리는 궁합이 맞는 셈이다.

향기, 특히 인공적으로 합성한 화장품 냄새는 강하면 역효과가 날 수 있다. 냄새를 적절하게 사용한다는 것은 정보, 지식, 직관이 결부된 복잡한 판단의 결과다. 인간에게는 시각에 관련된 유전자의 숫자가 삼백여 개인 데 반해 냄새에 관련된 유전자 숫자는 천 개에 달한다.

이성을 유혹하는 데 사용되어 온 천연 재료로 만든 많은 향기가 있었다. 남자들은 향낭을 차고 다녔고 여자들은 사향이며 정향, 백단향, 샤프란 같은 향료로 남자를 끌어들이고 은밀한 부위의 냄새를 없애는 데 사용했다. 향기를 추출하는 데는 식물, 특히 꽃이 많이 사용되었다. 꽃이 식물의 생식기, 성기라는 걸 생각하면 동식물을 막론하고 향기는 성적 신호를 발산하는 강력한 매체임을 알 수 있다.

그리고 페로몬이 있다. 페로몬은 동물이 개체 사이의 의사소통에 사용하기 위해 분비하는 체외 분비 물질인데 성적 신호를 보내는 페로몬은 낫 모양으로 생긴 콧속 후각기관을 통해 이성의 뇌로 운반돼 호감을 높인다. 악취를 내는 암내와는 달리 아무런 냄새가 느껴지지 않는다는 특징이 있다. 페로몬은 뇌의 일반적인 냄새정보 처리기관이 아닌, 인간이 파충류와 공유하고 있는 원시적인 뇌에서 인식한다. 본능에 가깝기 때문에 이성적으로 조절하기 어렵다.

직립보행을 하기 전 인간은 다른 포유류처럼 냄새를 통해 정보를 얻는 능력이 발달했고 후각을 통해 생존과 번식, 위험에 대응해 왔지만 직립보행을 하게 되면서 후각보다는 시각을 발전시키는 방향으로 진화했다. 하지만 페로몬처럼 원시적인 뇌에서 관장하는 '보이지 않는' 냄새에는 자신도 모르게 본능적으로 반응한다.

내가 민현을 여자로 생각하게 된 것은 냄새 때문이었다. 나는 민현이 가까이 있으면 보지 않고도 냄새로 알아보았다. 내가 인식한 것은 민현이 뿜고 있는 페로몬이었을 것이다.

인간이 벌이나 개미, 일반 포유류처럼 페로몬을 가지고 있느냐 없느냐를 두고 오래도록 논쟁이 있어 왔다. 다른 사람들이 페로몬을 가지고 있든 말든, 몸을 씻지 않은 채 사흘 동안 입었던 옷을 냉장고에 넣어 두었다가 파티에 꺼내 와 냄새를 맡은 뒤 호감을 느끼는 이성과 짝을 짓는 페로몬 파티를 벌이든 말든, 호주의 왕귀뚜라미 수컷이 암컷이 몇 번이나 짝짓기했는지를 페로몬으로 구별한다든지 하는 건 나한테는 아무런 관심사가 되지 못한다. 민현에게는 강력한 페로몬이 있다. 그리고 그걸 그녀는 자신에게 유리하게 사용할 줄 안다. 어쩌면 중학생이 될 무렵, 그녀는 자신이 가지고 있는 능력을 막 깨닫기 시작했는지 모른다. 그녀에게 딸려 오는 남자들은 영문을 몰랐을 것이다. 나 역시 정확히 몰랐다. 그러니 사춘기 사내아이가 저항할 수 없었던 건 당연했다. 아니, 그녀는 자신의 페로몬으로 단 하루 만에 나를 사내아이에서 남자로 만들었다.

나는 민현이 일월보살의 무당집에 살게 된 걸 중학교에 들어가고 나서 알았다. 초등학교 6학년과 중학교 1학년은 일 년 차이에 불과했지만 나는 더 이상 예전의 내가 아니라는 걸 실감하도록 심신이 부쩍 자랐다. 민현이 무당집에서 살고 있다는 것을 알게 된 것을 전환점으로. 내가 민현처럼 돌발적이고 변화무쌍하며 제 마음에 따라 변덕스럽게 움직일 수 있는 사람임을, 그에 따라 얼마든지 세상이 뒤바뀌고 나도 세상을 뒤바꿀 수 있다는 것을 깨달았다. 그런 걸 알게 해준 민현에게 감사해야 했다.

시내에서 가장 오래되고 큰 교회에서는 초중고생들을 대상으로 주일학교를 운영해 오고 있었다. 중학교 입학 후 첫 번째 짝이었던 이순조라는 녀석은 우리 집에서 멀지 않은 곳에 살았다. 순조는 다른 아이들에 비해 특별히 멍청하거나 순진한 건 아니었다. 그저 제 생각을 모두 말로 하는 버릇이 있던 것뿐이었다. 그는 교회 주일학교에서 이상한 느낌을 주는 여중 1학년생을 봤는데 남쪽의 구룡포라는 어촌에서 왔고 희한하게도 일월보살이라는 무당의 수양딸이라는데 막 사람을 미치게 할 것 같은 뭐가 있고 자신이 말을 건넬 엄두도 내지 못하도록 도도하고 그럼에도 말을 건네고 싶어서 몸살이 날 것 같다고 했다. 또한 그 소녀는 교회에 온 지 석 달만에 자신도 여태 못 들어간 성가대의 주역이 되었고 모르는 사람은 무슨 말인지 절대 모를 방언을 터뜨려 주변의 신자들을 놀라게 했다고 한다. 그 말을 들은 내가 당장 자신을 따라 교회 주일학교에 가겠다고 하자 그는 이렇게 말했다.

"야, 나는 니가 나 따라 교회에 간다 할 줄은 진짜 몰랐다. 와, 니가 나를 따라할 때가 다 있다. 어이구마, 해녀식당 금쪽겉이 귀한 외동아들이 내한테 뭐를 같이 하자고 할 때가 다 있네. 니 어무이 아부지는 아나? 니 아부지가 우리 아부지한테 와가 따지는 거 아이지? 나는 그냥 갈 때 되가 가는 기고 니는 니대로 가다가 교회에 들어가는 기다."

교회로 가는 길에 전에는 눈여겨보지 않았던 절 모양의 무당집을 지나쳤다. 점을 쳐주고 병을 고치고 굿을 해준다는 내용의 깃발이 휘날리는 무당집의 흙담 안에는 기와지붕을 하고 단청까지 올려진 두 채의 건물이 있었다. 하나는 동쪽 방향으로 나 있는 사찰의 법당 모양인 본채였고 하나는 그보다는 작은 살림집으로 북향이었다. 본채에서는 굿을 하는지 길가까지 북과 징이 울리는 소리가 났다. 초와 향에서 나는 연기 냄새가 코끝을 스치는가 싶은데 갑자기 가슴이 콱 죄어 왔다. 그 순간 나는 별다른 근거도 없이 그 집에 수양딸로 온 여학생이 민현임을 확신했다.

순조를 따라 흰색 종탑이 있는 교회 본관에 들어서자 입구에 백여 켤레의 신발이 제멋대로 뒤섞여 있는 게 보였다. 크고 작고 붉고 희고 검고 낡고 더러운 각양각색의 신발이었다. 민현의 신발이 있을지도 몰랐다. 또다시 가슴이 벌렁거렸다. 하지만 민현의 신발은 민현의 존재처럼 직감으로 찾아지는 게 아니었다. 민현에게 어울릴 유리 구두도 없었다.

교회 내부로 들어가 양초를 발라 미끄러운 마루에 맨발을 딛자 어쩐지 위태하고 환영받지 못하는 느낌이 들었다. 교회 안에는 긴 나무 의자가 통로를 사이에 두고 양쪽으로 수십 줄 늘어서 있었고 맨 앞쪽 대리석 계단 위에 상앗빛 설교대가 있었으며 설교대 위 뒤편 벽에 거대한 진갈색 나무십자가가 달려 있었다. 높은 천장과 잇닿은 벽에는 스테인드글라스가 달린 창이 있었고 거기로 햇빛이 들어와 알록

달록한 빛을 던졌다. 어디선가 오르간 소리가 들려왔고 합창 소리도 들렸다. 저게 성가대인가 뭔가 그런 건가 생각하는데 순조가 지껄였다.

"야 내만 따라온나. 니 맘대로 아무따나 댕기지 말란 말이다."

웃겼다. 밖에서 그랬다면 한 주먹 안기고도 남았다. 까불지 마라. 나가기만 하면 너 맞아 죽는다. 나는 몇 달 전에 비해 한결 힘이 오른 주먹을 쥐었다 폈다.

나는 교회에 신을 찾아온 게 아니었다. 민현이 그 교회에 다닌다는 것을 확인하면 목적은 일단 달성되는 것이었다. 그걸 신이 도와준다면 약간은 성의 표시를 할 생각이 있었다.

순조가 손잡이가 없는 나무문을 밀자 교실 같은 공간이 나타났다. 칠판이 있었고 칠판 위쪽에 그곳이 어떤 장소인지를 가리키는 팻말이 붙어 있었다. 학교 교실의 절반 정도 되는 크기였다. 이름은 '주일학교 교실 1'이었는데 '1'이 있는 것으로 보아 다른 곳에 2, 3도 있는 모양이었다. 오르간 소리와 합창은 그쪽에서 들려오는 것 같았다. '주일학교 교실 1'에는 스무 명쯤 되는 아이들이 앉아 있었다. 모두 나보다 어려 보였다.

"니는 여 있어야 된다."

순조가 말했다. 순조를 닮은 아이들이 일제히 나를 쳐다보았다.

"니는?"

"난 중고생 고급반이다. 난 태어나자마자 세례를 받았다. 기도하고 찬양도 세 살 때부터 했다. 니가 지금부터 신발 벗고 뛰도 내 따라올라마 십 년은 걸린다. 알겠나?"

또 웃겼다. 그 말을 하고 나서 순조는 손잡이가 달린 안쪽 문으로 나가 버렸다. 하지만 나는 순조를 따라갈 수 없었다. 그 문으로 검은 옷을 입은 이십대 청년이 들어오면서 나를 향해 "앉아!" 하고 명령했기 때문이었다.

청년은 신학을 공부하는 학생이라고 했다. 그는 교회에서 가장 높은 지위인 목회자가 될 사람인 데다 나이도 나보다 열 살이나 많았다. 그는 사람에게는 누구나 주어진 '달란트'가 있다고 했다. 나는 내게 주어진 달란트가 뭔지 생각해 봤다. 냄새를 잘 맡는 것? 잔병치레? 그는 자신이 받은 은사의 달란트는 음악이라고 하면서 신구약성경의 이름을 순서대로 외울 수 있게 노래로 만든 것을 가르쳤다. 고릿적 창가 〈학도가〉의 멜로디에 가사를 붙인 것이었다.

"창세기 출애굽기 레위기, 민수기 신명기 여호수아……"로 시작하는 구약성경에 이어 "마태 마가 누가 요한, 사도 로마 고린도 전……"으로 시작하는 신약성경의 순서도 배웠다. 노래로 하니 신기하게도 쉽게 외워졌다. 노래를 다 배우고 나자 청년은 "우리 어리고 연약한 영혼 각자가 가진 자신의 달란트로 하나님의 영광을 빛내게 도와주시옵소서" 하는 기도를 한 뒤 수업을 마쳤다. 다 같이 기도할 때 나는 혼자 눈을 뜨고서 눈 감고 기도를 인도하는 청년을 보며 더럽게 잘생겼다고 생각했다.

수업이 끝나고 난 뒤 나는 화장실로 가기 위해 급히 교회 건물 뒤로 돌아갔다. 건물을 따라 긴 담이 쳐져 있었고 입구가 남녀로 나뉘어 있는 화장실은 담장의 끝에 있었다. 화장실 위에는 잎이 거의 다 떨어지고 없는 수양버드나무가 가는 가지를 바람에 흔들어 허공을 쓸고 있었다. 교회 화장실은 중학교 화장실과 다르게 신식 도기가 설치되어 있었고 타일이 붙여져 있었으며 넓었다. 수세식은 아니어도 냄새도 훨씬 덜했고 청소를 자주 하는지 소풍 간 것처럼 앉아서 김밥을 먹어도 될 정도로 깨끗했다. 화장실 하나만은 마음에 들어서 주일학교에 계속 다녀볼까 하는 마음이 생겼다.

화장실에서 나와 교회로 도로 들어가려다 교회 건물과 담장 사이에 있는 철대문이 조금 열려 있는 것을 발견했다. 가로대는 벌겋게 녹이 슬어 있었다. 고풍스럽고 사람 손을 많이 타지 않은 것 같은 모양새가 호기심을 자극했다. 문을 힘주어 밀었다. 경첩 역시 녹슨 데다 무겁기까지 한 문은 쉽사리 벌어지지 않았다. 끙끙거리며 씨름을 하고 있는데 "너 여기서 뭐하니!" 하는 소리가 들렸다. 깜짝 놀라 엉덩방아를 찧고 말았다. 주일학교 교사인 청년이었다. 바로 앞에서 본 그의 얼굴은 무척이나 희었다. 천사라고 해도 될 것 같았다. 갓만 쓰면 TV 단막극 〈전설의 고향〉에 나오는 저승사자 같기도 했다.

"모, 모르는데요."

"이런 얼빠진 녀석. 여기서 왜 어정거리고 있는 거냐고 묻잖아. 문을 왜 열려고 했던 거야?"

그는 분명히 화를 내고 있었다. 나는 이유를 알 수 없었다. 지나가다가 약간 문이 열린 대문이 있다면 안에 뭐가 있나 궁금해 할 수도 있고 들여다볼 수도 있는 게 아닌가. 설사 그게 잘못이라고 하더라도 문이 잘 안 열려서 안에 뭐가 있는지 보지 못했으면 그것으로 된 게 아닌가. 나는 그를 올려다보며 그런 생각을 하고 있었다. 그때 내 코에 어떤 냄새가 느껴졌다. 그건 누구나 맡을 수 있게 '나는' 냄새가 아니라 그냥 느껴지는 것, 페로몬이었다. 머리털이 곤두섰다. 그건 내가 그토록 보고 싶어 하고 열망하던 존재가 가까이 있다는 신호였다. 표현을 할 수는 없었지만 나는 알 수 있었다. 초원이나 밀림의 어떤 동물도 그런 건 알 수 있다. 심지어는 곤충조차도.

바로 근처에 민현이 있었다. 눈으로 본 것처럼 확신할 수 있었다. 청년은 여전히 크고 예쁜 눈을 뜨고 나를 노려보고 있는 중이었다. 갑자기 웃음이 비어져 나왔다.

"너 지금 웃는 거야?"

그의 목소리가 낮아지며 강해졌다. 나는 자칫하면 그의 발길질에 차일 위험에 처했다는 것을 직감했다. 발에 힘을 주고 거리를 유지했다.

"지나가다가 문에 손이 끼었심더. 이제 빠졌으니까 가니더."

나는 무슨 대답이 나오기 전에 그의 옆을 빠져 도망 나왔다. 그가 나를 돌아보며 어이없어 하는 표정을 짓고 있을 게 짐작이 갔다. 나는 숨을 힘껏 들이마셨다. 거리가 멀어졌어도 나는 민현이 거기 있다는 것을 알았다. 모를 것은 청년이 왜 거기에서 화를 내느냐 하는 것이었다. 그걸 알아내기 위해 나는 교회 밖에서 기다렸다. 기다리고 기다렸다.

아스팔트 포장공사가 끝난 지 얼마 안 된 도로 위로 버스가 지나갔다. 기다렸다. 트럭이 지나갔다. 손발을 오그리고 추위하는 남자들이 화물칸에 앉아 있었다. 기다렸다. 순조와 아이들이 교회 안에서 나왔다. 나는 몸을 숨겼다. 트럭이 또 지나갔다. 고물이 잔뜩 실려 있었다. 배기구에서 검은 연기가 뿜어져 나왔다. 순조와 아이들이 트럭 뒤를 따라 뛰기 시작했다. 트럭 배기구의 연기를 문명의 향기인 양 맡으며 따라갔다. 기다렸다. 북쪽에서 검은 연기가 솟아올랐다. 배인지 공장인지, 그냥 쓰레기를 태우면서 나는 연기인지 알 수 없었다. 나는 기다렸다. 교회 앞 도로로 지나간 차의 숫자를 세가며 기다렸다. 트럭, 버스, 우마차 하는 식으로 종류별로 분류해 가며 기다렸다.

마침내 민현이 나왔다. 무당집 쪽으로 걸어가기 시작했다. 뒤를 따르면서 나는 교회를 돌아보았다. 청년이 교회 앞마당에서 손바닥을 비비면서 서 있었다. 그의 얼굴이 일그러져 있는 게 막 신에게 귀퉁이라도 얻어맞은 사람 같았다.

민현의 걸음이 빨랐으므로 민현을 따라잡으려면 뛰다시피 걸어가야 했다. 바람이 그녀에게서 내 쪽으로 불고 있었다. 가까이 갈수록 짙어지는 민현의 냄새가 전장에서 나는 포연처럼 느껴졌다. 승자의 포연. 그건 추상적인 게 아니라 구체적이었다. 마침내 나란히 걷게 되어 민현의 얼굴을 보자 나른한 표정이 나타나 있었다.

"나, 나, 나 기억하나? 이세길. 우리 국민학교 때 한 반이었는데."

민현은 내게로 얼굴을 돌렸지만 시선은 내 뒤로 보일 교회 위 지붕 쪽으로 가 있었다. 그녀가 나를 보고 있지 않다는 것을 안 나는 순간 적이긴 하지만 키가 나와 비슷한 그녀의 머리에서 발끝까지 마음껏 눈으로 더듬을 수 있었다. 못 본 사이 그녀의 머리는 키처럼 많이 자라서 양 갈래로 땋여 있었다. 얼굴은 약간 타서 가무잡잡해진 것 같았다. 어깨는 넓어진 것 같았지만 어깨 부분을 건장처럼 키운 옷의 디자인 때문에 그럴 수도 있었다. 가슴은 짐작보다 훨씬 더 부풀었다. 검은 치마와 단추가 많은 윗도리로 구성된 교복 위에 화학섬유로 만든 얇은 점퍼를 걸치고 있었다. 교복만 아니라면 그저 눈에 띄는 여자아이가 아니라 성숙한 여성이라 해도 될 것 같았다.

"니 교회에서부터 내 쫓아왔나?"

그녀는 어제 만난 사이처럼 내게 말을 건넸다. 나는 속일 이유가 없었다.

"교회 가기 전부터 니가 무당집에 수양딸인가 머신가로 이사 왔다는 거를 알았다. 기양 그런 이야기를 들었다. 니 잘 모르는 이순조라고 하는 아가 지나가민서 한 말이다. 교회 주일학교에 무당 딸이 왔다고 그기 신기하다고. 그라고 아까 니 신학생하고 같이 있었던 기지. 그 신학생이 내보고 화를 내더라. 내가 머시 알까봐 그랬는지."

두서없이 마구 주워섬기는 나를 지켜보는 민현에게서는 표정의 변화가 없었다. 그럼에도 그녀는 여전히 나를 조마조마하게 만들었다. 속이 터질 듯 갑갑했다. 손가락 끝을 바늘로 따서 피가 뚝뚝 떨어지게 하면 좀 후련해질 것 같았다.

"니가 무당, 아이다, 보살 엄마한테 내 교회 댕긴다고 일라줄 기가? 협박하나?"

그녀가 나를 쏘아보며 물었다.

"혀, 협박이 뭐고. 내가 백만분의 일이라도 그런 생각했으마 지금 당장 벼락 맞는다. 내, 내가 왜. 니 엄마가 누군지도 모르는데. 보살님 아이가. 보살님하고 일반 백성, 아니 남자 중학생하고 뭔 말을 하겠노."

그녀는 내가 감당할 수 없이 강렬한 열의와 빛이 느껴지는 눈으로 나를 노려보며 또박또박 말했다.

"그래, 보살 엄마는 무당이라서 앉아서도 천리만리를 내다본다. 내 교회 댕기는 거는 벌써 알고 있다. 니가 굳이 일라줘도 아무 소용없 단 말이다."

무당의 수양딸인 그녀가 무당이 싫어하는 교회를 다니고 있는 것 을 수양어머니가 용한 무당이므로 이미 잘 알면서 묵인하고 있다는 식의 이야기를 하는 것 같았다. 나는 잘 모르는 이야기였고 계속하고 싶은 대화도 아니어서 말을 바꿨다.

"집으로 언제 가는 기가? 방학 때? 일요일 날?"

"집?"

민현은 나를 찬찬히 바라다보았다. 내가 뭘 캐내려고 하는지 탐색 하고 있었다.

"여 집 말고 구, 구, 구룡포에 느 집 안 있나? 아부지하고."

그녀의 얼굴이 차갑게 굳었다.

"어데? 나는 집이 없다. 그 집은 버리고 나왔다. 원래 내 집도 아이 다. 그 인간 집이지."

"이, 인간? 아부지 아이고 어무이는……."

그녀는 가차 없이 말을 끊었다.

"암것도 모르는 니가 관심 가질 거 없다. 나는 고향도 없고 그라이 고향에 집도 없고 부모도 없다. 나는 여기서 살고 있고 앞으로도 누 구보다 잘살 기다. 그기 다다. 니 자꾸 돌대가리 같은 소리할 기가?"

민현의 집, 절인지 무당집인지가 처음 갈 때와는 달리 그렇게 멀게 느껴질 줄 몰랐다. 영문도 모를, 독 묻은 화살 같은 말이 계속 날아오 는데 그저 피 흘리며 맞받는 수밖에 없었다. 그녀는 나의 무지와 무식과 부주의함과 쓸데없는 관심에 대해 계속 비웃으며 자신이 내가 자신을 떠난 이후의 시간 동안 얼마나 힘들게 살았는지, 어리석고 욕심 사납고 이기적인 인간들을 어떻게 상대해 왔는지, 왜 그곳을 떠나지 않으면 안 되었는지, 떠날 때 어떻게 했는지에 대해 이야기했다. 그건 무당의 사설처럼 길었고 접신한 상태에서 웅얼거리는 소리처럼 들렸다.

그녀는 자신이 무당의 딸로 들어가기 위해 치른 시험 이야기도 했다. 중고등학교에는 입시가 없어졌는데 그녀 혼자 시험을 치렀던 것이다. 무당은 자신의 뒤를 이을 신딸을 뽑을 때 사주팔자와 굿과 점을 감당할 수 있는 언어 능력, 생김새까지 테스트해 합격한 그녀를 수양딸로 삼았다고 했다. 시험을 지켜보던 손님 중 하나가 민현이 숨겨뒀던 친딸이 아니냐고, 피는 못 속이는 법이라고까지 했다는 것이다. 나는 너무 복잡하고 어려운 이야기여서 내용을 제대로 이해할 수도 없었다. 그냥 그녀의 이야기를 들어주는 것이 내가 할 수 있는 유일한 선택이자 최선의 행동임을 깨닫고 "맞다, 응, 그래" 하고 보조를 맞췄을 뿐이었다. 마침내 대나무 장대 높이 걸려 있는 무당집의 깃발이 보이는 곳까지 이르자 그녀는 땅에 침을 뱉은 뒤 내게 말했다.

"니 또 어디 가서 내 말을 옮기지 않겠지? 약속할 수 있나? 하늘에 걸고 땅에 맹세하고? 그랬다가는 천벌을 받아서 날벼락 맞고 그 자리에서 쓰러져 뒤진다고."

"나, 나, 나는 원래 그런 이야기를 안 한다. 하께, 내 약속하께. 맹세한다. 천당에 걸고 지옥에 걸고 예수님, 부처님, 하느님한테 걸고. 나는 니한테 뭔 일이 있는지 말하마 그 자리에서 벼락 맞고 나자빠져서 뒤진다. 영원히."

민현은 "내 보살 엄마 모시는 최영 장군한테도 걸어라" 하더니 깔깔깔, 웃음을 터뜨렸다. 그 바람에 얼굴이 들리면서 초점이 맞지 않은 멍한 눈이 보였다. 상처를 입은 짐승의 눈 같았다. 이상하게 가슴이 아팠다.

"니도 머시마라고, 남자라고 거짓말을 막 하는구나. 너희 사내, 남자들, 다 똑같다."

그때 내 입에서 의도하지 않은 말이 튀어나왔다. 그런 우연 같은 필연이, 필연 같은 우연한 선택이, 아니면 무의식적으로 축적해 둔 에너지가 분출해 운명을 긍정적인 방향으로 바꿀 수 있다는 데 내 인생 전체를 걸 수 있다.

"오늘 우리 참 오래간만에 좋은 대화를 한 거 겉다. 또 만날 수 있겠나?"

내 말에 민현은 나를 빤히 바라다보았다. 네가 그런 자격이 있느냐는 듯이. 나는 모른 척 참고 넘겼다. 나는 바보, 돌대가리니까. 민현은 강하고 잔인했다. 그녀는 신학생이 그랬듯 똑 떨어지는 표준말 억양으로 이렇게 말했다.

"그건 내가 정할게."

그날 밤 나는 처음으로 몽정을 경험했다. 아찔하면서 감미롭고 감당할 수 없을 것처럼 난감하면서도 황홀했다. 민현이 항상 내게 그런 존재였듯이.

그녀는 내가 무슨 생각을 하는지, 했는지 아랑곳하지 않고 손에 든 포도에 집중하고 있었다. 집중도는 역시 전문가답다.

"아주 냄새가 좋은데? 포도 냄새가 퍼져 나가는 건 일종의 평형을 이루는 현상이지. 냄새 입자가 많은 곳에서 적은 곳으로 입자가 퍼져 가는 것이니까."

나는 소리나지 않게 성공적으로 뀐 방귀의 냄새가 그녀에게 가지 않게 하기 위해 창문을 연다. 과연 이런 것을 우연이라고만 말할 수 있을까. 그녀가 내 머릿속에서 일어나는 시냅스의 전기화학적인 움직임을 언어로 표현하는 것을. 역시 무당의 딸이라서?

"내가 나한테 단 하나도 가르친 게 없는 아버지한테 고마워하는 유일한 건 내가 싫어하는 게, 증오하는 게 엄청난 힘을 준다는 걸 몸으로 깨닫게 해준 거야. 운명으로 깨닫게 해준 거야. 그 혐오와 증오의 밀도는 운명의 밀도가 되고 그게 내 인생 전반으로 에너지장이 되어 퍼져 나간 거지. 마치 이 포도의 향기처럼."

"잠깐만. 몸으로 깨닫는 거와 운명으로 깨닫는 게 뭐가 다른 거야?"

나는 일부러 브레이크를 걸어본다. 이 순간이 너무 빨리 전환하는 게 아깝기 때문이다.

"몸이나 운명이나, 오징어나 수루메나."

확실히 그녀는 비상한 언어력을 가지고 있다. 어릴 때 썼던 은어나 일본말까지 그녀의 자산이다. 그보다 더 체계적인 고향의 사투리, 그 시절의 언어는 그녀가 능통한 또 하나의 언어 역할을 한다. 고향의 언어는 그 언어와 시절을 공유한 사람을 직격해 무장을 해제해 버린다.

"그 사람은 술만 먹으면 제정신이 아니었어. 술을 마신 게 그 사람 인생에서 삼분의 일쯤 차지하는데 그 삼분의 일이 암종이 되어서 성장하고 퍼져서 그 사람의 심신과 시간, 존재 전부를 다 덮어 버렸어. 암환자는 동정을 받지만 그런 사람은 경멸을 당하게 되고 주변 사람들에게 피해를 입히지."

나는 어릴 적 빨아 먹던 '월남방망이'라고 불리던 사탕을 입안에서 굴리듯 즐겁게 그녀에게 이의를 제기한다.

"그건 아까 이야기하던 것과는 좀 다르네. 알코올릭은 전형적인 중독증상이니까 쇼핑 중독이나 게임 중독, 도박 중독처럼 치료를 받아야지, 일방적으로 매도당할 수는 없는 거라고."

그녀에게 약점이 있다면 자신의 힘과 의지로 통제할 게 많지 않던 어린 시절이다. 그런데 그런 약점을 공격받을 때 그녀는 자신도 모르게 입술선이 뻣뻣해진다. 그걸 보는 게 즐거운 이유는 나도 모르겠다. 자주색 카페트 위에 나자빠진 독재자의 살찐 엉덩이를 볼 때 웃음이 터지는 것과 비슷할까.

"그러려면 치료를 받을 의지를 가지고 있거나 가족이 치료를 할 수 있는 상황이 되었어야지. 평소에는 폭군처럼 군림하고 술을 마시면 통제 불능의 정신병자, 잠이나 들면 사람이 되는 것 같았어. 넌 가족한테 죽음의 공포를 느낄 만큼 맞아본 적이 없지. 그게 사람을 얼마나 피폐하게 만드는지 모를 거야. 가족은 한 사람이 태어나서 처음 가지게 되는 울타리이고 보호막이야. 그런데 바깥에서 어슬렁거리는 맹수로부터 보호를 해줘야 할 가족이 맹수가 되어서 발톱과 이빨로 나를 공격하면 아무 힘도 없는 아이가 어떻게 해야 할까. 근본부터 무너지는 거야. 아니면 팔로 머리를 가린 채 최소한의 상처만 입으면서 다른 세상으로 나갈 길을 모색하는 거지. 우리가 어쩔 수 없는 어릴 때의 가족적 불운, 그게 우리를 모험으로 떠나게 하는 배후의 힘이야."

그녀는 역시 수양딸이긴 해도 무당의 딸이 맞다. 불가해한 논리의 물길을 자신에게 유리한 쪽으로 돌리는 방법을 어린 시절부터 터득하고 있었다. 긴 말을 무당의 사설처럼 서리서리 풀어내되 빠르고 리듬이 있어서 결코 지루하지 않다.

사실은 이쯤에서 그쳐야 한다. 하지만 나도 그동안 전 세계 수백만 명의 친구들과 연결된 소셜 네트워크 서비스를 통해 습득한 지식이 통하는지 시험해 보고 싶다.

"우리 개개인의 인격이나 인간성이라는 게 기껏 아버지가 알코올릭이라거나 노름꾼이라거나 폭력을 행사한다거나 하는 개별적이고 사소한 것에서 출발해서 살면서 필연적으로 받는 부정적 스트레스를 다른 사람에게 투사하고 끝내 수억의 희생자를 내는 세계대전을 야기하게 된다? 우리 모두가 잠재적으로 히틀러다?"

"넌 역시 비약이 심해. 논리 전개가 서툴러."

가을답게 새하얀 구름이 여기저기서 부풀고 떠다니며 푸른 바다위 푸른 하늘에 황홀한 반추상화를 그리고 있다. 나는 어릴 때부터 구름을 좋아했다.

민현을 만나고 난 뒤 나는 교회에 더 이상 가지 않았다. 지상에서 가장 거룩하고 엄숙한 장소에서 내가 알 수 없는, 알기 싫은 신성모

독적인 일이 벌어지고 있을지 모른다는 두려움 때문이었다. 신성모독은 이미 내 몸에서 일어나고 있었다. 나의 신은 민현이었다. 꿈속에서, 상상 속에서 나는 끊임없이 신을 모독하고 범했다. 꿈과 상상에서 깨어나면 나는 죄책감에 시달려야 했다. 민현이 신성불가침한 존재임에 비례해 나의 가책은 나를 죽이고 싶을 만큼 커졌다. 그러한 번민이 시곗바늘을 빨리 돌아가게 해주었다. 그녀를 만나는 것을 지극히 바라면서도 정작 얼굴을 대하면 어떻게 해야 할지 알 수 없었다. 두려웠다. 나의 신성모독을 알아채는 것이. 두려움은 또한 그녀를 보지 않고도 빠르게 한 해를 흘려보내게 했다.

중학교 인근 동네에 살던 아이들은 반에서 절반도 채 되지 않았다. 결정적인 이유는 국내 최초, 최대의 일관제철소가 건설되어 가동을 시작하고 협력업체로 이루어진 철강공단이 만들어짐으로써 외부 유입 인구가 격증해서였다.

1960년대 후반부터 인구가 매년 십 퍼센트 이상씩 늘어나기 시작해서 70년대 중반에 두 배를 훨씬 넘어섰을 정도였다. 아이들이 계속 전학을 와서 한 달이 지나자 한 반 육십 명 정원의 교실은 칠십 명을 수용하게 되었다. 책상을 더 집어넣을 수 없게 되어 이부제 수업을 하거나 반을 나누어야 했다. 그런 식으로 일 년이 지나니까, 한 학년 전체 인원이 입학 당시의 1.5배로 불어 있었다. 그런 게 시간을 빠르게 가게 만들었다.

새로 전학 온 아이들과 기존에 있던 아이들 사이에서는 끊임없이 다툼이 일어났다. 좁은 공간에 시설은 부족하고 지나치게 많은 사내 아이들이 있다는 데 문제가 있었다. 이천여 명이 함께 사용하는 수도

꼭지는 스무 개뿐이었다. 그나마 걸핏하면 고장이 났다. 화장실은 스무 칸에 불과했다. 먼저 물을 마시거나 씻으려는, 또는 똥오줌을 배설하려는 아이들 사이에서 코피가 튀는 일도 허다했다. 좁은 매점에 쉬는 시간마다 수백 명이 몰려들었다. 주먹질만큼이나 욕설이 난무했다. 공부를 잘하는 아이들 사이에서는 욕설이나 주먹질보다 상처를 주는 성적 경쟁이 벌어졌다. 체력장 연습, 반 대항 축구대회도 전쟁터였다. 나처럼 평범한 아이도 정신이 없을 정도였다.

내가 민현에 대해 어떤 생각을 하고 있는지, 얼마나 그리워하는지, 얼마나 연락을 기다리고 있는지 민현은 알고 있을 것이었다. 하지만 일 년이 다 되도록 내게는 아무런 연락을 하지 않았다. 자신이 먼저 연락하겠다던 민현의 마지막 말은 석판에 새겨진 십계명처럼 무겁게 내 심신을 제약했다.

1학기 중간고사를 치르고 나서 맞은 국사 시간이었다. 맨 뒷자리에 앉아 있던 백승태가 교복 바지 속을 주물럭거리기 시작했다. 직장을 옮긴 아버지를 따라 서울에서 전학 온 그는 시내 전체 중학생 중 싸움을 가장 잘하는 깡패로 소문나 있었다. 그는 키가 웬만한 어른보다 크고 팔다리가 길었으며 네모진 얼굴은 외국인 프로레슬러를 연상시켰다. 수염으로 코밑이 거뭇거뭇한 것도 그런 느낌을 가중시켰다. 국사를 가르치는 여선생님이 등을 돌리고 칠판에 고려시대 왕의 이름을 외워서 적는 중이었다. 승태는 오르가즘에 도달한 것처럼 혀를 빼물고 숨을 핵핵거렸다. 키득거리는 아이도 있었고 모르는 체 앞만 보고 있는 아이도 있었으며 정말로 뒤에서 무슨 일이 벌어지는지 모르는 어린아이들도 앞쪽 자리에 앉아 있었다. 나는 알았지만 모르는 척했다. 그게 그다지 큰 충격을 주지도 않았다. 유치하다는 느낌이었다. 감히 입 밖으로 그런 단어를 꺼내지는 못했지만.

점심시간이었다. 승태가 네댓 명의 추종자를 앞에 두고 시내 학생 깡패들의 판도를 설명해 주고 있었다. 의자 위에 올라가 손잡이를 깔고 앉아 아래를 굽어보면서였다. 푸른 점이 찍혀서 청회색으로 보이는 하복 바지는 끝단 통이 나팔 모양으로 넓은 데 반해 허벅지 부위는 착 달라붙게 좁힌 최신 유행의 '나팔바지'였다. 갑자기 여중생 깡패들 중에서 '박민현'이라는 이름이 표준말 발음으로 정확하게 나오는 바람에 나는 바짝 긴장했다.

"걔들 말이다. 자전거를 왜 타는지 아냐? 자전거 안장이 기집애 고기 요 가운데를 계속 톡톡 쳐주니까 흥분돼 가지고 그러는 거다."

승태의 말에 의하면 민현과 그녀와 무리를 이룬 여자 깡패들은 시내 전체의 중학생 중 노는 아이의 대표인 자신을 만나는 동안 바지속에 계속 손을 집어넣고 있었다고 했다. 그게 누구의 바지 속인지 아무도 묻지 않았다. 나는 미칠 것만 같았다. 믿을 수 없었다. 사실이라면 민현은 나로서는 가닿을 수 없는 아득한 성층권에 가버린 것이었다.

"면도날을 반으로 갈라서 손가락 사이에 끼워 놓는다. 싸움이 벌어지면 얼굴이고 팔이고 쓰윽 훑어 버리거든. 얼굴이고 팔에 가는 줄이 쫙쫙 가는 거지. 당하는 줄도 모르고 당하는 거다. 그러면 게임은 끝난다."

민현이 면도날을 손가락 사이에 끼우고 중고생 깡패들끼리의 패싸움에서 맹활약하는 전사인지, 전사를 거느린 우두머리인지는 모를 일이었다. 물어볼 수도 없었다. 나는 승태의 무리와는 단 한 번도 대화를 나눈 적이 없었다. 그들도 나 같은 평범한 아이에게는 관심이 전혀 없었다.

그날 학교 문을 나선 내게 온통 자전거를 타는 여학생만 보였다. 온 세상 여중생이 모두 자전거를 타고 있는 것만 같았다. 집에 가서 자전거를 사달라고 오랜만에 술에 취하지 않은 상태인 아버지에게 간청했다. 내가 기억하는 한 정식으로 아버지에게 뭘 사달라고 한 건 처음이었다. 아버지는 멀쩡한 두 발로 걸어 다니면 될 일을, 왜 돈 들여 자전거를 타려고 하느냐고 일언지하에 거절했다. 불필요하고 위험하다는 것이었다. 자신이 매일 술에 취해 있는 것은 꼭 필요하고 안전해서인지 궁금했다. 남자 중학생이 초등학교 때 한 반이었던 여중생이 자전거를 타면서 성적 흥분과 쾌감을 느끼는지 알고 싶어서 자전거를 사달라고 하는 걸 안다면 뭐라고 했을까. 말을 하기 전에 몽둥이부터 집어 들었을 것이다.

나는 평범하긴 했어도 바보는 아니었다. 아침에 일어나면 제대로 씻고 먹을 사이도 없이 아이들 학교 챙겨 보내고 물질하고 시장 다녀오고 음식 만들고 손님 상대하고 설거지하고 정리하고 빨래하고 청소하고 아버지가 밤마다 술에 취해 고래고래 부르는 노래까지 들어 주고 이불 깔아 주고 문 단속하고 불 끄고 겨우 눈 붙이느라 몸이 열 개라도 모자라는 어머니를 졸졸 따라다니면서 부지런히 졸라대는 것으로 사흘 만에 거의 새것이나 다름없는 중고 자전거를 넘겨받았다.

자전거 타기를 배우는 일 또한 어렵지 않았다. 자전거를 배우는 데는 넘어져서 다칠지 모른다는 두려움이 가장 큰 장애물이다. 자전거를 처음 배울 때 누구나 넘어지게 되어 있고 다칠 수도 있다. 그게 심적 장애로 변한다. 나 역시 하루 수십 번을 넘어지고 손바닥과 무릎이 벗겨지는 상처를 입었다. 하지만 자전거를 탄 채 민현을 만나고자 하는 열망이 장애물을 쉽게 뛰어넘게 했다.

자전거를 타고 달릴 수 있게 되자 내가 그때까지 살아오면서 가장 가치 있는 일을 하고 있다는 느낌이 들었다. 그게 다 민현의 덕분이었다. 나는 그렇게 생각했다.

너를 위해 나는 자전거를 샀어. 자전거를 배웠어, 너를 만나기 위해. 그건 그 뒤에도 무수히 변주될 그녀로 인한 내 인생 첫 체험의 하나였다.

사춘기에 지나치게 성에 집착하고 자위행위에 빠지는 것은 좋지 않다. 이럴 때는 적절한 취미생활과 스포츠 등의 야외활동을 통해 성욕을 승화시켜야 한다. 흔히들 그렇게 이야기했다. 사춘기를 거쳤다는 어른들, 선생님이나 상담교사나 대학생 형 같은 사람들이. 그런데 '지나치게'와 '집착'을 누가 정하느냐에 문제가 있다. 하루 열 번 이성의 알몸을 떠올리는 것은 지나치지 않고 평균 이 분 삼십 초마다 이성과의 접촉을 상상하는 것은 집착인가? 하루 한 번 몽정하는 것은 지나치지 않고 열흘에 열 번하는 것은 지나친가? '승화'라니 그건 또 무슨 말인가. 승화는 고체가 액체 상태를 거치지 않고 기체로 기화하는 것이라고 화학 시간에 배웠다. 배우지는 않았지만 심리학에서는 '사회적으로 인정되지 않는 욕구나 충동이 사회적으로 인정받는 가치 있는 예술, 종교 활동이 되는 것'이라고 정의한다. 성욕은 사회적으로 인정되지 않는 위험한 욕구인가? 그럼 나는 어떻게 생겨나 이런 고민을 하고 있느냐 말이다. 부모들 각자가 가지고 있던 정자와 난자가 수정이 되어서 내가 생겨난 게 아닌가. 그 절차가 진행되는 중에 성욕이 승화되었다면 나는 물론 인류가 어떻게 존재할 수 있었겠는가.

해답은 공짜로 주어지지 않았다. 답이 책에 있다는 말을 어디서 듣고 해서 자전거를 타고 책이 가장 많다는 공립도서관으로 향했다. 자전거는 그처럼 내가 한 번도 가지 못한 곳을 가게 해주었고 갈 수 없을 거라고 생각했던 거리를 쉽게 이동할 수 있게도 해주었다. 도서관에는 나와 비슷한 고민을 하고 나와 비슷한 목적으로 나와 비슷한 자전거를 타고 온 아이들이 많은지 마당 바깥에 자전거를 세워 두는 자리에 줄잡아 백 대가 넘는 자전거가 서 있었다. 자전거 자물쇠를 채우려는데 하필이면 열쇠를 가져오지 않은 것이었다. 자세히 살펴보니 자전거 뒷바퀴에 둥글게 생긴 족쇄를 채우는 방식의 자물쇠라는 게 좀 묵직한 집게로 잡아끌면 쉽게 벗겨지도록 허술했다. 그렇게 자전거를 잃어 버렸다는 아이들이 한둘이 아니었다. 백여 대가 넘는 자전거가 마당에 세워져 있고 그렇게 많은 자전거 사이에 있으니 자신의 자전거는 괜찮을 거라고 안심하고 있는 아이들이 있는 것이다. 코웃음이 나왔다. 나도 이제 그런 사리를 판단할 정도로 성장한 것이라는 느낌에 가슴이 뿌듯해졌다. 뿌듯함까지 안겨 주는 고마운 자전거를 잘 감춰 두려고 그늘이 많고 으슥한 도서관 뒤쪽으로 돌아갔다.

측백나무로 빽빽한 울타리가 세워져 있는 도서관 뒤켠 흙바닥에는 담배꽁초가 하얗게 흩어져 있었고 그중 한두 개는 아직 연기가 나고 있었다. 고등학생처럼 보이는 청년들이 담배를 피우고 있었다. 나는 재빨리 돌아섰다. 그러자 어른들이 타는 내 자전거보다 좀 작은, 여자들이 타는 자전거가 장바구니를 매달고 얌전하게 서 있는 게 눈에 들어왔다. 거기에는 자물쇠가 달려 있지 않았다. 어떤 여자인지 모르지만 담배를 피우는 깡패와 날라리들이 득시글대는 장소에 자물쇠도 없는 자전거를 세워 둘 생각을 하다니 꽤 용감하구나, 아니면 세상 물정을 모르는구나 하는 생각을 하느라 내 발걸음이 좀 느려진 게 탈이었다.

"야, 얀마, 야 이 좀만 새꺄!"

내가 좀이나 무좀은 아니지만 그건 분명히 나를 부르는 소리가 틀림없었다. 어쩔 수 없이 돌아보자 하늘과 같은 고등학생들이, 아니 사복을 입은 청년들이 나에게 손짓을 하고 있었다.

"니 뭐 하러 여 왔나? 쩔쭉하이 삼통 착하게 생깄구마. 니도 한 대 빨러 왔나?"

"아, 아입니다. 자장구 세우러 왔니더."

그들은 딤배를 피우면시 심심했기니 그들보디 우위에 있는 어떤 존재, 그러니까 학생이 흡연을 하는 것을 학교 바깥에서도 단속할 권한이 있는 고등학교 학생부 주임교사 같은 사람이 들이닥치지 않을까 싶어 긴장해 있었던 것 같았다. 두 가지 다 겹쳤는지도 모른다. 그래서 심심함과 긴장을 해소하기 위해 아무런 위험성도 없어 보이는 나를 가지고 놀기 시작했다.

"아 그 새끼 번데기같이 쫄았다야. 울겠다 울겠어. 조금만 눌러봐. 눈물 콧물 쪽쪽 나오겠다."

그 와중에 표준말 억양을 쓰는 고등학생은 서울에서 온 놈이겠구나 하는 생각을 했다. 어쩐지 더 얄미웠다. 사투리를 쓰는 고등학생은 내 밑바닥까지 다 아는 것처럼 웃는 것이 잔인해 보였다.

"니 주머니에 든 거 다 꺼내 봐라."

하늘이 노래지는 것 같았다. 넘치는 성욕과 성충동을 예술적으로, 종교적으로, 운동 같은 야외활동으로 승화하는 방법을 찾아 도서관에 왔다가 날라리 고등학생으로 구성된 날강도를 만났으니, 날벼락이 이런 경우구나 싶었다. 어물어물 주머니에 든 물건들을 끄집어냈다. 그들이 가장 궁금해 할 돈이 먼저 나왔다. 동전이 백 원짜리 두 개, 오십 원짜리 하나, 오백 원짜리 지폐 한 장이었다. 검정 볼펜, '학생노트'라고 겉표지에 인쇄된 수첩, 언제부터 들어 있었는지 모를 검은 바둑알 한 알, 장갑, 운동화 끈, 연필 깎는 칼 등이었다. 그들은 내 주머니에서 나온 먼지 때문에 폐결핵에 걸리겠다고 콜록거렸다. 연필 깎는 칼이 연필을 쓰지 않는 중학생의 주머니에 들어 있는 까닭을 묻기에 나는 그게 손톱 손질에서 값나가는 열매나 물건을 봤을 때 처리하기 위한 것이라고 설명했다.

"니 까잇게 돈 될 만한 거 뭐를 만난다고."

주머니칼 하나가 있으면 배고플 때 지나가는 길에 남의 집 처마 아래에 널려 있는 과메기를 살짝 표시 나지 않게 잘라낼 수 있다. 미군 부대의 쓰레기통을 뒤지다가 C레이션이라도 발견하게 되면 주머니칼은 포장을 뜯고 끈을 자르고 동료끼리 적절히 분배를 함으로써 분쟁의 소지를 없앨 때 쓴다. 그들은 내 설명에 입을 벌렸다. 하나는 미군부대를 구경도 하지 못한 서울 촌놈임에 분명했고 하나는 C레이션은 커녕 미군조차 보지 못한 시 바깥의 농촌 출신 같았다.

"금마 그거 진짜 말 많네. 고마 됐다. 이제 가봐라. 자전거는 우리가 좀 타보고 나중에 줄틴까네 거 놓고 가고. 니는 공부나 열심히 하거래이."

그들이 명찰과 배지가 달린 교복을 입은 것도 아니고 학생증을 제시하거나 맡긴 것도 아닌데 자전거를 가지고 가면 어디서 찾으란 말인가. 나는 멍해졌다. 이것이야말로 자전거가 승화될 상황이었다.

"좀 봐주이소. 자장구 없이 집에 들어가모 지는 아부지한테 맞아 죽심니더. 형님들요. 아저씨들요."

"아니 이 새끼가, 지금 우리를 못 믿겠다는 거 아냐. 짜식이 좋게 봤는데 말로 해서는 안 되겠네."

내가 바짓단을 움켜쥐며 사정을 하자 표준말이 발길질로 나를 털어내며 말했다. 바로 그때 사복 차림의 승태와 그의 똘마니 셋이 나타났다. 승태는 나를 구원해 주러 온 게 아니라 담배를 피우러 왔고 내가 그랬듯이 사복 입은 고등학생들을 보고 돌아 나가다가 역시 내가 그랬듯이 그들에게 제지당했다.

"와 그라는교?"

역시 승태는 만만치 않은 인물이었다. 그는 시내 수천 명 남녀 중학생 중 최고의 깡패, 실력자였던 것이다. 하지만 청년들은 고등학생 중에서 좀 껄렁거리며 논다 하는 축에 속했다. 요점은 고등학생이었다는 것이다. 승태 일행과 고등학생들 사이에는 일촉즉발의 긴장이 감돌았다. 그런데 갑자기 승태의 입에서 거침없이 사투리가 쏟아져 나왔다.

"아, 형님들, 이거 치사하게 중삐리 자전거나 빼수코 이카마 이기 체면이 말이 되는교."

표준말을 쓰는 고등학생이 대꾸했다. 그는 승태의 존재를 알고 있던 게 분명했다.

"가라, 좀만아. 존 말로 할 때."

나 때문에 싸움이 나는 것을 나는 원하지 않았다. 누가 이기든 지든 두고두고 괴롭힘을 받을 빌미가 될 것이었다. 차라리 자전거가 없었더라면. 나는 내 관심과 호기심을 저주했다. 그때 진짜 나를 구원할 천사가 나타났다.

"오빠들, 여기 웬일이세요?"

민현이었다. 표준말을 쓰는 쪽이 반색을 했다.

"민현이구나. 공부하러 왔냐?"

"네, 지금 가려고요. 자전거 가지러 왔는데. 근데 지금 뭐하세요?"

결국 사투리를 쓰던 고등학생이 자리를 정리했다.

"아무것도 아이다. 야, 좀만 중삐리. 니 빨리 자전거 끌고 눈앞에서 사라져라이. 느그들도 볼일 없으이 가보고."

돈과 주머니칼을 돌려 달란 이야기는 하지도 못하고 자전거를 끌고 나오면서 나는 승태가 고등학생은 물론 온 세상에 보란 듯 민현에게 가까이 다가가 친숙하게 말을 건네는 것을 보았다. 가슴이 칼로 도려지는 것 같았다. 이런 식으로 다시 만난 게 창피했다.

우연의 누적과 필연의 축적이 인생의 변화를 가져온다. 우연을 믿든 신을 믿든 변화는 일어난다. 내가 자전거를 타고 도서관에 가는 게 겁이 나 가지 못한 지 보름 만에 민현을 길에서 만났다. 그녀는 도서관에서 본 자전거를 탄 채였다. 자전거 앞에 달린 장바구니에는 갈색 가방이 들어 있었다. 중요한 건 그녀가 나를 보고 멈춰 주었다는 것이다.

"오늘 날도 더와 죽겠는데 송도해수욕장이나 가보자."

갑자기 받은 제안이라 언제, 누가, 어떻게, 왜를 따지느라 바쁜데 그녀는 이미 대답을 들은 사람처럼 페달을 밟기 시작했다. 엉겁결에 따라가면서 그녀가 나를 잊은 적이 없다는 것을 확인했다. 기뻤다. 도려내진 것 같던 심장이 다시 제정신을 찾고 뛰기 시작하는 것 같았다. 그건 내가 알고 있는 가슴의 고동과는 다른, 민현 혹은 민현과 관련된 일에만 반응하는 가슴이었다. 자전거 체인이 팽팽하게 당겨진 것처럼 힘 있게 내 존재를 옥죄어 왔다.

일제 때부터 조성된 송림이 무성한 해수욕장은 원래 인근에서 가장 넓은 모래밭과 뛰어난 수질, 수려한 풍광을 자랑했다. 무릎 깊이까지 들어가도 발이 그대로 비쳐 보이는 맑은 바닷물, 잡티가 없이 곱고 흰 모래가 다가 아니었다. 언제부터인가 무성하게 자라기 시작한 소나무 숲이 짙은 그늘을 만들어 주었다. 소나무 숲을 통과한 바닷바람은 청량했고 뜨거운 햇빛에 지친 사람들이 쉬거나 잠을 잘 자리를 제공했다. 음식점과 술집, 해수욕에 필요한 장비를 빌려 주는 가게도 많아서 한여름에는 시장처럼 떠들썩했다. 그러나 못 갖춘 게 없이 하늘이 베푼 온갖 미덕을 다 갖춘 것 같은 해수욕장도 제철소가 건설되면서 해류의 방향이 바뀌고 모래가 조금씩 줄어들어 가고 있었다. 도시가 커지고 인구가 급증하면서 맑은 바닷물도 차츰 흐려져 갔다. 그건 역사의 종말을 향해 가는 왕가의 최후처럼 느껴졌다. 이제 해수욕장이 성가를 잃으면 그보다 더 북쪽 혹은 그보다 더 남쪽에 있으면서 그 전에는 해수욕장에 눌려 사람들이 많이 가지 않던 다른 해수욕장들이 본격적으로 개발될 터였다.

시내에서 다리를 건너 일 킬로미터쯤 자전거를 달린 끝에 도착한 해수욕장의 소나무 숲은 해수욕장의 미래와는 아무런 관계없다는 듯 여전히 무성하고 시원했다. 한여름이면 어른들은 파라솔 아래에서 회를 먹고 술을 마시고 해수욕을 즐길 것이고 아이들은 트럭 타이어에서 빼낸 시커먼 튜브를 빌려 입술이 파래질 때까지 물놀이를 할 것이지만 아직은 때가 아니라는 듯 강에서 날아온 해오라기가 몇 마리 소나무 위에 앉아서 주변을 살피고 있었다.

모래밭에 도착하자 민현은 자전거에서 내린 뒤 자전거를 가던 방향으로 굴렸다. 자전거는 곧 쓰러졌고 민현 역시 자전거 옆에 쓰러지듯 누웠다. 그런 동작이 너무도 자연스러워서 나는 꼭 영화를 보고 있는 것처럼 느꼈다. 머리카락이 땀에 젖은 관자놀이에 붙어 있었고 곧은 코끝에는 작은 땀방울이 솟아 있었다. 가느다란 눈썹은 일자 모양으로, 은행처럼 크고 동그랗던 눈은 끄트머리가 살짝 처지면서 보살상이나 모나리자처럼 성숙하게 보였다. 목덜미는 얼굴처럼 밝고 희었다. 교복 아래의 풍만한 가슴이 부풀었다가 가라앉았다 하는 것을 부러 나는 외면했다. 가까이 있으면서 숨소리를 듣고 있는 것만 해도 불경스러운 짓 같았다. 나는 숨을 죽이고 투명인간처럼 없는 듯 동작을 줄였다.

해수욕장의 소나무 숲 바깥의 희고 고운 모래밭에 우리는 십 분쯤 가만히 누워 있었다. 움직이는 건 바람뿐이었다. 바람은 스스로가 움직이는 것을 다른 것을 움직임으로써 표현한다. 민현은 온전하게 쉬고 있는 것 같다. 진하게 설탕을 탄 검은 커피처럼 달콤한 휴식을 방해할 수 없었고 해서도 안 될 것 같았다. 어느 순간 민현이 일어나 앉았다.

"니 경상도 말하고 서울말 차이를 아나?"

내가 아는 건 서울 사람들은 서울말을 쓰고 경상도 사람들은 경상도 말을 쓴다는 것뿐이었다.

"내가 도서관 책에서도 찾아보고 학교 국어 선생님한테도 물어봤는데, 경상도 말이 우리 민족 언어의 원형을 그래도 마이 유지하고 있다 카더라. 경상도는 다른 지역보다는 한반도에 최초로 도래한 옛 조상들이 마이 정착한 데고 외부와의 교류가 많지 않아서 그때 쓰던 말하고 지금의 말이 차이가 크기 안 난다는 기다. 통일신라 때는 경상도 말이 표준말이었다. 그때 쓰던 말을 우리가 지금도 쓰고 있을 기고. 경상도 말은 아래위로 많이 오르락내리락하는데 이기 다 상성, 입성, 측성, 평성으로 나누는 발음에 해당한다. 서울말은 길고 짧은 식으로 바꼈고. 보는 눈, 내리는 눈하고 어두운 밤, 먹는 밤하고는 서울말로는 짧고 긴 차이가 있지만도 경상도 말은 높고 낮은 거로 구별이 안 되나. 그런 차이다. 그러이 우리가 서울이나 다른 데서 온 아들한테 그런 거를 갈차주고 우리를 쉽게 보지 못하기 해야 한다."

민현의 목소리는 듣기 좋았다. 어린 시절과 달라진 것은 울림이 커지고 톤이 낮아졌다는 것이었다. 내가 얼빠진 얼굴로 자신을 보는 걸 안 민현이 나를 꾸짖었다.

"니는 생각이 있나 없나. 있으마 말을 해봐라."

"없다. 니 말이 맞지 머."

"책 좀 봐라, 책 좀. 도서관에는 뭐 하러 댕깄는데."

그러고 보니 다시 도서관 뒤에서 승태가 민현에게 뭔가를 속삭이던 모습이 떠오르며 속이 아려 왔다. 처음처럼 아프지는 않았으나 힘들기는 힘들었다. 차마 두 사람이 어떤 관계인지 물어볼 수는 없었다. 민현은 자리에서 일어나 자전거에 실려 있던 가방을 꺼내 왔다. 거기에서 나온 것은 우리말 방언 연구에 관련된 책이 아니라 프랑스어로 된 책과 한자 교재였다. 어리둥절한 내가 "너들은 학교에서 이런 거를 배우나? 우리는 공업하고 기술 배우는데" 하자 민현은 프랑스어 책으로 내 머리를 툭 쳤다. 책으로 머리를 맞아 보기는 처음이었고 민현에게 맞아 보는 것도 처음이었다. 머리는 아팠지만 가슴은 종소리의 여운 같은 설렘으로 가득 찼다.

그녀는 프랑스어 책을 펴고 "봉주흐 뜨히스떼세" 하는 식으로 고양이처럼 코와 목을 울리는 소리를 내며 읽었고 나는 그녀가 시킬 때마다 발음을 따라했다. 내가 "사랑해"가 뭐냐고 묻자 그녀는 몇 페이지를 넘기더니 "쥬 뗌므"라고 가르쳐 주고는 다시 프랑스어 책으로 내 머리를 쥐어박았다. 그녀의 프랑스어 발음을 따라하다 보면 입안 가득 박하향이 퍼지는 것 같았다. 그녀는 프랑스어를 잘 알아서 책을 읽는다기보다는 통째 외워 버릴 듯 몇십 페이지씩 소리내 읽어댔다. 읽고 또 읽어 목에서 쉰소리가 날 정도가 되자 그녀는 한자 교재를 폈다. 모래에 글자를 써가며 한 글자씩 읽어 가다 뜻풀이를 하고 내 발음이 틀리면 교재로 내 머리를 통통 쳤다.

그 통통거림은 아프다기보다는 내 몸 어딘가에 있는 행복의 증폭기에 신호를 입력하는 것 같았다. 증폭기에서 해석과 증폭 과정을 거쳐 온몸으로 행복감이 퍼져 나갔다. 단숨에 아랫배까지 찌르르해지고 솜털이 정전기로 오소소 솟아 한곳으로 쏠리는 것처럼 피부가 당겼다.

어른들이 몇씩 어울려 모습을 드러내자 민현은 자리에서 벌떡 일어나 나를 잡아끌었다. 다리 앞에서 헤어지면서 그녀는 "다음에는 다른 데 또 가자"고 했다. 나는 너무 좋아 탈진하다시피 하여 대답할 힘도 없어서 겨우 고개를 끄덕이고는 집으로 가는 방향으로 자전거를 돌렸다. 자전거 바퀴가 열 바퀴쯤 구르고 나서 나는 자전거에서 떨어져 굴렀다. 정신을 차리고 보니 그녀는 이미 사라져 버리고 없었다. 내가 행복 중독으로 자전거에서 떨어진 것을 그녀가 알아차렸기를 바라지 않았다. 아니 바랐다. 그 행복이 그녀에게서 나온 것임을.

프랑스어 책이 독일어 책으로 바뀌고 영어 책으로 바뀌며 정신없이 시간이 흘러갔다. 그런 책들은 민현의 학교 선생님들의 책꽂이에서 나온다고 했다. 그녀는 그 책들을 통틀어 '원서'라고 했다. 그 많은 외국어를 어떻게 한 사람이 다 배울 수 있는지, 그렇게 외우다시피 하는 게 적당한 공부 방법인지 모를 일이었다. 정말 그 책의 내용이 재미있어서인지 내게 과시를 하기 위한 것인지도 알 수 없었다. 나는 아무래도 좋았다. 그녀가 나를 만나 주는 한은.

피아니스트이자 영화배우인 오스카 레반트가 1972년 8월 4일 사망했다. 그는 "행복은 경험이 아니라 기억이다"라는 말을 남겼다.

차가 숲을 이룬 모감주나무 군락 앞을 지난다. 중국이 원산인 모감주나무는 종자가 해류를 통해 전파된다. 바다 위를 떠돌다 씨앗이 육지에 상륙한 뒤 척박한 땅에서 싹을 틔우고 그 후손들이 까마득한 벼랑 위에서 군락을 이룬 것을 본받으면 절벽, 바다, 하늘을 모두 길로 만들 수 있다. 뜻만 있으면 고립은 없다.

모감주나무는 씨앗이 지름 7밀리미터쯤 되는 동그란 모양이고 광택이 있어 염주로 쓰는 경우가 많아서 염주나무라고도 한다. 또 선비의 기품과 품위를 지녔다고 해서 선비나무 또는 학자수(學者樹)로 칭한다.

여름이면 모감주나무에 서양에서 '황금 꽃비 나무(Golden rain tree)'라고 이름 붙인 이유를 알려주듯 황금색의 꽃이 달린다. 가을이 되면 꽃이 피던 자리에 녹색 꽈리 모양의 열매가 달리고 곧 기품 있는 황갈색으로 변해 간다. 그러면 붉은 단풍, 검푸른 해송과 더불어 적녹황색의 아름다운 빛깔을 연출한다. 그때가 바로 지금이다.

"구룡소가 왜 구룡소인 줄은 아니?"

그녀가 물어왔다. 내가 알 리 없었다. 여름에는 좀체 꽃을 피우는 나무를 찾기 어렵다. 구룡소로 가는 길에 군데군데 자귀나무가 우산 모양의 작은 꽃에 분홍빛 수술을 늘어뜨리고 있었다.

자전거를 타고 구룡소로 가는 길은 세 시간 가까이 걸렸다. 거리도 멀었고 오르락내리락하는 고개에서는 자전거를 끌고 가야 했다. 아무리 흐리고 바람이 불고 여름방학이라고는 해도 한여름이었다.

"아홉 마리 용이 살았던 소라고 해서 구룡소다. 우리 고향 동네 이름이 구룡포가 된 건 구룡소가 있어서고. 아득한 옛날에 이 소에 살던 용이 열 마리 있었는데 때가 되어서 하늘로 승천을 했다. 그런데 그중에 아홉 마리는 하늘로 올라가고 한 마리는 아직까지 살고 있단다. 파도가 크게 치는 날이면 구룡소로 들어갔다 하얗게 뿜어져 나오는 바닷물이 꼭 지상에 남아 있는 한 마리의 용이 연기를 뿜는 것 같다고 해서 구룡소다."

갑자기 머리를 샛노랗게 물들인 것 같은 나무들이 나타났다. 조그만 노란 꽃들이 진녹색의 무성한 잎을 거느린 가지 끝에 달려 있었다. 군락을 이루고 있는 것이 장막을 쳐놓은 것 같았다. 바람이 불며 노란 꽃들이 떨어지기 시작했다. 그 모습이 꼭 황금비가 내리는 것 같았다. 그에 비하면 자귀나무의 모습은 예고편도 되지 않을 정도였다. 모감주나무 군락이었다.

마을에서 구룡소로 들어가는 산과 바다 사이로 난 길 옆 검은 바위 위에 갈매기들이 앉아 있었고 흰 거품을 머리에 쓴 푸른 바닷물이 바위를 쓰다듬고 있었다. 자전거를 숨겨놓고 길을 따라 걸어가자 '九龍沼'라는 한자가 대충 만든 나무 팻말에 검은 페인트로 쓰여 있었다. 그곳을 설명하는 건 그것뿐이었다. 하지만 민현은 그곳에 오기 전에 이미 공부를 해둔 모양이었다. 관광객은 거의 오지 않는 곳이지만 관광 가이드를 하라고 해도 충분해 보였다. 말투도 억양만 바꾸면 서울에서 온 관광객에게 통할 수 있는 표준말에 가까웠다. 관광객은 물론 없지만.

구룡소는 마을에서 바닷가를 따라 십오 분쯤 걸어가면 나온다고 했다. 오른편에는 흑갈색의 바윗돌이 엉켜서 파도에 모습을 감췄다 드러냈다 하고 있었다. 왼편 산에는 흑룡 같은 비늘을 하고 하늘로 머리를 한껏 치켜든 해송이 서 있었고 아래에는 키 작은 관목들이 빼곡하게 자라나 있었다.

고향의 앞바다는 안으로 반달처럼 휘어진 만이었지만 난바다에서 오는 파도와 바람을 그대로 맞받았기 때문에 파도가 야성적이었다. 반면 멀리 제철소가 건너다보이는 구룡소 앞의 바다는 고향의 만보다는 훨씬 거대했고 파도 역시 잔잔했다. 어쩐지 모성이 느껴지는, 그 안에서는 푸근하고 안온하게 자랄 수 있을 것 같은 바다였다.

바다를 따라가는 길이 끝났다. 구룡소를 보기 위해서는 산으로 올라가야 했다. 바위에 빨간 페인트로 그려진 화살표에 의하면. 민현이 망설임 없이 산으로 올라가기 시작했다. 민현은 평소에 자전거를 타고 다닐 때의 면바지가 아닌 허벅지가 붙는 청바지를 입었다. 좁은 산길이 만들어져 있었는데 사람의 통행이 많지 않아서 그런지 풀이 무성하고 소나무와 참나무 가지도 길을 막았다. 바닥이 나뭇잎으로 미끄러워서 민현이 몸을 휘청거렸다. 내가 앞장섰다.

해송 사이로 하늘이 보이는가 싶더니 곧 반대편 벼랑이 나타났다. 그것이 구룡소였다. 엄청난 생명체의 아가리와 같은 공간이 육지 안쪽으로 쑥 들어와 만들어져 있었고 바닥은 편편한 바위였다. 한꺼번에 몇 백 명은 편안하게 앉을 수 있는 넓이였다. 삼면이 바위로 된 아찔한 높이의 절벽이 장관이었다. 가장 안쪽에는 용이 하늘로 승천하며 만들어 낸 굴이 있고 그 굴 가운데 하나는 깊이를 알 수 없어서 도를 닦는 사람들이 굴속에서 기거하기도 했다는 전설이 있었다. 그건 인연이 있는 사람만 만날 수 있는 신비로운 풍경이었다. 구룡소의 전모 가운데 절반도 보지 않았음에도, 처음 보았음에도, 아주 잠깐 보았는데도 그 구룡소의 용을 딴 이름의 동네에서 태어나 자란 내 몸이 감응했다.

알 수 없는 자력에 끌려 걸음을 떼는데 "정지!" 하고 누군가 소리쳤다. 나중에 생각하니 "정지!"라고 누군가 외칠 당시 나는 이미 구룡소의 풍경에 압도당해 정지해 있다가 막 몸을 옮기려는 순간이었다. 말을 한 사람은 이미 오래전에 나를 발견하고 지켜보았던 게 틀림없었다. 손발을 하나씩 든 상태에서 몸을 정지시키자 땅굴 같은 초소가 보였다. 위장막을 덮어쓴 초소에서 총을 든 군인이 몸을 내밀었다.

"손들어!"

원래 동해안으로 무장간첩이 침투한 사례가 여러 번 있었고 해안 대부분이 철조망으로 차단이 되어 있어 최전선 같은 긴장을 느끼게 했다. 하지만 워낙 찾는 사람이 없는 황막한 산길에 초병이 지키고 있을 거라는 생각은 미처 하지 못했다.

"누구냐! 누구냐고!"

도로 도망쳐 나오려고 했으나 민현이 그들에게 잡혀 무슨 욕을 들을지 모른다고 생각하니 그건 해서는 안 될 짓이었다. 할 수 없이 손을 들었다.

"학생입니더."

"이름이 학생이냐?"

놀리는 것 같았지만 어쩔 수 없었다.

"지 이름은 이, 세, 길이라 캅니더."

"뭐, 이 새끼라고? 일루 나와. 손 바짝 들고."

내 뒤를 민현이 따라왔다. 나는 초긴장 상태에서 민현의 웃음소리를 들었다. 그럴 리가 없었다.

"무릎 꿇어! 손 바짝 들고! 너 뭐하는 놈이야."

나는 어쩔 수 없이 땅에 무릎을 꿇고 앉았다. 땀이 비 오듯 흘러 눈으로 들어갔지만 손을 들고 있어 닦을 수가 없었다.

"중학생입니다. 방학 숙제로 우리 지역 명승고적을 공부하러 다니고 있니다."

거짓말이 순식간에 만들어졌다. 민현을 따라다니면서 내게 없던 능력이 새로 생겨난 것 같았다.

"이 여자는 누구냐?"

군인은 두 사람으로 불어나 있었다. 그중 한 사람은 계급이 더 높아 보였다. 이상한 것은 직접 민현에게 묻지 않고 무릎을 꿇고 손을 들고 눈이 따가워 눈물을 흘리고 있는 내게 질문을 한다는 것이었다.

"같은 학교 학생입니다."

"애도 중학생이라고? 그런데 이렇게 어른 같애? 중학교가 남녀공학이 있어?"

"있니다."

실제로 시내에는 중학교가 남녀공학인 사립학교가 있긴 했다. 상고와 같이 있는 중학교였다. 나는 신빙성을 더하기 위해 그 중학교와 상고의 이름에 개교한 지 이십사 년이라는 것까지 주워섬겼다.

"이제 보니 대가리에 피도 안 마른 것들이 방학 숙제 핑계 대고 연애하러 다니는 거 아냐? 박 상병, 어떻게 생각해?"

박 상병은 "그렇습니다" 하더니 민현을 훑어보며 고개를 가로저었다. 정말 여중생인지 여중생의 열 살쯤 위인 언니나 학부형쯤 되는 여성인지 헷갈리는 눈치였다. 민현은 내가 손을 쳐들고 눈을 꿈쩍이는 것을 보고는 계속 웃음소리를 냈다. 그 맑은 웃음소리가 그래도 그녀가 아직 여중생 정도의 나이임을 입증하고 있었다. 군인들은 그녀가 아직 어린 여자아이라는 걸 확신할 때까지 십여 분간 나를 가지고 놀았다. 그러다 계급이 높은 군인이 시계를 들여다보고는 내게 도로 내려가도 좋다고 했다. 단, 군인들이 지키는 최전방 전선을 놀러 다닌 죄에 대해 속죄하는 의미에서 쪼그려 뛰기를 백 회 실시한 뒤에 오리걸음으로 가라는 조건이었다. 평생 처음 쪼그려 뛰기를 하는 나를 보며 민현은 웃었다. 오리걸음으로 비탈을 내려가는 내 뒤에서도 웃었다. 그런 민현을 제지하기는커녕 군인들도 같이 소리 내어 웃었다. 그들은 웃음으로 한편임을 확인하는 듯했다.

멀리 마을 위 산중턱에 모감주나무가 거대한 군락을 이루고 있는 게 바라다보였다. 머리에 노란 꽃을 뒤집어쓰고 장벽을 이루고 있는, 그러다 눈부신 황금비를 내리는 모감주나무였다. 허벅지에 알이 박이듯 그날의 창피함과 곤경, 모감주나무의 황금 꽃비는 내 기억에 오래도록 남았다.

내 집, 아니 우리의 거처는 모감주나무와 해송으로 이루어진 숲이 천연의 벽을 이루고 있어 안쪽에 뭐가 있는지 지나가는 사람은 쉽게 알 수 없다. 집의 배후를 이루고 있는 것은 거대한 바위다. 등산을 하던 중에 바위 아래에 있는 천연동굴을 발견하고 오랜 시간 동안 공을 들여 부근의 땅을 사들였다. 동굴 입구를 조금 더 넓히고 보니 동굴 안이 예상보다 훨씬 깊고 넓었다. 화산 폭발이 일어났을 때 가스가 분출하면서 이전에 쌓였던 화산재를 날려 보내 형성된 거대한 원형

동굴에 수만 년 동안 흘러든 물이 침식작용을 일으킨 덕분이었다. 그 덕분에 토목공사를 많이 하지 않아도 되었다. 되도록 중장비를 들여오지 않고 주변을 찾는 낚시꾼, 등산객이며 마을 사람들이 잘 알 수 없게 은밀하게 작업하다 보니 시간은 많이 들었다.

천장에서 햇빛이 비쳐 드는 동굴 내부 공간에는 거실과 침실을 배치했다. 한때 광대한 말목장이었던 고향의 뒷산에서 발원하여 바위 틈에서 흘러나오는 물은 최상의 수질을 유지하고 있어서 그대로 마시는 데 아무런 문제가 없다. 당연히 천연 냉장고의 냉매로 사용한다. 수량도 말 백 마리를 매일 목욕시켜 줄 수 있을 정도로 충분하다. 말은 없지만.

실내온도는 사시사철 22도에서 25도 사이로 유지된다. 여름에는 시원하고 겨울에는 따뜻한 게 쾌적하다. 아득한 인류의 조상들이 동굴 속에서 살았던 데는 다 이유가 있었다.

가장 신경을 쓴 건 발전 장치였다. 숲 바깥의 바위 위에 초고성능 태양광 전지판을 설치했다. 파도치는 바다에는 소형 파력발전기를 시설하고 집 뒤쪽 산봉에는 풍력발전기를 달았다. 시공을 맡긴 당사자도 제각각이어서 그것이 누구를 위한 것인지, 무엇 때문에 설치했는지도 모를 것이다. 그렇게 생산한 전기를 주로 사용하는 것은 동굴 가장 안쪽에 설치된 컴퓨터다.

다른 사람들처럼 전선을 통해 발전소에서 생산된 전기를 공급받을 수도 있지만 컴퓨터가 필요로 하는 전기량이 주변의 어떤 집보다 훨씬 많기 때문에 누군가의 주목을 끌 수밖에 없다는 게 마음에 걸렸다. 컴퓨터만 아니라면 이 집의 에너지 사용량은 농어촌 2인 가구 평균의 절반도 되지 않는다.

삼중 유리로 된 천장과 창문은 자체 배터리로 작동하는 조도 조절 장치로 외부 자외선과 열을 단계별로 차단한다. 문과 창문을 완전히 닫으면 외부와의 완벽한 차단이 가능하다. 물론 비상식량과 발전기가 준비돼 있다. 최악의 경우, 그러니까 지금으로부터 육천오백만 년 전 멕시코 유카탄반도의 소행성 충돌 같은 대재앙이 온다 하더라도 외부의 에너지와 식량 공급 없이 이삼 년은 살 수 있을 것이다. 그래 봐야 무슨 소용이냐고 할 사람이 있을지도 모르지만, 소행성 충돌로 발생한 대화재, 초거대 쓰나미, 재와 먼지로 인한 태양열 차단과 기온 급강하로 공룡이 멸종한 이후 살아남은 포유류, 파충류, 양서류가 지금 지상을 활보하는 동물들의 조상이 되었다는 점을 생각해 볼 필요가 있다.

나는 자체 발전시스템으로 가동되는 컴퓨터로 전 세계의 인터넷과 비밀 통신망에 접속할 수 있다. 복잡한 수학적 계산을 슈퍼컴퓨터에 맡겨 설계한 투자상품을 개발했고 우주가 망할 확률보다 낮은 위험의 투자를 해오고 있다. 컴퓨터와 네트워크의 발달로 시장 조작 기술과 돈다발이 세계 어디로나 이동 가능하게 되었다. 주식 담보 대출, 다양한 지표를 가지고 만든 증권화 상품 등 무수한 파생상품이 만들어졌고 전 세계가 거대한 카지노가 되었다. 내가 환호하면 누군가 피눈물을 흘리며 죽고 새로운 노름꾼이 공급된다. 비정하다거나 잔인하다거나 하는 감상은 성공을 거둔 뒤 은퇴하고 나서 나처럼 바닷가 절벽의 쾌적한 잔디밭에 앉아 얼마든지 이야기해도 된다. 그럴 가능성은 없겠지만.

내가 접속하는 네트워크를 통해 알게 되는 정보가 모두 투자의 전쟁에서 승리하기 위한 것만은 아니다. 나는 이야기를 좋아하고 네트워크와 정보, 소셜 네트워크 서비스는 그런 이야기 가운데 하나를 함유하고 있는 광맥, 광석이다. 나만의 서버 컴퓨터에 나는 수백만 개의 트위터, 페이스북, 블로그 등 소셜 네트워크 서비스용 어록, 이야기를 보관하고 있다. 어록은 무작위로 추출되고 정교한 자동번역기를 거쳐 한국어·영어·스페인어·프랑스어·독일어·중국어·일본어 등 주요 칠 개 언어로 하루 구십육 회 전 세계 수천만의 친구들에게 뿌려진다. 또한 내게 돌아오는, 수집하는 이야기가 하루 몇 백 개는 되므로 내게서 어록을 받아 보는 사람은 죽을 때까지 중복된 어록을 보기 힘들 것이다.

나는 어릴 때부터 이야기를 좋아했다. 나 자신의 것이 아닌 다른 사람의 희로애락이 결부된, 웃기면 웃길수록 좋고 처절하면 처절할수록 좋은, 남의 이야기이므로 나 자신은 언제나 안전한 거리에서 즐길 수 있는 이야기를 좋아했다. 누구나 그렇지 않은가? 영화를 보고 책을 읽고 드라마를 보고 뉴스를 읽고 카페에서 남 이야기를 하며 하루 종일 수다를 떠는 것은 바로 그래서가 아닌가?

이야기는 인류의 본성이다. 이야기를 통해 인류는 만물의 영장이 될 수 있었다. 인류는 이야기를 하기 위해 지구상의 어떤 생물보다 더 정교한 언어체계를 발달시켰다. 이야기를 함으로써 정보를 교환하고 경험이 축적되고 기술은 전승되었다. 이야기를 통해 정보가 전달되었다. 이야기를 함으로써 다가올 위험에 대비할 수 있었다. 임박한 위험성에 관한 이야기는 전달속도가 엄청나게 빠르기까지 하다. 공포와 탐욕이 사람들을 조종하는 시장에서 괴담과 소문을 효과적으로 이용하면 고양이가 쥐를 쫓는 것처럼 쉽게 이익을 얻을 수 있다. 물론 내게 그것을 가르쳐 주고 인도한 것은 민현이었다.

집에 도착해 차의 시동을 끄는데 전화벨이 울린다. 먼저 차에서 내린 민현이 통화를 끝내고 난 뒤 나는 벨소리에 관해 물었다.

"그게 〈원 썸머 나잇〉이지? 우리가 중학교 때 처음 본 영화에서 나왔는데. 그걸 아직 기억하고 있네."

민현은 미소 지었다.

"그때 여자애들은 아비가 하얀 턱시도를 빼입은 걸 보고는 완전히 미쳤지. 사오 년 뒤에 레이프 가렛이 내한공연 했을 때까지 아비는 인기가 최고였어. 그 아비가 좋아하던 진추하가 부른 노래니까. 동창이 선물로 보내준 벨소리야. 그 친구하고 비슷한 사람들이 전화를 하면 이 소리로 울려."

"비슷하다는 건?"

"중고등학교 때 친하게 지내던 애들하고 도서관에서 알게 된 또래 애들, 선배, 후배 그렇지. 그때 나는 세계문학전집을 읽느라 미쳐 있었어. 《적과 흑》, 《제인 에어》, 《테스》 이런 걸 탐독하고 애들이랑 이야기를 많이 했지. 《적과 흑》에 나오는 쥘리앙 소렐을 특히 좋아했어. 그 소설 때문에 불어 원서를 읽을 생각까지 했으니까."

"쥘리앙인가 하는 그놈이 왜 좋은데? 그놈은 얼굴만 멀끔해 가지고 시장 부인인 유부녀를 유혹하고 나중에 총까지 쏴서 사형을 당하는데."

나는 말을 마치기 전에 내 말투에 묻어 있는 질투를 느끼고는 실소한다. 민현은 전혀 개의치 않고 바위가 노출된 그대로 만들어진 천장을 향해 시선을 고정시킨 채 기억을 더듬고 있었다.

"쥘리앙이라는 이름이 듣기 좋잖아. 나는 나중에 애를 낳으면 이름을 쥘리앙이라고 지으려고 했어. 둘째는 《제인 에어》에 나오는 그 주인공 남자, 로체스터로 하고. 제인 에어가 가정교사가 되어서 들어간 저택의 주인이 로체스터야. 미친 부인을 밀실에 가둬 두고 불행에 빠져 살다가 제인 에어와 사랑을 하게 되지. 나중에 그 저택이 불타면서 그의 부인이 불에 타 죽고 로체스터는 실명을 하는데 제인 에어가 달려가서 그와 평생을 함께 하게 되는 거야."

"애들 이름을 외국 사람처럼 지으려니까 외국 사람하고 결혼을 해야 했겠네."

그녀는 내가 비꼬는 것에 아랑곳하지 않고 진지하게 대답했다.

"맞아. 나는 세계문학전집을 읽고 나서 결혼은 외국 남자하고 하겠다고 결심했지. 그래서 이해하지도 못하면서 불어, 독어 소설을 달달 외우고 벽에 외국 배우들이 나오는 달력을 걸어 두기도 했어. 내가 중학교 때 도서관에서 세계문학전집에 미쳐 버린 건 일종의 도피였는데 그게 내 인생을 완전히 바꿔 놨어. 나한테 가장 큰 영향을 준 건 바로 그거야."

《사랑의 스잔나》라는 제목의 영화 포스터가 시내 곳곳에 나붙었다. 한국·홍콩 합작 영화였으며 진추하와 아비라는 생소한 이름의 배우들이 주연을 맡은 멜로 영화였다. 진추하가 《로미오와 줄리엣》에 나오는, 로미오와의 키스 신에서 "음" 하고 아주 강렬하고 이상한 신음 소리를 내서 중고등학생들의 방 벽을 자신의 사진으로 도배하게 만든 올리비아 핫세를 좀 닮아 보이긴 했지만 그 정도로 나를 극장으로 끌고 갈 수는 없었다. 영화가 처음 개봉된 서울을 비롯한 대도시에서 엄청난 인기를 끌고 있다고 했으나 그거야 그 동네 이야기였다. 주제가인 〈One summer night〉이 서울, 부산 같은 대도시 중고생과 대학생, 처녀 총각들의 가슴을 쥐어짜고 있다고 했지만 포항의 '어느 여름밤'은 그런 노래와는 아무런 상관없이 풍요와 낭만 그 자체였다. 자연에서 나는 신선하고 영양가 높은 재료로 만든 요리를 먹을 수 있는데 군이 영화라는 통조림으로 방부 처리되고 일률적인 음식을 먹을 이유가 없었다.

그런데 그 영화를 민현이 보고 싶다는 것이었다. 그녀로부터 난생처음 극장에 가자는 제안을 받았는데 거기에 저항할 수 없었다. 민현은 라디오의 심야 음악 프로그램에서 《사랑의 스잔나》가 엄청나게 인기를 끌고 있다는 것을 알게 되었다고 했다. 주제가인 〈One summer night〉과 졸업식 노래 〈Graduation tears〉 등의 노래가 민현이 즐겨 듣는 음악 프로그램마다 크리스마스 때의 〈징글벨〉이나 〈고요한 밤 거룩한 밤〉처럼 울려 나오고 있다는 것이었다. 지방 극장은 서울에 비해 보름에서 한 달은 영화 상영이 늦었다.

'어느 여름밤'은 아니고 여름낮 늦은 오후 극장 앞에서 나는 민현과 만났다. 각자 사복을 입고 나왔다. 중학생도 볼 수 있는 영화이긴 했어도 교복을 입고 극장 출입을 보란 듯이 하는 건 자연스러운 일이 아니었다. 더구나 남녀 중학생이 나란히 앉아 영화를 본다는 건 있을 수 없었다. 아니 있을 수 있긴 한데 단속 나온 학생부 교사들의 먹잇감이 될 각오를 해야 했다. 그러니 사복 차림이어야 했다.

극장표를 사기 위해 나는 난생처음 어머니의 지갑에 손을 댔다. 고향에서 초등학교 1, 2학년 때 같은 반을 했던 여학생이 수잔도 수산나도 아닌 '스잔나'라는, 불치병에 걸린 여주인공이 나오는 영화를 보러 가자 했다고, 제안은 그쪽이 했지만 남자로서 표를 살 책임이 있는 것 같다고, 단속을 당하지 않기 위해 아버지의 옷을 입고 갈 터이니 안심하라고 하면서 어머니나 아버지에게 돈을 달라고 할 수는 없었다. 점심때 북새통을 이루는 손님 때문에 어머니나 점심시간에 와서 도와주는 큰이모, 아버지까지 정신이 없는 틈을 골라서 나는 어머니의 지갑에서 발행된 지 얼마 되지 않은 빳빳한 보랏빛 천 원 지폐를 두 장 집어냈다. 여유 있게 집에서 나와 해수욕장으로 가서는 헤엄을 치고 하드를 사 먹고 소나무 숲 그늘에 엎드려서 낮잠도 잤다. 해가 서쪽으로 많이 기울고 난 뒤에 시간에 맞춰서 설레는 가슴으로 극장 앞으로 갔다. 민현은 이미 와 있었다. 민현은 영화 주제가 〈One summer night〉의 영어 가사와 자신이 한글로 번역한 것을 편지지에 적어와 내게 건네주었다. 내가 표를 사는 것에 대한 자기 나름의 보답 같았다.

표를 사는 데는 아무런 문제가 없었다. 매표구 안에 앉아 있는 여자는 내가 어른인지 미성년자인지는 물론 인간인지에 관해서도 관심이 없는 것 같았다. 민현에게 표를 건네면서 주변을 살펴봤지만 단속을 나온 선생들은 보이지 않았다. 선생이고 학생이고 도통 사람이 많지 않았다.

몇 백 명이 들어가고 남을 극장에서 삼십 명도 되지 않을 사람이 앉아 있었다. 스크린 양쪽에 '탈모'와 '금연'이라는 아크릴 표지판이 빛을 내고 있었다. 모자를 쓰고 영화를 보거나 영화를 보며 담배 연기를 뿜어대는 사람이 있기 때문에 붙여졌을 게 틀림없었다. 민현과는 서서 마주 보거나 자전거를 앞뒤로 혹은 나란히 타고 가거나 모래밭에 누워 보기까지 했으나 푹신한 극장 의자에, 그것도 어둠 속에 붙어 앉는 것은 난생처음이었다.

영화가 시작되었다. 홍콩에 사는 백호라는 남자에게는 두 딸이 있다. 언니 추하는 음악에 소질이 있고 얌전하나 추운은 성격이 활달한 말괄량이다. 백호는 불치병에 걸려 있는 추하를 편애한다. 이들 자매와 어린 시절부터 함께 자란 자량은 추하를 좋아하고 추운은 자량을 좋아하게 되어 삼각관계가 형성된다. 졸업 파티에서 추하는 피아노를 치며 〈Graduation tears〉를 부른다. 이때 맹아학교의 교사인 한국인 국휘를 알게 되고 맹아를 위해 음악을 가르치기로 한다. 그 일로 같이 그룹사운드를 만들어 경연대회에 참가하려는 자량의 부탁을 거절한다. 자량은 국휘를 질투한다. 어느 날 추하는 자신의 병에 대해 알게 되면서 국휘를 단념하고 동생을 위해 자량이 있는 그룹사운드에 가입하는데, 이를 오해한 국휘는 한국으로 귀국한다. 추하의 그룹사운드는 대회에서 〈One summer night〉을 불러 일등을 차지한다. 마침내 자량도 추하의 불치병을 알게 되고 주변 사람들은 한마음이 되어 국휘와 추하의 재회를 주선한다. 두 사람은 설악산에서 극적으로 재회하지만 국휘의 품속에서 추하는 숨을 거두고 만다.

주연을 맡은 진추하가 직접 작곡하고 부른 노래가 많이 들어간 영화였다. 어디서 본 듯한 장면이 많았고 중학생도 충분히 결말을 알 수 있는 뻔한 내용이었다. 그런데도 그때까지 내가 본 어떤 영화보다 감동적이었다. 진추하가 죽고 남은 사람들이 진추하의 이름을 부르며 누가 크고 슬프게 우는지 대회를 하듯 울어댈 때 나도 눈물이 났다. 목이 메어 주먹을 아프게 움켜쥐었다. 그런 채로 눈물을 흘리며 앉아 있을 때였다.

옆자리에서 차가운 촉수 같은 게 뻗어 나와 내 손을 건드렸다. 그건 연체동물처럼 부드럽고 유연하게 내 주먹에서 손가락을 편 뒤 손가락 사이마다 들어와 내 손과 깍지를 끼는 모양을 이루었다. 나는 꼼짝할 수 없었다. 목이 메인 것보다 훨씬 더 강한 강도로 가슴이 죄어 왔다. 민현은 나를 위무하듯 천천히 손가락을 움직였다. 물론 그런 느낌은 난생처음이었다.

눈물은 증발하듯 마르고 목까지 말라와 나는 침을 삼켰다. 강렬한 전류가 민현의 몸속 발전기에서 손가락을 통해 내 심장으로 뻗어 오는 것 같았다. 손가락이, 팔이, 어깨가 저릿저릿했다. 그것은 내가 알고 있던 어떤 관능에 비할 수 없는 감각이었다. 나는 저항할 수 없었다. 무장해제 되었을 뿐 아니라 완전히 정복되었다. 그 앞에 꿇어 엎드려 경배하라고 하면 당연히 그랬을 것이다.

영화가 끝나고 불이 밝혀지자 그녀의 손은 순식간에 사라졌다. 저릿한 감각만 남아 여진처럼 나를 떨게 했다. 민현이 빠르게 자리를 빠져나갔고 나는 심신을 수습하느라 일이 분 정도 더 자리에 앉아 있었다. 내 몸의 일부 기관이 충혈된 채 나와는 별개의 의지를 갖고 있다는 것을 증명하듯 고개를 쳐들고 있었다. 그런 채로 아직 날이 완전히 어둡지 않은 바깥으로 나갈 수는 없었다. 나는 어기적거리며 남자화장실로 향했다. 거기서 승태를 보았다. 승태는 변기에 매달리듯 바짝 붙어서 오줌을 누고 있었다. 그 때문에 자신의 성기를 남이 보는 것을 숨기려 하는 어린아이처럼 보였다. 그런 생각으로 방심한 채 나는 웃기까지 했다.

"어쭈 이 새끼가 어디서 쪼개? 이거 어디서 본 놈인데. 너 이름 뭐야, 새꺄. 어느 학교 댕겨?"

승태는 언제나 그렇듯 똘마니들을 거느리고 있었다. 그 똘마니들 중 하나는 이 년 전 1학년 때 나와 같은 반이었고 다른 둘은 낯이 설었다. 내게 질문을 한 아이는 키가 작고 이마에 주름이 가득한 게 늙은이 같았는데 눈은 사나운 개처럼 찢어져 있었다. 낯익은 아이가 문을 막아섰다. 나는 쉽게 도망칠 수 없다는 것을 깨달았다. 내 온몸이 삽시간에 쪼그라들었다.

"야, 마빡. 너 저 새끼 어디서 본 것 같지 않냐?"

승태가 바지의 지퍼를 올리면서 질문을 한 아이에게 물었다. 그 아이는 고개를 저으며 침을 찍, 뱉었다.

"모르겠는데."

"피래미 새끼들이 까이를 꿰차고 영화를 다 보러 댕기네. 세월 좋다. 좀만아, 너 아까 개랑 언제 알았어?"

나는 대답을 하려고 했지만 목에 무슨 백태라도 낀 듯 말소리가 나오지 않았다. 그게 더욱 수치스러웠다. 누군가 와줬으면 했지만 그 희망도 딸깍 하고 문을 잠그는 소리에 산산이 깨져 버렸다.

승태는 내가 버릇이 없다고 때렸다. 자신이 묻는 말에 제때 대답을 하지 않았다는 것이었다.

승태는 내게 화장실 바닥을 핥게 했다. 내 바지의 엉덩이 부분을 칼로 찢고 윗도리에는 똥을 처발랐다. 내가 앞으로는 영원히 근처에 가서도 안 되는 여학생과 극장에 왔다는 이유로.

승태는 내 주머니에 있는 모든 것을 내놓게 하고 그중에서 돈과 학생증을 가져갔다. 거기에는 이유가 없었다.

나는 무릎을 꿇고 그만 때리라고 빌었다. 다시는 만나지 않겠다고 맹세했다. 그렇게 굴복했다는 것이 깊은 상처가 되어 그때 겪은 일을 민현에게 발설할 수 없게 했다.

지금도 이해가 가지 않는 것은 급한 볼일이 있는 사람이 많이 드나드는 극장 화장실 출입문에 왜 잠금장치가 있느냐 하는 것이다.

또 하나 이해가 가지 않는 것은, 신이 있다면 어떻게 그렇게 짧은 순간에 최고의 쾌감과 수치감, 더 이상 살기 싫다는 염세감을 같이 경험하게 해줄 수 있느냐는 것이다. 그렇게 나의 '어느 여름밤'은 지나갔다.

민현이 장에서 사온 해물을 재료로 만든 파스타로 점심을 준비했다. 모감주나무와 단풍나무, 해송의 줄기와 우듬지를 돌아 불어오는 해풍이 서늘하다. 가을 햇빛에 며느리를, 봄 햇빛에 딸을 내놓는다는 말대로 가을 햇빛의 자외선은 생각보다 강하다. 빛이 화사하다는 뜻도 된다.

잔디밭에 차린 식탁에 하얀 천으로 된 식탁보를 깐다. 밭에서 유기농으로 재배한 신선한 채소로 샐러드를 만들고 과일을 따로 싸리나무로 엮은 바구니에 담았다. 와인은 샴페인으로 정했다. 이태 전에 구해둔 돔 페리뇽이다. 삼십 분 전에 물 반 얼음 반의 아이스버킷에 칠링하기 위해 담아 두었다.

민현이 분홍빛 앞치마를 목에 건 채 파스타 접시를 들고 걸어 나온다. 약간 마르고 키가 큰 편인 그녀는 누런빛이 도는 잔디밭, 배경을 이루는 푸른 숲과 바위에서 나온 요리사, 아니 마법사처럼 보인다.

"어서 와."

내가 접시를 받아 식탁에 놓자 민현이 손을 내밀어 가볍게 내 귀밑을 어루만진다.

"좀 신경 써서 차려 뒀네."

그 순간 미리 설정해 둔 대로 음악이 흘러나온다. 나폴리 민요 〈푸니쿨리 푸니쿨라〉의 주제가 경쾌하게 울려 퍼진다. 독 세베린센의 연주다. 미국의 한 스윙밴드에서 음악 활동을 시작해 일세를 풍미한 트럼페터가 된 인물이다. 시원한 소나기 같은 나팔 소리가 은은히 들려오는 파도 소리를 향해 싸움을 건다.

"젊은 연주자 같네. 마음이 젊거나."

샐러드를 접시에 담으며 민현은 말한다. 그녀는 이미 알고 있다. 내가 네트워크를 통해 수집해 둔 음악파일이 웬만한 중소기업의 컴퓨터 전부를 합친 것보다 많은 저장용량인 0.5페타바이트나 된다는 것을. 킬로바이트의 1천 배가 메가바이트이고 메가바이트의 1천 배는 기가바이트, 기가바이트의 1천 배는 테라바이트, 테라바이트의 1천 배가 페타바이트이다. 몇 년 전만 해도 웬만한 컴퓨터에 달린 하드디스크가 1테라바이트였으니 0.5페타바이트는 그 컴퓨터 오백 대 분량이다. 이 정도의 저장용량이면 팝음악 같은 대중음악은 아무리 모아 봐야 발톱에 낀 때 정도의 의미밖에 없다. 대중음악은 원래 노래를 부른 가수의 영향력이 워낙 커서 저장해 둘 만한 의미가 있는 건 용량이 얼마 되지 않는다.

수천수만의 사람이 각각 다르게 부르는 민요나, 작곡자 따로 연주자나 단체 따로인 클래식 음악은 그렇지 않다. 무수히 많은 변주가 생겨나고 리바이벌, 연주가 있어서 엄청난 저장용량을 필요로 하게 되는 것이다. 거기다 전 세계에서 수많은 연주가들이 매일 밤 연주를 해대고 있어 그것을 업데이트 하다 보면 언젠가는 페타바이트의 1천 배인 엑사바이트짜리 저장장치를 필요로 하게 될지도 모른다. 페타바이트의 백만 배인 제타바이트 크기의 데이터를 처리하는 슈퍼컴퓨터를 쓰는 민현에 비하면 아무것도 아니지만.

트럼펫 연주가 끝나고 세자르 큐이의 기악곡 〈코스리〉가 흘러나온다. '한담'쯤으로 번역될 소품이다. 우리의 한담도 시작된다.

"힘이 무척 센 돔 페리뇽이로군. 2013년 상파뉴 여름 일조량이 많았구나. 이렇게 맛있는 걸 왜 지금에서야 내놓은 거야? 어젯밤의 라오 비어는 뭐였어?"

"어젯밤 최고로 맛있는 건 바로 나였어야 했어. 나뿐이어야 했다고. 군대 건빵 안 먹인 걸 다행으로 생각해."

"이런 젠장. 잠들기 전에 맥주를 내놓는 건 숙면을 방해하는 행동이야. 배려가 있는 사람이라면 위스키를 내놓지. 그것도 피트 향이나 자극이 강한 싱글 몰트가 아니고 많이 팔리는 평범한 블렌딩 위스키를. 위스키 때문에 전 세계적으로 수면제가 삼분의 일은 덜 팔리지."

"다른 수면제도 있잖아. 만족스러운 섹스. 잘 자던데 뭘. 코까지 살짝 골고."

"됐고. 이 돔 페리뇽 샴페인하고 로마네 콩티 레드 와인을 섞으면 색깔이 어떻게 될까."

"로마네 콩티라면 부르고뉴 와인의 황제라는? 돔 페리뇽은 샴페인의 여왕쯤 되나? 둘이 결혼? 엄청나게 비싼 둘을 섞으면 무슨 분홍색 술고래라도 기어 나오나?"

"빙고. 오랜만에 정답. 일본의 거품경제 시절에 비즈니스맨들이 술집에서 두 술을 섞어서 혼합주를 만든 걸 한 잔에 몇 만 엔씩 주고 마셨다는 거야. 둘을 섞으면 색깔이 일본인들 좋아하는 핑크가 되지. 이름을 '로콩핑돔'이라고 했대. 무슨 말인지 알겠지? 그런데 나중에 내 프랑스 친구 프레베르가 그 이야기를 듣고는 난리를 쳐대더군. 프랑스에서는 그런 짓을 했다가는 바스띠유 감옥에라도 처넣을 거라고 말이지."

"남이사 전봇대로 이빨을 쑤시든 말든. 지들 돈 가지고 돈지랄한다는데 왜?"

"일본이 거품경제 때문에 망조가 들고 아직까지 회복을 못하는 게 그때 그래서라는 거야. 거품경제 시절에는 회사원들한테 그런 식으로 매일 회식을 시켜 주고 교외에 있는 자기 집까지 가는 수십만 원짜리 택시 회수권까지 줬다는 거야. 그때 빼먹은 돈이 자기들의 미래를 미리 가불한 돈이라는 걸 전혀 몰랐던 거지."

"그런 해석도 가능하구나."

"지금 일본의 회사원들이 겪고 있는 고통이 자승자박 때문이라면 그런 대로 참을 만하겠지. 그런데 입사한 지 얼마 안 되는 젊은 회사원이나 정규직으로 입사도 못하는 수많은 젊은 애들이 언제 자신들의 미래를 당겨썼냐고? 그건 무능한 국가의 배임 행위 때문이지. 약자이고 절대 다수인 사회 구성원들에게 책임 전가를 하자는 논리야. 똑같은 일이 전 세계 어디에서나 일어나고 있어. 부모 세대의 잘못으로 자식 세대가 불행해지는 것. 미국에서도 정부에서 무책임한 투자로 파산해야 할 금융기관들을 살려낸 적이 있었지. 금융시장은 정부에게서 무한정 돈을 빌려 가지고 목숨을 보전하더니 나중에 정부에 돈을 빌려 줘서 돈놀이를 했지. 그때 어마어마하게 푼 돈이 회수가 안 되고 인플레를 유발하고 아이들은 교육의 기회를 잃고 가난한 사람들이 의료 혜택을 보지 못하고 하는 게 다 미래를 저당 잡힌 결과야."

한담이 더 이상 한담이 아니게 생겼다. 음악을 바꾸고 차를 준비할 시간이다.

차는 바람 적고 양지 바른 오목한 산중턱에서 키운 차나무에서 봄철을 넘기고 적당히 두꺼워진 잎을 직접 따서 반발효시켜 만든 황차(黃茶)다. 내 맘대로 만든 것이다 보니 색깔도 불그레하고 떫은맛도 홍차에 가깝지만 찻잎에 풍부하게 함유된 카테킨 덕분에 커피에 비해 카페인의 부작용이 적다. 그래서 오전에는 커피, 오후에는 황차를 마셔 왔다.

도구 형, 아니 도구는 민현을 교회에서 만났다. 그는 민현을 남쪽 바닷가 어촌에서 온 유별나게 일찍 숙성한 여중생쯤으로 생각하고 있었다. 성장기에 한 해 차이는 크다. 학년이 달라지고 배우는 게 다르고 사고 범위, 교우 범위가 다르다. 같은 나이라도 발육에서 큰 차이를 보인다. 도구가 고3, 민현이 중학교 3학년이 되자 대등한 나이의 청춘남녀로 보였다. 하지만 도구는 여전히 민현을 귀여운 교회 후배쯤으로 여기고 있었다. 민현이 자신의 정체를 드러내 보이기 전까지는.

교회에서는 일요일 오전 예배 뒤에 주일학교가 있었다. 주일학교 교사들은 대학생들이 맡는 게 보통이었지만 도구는 고등학생 때부터 주일학교 교사가 되었고 그 교사들 가운데서도 가장 인기가 있었다. 도구는 학생이 된 이후 한 번도 일등을 놓쳐본 적이 없었다. 고등학생이 되어서도 언제나 전교 일등을 차지했다. 그게 인기 비결이었다.

쓰러져 누운 가장을 대신하여 생계를 떠맡은 도구의 어머니는 시장을 돌며 커피 장사를 해야 했고 그 때문에 중학생 때부터 집 안에 제일 흔한 달디 단 커피를 밥 대신 마시느라 도구는 카페인 중독자가 되었다. 카페인 덕분에 잠을 잊고 공부를 한 도구는 부자 아버지를 둔 동급생들에게 과외교사 노릇도 했다. 전교 일등이 동급생을 가르치면서 복습을 하니 일등을 하지 않기가 하는 것보다 더 어려웠다.

도구는 고등학교 입시에서 전 과목 만점을 맞는 신기록을 세웠다. 전무후무한 기록이어서 지방신문에 도구의 역삼각형 모양의 얼굴이 실릴 정도였다. '어머니 시장에서 커피 팔아 뒷바라지, 영광의 입시 수석'이라는 제목의 기사가 났다. 그때부터 도구 어머니의 커피는 '수석 커피'라는 이름으로 불티나게 팔렸다. 도구는 학비 걱정을 덜고 공부에만 집중할 수 있게 되었다.

언젠가 도구는 내게 말했다.

"니 수학 하니라고 똥을 빼쌓는데 수학은 무식하기 책만 판다고 되는 기 아이다. 공부에는 요령이라는 기 있다. 요령을 알아야 원리를 이해하고 원리를 이해하마 절대 틀릴 일이 없다."

"그래마 그 요령이 뭔데요?"

중학교에 들어가면서 나는 도구에게 존댓말을 쓰기 시작했다. 망할 놈의 '수석'이라는 후광 때문이었다.

"내가 니를 갈차주고는 싶어도 기양은 안 된다. 시간도 돈도 드는 기라. 그래이 내가 먹고 산다."

"수학은 그렇다카고 영어는요?"

"그거는 타고난다. 노력만으로는 절대로 안 된다. 대가리 한구석에 외국어를 빨리 배우고 잘하게 하는 언어습득 기관이 발달해 있어야 된다. 니는 내가 보이 그 머리도 빌로 없다. 외국어는 국어를 잘하는가 모하는가를 보마 금방 안다. 척 보이 니는 죽었다 깨난다 캐도 잘해야 중상위권이지 싶다."

그렇게 말하는 뾰족한 턱의 도구가 무척 얄미웠다. 도구는 그때만 해도 비쩍 마르고 간장 달일 때 나는 냄새를 풍겼다. 잘 씻지 않고 옷을 자주 빨아 입지 못해 나는 냄새였다. 눈에서는 사람을 깔보는 듯 기분 나쁘게 하는 빛이 났다. 하지만 공부, 나이, 평판 등 어느 모로 보나 나는 도구를 뛰어넘을 수 없었다.

그렇게 가난한 주제에도 매사에 자신만만하던 도구가 언젠가부터 침울해지고 어깨가 처지기 시작했다. 가장 큰 변화는 성적에서 나타났다. 고3이 되던 해 1학기말 고사에서 전교 일등 자리를 내준 것이다. 그런 일은 물론 신문에 나지는 않았다. 2학기 중간고사에서는 전교 이십 등으로 떨어졌다. 이 또한 신문에는 나지 않았어도 소문이 퍼져 나가기에는 충분했다. 소문은 도구 어머니의 커피 장사에 직격탄을 안겼다. 도구의 아버지까지 병석에서 일어나 앉아 도구를 붙들어 앉히고 영문을 물었을 정도의 비상사태였다.

도구는 사랑에 빠진 것이었다. 교회 주일학교에서 가르치던 여중생과. 그것도 짝사랑이었다. 그 여중생은 사귀는, 아니 교제하는, 아니 자주 만나는, 아니 남자 대 여자로 사귀는 남자가 한 주일에 갈아신는 양말 수만큼은 되었다. 학생도 여럿인데 대학생에서 중학생까지 분포가 다양했다. 도구는 더도 아니고 덜도 아니고 그 여학생에게 교회에서 일요일 주일학교 시간이 차지하는 영향력, 곧 일주일 가운데 한 시간 정도의 비중을 차지하고 있을 뿐이었다. 어쨌든 도구 부모의 가슴과 하늘이 동시에 무너져 내려앉았다.

"우예 이런 일이 있을 수가 있노오. 도구야, 도구야, 이 개망나니 겉은 노무 자슥아. 니 그기 내가 해준 밥 처먹은 입에서 나올 소리가."

어머니는 도구가 고3이 되면서 큰마음 먹고 전기밥솥을 들여놓고 수험생과 아버지에게 밥을 해먹이기 시작했다. 그런 것까지 포함해 그날 도구의 집 안방에서 있었던 일은 생중계하듯 세상에 알려졌다. 중계할 사람도, 설비도, 그럴 의미도 전혀 없음에도 불구하고.

도구는 등짝과 종아리를 수백 대는 얻어맞았다. 반신불수인 아버지가 성한 왼팔로 빗자루를 들어서 종아리를 때렸고 도구가 껑충 뛰어 사정거리를 벗어나는 것을 그 어머니가 수십만 잔의 커피를 타며 단련된 손으로 잡아채 사정없이 등짝을 후려갈겼던 것이다.

"그, 그, 그래도 서울에 있는 국립대는 안 가겠나. 꼴찌로라도 가기는 가졌제?"

반신불수의 몸으로 아들을 패느라 아들보다 더 기진맥진한 도구의 아버지는 그나마 희망을 이야기했다. 도구는 그 희망대로 서울에 있는 국립대에 합격하긴 했다. 아버지의 바람대로 법관이 될 길로 가진 못했고 어머니의 뒤를 이어 장사를 한다면 유리할 상경학과로 가지도 못하고 어인 일로 농대로 가서 동물학을 공부한다고 했다.

도구는 무슨 일이 있을 때마다 내게 자신의 변화를 거침없이 이야기했다. 그의 눈에는 내가 자신의 말을 이해할 수 없는 바보 천치로 보였거나 입이 없는 바람벽으로 보였을 것이다. 나는 질투와 무기력감 속에서도 그의 이야기를 들어 주었다. 도구는 내게 이야기하지 않으면 견딜 수가 없었을 것이고 나는 그런 이야기라도 듣지 않으면 미쳐 버렸을 것이다. 그러면서 나는 내 진로를 자연스럽게 결정했다. 민현의 주변을 떠돌고 있는 무지개 빛깔 숫자인 일곱 남자 중에서 가장 별 볼 일 없고 경쟁력이 없으면서 가장 크게 상처를 입은 사람이 나였기 때문이었다.

나는 해녀의 아들이었다. 내가 포항에서 백여 킬로미터 떨어진 T시의 고등학교에 가고 싶다고 하자 해녀는 잘 생각했다며 한술 더 떠 기왕 고향을 떠나 큰 도시로 갈 생각을 했으면 아예 서울로 가라고 했다. 아버지의 외사촌, 그러니까 내게는 외종숙이 거기 살고 있다는 것이었다. 외종숙의 힘을 빌리면 서울의 고등학교에 쉽게 들어갈 것이고 거기서 공부에 전념할 수 있으리라고 했다. 마치 내가 그런 이야기를 하기를 기다렸다는 듯 일사천리로 일은 진행되었다. 해녀는 내가 민현을 따라다니는 것을 진작부터 알고 있었고 언니의 아들 도구도 거기에 얽혀 있다는 것 또한 알았다. 그래서 두 사람의 관계가 결정적으로 나빠진 건 아니지만, 또 그렇다고 나를 포항에서 떠나보내야겠다고 결정한 건 아니지만, 어머니는 내게 이렇게 말했다.

"피만 안 통했지 형제 같은 두 놈이 마캐 다 그 백여시 같은 지집아한테 휘둘리는 거를 더는 볼 생각이 없었니라."

도구가 좌절한 이유 중에 가장 결정적인 건 민현이 사귀는 남자의 숫자가 아니라 그 자신이 경쟁하기에 너무 큰 상대가 있다는 걸 알아서였다. 민현은 칠면조처럼 상대에 따라 다른 면모를 보였다. 도구에게는 무엇이든 배우고 싶어 하고 잘 따라하는 향학열에 불타는 여학생의 모습으로 다가갔다. 아니 도구가 그런 열의가 있는 민현에게 먼저 다가갔다. 승태 같은 깡패한테는 도도하고 차가운, 아마존 전사 같은 강인한 여성상을 보여 줬다. 그리고 도구가 알게 된 민현의 남자는, 태어나자마자 교회에서 세례를 받고 호적에 올라간 이름부터 기독교 식으로 지어졌으며 초중고 시절 내내 교회에서의 봉사와 전도로 보내고 신학대학에 진학했으며 장차 교회의 목회자가 될 것으로 촉망받는 박요섭이었다.

요섭은 어떤 사람이 보아도 한눈에 잘생겼다고 할 용모를 가지고 있었다. 목소리는 낮고 울림이 풍부했으며 성가대를 지휘할 때 그의 노래 소리를 들으려고 성가대의 찬양 연습이 멈춘 적이 여러 번이었다. 절제와 검약이 몸에 밴 수도자처럼 어두운 빛깔의 잿빛 옷차림으로 눈은 언제나 가까이 없는 무엇인가를 좇듯 먼 곳을 바라보고 있었다. 그 눈 속에 자신의 모습이 담기지 못해 안달하는 여자들이, 소녀에서부터 노인에 이르기까지 교회 내에만도 수백 명은 더 되었다.

그를 한 번이라도 보기 위해 여중, 여고, 여상에서 교회에 몰려들었다가 신도가 된 경우도 허다했다.

민현이 제 모습을 드러내기 전까지의 이야기였다. 요섭이 민현을 여자로 인식하기 시작했을 때에 교회 내의 여자들 사이에서는 불길한 분열의 기운이 감돌았다. 마치 수만 년 전 동굴 속에서 함께 생활하던 인류 집단의 여자들이 그랬듯 그들은 그 불길한 기운의 진원지가 어디인지를 찾기 위해 서로에게 코를 킁킁거렸다. 들려오는 소리에 귀를 기울였다. 어둠 속이라 눈으로 진원지를 찾는 것은 쉽지 않았다. 민현이 스스로를 그들에게 드러내지 않는 한은. 그들은 무엇인가 있다는 데 암묵적으로 합의했지만 그게 중학교 3학년짜리, 겨우 열여섯 살밖에 안 된 여자아이인지에 대해서는 판단을 유보했다.

요섭과 민현, 두 사람 중 누가 먼저 접근했는지는 중요하지 않다. 무당의 딸 민현이 교회에 다니기 시작한 지 세 달 만에 터뜨린 방언이 무당의 사설이 아닌, 뜨거운 신앙에서 나온 진짜임을 인증해 준 요섭이 다른 신자들의 질시와 의심으로부터 은연중에 민현을 감싸주었던 건 확실하다. 도구가 교회 출입을 금지당한 것과 상관없이 많은 사람들이 두 사람이 마주 보며 대화를 나누는 것을 보았다. 요섭의 손에는 언제나 성경이 들려 있긴 했다. 두 사람의 만남이 거듭될수록 성경은 점점 무게를 더해가는 듯 요섭의 팔은 아래로 처져 내려갔다.

그럼으로써 민현이 뭘 얻었는지는 모르겠다. 누구든 마음만 먹으면 자기 앞에 무릎을 꿇릴 수 있다고 생각했을까. 자신이 다니는 교회의 미래를 이끌어 갈 잘생긴 남자가 자신 때문에 혼란스러워 하고 괴로워하는 것을 보고 싶었을까. 그건 무슨 악취미일까. 자신의 능력을 확인했을 수도 있다. 도덕적으로, 종교적으로, 신념으로 완전무장하고 있는 신학생이 '사주팔자 신수 운수 작명 택일 사업 액땜 용왕굿 진혼굿' 같은 사업 영역을 시청 앞 새마을운동기 크기의 깃발에 써서 사시사철 내걸고 성업 중인 무당집 앞에서 장미꽃을 들고 우두커니 기다리는 모습이 11월 어느 날 많은 사람들에 의해 목격됐다. 나는 연합고사를 치르러 서울로 가는 바람에 그 꼴을 보지 못했다. 봤다고 한들 내 생각이 바뀌지는 않았을 것이지만 살의를 느낀 상대가 하나 더 불어날 뻔했다.

"나 떠난다. 서울로."

민현의 중학교 졸업식장 앞에서 나는 통고했다. 엄청나게 여러 번 연습했으나 결국 입술은 벌벌 떨렸고 말은 떠듬떠듬 나왔다. 그나마 얻어터지고 모욕당하고 좌절하고 상처 입은 결과 솟아난 피를 음소 하나하나에 묻혀 하는 내 말에 그녀는 콧방귀도 뀌지 않았다. 내가 들고 간 안개꽃으로 장식한 국화꽃 다발은 가차 없이 내팽개쳐졌다.

"니 하고 싶은 대로 하든지."

돌아선 내 귓가에 그녀의 웃음소리와 함께 치명적인 단어가 날아왔다.

"미친 새끼. 지가 가마 갈 기지 왜 나한테 신고를 해? 간첩이가?"

그 다음으로 나는 도구 형, 아니 도구를 만나서 이렇게 말해 주었다.

"야 이 문디 빤쓰만도 못한 새끼들아. 거지 똥기저귀 같은 놈들아."

그건 민현이라는 백설공주의 일곱 난쟁이, 아니 일곱 멍청이들을 향해 던지는 욕이었다. 그때만 해도 이 도시를 떠나기만 하면 다시는 돌아오지 않을 것 같았다. 둥지를 떠난 어린 새가 다시 돌아오지 않을 것처럼 여기듯이.

1976년 2월 1일, 독일의 물리학자 베르너 하이젠베르크가 사망했다. 그는 31세 되던 해인 1932년에 '불확정성의 원리'로 노벨물리학상을 수상했다. '불확정성의 원리'를 세상사로 확대 해석을 하면 '관찰자는 관찰을 하려는 대상을 관찰하는 행위를 함으로써 (관찰자의 시선과 관찰을 의식하게 된) 대상에 영향을 끼쳐 대상의 정체를 정확히 알 수가 없다'는 것이다. 물이 끓는 냄비에 온도계를 넣어서 온도를 측정하려고 하면 온도계가 가지고 있는 온도가 끓는 물에 영향을 미쳐 결국 정확한 온도를 측정하기 어렵게 된다는 식이다.

"내가 늘 떠나는 건 여기가 섬이라서 더 그런 걸지도 몰라. 섬은 사람을 항해에 나서도록 재촉하는 속성이 있어. 떠나는 건 나야, 섬이 아니고."

민현이 파스타의 양념이 묻은 손가락을 빨아 먹고 나서 말했다. 초파리가 포도송이 위를 떠다니고 있었다.

"여기가 섬이라니? 여긴 반도지. 아시아대륙의 한반도, 그 한반도의 한 반도. 반도의 끝을 곶이라고 부르고. 우리가 앉아 있는 바로 이곳. 섬이라니 그 무슨 말씀. 하긴 동해안에도 남해나 서해처럼 섬이 많이도 말고 한 지자체별로 하나씩만 있으면 엄청난 관광자원이 될 텐데 말이지."

"우리 중학교 때 다니던 거리가 원래 섬이었다는 걸 몰라? 세 개의 호수와 다섯 개의 섬 사이에 강에서 떠내려온 흙이 퇴적되고 매립도 되고 복개도 되면서 섬 이름은 동네 이름으로 남고 지금처럼 하나의 땅덩어리가 된 거지."

"암튼 여기는 아득한 옛날에 화산 폭발로 생겨났을걸. 용암이 굳어서 한 덩어리가 된 거니까 섬일 수가 없지. 반도이고 곶이라고."

민현은 진지하다.

"한반도는 반도지만 남한은 사실상 섬이나 마찬가지야. 지리적으로는 대륙과 이어져 있지만 정치 경제 사회 문화적으로는 북한 때문에 대륙하고 분리되어 왔잖아. 외국에 갈 때 배나 비행기를 타지 않으면 갈 수가 없어요."

민현은 고개를 가볍게 꺾어 가며 빠른 톤으로 이야기를 하기 시작했다.

"섬이라는 게 나쁜 조건인 건 아냐. 섬나라 영국이 한때는 세계를 지배했고 지금도 일본은 육지의 열 배나 되는 영해를 보유하고 있어. 일본은 영토와 영해를 합치면 총면적이 세계 일곱 번째나 되는 거대 국가야. 우리 영해는 일본의 십분의 일도 안 돼. 중국은 육지가 우리의 백 배, 영해는 네 배쯤 되지. 동해 면적이 얼마나 되는지 알아? 남북 길이 천칠백 킬로미터에 동서 최대 너비가 천백 킬로미터, 면적이 백칠만 제곱킬로미터야. 한반도의 다섯 배 면적. 그걸 일본에서는 일본해라고 줄기차게 주장하고 있지."

"덕분에 산수 공부 많이 했네. 그런다고 동해가 일본해가 되나. 무슨 의미가 있는 건데."

"동해라는 명칭이 등장한 건 《삼국사기》야. 일본해라고 부르자는 그 '일본'이라는 명칭이 생기기도 훨씬 전에, 칠백 년 전에 이미 우리가 썼던 이름이라고. 동해를 길로 삼아서 옛날 사람들은 활발하게 교류를 했어."

"우리가 왜 국제정세를, 이 좋은 날 사랑을 속삭이기에도 아까운 시간에 논하고 있지? 요즘 바다 관련된 무슨 일을 시작한 건가?"

"바닷가에 있는 지자체쯤이라고 해두지. 바다를 제대로 활용하지 못하고 파산에 직면해 있다더군."

나는 비로소 민현이 군이 요트를 타고 왔는지 이해할 수 있었다. 평소에 내게로 올 때는 고속철도역이든 공항이든 가까운 곳까지 와서 마중을 나오게 했다. 쉴 때가 아니고 업무를 볼 때는 물론 비행기를 타고 다녔다. 심할 때는 일주일에 세 대륙의 도시를 오가기도 했다.

새로운 컨설팅 의뢰를 받았지만 아직 완전히 확정한 것 같지는 않다. 그래서 개론 수준의 이야기를 하고 있는 것이다. 그녀는 지금 신작을 구상 중인 작가이고 나는 들어 주는 역할을 해야 한다. 그녀의 머릿속에서 정확한 판단이 내려질 때까지 자유연상이 계속될 것이고 스케치북에 낙서를 하듯 생각나는 대로 이런저런 그림을 그려 볼 것이다. 나는 평범한 사람으로서 그녀의 이야기를 듣고 평범한 의문을 제기하고 평범한 대화 상대가 되어 준다. 그것으로 내 역할은 충분하다.

"바다는 여섯 겹 구조를 가지고 있어. 맨 먼저 바다 위 하늘이 있지. 그 다음이 수면. 수면을 이용해서 항해를 하거나 운송을 하거나 하지. 우리나라의 무역물동량 구십구 퍼센트가 수면으로 오가지."

"그 수면으로 저 모감주나무 씨앗도 왔을 거야."

모감주나무 잎이 바람에 일렁이고 있었다. 민현은 숲으로 만들어진 성벽에 눈을 던진 채 빠르게 말을 이어 갔다. 꽈리 모양의 모감주나무 열매는 곧 세 개로 갈라지고 둥글고 까맣고 윤기가 나는 씨앗이 튀어나와 그녀를 찬탄케 할 것이다.

"그 아래가 수역이야. 어패류, 소금, 해조류 같은 생물자원이 거기 있어. 네 번째가 해저 표면. 여기에는 망간괴나 니켈, 구리, 코발트 같은 금속이 분포하고 있어. 맨 아래의 지하층 해저에는 석유, 천연가스, 가스하이드레이트 같은 게 있는 거지. 이걸 가지고 있는 나라, 도시, 마을, 사람과 그렇지 않은 존재의 차이는 정말 엄청난 거야. 그에 비하면 육지는 하늘, 지표면, 지하로 세 겹, 아주 단순해."

"어쩐지 바다와 육지를 여자와 남자에 비유할 수 있을 것 같은데. 여자는 복잡하고 남자는 단순하다. 여자는 풍요롭고 신비하고 아직 속을 알 수 없는데 남자는 빤하다. 내 어머니가 해녀여서 좀 알지. 아버지는 고래, 술고래였으니까 정말 삶도 생각도 간단해 보였고."

어디선가 산까치가 운다. 민현이 웃는다.

"내 생각은 아주 달라. 인간 수컷은 쓸데없이 복잡하고 뭘 할지 알 수가 없고 저도 제가 뭔지, 뭘할 건지 모르는데 암컷은 명확하다고. 이런 남녀 차이가 조화를 이루는 게 사회 개혁이 이루어야 할 과제지, 아직도."

괜한 의문을 제기한 것 같다.

"그래서? 바다는?"

"일본의 해안선 길이는 미국 본토보다 더 길어. 해안선의 기점은 섬이야. 태평양에 위치한 오키노도리라는 산호초가 하나 있어. 가로 이 미터 세로 오 미터니 우리 침대 사이즈 정도야. 수면 위 높이가 칠십 센티미터인데 일본은 이걸 섬이라고 배타적 경제수역을 주장하지. 주변국들은 섬이 아닌 바위에 불과하다고 반박하고 있고. 바위는 배타적 경제수역의 근거가 될 수 없거든. 일본은 이곳을 섬으로 인정받고 영토권을 주장하기 위해서 1988년에 콘크리트를 타설해서 인공섬으로 만들었어. 그런데 거기에 딸린 바다가 사십이만 제곱킬로미터거든. 중국의 영서초라는 섬은 더 작아서 딱 한 평. 1984년에 등소평이 베트남하고 전쟁을 해서 이걸 빼앗아 가지고는 여기에 사천 톤짜리 배가 접안하는 군사시설을 만들었지. 해남도에서 오백육십 해리나 떨어진 곳이야."

"거긴 나도 좀 알아. 꽤 오래전에 인터넷 설비를 해줬더군. 인터넷을 통해 해군 병사 오백 명이 문화를 접하고 여가생활을 하게 해준다나, 뭐라나. 나는 뉴스를 보고는 그 인간들이 우리 집에 있는 시설을 그대로 흉내 낸 건가 했지. 특허료도 내지 않고 말이야."

고등학교 시절의 나에 관해서는 기억나는 게 별로 없다. 나는 누구의 눈에도 띄지 않을 범상한 고등학생으로 살았다. 내가 고향에 머물러 있었다면 좁은 지역의 속성상 내가 드러나지 않을 도리가 없었을 것이다.

"저놈은 평범한 걸로 치면 올림픽 금메달감이야. 국가대표로 내보내자고."

거기는 아무리 사소한 것이라 해도 두드러져 보이는 곳이니까. 계속 머물러 있다면 옆집에 태어난 아이와 죽을 때까지 백 년 가까이를 함께 보내게 되는 곳이 고향이란 곳이다. 거기서 드러나지 않는 건 없다. 수십 년간 한 가지 사건에 관한 이야기가 반복적으로 매일 되풀이될 수도 있다. 유정한 삶의 방식이 보존되는 곳이 고향이다.

그와 반대로 서울 같은 초거대도시는 익명, 무정의 공간이다. 게다가 나는 1950년대 중반부터 1960년대 중반까지 태어난 베이비부머의 일원이었다. 천만 명 가까운 베이비부머 속에 있으면 보이는 건 앞서 달리는 사람의 등짝, 들리는 건 옆과 뒤에서 들려오는 거친 숨소리다. 무엇보다 사람이 많았다. 인간(人間)이 말 그대로 '사람과 사람의 사이'라면 거기에 비집고 들어갈 자리가 별로 없었다. 그런 공간이 있기는 하다는 것을 식별할 수 있는 정도의 빛이 있을 뿐이었다.

내가 서울에서 고등학교를 다닐 무렵 한 반 아이들 가운데 팔 할 이상이 농어촌, 산골 출신이 서울로 전학, 진학, 유학을 해온 경우이거나 부모가 서울 사람이 아니었다. 그런데 아이들은 대부분 서울말을 쓰고 있었고 아직 서울말이 서툰 아이들은 입을 다물고 있었다. 나 역시 많은 노력 끝에 서울말을 배우기는 했다. 그 역시 서울에서는 시골 출신 아이들이 다 하는 것이어서 지극히 평범한 행태에 지나지 않았다.

어떻든 그 세계에서 살아남기 위해 몸부림을 쳤고 그 몸부림에 내가 가진 에너지의 대부분이 투입되었다. 그러자니 다른 것을 희생할 수밖에 없었는데 그중의 하나가 기억인지도 모른다. 기억할 만한 일을 만들어 낼 만한 힘이거나. 사춘기의 고등학생이면 한 번쯤 감행했을 가출 같은 일탈조차 내게는 해당되지 않았다. 나는 이미 집을 나와 있는 상태였으니까. 고등학교 삼 년 내내 한 하숙집에 있었는데 거기로 찾아온 친구 하나 없었다.

고등학교에 입학하고부터 나는 학교에 갔다가 영어·수학 학원을 거쳐 하숙집으로 돌아오는 생활을 반복했다. 카세트테이프 플레이어를 샀다. 친구들처럼 영어 공부하는 데 필요하다고 부모에게 주장해서였다. 친구들이 그랬듯이 영어 테이프를 들어본 적은 별로 없었고 주로 라디오의 심야 음악 프로그램을 들었다. 비틀즈를 듣고 엘비스 프레슬리를 들었다. 사이먼과 가펑클, 존 덴버를 듣고 올리비아 뉴튼존, 톰 존스, 나나 무스꾸리, 닐 다이아몬드도 들었다. 전파사에 가서 다른 아이들이 잘 모르는 레너드 코헨이나 해리 벨라폰테, 데미스 루소스의 히트곡을 녹음 편집해서 만들어 달라고 해서 들었다. 남고생들은 거의 듣지 않는 사월과 오월, 트윈 폴리오를 듣고 금지곡인 신중현, 김민기, 김추자의 노래도 구해서 들었다. 빈 테이프를 사서 라디오를 듣던 중에 직접 녹음을 하기도 했다.

비지스가 좋아졌다. 비지스를 들으며 가본 적도 없는 매사추세츠(〈Massachusetts〉)를 그리워하고 〈To love somebody〉를 들으면서 누군가를 사랑한다는 것이 어떤 것인지 슬프게 배웠다. 남들이 울기 시작했을 때 나는 농담을 하고 싶었으나 말을 꺼내지 못했다. 아무리 나를 잊지 말아 달라(〈Don't forget to remember〉)고 기타를 치며 소리쳐 외쳐도, 시끄럽다고 하숙집 주인만 쫓아올 뿐 외로움은 더해졌다. 그러다 보니 아무리 공부를 해도 도구의 말마따나 공부머리가 없는지 성적은 중상위권 이상으로는 오르지 않았다.

어느 날 나는 "보고 싶은 민현에게"로 시작하는 편지를 쓰기 시작했다. 부칠 생각은 없었다. 일기처럼 지금의 내 일상이 어떤 것인지, 학교 생활은 어떤지 따위에 관해 썼다. 비슷한 편지를 서너 통 쓰고 나자 나에 대해서는 더 할 말이 없었다. 결국 그녀 덕분에 좋아하게 된 음악 프로그램이며 가수와 노래에 관해 썼다. 잘 모르는 가수에 대해서도 공부를 해서 쓰고 느낌을 쓰고 가사에 대해서도 늘어놓았다. 팝송 책을 사서 가사를 번역한 것을 살짝 고쳐서 내가 번역한 것처럼 쓰기도 했다. 그러니 영어 실력은 전혀 늘지 않고 거짓말하는 솜씨만 늘었다. 주절주절 지칠 때까지 써서 편지를 봉투에 넣고 풀로 입구를 붙였다. 그러고 나면 마음이 조금은 편해졌다. 너무 많아서 헷갈릴까봐 일련번호를 매겨 두었을 뿐 부치지 않은 봉함 편지가 백 통 가까이나 되었다.

방학이 되어도 나는 고향에 돌아가지 않았다. 버스로 대여섯 시간은 걸렸고 기차 역시 갈아타며 기다리는 시간까지 합치면 오래 걸리기는 마찬가지였다. 어머니와 아버지는 굳이 힘들게 올 것 없다고 했다. 고향에서 올라오는 건어물을 가지고 중부시장에서 도매상을 하고 있는 외종숙은 명절이면 자신의 집에 와서 차례를 지내라고 했고 나는 그 말에 따랐다. 외종숙의 집에서도 고향 소식은 얻어들을 수 있었다. 제철소가 2기 확장공사를 마쳤다거나 항구를 옮겼다거나 시내에서 복개공사를 했다거나 나날이 발전하고 있다거나 하는 이야기였다. 그런 이야기에 민현의 이야기가 끼어들 곳은 별로 없었다.

외종숙은 건어물 도매에서 나오는 수입 가운데 일부를 고향 출신 학생들을 위해 만든 장학회에 내놓고 있었다. 그런 식으로 출향인사들이 모은 돈과 고향의 유지들이 보태서 만든 기금으로 장학회가 운영되었는데 수혜자는 주로 서울 소재 국립대학이나 유명 사립대학에 다니는 학생들이었다. 그들은 장학금을 받거나 나처럼 명절에 고향을 가지 못하면 외종숙 집으로 와서 모여 앉아 이야기를 나누고 음식을 얻어먹고 가곤 했다. 중학교 졸업이 최종 학력인 외종숙은 그런 대학생들을 어른처럼 대접해 주었다. 차례 지내고 남은 술과 제상에 올랐던 음식이 안주로 나오고 외종숙은 인사로 한 잔 정도 술을 받아 마시고는 이야기들 나누라며 자리를 피해 주었다. 그 자리에 고등학생은 나뿐이었다. 민현의 소식은 거기서 나왔다.

민현은 그들에 의하면 고향의 여고생 가운데 가장 머리가 좋고 성적이 뛰어난 공부벌레이며 영어회화 서클이며 적십자운동 같은 과외활동도 활발하게 했다. 박민현은 고향의 남자 중고생과 대학생 대부분이 알고 있는 이름이었다. 그러던 중 내가 고등학교 1학년 겨울방학 때 서울의 유명 사립대에 막 입학한 명환이 민현을 두고 이렇게 말했다.

"그 딸아는 걸레다."

그는 민현의 근처에도 가보지 못한 인물로 보였으므로 나는 그의 말을 신뢰할 수 없었다. 명환과 다른 고등학교, 상고를 졸업하고 동계전형으로 국립대에 입학한 성호가 적극적으로 맞장구를 치고 나섰다. 민현의 얼굴에 색기가 흐르지만 특히 입술이 촉촉하고 육감적인 것이 아무에게나 몸을 파는 술집 여자 같다고 했다. 설령 그렇다고 해서 그게 어떻게 '걸레'로 직결되는지, 이해할 수가 없는 중상이었다. 하지만 그 말을 듣고 하숙집에 돌아온 나는 잠을 이룰 수가 없었다.

하숙방 바깥 마루에 있는 걸레, 학교 교실 뒤에 세워져 있는 밀대걸레를 봐도 민현 생각이 났다. 막상 관심을 갖다 보니 걸레는 마른걸레, 물걸레, 기름걸레, 행주, 변소 걸레, 유리 걸레 등등 종류도 다양했다. 괴로웠다. 자신이 그런 악소문의 당사자임을 알고 있는지 미치도록 궁금했다. 그렇다고 본인에게든, 고향 친구 누구에게든 물어볼 수도 없는 노릇이었다.

편지를 쓰기 시작했다. 감정이 격해서인지 밤새 열 장이나 썼다. 봉투에 들어가지 않았다. 그 다음부터는 얇은 습자지에 쓰기 시작했다. 습자지는 스무 장을 써도 봉투에 들어갈 수 있었다.

며칠을 번민하던 나는 오래전에 써두었던 편지를 뜯어서 최근의 내용을 좀 더 보탠 뒤 아무렇지도 않은 것처럼 민현을 수취인으로 하여 무당집 주소로 부쳤다. 학교에서 돌아와 하숙집 대문의 우체통이며 마루를 볼 때마다 가슴이 떨렸다. 하지만 답장은 없었다.

일주일쯤 뒤 나는 다시 다른 편지를 뜯어서 읽어 보고 내용을 조금 고쳐서 민현에게 부쳤다. 그런 식으로 이틀이 멀다 하고 편지를 부쳤다. 답장은 여전히 없었지만 반송되어 오지 않는 것으로 봐서 읽어 보기는 하는 듯했다.

2학년 추석에 외종숙 집으로 온 학생들 가운데 세 명이 더 민현이 걸레라는 데 가담했다. 사전에도 없는 '개걸레', '똥걸레'라는 표현까지 나왔다. 그들 역시 민현과 말 한 번 나눠 보지 못한 게 분명했고 그래서 조금 더 악의적이고 교묘하게 민현의 행적을 과장하는 것처럼 보였다. 그들에 따르면 민현은 고향의 여고생뿐 아니라 여자들 중에서 가장 많은 성추문을 생산하는 진원지에 해당했다. 나는 괴로웠다. 그날도 밤새 편지를 썼다.

'나는 잘 있다. 나는 아무 일 없다. 내 일상은 평범하다. 날씨도 그저 그렇다. 하숙집 음식은 먹을 만하다. 지루하지만 잘 견디고 있다. 이글스의 〈호텔 캘리포니아〉가 좋더라. 사이먼과 가펑클은 다시 합칠 생각을 안 하는 것 같다.'

별것도 아닌 내용이지만 하도 길게 써서 습자지에 썼음에도 편지 봉투에 들어가지 않을 정도였다.

이듬해 겨울 설날에 추문은 절정에 이르렀다. 민현과 관련된 인물은 십대에서 삼십대에 이르렀고 학생에서 군인, 교사, 공무원, 의사까지 직업도 다양했다. 민현과의 추문이 퍼져 나가자 자살을 기도한 사람도 있었다고 했다. 종적을 감춘 사람, 자청해서 타지로 전근을 간 공무원도 있었다. 믿을 수 없는 소리들뿐이었다.

어떤 사람에 대해 어떤 환상을 가지든 그건 상관없다. 환상을 처벌할 수도 비난할 수도 없다. 그런데 그걸 사실이라고 말하거나 사실이라며 소문을 퍼뜨리는 건 정당하지 않다. 민현에 대한 악담과 중상은 그 악담과 중상을 퍼뜨리는 사람에게 그녀가 손에 닿지 못할 높은 존재처럼 여겨질수록 강해지고 악랄해지는 것 같았다.

그들은 높아서 따먹지 못할 포도를 시다고 단정하는 여우들이었다. 나는 그렇게 단정 지었다. 그러지 않고서는 내가 견딜 수가 없었다. 직접 보지 못하고 듣지 못하고 겪지 못한 것이 더 나을 때가 있다. 그런 점에서 고향을 떠나 있던 게 내게는 다행이었다. 또 내가 쉽게 고향을 찾아가지 못한 이유이기도 했다. 환상이, 소문이 사실로 확정되는 게 두려웠다.

어느 날 민현에게 답장이 왔다. 내가 보낸 백오십 통이 넘는 편지에 대한 답은 두 문장에 불과했다.

"편지 쓰느라 시간 낭비하지 마라. 열심히 공부해서 둘 다 서울에 있는 대학 가거든 만나자."

나는 고등학교 시절에 있었던 일에 대해 기억하는 게 많지 않다. 원고량으로 치면 장편소설 열 권쯤 되는 편지는 남았다.

1978년 가을 김장철에 고추는 한 근에 만 원, 배추는 한 포기에 삼천 원이었다.

대입 본고사를 치르고 나서 나는 고향으로 내려갔다. 바라던 대학은 아니었지만 바라는 대로 되는 사람이 얼마 되지 않는다는 것쯤은 납득할 만한 나이가 되어 있었다. 서울에 있는 인문계 고등학교에서 서울에 있는 사 년제 대학에 진학하는 아이가 육십 명 한 반에서 기껏 여남은 명 정도였다. 나머지는 전문대나 재수, 취직, 혹은 군대를 가는 식으로 앞길을 잡았다. 그렇게 보면 나는 전체 경쟁자들과의 대열에서 앞쪽에 선 편이라고 할 수 있었다.

대학이 인생의 전부가 아니고 공부가 인생의 모든 것을 결정하는 게 아니라고 하는 사람들은 나름대로 확신을 가지고 맞는 말을 했겠지만 피 튀기는 입시를 통과해야 하는 내게는 다 개소리였다. 내게는 반드시 대학에 들어가야만 할 이유가 있었다. 거기서 만날 사람이 있었다. 그녀를 만나지 못한다면 내 인생은 아무것도 아니었다. 내가 대학에 갈 수 있었던 건 그녀의 편지 때문이었다.

고향에 도착한 다음 날 합격 통보를 전화를 통해 얻을 수 있었다. 만세 삼창을 억제할 수 없었다. 이 기쁜 소식을 나눌 사람은 부모보다 민현이었다. 하지만 나는 망설이고 있었다. 내가 대학에 합격을 했다 해도 민현이 서울에 있는 대학에 합격하지 않았다면 앞으로 어떻게 될 건지 짐작이 가지 않았다. 정확히는 사실을 알기가 겁났다.

당시 고향에 있던 인문계 공립 남녀고등학교에서는 일 년에 서너 명씩 서울 국립대학에 진학시키곤 했다. 민현은 여고에서 수석을 다투는 성적이었으므로 당연히 서울 국립대학에 원서를 냈을 것이었다. 그 대학에 원서를 냈다는 것 자체만으로 인종이 다른 듯한, 아니 인간과 침팬지처럼 종이 다른 듯한 느낌을 줬다.

나는 애써 민현의 집 근처를 배회하는 것을 자제했다. 덜컥 마주치기라도 하면 그 순간과 공간의 무게와 밀도를 감당해 내기 힘들 것 같았다. 그로부터 며칠 동안은 거리마저 숨을 죽인 듯 적막했다. 식당에 손님도 적었고 어머니와 큰이모는 마주 앉아서 요즘 음식 장사도 경쟁이 치열해져서 부쩍 손님이 준 것 같다고 걱정하고 있었다.

"경축 본교 문과 박민현 서울 국립대학 사회계열 합격!"

바다에서 불어오는 북동풍에 빈 양동이들이 떨그럭거리며 굴러다니던 어느 날, 시내에 갔다가 그런 내용의 현수막이 내걸리는 것을 목격했다. 나는 자전거 페달을 힘껏 밟아 민현의 집 앞으로 달려갔다. 무슨 작정을 한 건 아니었지만 마주치면 축하의 악수라도 나누고, 운이 좋으면 눈을 마주치며 웃기라도 할 수 있을 것 같았다. 하지만 민현의 집 문은 굳게 닫혀 있었고 사람의 자취는 보이지 않았다. 언제부터인가 일월보살을 찾아오는 손님도 많이 줄어든 듯했다. 길가 집

144

이라 바람이 그대로 대문을 두드리고 있었는데도 적막강산이나 다름 없었다. 나는 자전거에 탄 자세 그대로 주머니에 손을 넣고 망연자실 서 있었다.

갑자기 문이 열리는 소리가 났다. 나는 얼른 몸을 돌려 담모퉁이로 피했다. 안에서 전보다 한결 뚱뚱해진 일월보살이 나왔다. 그녀는 오른손으로는 수챗구멍에 무엇인가를 쏟아부었고 남은 한 손은 코로 가져가 요란하게 코를 풀었다. 그런 행동에서는 수양딸이 서울 국립 대학에 입학했다는 걸 아는 기색을 전혀 찾아볼 수 없었다.

발이 얼도록 기다렸지만 민현을 보지 못하고 집으로 돌아오는 중에 순조를 만났다. 도구가 내게 그랬듯, 순조에게는 민현에 대해 내가 가지고 있는 관심을 감출 필요를 전혀 느끼지 않았다. 순조는 나와는 종이 다른 영장류로 치부하고 있었던 것이다. 내가 민현에 대해 묻자 순조는 더벅머리를 긁으면서 "어, 세길이가? 내가 잘 모르는데 몰라 미인다" 하고 꼬리를 민 강아지처럼 기비렸다. 말은 미안하다 했지만 민현의 이름을 입에 올리는 것조차 부담스러워 하는 게 역력했다.

삼 년 만에 돌아온 고향의 거리는 확실히 많이 달라져 있었다. 시내 거리는 사람으로 흥청거렸다. 사람들 매무새 또한 서울 못지않게 첨단 유행을 따라가는 것처럼 느껴졌다. 장발족이 득시글댔고 짧은 치마를 입고 종종걸음을 치는 아가씨들도 많았다. 나는 머리가 빨리 자라는 편이었다. 예비고사를 치기 전인 10월부터 기르기 시작한 머리가 웬만큼 자라서 어른이나 재수생처럼 보이게 했다. 다방에 가서 커피를 마시면서 기침을 하며 담배를 피워댔다. 그러면서 민현과 관련된 소식을 많이 입수할 수 있었다.

먼저 나를 가장 통쾌하게 만든 것은 승태의 몰락이었다. 고등학교에 입학하자마자 학생 주임 교사를 두들겨 패는 사고를 쳐서 중퇴를 당한 승태는 어른들의 진짜 깡패집단에 들어가기를 원했지만 그건 아직 제대로 만들어지지 않은 상태였고 그는 어렸다. 결국 거리를 방황하던 승태는 오토바이 사고로 절름발이가 되었다. 동창들한테까지 무시를 당하게 되자 원한이 사무친 오토바이를 수십 대 도둑질해서 팔아먹다가 소년원으로 갔다고 했다. 중학교 때나 통하던 명성은 진짜 어른의 세계에 통하기는 힘들었던 것이다.

도구는 서울의 국립대학에 진학한 뒤로 방학 때마다 민현을 보러 와서는 말 한마디 걸지 못하고 줄창 술과 대화를 나누더니 알코올중독으로 폐인이 되다시피 했다. 큰이모의 손에 끌려 군대로 갔다 하니 대한민국 국방이 걱정은 좀 되었지만 속은 시원했다.

신학생 요섭은 목회자의 길을 포기하고 느닷없이 남미로 이민을 갔다는 소문이 돌고 있었다. 민현의 관심을 얻는 데 실패해서인지 신앙이 바뀌어서인지 알 수는 없지만 그 또한 좋은 일이었다. 국운이 융성하게 뻗어 나가는 데 지금보다 더 많은 인구가 필요하다면 나라도 하나 더 낳으면 될 터였다.

자살을 기도한 인간 역시 자살을 기도했다는 소문이 나면서 인생이 별 볼 일 없게 되었다. 전근을 간 공무원인지 하는 인간은 다시 돌아오지 않을 것이었다. 민현과 잤다는 발가락 사이의 때 같은 소문이 있던 사람들 역시 어디에도 얼굴을 나타내지 않았다.

결과적으로 보면 내가 없는 새 민현의 주변을 맴돌던 개자식들은 모두 깨끗이 치워진 셈이었다. 그것이 민현에 대한 악소문을 더 강화하고 있었다. 민현은 필요하면 남자를 사귀고 이용하지만 필요가 없어지면 가차 없이 차버린다는 것이었다. 공부 잘하는 도구에게 공부를 잘하는 법을 배우고 요섭에게서 빠른 시간 내에 방언을 할 정도로 열렬한 신앙심을 갖는 방법을 터득하듯이. 월급쟁이에게서 때에 맞춰 용돈을 받아내다 그 월급쟁이가 직장에서 떨려 나면 더 이상 만나지 않듯이.

그런데 그게 왜 나쁘다는 말인가. 남자들이 민현의 미와 매력에 끌려 접근해 와서 치근덕대는 것은 당연하고, 고래 수컷처럼 옆에서 다른 수컷이 죽어 나가도 암컷 주변을 맴도는 건 당연하고, 민현이 더 이상 관심이 없게 된 남자를 멀리하는 게 무슨 문제인가. 그것은 오히려 여성이 남성 중심 사회에서 전리품이나 쟁탈의 대상이 되는 현실에서 살아남기 위해 취하는 자연스러운 전략일 수도 있었다.

멀리서 이야기로만 듣던 것과 가까이서 이구동성, 경쟁적으로 침을 튀겨대는 것을 듣는 건 확실히 달랐다. 고등학생 시절이 그렇게 화려하니 대학에 들어가면 어떤 모습을 보여줄지 짐작도 되지 않았다.

청바지, 통기타와 함께 청년문화의 삼총사를 이루는 생맥주를 마시기 시작했다. 천장이 빙빙 돌고 구토가 나왔지만 참았다. 어른이 되기 위한 과정이라면 참을 만했다. 어서 민현을 만나고 싶었다. 어른 대 어른으로, 남자 대 여자로, 서로 사랑하는 사이로, 마음으로나 육체적으로나 정신적으로나.

매일 그렇게 혼자 노는 꼴을 보고 있던 큰이모가 아는 선장을 소개해 주어 처음으로 어선을 탔다. 배가 출발한 지 삼십 분 만에 어장으로 가서 통발을 끌어올리는 문어잡이 배였다. 어떤 일에든 특출한 재능이 없는 사람을 위해 신이 마련해 놓은, 피자 위의 토핑과 같은 위로가 있다. '초짜의 운(Beginner's fortune)'이라고 부르는 것으로 미국 라스베이거스 같은 초대형 노름판에서도 통하는 용어다. 내가 처음으로 관심을 가진 이성이 민현인 것만 봐도 그렇지만 나는 초짜의 운이 억세게 좋은 편이었다. 나중에는 미리 당겨쓴 운으로 패망의 길에 들어설 확률이 다른 사람에 비해 훨씬 높아졌지만. 초짜의 운은 난생처음 어선을 탔을 때도 여축없이 나타났다. 내가 거들어 끌어올리는 낚시며 통발마다 문어가 들지 않은 게 없었다. 선장들은 물론이고 환갑 넘은 어부들조차 신통해 할 정도였다. 통발을 다 끌어올리고 나자 더 볼 것도 없이 귀항을 서둘렀다.

"원래는 어른 반값만 줄라켔는데 니가 타서 그런가 문어가 마이 올라왔으이, 기마이를 팍팍 쓴다."

선장이 우리 집 식당까지 와서 밥을 시켜서 와자하게 먹고 마시고 난 뒤 내게 일당을 줬다.

"세길아, 니 그 돈 니가 머리털 나고 처음으로 번 돈잉께 느그 아부지, 어무이한테 빨간 내복을 꼭 사디리라. 나는 패안타."

큰이모는 내 손을 쥐고 당부했다. 그래서 술고래 아버지와 해녀 어머니, 큰이모의 내복을 사러 나선 길이었다. 시장이 저만치 바라보이는 곳에서 길을 건너려는 내게 머리를 양 갈래로 땋고 검정색 교복을 입은 여고생의 모습이 눈에 들어왔다. 꿈에도 그리던 민현이었다. 내가 상상한 적이 없는 두꺼운 검은 테의 안경을 끼고 있어서 그 전에는 보고도 몰라봤을 수 있었다. 여전히 교복을 입고 다닐 거라고 생각하지 못해서 몰라봤을 수도 있었다. 뭐가 이렇게 쉬울까. 돈을 버는 것도 그렇고 그렇게 만나지지 않던 민현도 보자고 하니 이리도 쉽게 만날 수 있는 것일까. 그런 생각을 하면서 내가 민현에게 달려가자 민현이 먼저 내게 말을 건넸다. 마치 어제 본 사이처럼 쉽게.

"니 서울에 있는 대학에 합격했다매. 잘됐다."

나는 그녀의 서울 국립대학 합격을 축하한다고 인사를 했다. 길에 잠깐 서 있는 동안에도 지나가는 사람들이 그녀만 보고 가는 듯했다. 몸 둘 바를 모르겠다는 말이 그런 데서 나온 줄 처음 알았다. 그런 한편으로 나를 그녀와 한길에 나란히 서서 진지하고 다정하게 대화를 나눌 수 있는 존재로 여겨줄 것이라 생각하니 가슴이 벅차올랐다.

민현은 언뜻 보면 평범한 여고생처럼 보였다. 그녀가 가지고 있는 매력은 두꺼운 안경과 교복, 학교의 여고생다운 머리 모양 등으로 가려져 있었다. 단순한 외양으로만 보면 그녀보다 활짝 핀 여자들이 적지 않을 것이었다. 하지만 그녀는 곧 전국의 수재들이 모여드는 서울의 국립대학에 진학하게 될 인물이었다. 그해 시내 전체의 여고 졸업생 중 서울 국립대학 합격자는 민현뿐이었다. 그것이 명성으로, 명성이 아름다움으로 전환된 듯 사람들의 시선을 집중시키는 것이었다. 결국 그녀는 모든 추문을 자신의 능력을 키움으로써 날려 버린 것이었다.

권력을 가진 남자들은 가장 아름다운 여자를 곁에 둠으로써 자신의 권력이 나누어질 수 없는 것임을 분명히 했다. 마침내 아름다움 자체가 권력을 상징하게 되었다. 권력은 총구에서 나온다지만 아름다움은 서울의 국립대학 사회계열 합격이라는 성적에서도 나왔다.

"그래, 니 요새는 집에서 탱자탱자 놀겠네."

나는 고개를 끄덕였다. 안 놀더라도 놀아야 할 판이었다. 그녀가 그렇게 말한다면. 그리고 그 다음에 내 입에서 놀라운 말이 나왔다.

"우리 같이 놀러 가지 않을래? 서울 가기 전에 고향 산천을 실컷 봐 둬야지."

내가 서울에서 힘겹게 익힌 표준말을 민현에게 쓰는 데는 이유가 있었다. 내 나름의 존중과 일정한 거리를 의미하는 것이었다. 같은 사투리로 반말을 주고받는 것이 오히려 어색했다. 민현은 그런 나를 의외라는 듯 보더니 어디로 갈 건지를 물었다. 그러면서 그녀는 언제 든 갈 수 있는 데 말고 조용하고 깊은 곳이면 좋을 것이라고 했다. 예를 들면 내연산 보경사 십이폭 계곡 같은 데. 그 또한 의외의 적극적 인 반응이었다.

"거, 거기는 내 안 가봤는데. 여름에 사람들이 많이 가는 데 아이 가? 겨울에도 가니?"

그녀는 그렇다고 대답했다. 오히려 사람이 거의 가지 않기 때문에 얼어붙은 폭포가 가지고 있는 아름다움, 고요한 산사의 정취가 좋을 것이라고 하는 것이었다. 내가 교통편을 알아보기로 하고 일단 헤어 졌다.

내연산 계곡은 여름에는 피서객으로 북새통을 이루지만 사람 왕 래가 많지 않은 겨울에는 거기까지 가는 직행버스가 하루 두 번밖에 없었다. 아침 아홉 시경에 출발한 버스가 보경사 입구 사하촌에 닿으 면 거기서 기다리던 손님을 데리고 오는 식이었다. 그 버스에서 내려 서 등산을 갔다가 보경사 구경까지 마치면 오후 다섯 시에 보경사 입구에서 출발하는 마지막 버스를 타고 돌아올 수 있었다. 그런데 그 버스를 놓친다면? 어떤 가능성을 발견하고 가슴이 설레기 시작했다.

며칠 뒤 아침 아홉 시, 민현과 나는 버스정류장에서 만나 보경사로 가는 직행버스에 올랐다. 승객은 우리 두 사람 말고는 사하촌의 음식점, 여관, 기념품 가게 같은 곳과 관련이 있는 것처럼 보이는 여자 셋, 스님과 신도들 하여 대여섯 사람뿐이었다. 동해안을 관통하는 주요 국도라고는 해도 도로 사정이 그렇게 좋지는 않았다. 말이 직행버스지 지나는 길에 있는 주요 면소재지마다 다 멈춰서 손님을 기다렸다. 사십 킬로미터 남짓한 거리에 두 시간 넘게 버스를 타고 가야 하는 건 그 때문이었다. 바다가 보이는 길을 지날 때에는 유리창의 강도를 시험하는 듯 바람이 거세게 불어닥쳤다. 민현은 허리를 꼿꼿이 펴고 손에 수첩과 펜을 쥔 자세를 유지한 채 차창 밖 풍경을 보고 있었다.

그녀의 장갑과 옷소매 사이의 흰 손목에 시계가 없는 게 기뻤다. 나 역시 시계를 차고 있지 않았지만 배낭 바깥 주머니에 넣어 두었기 때문에 언제든 시간을 확인할 수 있었다. 절이 가까워지자 희끗희끗한 잔설이 발치에 쌓인 숲이 나타나기 시작했다. 소나무 숲의 붉은 금강송은 고목이었고 마을 입구에 서 있는 느티나무는 거목이었다. 단순한 고목, 거목이 아니라 고전적인 기상이 느껴졌다. 그 바람에 사람들이 시선을 우리에게서 좀 거두는가 싶더니 버스가 마침내 목적지에 도착했다.

사하촌에는 한여름에 피서객들이 이용하는 이십여 개의 식당과 민박, 여관이 있었다. 하지만 손님이 없는 한겨울에 문을 열어 둔 곳은 특산물과 기념품을 파는 가게와 여관, 식당 한두 곳뿐이었다. 그것만으로도 충분했다. 내가 내심 기대하고 있는 미래를 위한 장치로는.

배낭에는 미리 사둔 도시락이 얌전하게 들어 있었고 보온물통에는 아직 김이 나는 따뜻한 커피가 들어 있었다. 우리는 절 옆을 지나 얼음 폭포가 기다리고 있는 산 위를 향해 출발했다.

입구에서 멀지 않은 길은 많은 사람이 다닌 듯, 산길이라도 넓고 평탄했다. 계곡이 완전히 얼어붙은 것은 아니어서 얼음장과 얼음조각 사이사이로 맑은 물이 흘러내리고 있었다. 겨울바람으로 민현의 얼굴이 복숭아 속살처럼 붉어져 있었다. 그것을 훔쳐보는 것만으로도 거기까지 온 보람이 있었다.

길은 끊임없이 오르내리며 이어졌다. 울창한 수림이 좁은 산길을 감싸 안고 있는 중에 작은 집채만 한 바윗덩이가 별스럽지 않게 흩어져 있었다. 보통 계곡은 하류가 넓지만 고갯마루 위에서 보면 오히려 상류가 활짝 벌어져 있는 것처럼 보였다.

첫 번째 고개에 다다르자 열두 폭포 가운데 첫 번째 폭포가 나왔다. 위압적이지 않고 가까이 다가가게 만들게 정다웠다.

길이 가팔라졌다. 호흡이 가빠지면서 땀이 흘렀다. 숲이 깊어지고 산이 깊어졌다. 거듭해서 고개가 나타나 오르내리기를 반복했다. 어느 순간부터 뭔가가 내 머릿속에 들어와 낙서를 해대고 있었다.

민현은 흰 토끼 모양의 털모자를 쓰고 굵은 털실로 짠 머플러를 두른 채 내 뒤에서 따라오고 있었다. 그녀에게서는 거친 숨결도 느껴지지 않았고 땀도 나지 않는 것 같았다. 그건 스스로의 능력에 꼭 맞게 움직이고 있다는 증거였다.

처음 해보는 등산이었으니 내연산은 물론 처음 가는 산이었다. 남쪽의 금강산으로 불렸다고 했다. 명성보다는 내면의 아름다움과 지성을 갖춘 선비 같았다. 잠시도 쉬지 않고 발을 내디뎠다. 체력을 조절하려면 천천히 가면 된다는 것을 체득했다. 가파른 곳을 올라갈 때는 보폭을 좁히는 게 훨씬 낫다는 것도.

홀연 시야가 툭 터졌다. 깎아지른 절벽이 나타났다. 신선이 노닐었다는 선일대(仙逸臺), 신선이 날아서 내려왔다는 비하대(飛下臺), 신선이 타고 온 학의 집이 있다는 학소대(鶴巢臺). 절벽과 능선, 바위틈에 뿌리를 내린 소나무가 늠름한 골격과 기상으로 자연의 붓질과 먹 쓰는 법을 보여 주고 있었다.

언젠가 조선 최고의 화공이 그곳에 왔다고 했다. 그대로 모사만 해도 천하절경, 그림으로서는 손색이 없었을 것을 그는 그렇게 하지 않았다. 그는 실경에 구애받지 않고 마음에 거리낌이 없으며 무엇에도 복속되지 않는, 세상에 단 하나밖에 없는 그림을 그렸다. 그럴 만했다.

가쁜 숨이 가라앉고 나서도 넉넉하게 풍경을 호흡했다. 다리에 알이 박이고 함께 땀을 흘리고 서로의 냄새를 가까이 맡음으로써 한결 가까워진 기분이었다. 민현의 두꺼운 바지가 담요처럼 보였다. 저기에 누워서 그녀의 얼굴을 올려다볼 수 있다면. 그런 생각까지 하고 있었다.

폭포 아래 양지쪽 넓은 바위에 나란히 앉아 도시락을 먹었다. 보온병 뚜껑에 커피를 따라 주자 그녀가 준비를 잘했다는 듯 고개를 끄덕거렸다. 그게 민현에게서 내가 그때까지 받았던 첫 칭찬이었다. 다시 혼자 생각에 빠져 도시락을 먹었다. 고통과 즐거움을, 때로는 자연의 아름다움까지 함께 고개를 오르내리듯 경험하는 게 반드시 두 사람의 관계에 좋은 영향을 끼칠 것이라는 깨달음이 왔다. 민현은 어떨지 모르지만 나는 그 자리에 쓰러져 죽어도 좋을 것 같았다.

"더 갈 수는 없겠지?"

아쉬웠다. 길은 더 이상 발을 디딜 수 없게 험준했다. 여름이라면 나뭇가지나 바위를 잡고서라도 올라갈 수 있었을 것이지만 겨울에는 장비가 필요할 것 같았다. 설령 올라간다 해도 내려올 때가 문제였다. 그럼에도 불구하고 나는 최대한 시간을 끌기 위해 노력했다.

겨울 해는 짧았다. 산길을 걸어 내려와 신라 때 창건된 고찰 보경사에 들어서자 그늘이 길어졌다. 보물로 지정된 동종과 부도탑, 수백 년 묵은 탱자나무가 있는 절 경내에는 참나무, 감나무, 전나무 고목들이 여기저기 서 있었다. 대적광전과 대웅전 등의 전각과 절터를 나무들이 호위하며 신장 역할을 하기라도 하는 듯했다. 그녀가 하나씩 오래도록 살피고 메모까지 하면서 시간을 끌어 주어서 나는 좋아 죽을 것 같았다.

나는 최대한 천천히 따라가며 말을 걸었다. 언제쯤에 이 절이 지어졌느냐. 왜 이름이 보경사냐. 대적광전과 대웅전은 어떻게 다르냐. 문수보살과 보현보살은 어떤 차이가 있느냐. 비로자나불은 무엇을 상징하는 부처인가. 손은 왜 그런 모양인가. 왜 부처마다 손 모양이 다른가. 민현은 불교에도 상당한 지식이 있는 듯 막힘이 없었다. 어쨌든 내 무식도 시간을 끄는 데 보탬이 되었다. 산신각을 거쳐 절을 세운 스님과 중창한 스님의 초상이 들어 있는 작은 전각까지 보고 나자 민현이 발걸음을 산문 쪽으로 돌렸다.

그럼에도 불구하고 아직 네 시밖에 되지 않은 시각에 사하촌에 다다랐다. 굴뚝에서 연기를 올리고 있는 식당이 있었다. 스산한 바람이 숲 바닥의 낙엽을 쓸고 가는 소리가 나는 중에 냄비에 오뎅 꼬치가 꽂혀 있는 게 보였다. 민현이 재미있다는 듯 깔깔깔, 하고 소리 내어 웃었다. 겨울이라 오는 사람도 없는데 절 바로 밑에서 비린내 나는 오뎅을 팔면 누가 먹느냐는 것이었다. 나는 주인 할머니에게 물어보자며 민현을 잡아끌어 식당 안으로 들어갔다. 가게에 딸린 방 안쪽 어둑한 곳에 낡은 벽시계가 있었다. 4시 30분이었다. 맞는지 틀린지 알 수 없지만 맞는다 치면 몇 십 분만 더 시간을 끌면 되었다.

"할매요, 여기 오뎅 좀 먹을게요. 그라고 질문이 있는데요. 이 많은 오뎅을 누가 묵고 가능교? 손님도 안 많을 끼고 남으마 할매가 다 드시능교?"

식당 할머니는 내 속셈을 빤히 안다는 듯 이가 몇 개 빠진 입을 벌리며 웃었다. 그러면서 자신이 아는 비밀을 발설하지 않는 대가를 요구하듯 오뎅이 꽂힌 젓가락 굵기의 자루를 한 주먹 들어 올려서 양은 그릇에 담았다.

"그랜께 손님이 밎이나 오까 미리 마치맞기 숫자를 세리 놓은 기라. 사람이 시계보다 더 똑띠 잘 맞춘다. 두 사람이 그거 다 먹으마 똑맞지 싶다."

나는 소주를 마셔도 되는지 민현에게 물었다. 오뎅이 소주 안주로는 최고라고 하자 민현은 웃으면서 그러라고 했다. 이게 웬 떡이냐. 나는 그녀의 마음이 바뀌기 전에 급히 소주를 주문했다. 소주는 오뎅보다 비쌌다.

병을 따서 잔에 따르고 부딪쳤다. 민현은 두 잔을 마시고 나서는 더 마시지 않았다. 그렇다고 나를 채근하는 것도 아니었다. 나는 초조한 표정을 감추기 위해 소주를 죽죽 들이켰다. 속이 화끈했다. 소주를 마시고 나서 나는 맥주를 더 마셔도 되느냐고 민현에게 물었다. 민현은 여전히 미소를 띤 채 그러라고 했다. 그건 생애 첫 수입으로 부모의 내복도 일자리를 소개해 준 사람에게 줄 선물도 사지 않고 엉뚱한 데 돈을 펑펑 써대는 배은망덕한 인간이 결정할 문제라고 말하지는 않았다. 그냥 네 마음대로 하라고 했다. 맥주가 왔다. 뚜껑을 그녀가 따더니 생애 처음으로 맥주를 내게 따라 주었다. 감격으로 목이 메이고 눈물이 쏟아질 것 같았다. 단숨에 마셨다. 그녀가 다시 맥주를 따랐다. 또 마셨다. 사나이들이 목숨을 걸고 바다에 나가는 이유가 이런 거구나. 또다시 깨달음이 왔다. 맥주를 다 마시고 들이닥치는 깨달음을 대뇌에 기록하고 감격, 감동, 속셈을 들키지 않으려고 발악하고…… 결국 머리가 어질어질해졌다.

"그래도 걸을 수는 있지?"

민현이 말했다. 나는 고개를 끄덕거려 주었다. 그게 뭐 어렵겠어. 일단 정류장으로 가보자고. 가면 버스가 끊어졌을 거야. 내일 점심때까지는 차가 없을 거야. 그러면 우리는 오늘밤 이곳 민박집 작은 방에서 만리장성을 사이에 둔 사람들처럼 최대한 멀리 떨어져서 밤을 지새울 거야. 내일이면 우리는 서로를 불타오르는 눈으로 다시 보게 될 거야.

버스 종점에 도착한 시간은 여섯 시가 다 되어서였다. 직행버스는 물론 끊어져 있었다. 그런데 그건 직행버스에만 해당하는 이야기였다. 웬 버스가 불을 비추며 들어왔다. 가까운 면소재지까지 가는 완행버스였다. 면소재지에 가면 시내로 들어가는 시외버스는 당연히 있다고 했다. 민현은 왜 안 타고 있느냐고 나를 재촉했다. 그녀는 여전히 웃는 얼굴이었다.

십여 분쯤 가서 가장 가까운 면소재지에 도착하자마자 시외버스가 닿는 바람에 곧바로 그 버스에 올랐다. 그로부터 시내까지 가는 동안 나는 방광이 터질 듯한 고통에 버스 앞뒤를 우리 안의 늑대처럼 왔다 갔다 했다. 운전기사에게 열 번을 애원했다. 제발 잠깐만 세워달라고 울다시피 했다. 시외버스를 자기 마음대로 운행하는 것을 평생의 자랑으로 알고 있는 운전기사는 들은 척도 하지 않았다. 삼십여 분 뒤 또 다른 면소재지에 버스가 멈추었다. 나 때문에 선 것이 아니라 손님이 있어서였다. 나는 미치광이처럼 버스에서 내려 처마에 누런 고드름이 매달린 화장실로 달려갔다. 뒤에서 민현의 깔깔거리는 웃음소리가 들려왔다. 부지깽이로 양동이를 두드리는 것 같았다. 내가 직접 번 돈으로 어머니의 내복을 사는 데는 팔 년의 시간이 더 흘러야 했다.

"요즘 대학에서는 기초 학문인 문학, 철학 같은 인문학을 공부하는 사람들 숫자는 계속 줄어들고 있어. 그 대신에 지배계급의 일원이 되거나 그 사람들에게 봉사할 기술자인 의사나 경제학자, 투자전문가, 변호사, 회계사, 관료 등등을 양성하는 데 대학들이 돈을 쏟아붓지. 그런 데를 졸업하고 성공을 거둔 애들이 나중에 제 모교에 기부를 할 거니까. 이런 인간들은 기존의 부당한 지배질서에 대해 전혀 의문을 가지지 않지. 문학이나 철학을 공부하게 되면 지금의 체제가 정당한가, 맞는가에 대해 의문을 가지게 되고 그게 지금의 체제에 위협이 될 거라고. 기존의 권력구조에 봉사하는 엘리트들은 자기들끼리의 말을 못 알아듣는 일반인들을 경멸할 수밖에 없게 되지. 그런 언어체계로 울타리를 만들어. 그 울타리는 총체적인 지식을 아주 잘게 쪼개서 전문화시킨 거야. 그것만 봐 가지고는 도저히 전체를 파악할 수 없게 되어 있어. 대학에서 그걸 공부하느라 힘을 다 바치다 보면 도덕심, 정의감이 마비가 되고 잘해 봐야 도덕적 허무주의밖에 안 남아. 그렇게 양성된 엘리트 집단의 애들은 표면상으로는 괜찮아 보이지만 로봇 같은 내면을 갖게 되는 거야. 그런 애들이 실업자나 빈민층, 보편적 복지 같은 데 관심을 가질 수가 없지. 대학의 문제는 전체 사회의 문제야."

"나는 너처럼 많이 알고 똑똑한 여자가 정말 아름답다고 생각해. 피부에는 나이가 들수록 주름이 생기지만 대뇌에는 주름이 많아질수록 우월해지는 거니까."

"그러니까? 그게 뭔데?"

딸그락, 하고 그녀가 푸얼차 다구로 우려낸 황차가 든 도자기 찻잔을 내려놓는다. 나는 일단 그녀의 눈을 피한다. 그럴 수밖에 없다.

대학에 입학하고 나서 맞은 첫 월요일, 오전 열한 시의 강의를 마치고 식당이 있는 학생회관으로 내려오는 길이었다. 고등학교 동창 건상이 달려오더니 "야, 너 오늘 오후에 시간 있냐? 미팅 건수가 있는데 3학년 때 우리 반 부반장하던 영호 새끼가 빵꾸를 냈다야. 대타로 가능해?" 하는 것이었다. 대학에 입학하면 미팅이라는 천상의 세계가 펼쳐진다는 이야기는 들어 알고 있었으나 실제로 그런 제안을 들은 것은 처음이라 가슴이 덜컹했다. 아니 온 세상이 덜컹, 하고 꼭두새벽의 첫 번째 기관차처럼 움직이는 것 같았다.

"시간 있지, 당연히. 어디서? 누구랑? 어떻게?"

그렇게 해서 그날 오후 네 시, 나는 경복궁 근처에 있는 지하 경양식 레스토랑에 앉아 있게 되었다. 주머니에는 친구와 점심 내기 바둑을 두던 중에 우연히 집어넣은 흰 바둑돌 하나가 들어 있었다. 그 바둑을 이겼기 때문에 점심 값이 남았고 미팅에서 커피 두 잔 값을 치르고 나면 빈털터리가 될 터였다.

약속 시간이 되자 상대가 될 여학생들이 나타났는데 그들 역시 생애 첫 미팅일 것은 불문가지였다. 그런데 하얀 블라우스를 입고 검은 벨벳 치마를 입은 늘씬한 여학생 하나가 유독 눈에 띄었다. 얼굴은 희고 갸름했으며 눈 주변이 그로부터 삼십여 년 후 발행될 오만 원권 지폐 속 주인공과 닮아 보였다. 미팅을 주선한 친구의 사회로 남학생들은 각자 소지품을 하나씩 내놓고 돌아앉아 있던 여학생들이 그 소지품 가운데 하나씩 선택함으로써 그날의 짝이 정해졌다. 그런데 내가 내놓은 하얀 바둑돌을 집어든 사람이 바로 그 블라우스 입은 여학생이었다. 자리를 잡고 마주앉자 가슴이 두근거리다 못해 손까지 덜덜 떨리기 시작했다. 커피에 넣을 설탕이며 크림을 차숟가락으로 뜨다가는 다 흩어져 버릴까봐 아무것도 넣지 않은 커피를 마셔야 했다.

그때 우리 사이에 오간 이야기가 뭐였는지는 기억이 나지 않는다.

하지만 음악은 기억하지 않을 수 없다. 〈베토벤의 첼로소나타 3번〉. 스비야트슬라프 리히터의 피아노 반주로 첼리스트 므스티슬라프 로스트로포비치가 연주한 곡이었다. 두 사람이 대화를 나누는 중에 레스토랑에서 흘러나온 그 곡목과 연주자를 그녀가 말했기 때문이었다.

묵직한 첼로 음은 내 가슴을 울렸고 여학생은 세상에 다시없을 듯 지성적이고 교양이 있고 아름다워 보였다. 문제는 내게 돈이 없다는 것이었다. 커피 두 잔을 앞에 놓고 버틸 만큼 버티다 결국 레스토랑을 나오게 되자 들어갈 곳이 없었다. 하는 수 없이 경복궁의 돌담을 끼고 나란히 걸어가기 시작했다. 덕수궁의 돌담길까지 한 바퀴 돌고 나자 어둠이 허기처럼 밀려왔다. 나는 눈물을 머금고 그녀에게 다음에 연락을 할 터이니 전화번호를 가르쳐 달라고 했다. 그러자 그녀는 가볍게 웃으며 미팅을 주선한 사람에게 알려 주겠다고, 나중에 물어보라고 했다.

"별 바보 멍텅구리 같은 소리를 다 듣겠다. 다음에 만나자고 '애프터'를 신청했어야 매너지. 전화번호를 묻는 건 그 여학생이 네 마음에 들지 않는다는 우회적인 의사 표현이야. 첫 미팅에서 그런 식으로 딱지를 맞았으니 그 여학생 마음이 어떻겠니, 이 인간아."

민현에게 타박을 받고 나서 정신이 번쩍 들었다. 미팅을 주선한 친구에게 물어보았지만 전화번호를 알 수 없는 건 당연했다. 그녀가 다닌다는 대학 학과로 사과하는 편지가 든 학보를 대여섯 번 보냈으나 아무런 응답이 없었다. 여자대학이라 학교로 찾아가 봐야 만날 수 있는 것도 아니었다. 그때부터였다. 내가 이틀이 멀다 하고 미팅에 나간 것은. 오로지 그 여학생을 찾기 위해서였다.

다섯 번째 미팅은 대학 정문 앞의 이층 다방에서 있었다. 고등학교 동창 다섯 명과 함께 같은 학년인 이웃 여대의 여학생 다섯 명과 마주 앉았다. 남자들이 가지고 있는 소지품을 하나씩 꺼내놓고 여자들이 그중 하나를 골라 짝을 정하는 절차를 시작했을 때 종업원이 주문을 받으러 왔다. 대부분 커피를 주문했다. 내 차례가 되었을 때 나는 갑자기 내가 남들과 좀 다른 사람임을 보여 주고 싶었다. 그래서 선택한 게 홍차였다. 마지막으로 주문하게 된 건상이 내게 귓속말을 해왔다.

"왜 홍차야?"

나는 커피는 하도 마셔서 질렸다, 라고 대답할까 하다가 조금 특별해 보이고 싶어서, 라고 진심을 말할 뻔도 하다가 "고향 말고 서울에서 홍차를 마시는 건 처음이라서" 하고 대답해 주었다.

각자 파트너가 정해져서 자리를 나눠 앉고 나서 얼마 안 있어 커피와 홍차가 날라져 왔다. 그런데 커피와 달리 홍차는 뜨거운 물이 담긴 주전자와 티백이 담긴 찻잔이 따로 왔다. 두 자리쯤 건너 앉은 건상이 어떻게 하는지 넘겨다보았으나 건상 역시 나를 살피던 중이었다. 고민을 하느라 내 파트너가 어떤 사람인지 제대로 살필 겨를도 없었다. 나는 먼저 물을 찻잔에 부었다. 내 파트너가 설탕 봉지를 뜯는 사이 티백을 뜯었다. 종이로 된 설탕 봉지와 달리 티백은 뭐로 만들었는지 이로 물어뜯어야만 겨우 내용물을 꺼낼 수 있었다. 찻잔에 찻잎 가루를 쏟아붓고 설탕 봉지를 뜯어 설탕을 넣은 뒤 차숟가락으로 인스턴트커피를 탈 때처럼 한참 저었다. 건상이 나를 따라하고 있었다.

홍차는 몹시 떫었다. 찻잎에서 붉은 찻물이 우러나오다 못해 찻잔 속이 새빨갛게 변한 것을 마셨기 때문이었다. 겨우 한 모금을 마신 내가 인상을 쓰며 "아, 이 다방 홍차가 와 이 모양이고?" 하자 여학생이 놀란 얼굴로 나를 보았다.

"이런 거를 우예 마시라고. 우리 고향보다 훨씬 모, 모, 못하네."

세 모금을 마시자 혀가 다 꼬였다. 여학생이 물었다.

"고향이 어디신데요? 거기서는 홍차를 그렇게 드세요?"

나는 내가 태어나 자란 곳이 일제 때부터 우리나라 최대의 어항이 었으며 60년대에는 오징어 하나만으로도 국가 수출품목 5위 안에 드는 기록을 세웠다, 중학교 때는 우리나라 최초의 제철소가 세워진 포항으로 이사 갔지만 거기가 거기라고 설명했다. 그 여학생이 내게 궁금해 한 건 그게 다였다. 민현은 내게 "참 자알 했다. 자랑스러운 우리 고향을 그 여자애는 평생 못 잊을 거다"라고 논평했다.

열 번째 미팅은 일대일로 만나는 '소개팅'이었다. 여러 형태의 미팅이 미팅의 '팅'을 접미사처럼 써서 다양하게 생겨나고 있던 시절이었다. 특징적인 것으로는 딸기밭에서 하는 '딸팅', 춤추는 고고장에서 만나는 '고팅', 만나는 날 곧바로 침대로 간다는 '베(드)팅'도 있었다.

소개팅이었으므로 장소는 경양식을 취급하는 레스토랑이었다. 차는 식사를 하고 난 다음 마시도록 순서가 정해져 있어서 홍차의 악몽을 미리 떠올릴 필요가 없었다. 소개를 해준 친구가 자리에서 일어서고 난 뒤 종업원이 다가왔다. 여학생에게 먼저 주문을 하라고 권유했다. 양식을 먹어 본 적이 한 번도 없었고 나이프와 포크를 어느 손에 쥐는지도 모르고 있었다. 상대는 '함박스테이크'과 '비후스테이크'의 지뢰밭을 지나 '정식'으로 하겠다고 했다. 나 또한 냉큼 정식을 주문했다.

보리차를 마시며 서로의 신상에 대해 확인했다. 소개를 해준 사람과의 관계, 어떤 강의를 몇 학점 듣는지 등에 대해 하나씩 알아가고 있는데 접시에 약간 불그죽죽한 김칫국물 같은 게 담겨서 왔다. 여학생은 냅킨을 무릎에 펴고는 후추를 국물 위에 뿌렸다. 이어 스푼을 들어서 한 모금 떠 마시더니 내게 물었다.

"왜 안 드세요? 크림수프로 할 걸 그랬나요?"

나는 수줍게 대답했다.

"이따 밥 나오면 말아 먹게요."

여학생은 스푼을 떨어뜨렸다. 그 바람에 포크와 나이프가 탁자 아래로 떨어졌다. 포크를 주우려고 탁자 아래로 고개를 들이민 채 쿡쿡거리고 웃는 소리를 들었다.

민현은 미팅을 할 때마다 기숙사로 자신을 찾아와 그따위 이야기를 하는 걸 제발 그만둬 달라고 부탁했다. 고문이라고.

그녀는 국립대학 후문 안에 있는 수도원 같은 기숙사에 들어갔다. 거기서 강의실과 도서관을 왕복하며 미팅 한 번 없이 대학 생활을 보내고 있었다. 전국의 수재들이 모여든 국립대학이었으니만큼 입학하면서부터 그들끼리의 경쟁이 평범한 내가 짐작할 수 없을 만큼, 또는 미팅 따위는 생각도 하지 못할 만큼 치열할 수 있었다. 그러나 그건 민현이 선택한 대학 생활의 방식이었다. 어디에 가도 눈에 확 띄도록 고고하고 엄격해 보이는 민현의 인상이 다른 사람의 접근을 차단하는 역할을 하고 있었다.

그 무렵에 남자 대학생 사이에는 미팅, 외박, 디스코, 장발과 청바지가 대유행을 이루고 있었다. 유행은 인류의 삶에서 아주 오래전부터 존재해 왔지만 인간의 생존에 결정적인 영향을 미치는 요소를 가지고 있지는 않다. 하지만 유행에 맞추는 것이 무리 생활을 하는 인간에게 그 무리들 사이에서 좋은 평가를 받게 하는 것은 분명하다. 나는 유행을 거슬러 내 나름의 삶의 방식을 고집할 생각은 전혀 없었고 빨리 따라가지 못해 안달하는 유형이었다. 내 자취방에는 뒷주머니에 말대가리 마크가 박음질된 청바지만 세 벌 있었다. 뒷주머니에 빗을 꽂고 다니다 이따금 쓰레받기만 한 그 빗을 꺼내 장발을 좌우로 갈라 빗어 넘기는 것이 버릇이 되었다.

반면에 민현은 유행과는 전혀 상관이 없는, 상복에 가까운 단순한 장식의 단색 옷을 입었다. 머리는 단발이었다가 길러서 묶다 했으나 그나마 최소한만 손을 댔다. 화장은 당연히 하지 않았다. 신발은 단순한 디자인의 진회색 단화였다. 손에는 늘 책과 노트가 함께 묶여진 책 꾸러미가 들려 있었는데 그건 모양으로, 혹은 유행에 따라 여대생들이 들고 다니는 것과 달리 실제로 언제든 시간이 날 때마다 공부를 하기 위해서였다. 나와 이야기하는 중에도 갑자기 책을 펴들고 궁금해 하는 항목을 찾기도 했다. 책에 몰입해 있을 때 민현에게는 전기 울타리라도 쳐진 듯해서 나처럼 놀기 좋아하는 남학생은 물론이고 '댁이 처녀의 몸으로 예수를 낳을 예정인 성모 마리아요' 하고 알리러 온 천사라 할지라도 선뜻 다가서기 어렵게 하고 있었다.

어느 날 그녀는 좀 진지한 이야기를 하자면서 읽고 있던 책에 관해 이야기하기 시작했다. 책 표지에 길쭉한 말상의 여자가 그려져 있었다.

"시몬느 드 보부아르라고 들어 봤지? 이십 세기의 여자 중에서 가장 똑똑한 여자로 일컬어지는 여자. 노벨문학상을 거부한 장 폴 사르트르와 계약결혼을 했었지. 맞아. 여성해방, 페미니즘. 지금부터 삼십 년 전에 보부아르가 마흔 살을 막 넘었을 때 쓴 거야. 여자가 남자하고 싸워서 이기자는 주장을 하는 게 아니야. 남자든 여자든 한 개인의 선택이 남녀의 공통된 존재에 바탕을 두고 서로를 구속하지 않는 동등한 조건에서 이뤄져야 한다는 거지. 계약결혼이라는 게 바로 그런 사상의 실천이고. 결혼도 개인의 자유로운 선택에 의한 하나의 계약으로 성립할 수 있어. 장난치지 마. 네 인생이라고 생각하고 좀 진지해져 보라고. 네가 말하는 건 실험결혼이라는 거야. 정식으로 결혼하기 전에 이 사람이 배우자로 살 만한 사람인지 아닌지 살아 보면서 판단해 보자는 거지. 계약결혼은 남녀 두 당사자의 철학적 사유를 바탕으로 해서 양자를 누구도 구속하지 않고 자유연애까지 인정해 줘. 그게 각자의 자발적인 선택에 의한 것이라면. 장난 그만하라니까! 너하고는 아무것도 할 생각 없어! 죽어도 그런 일은 없을 거야! 이 책에서 보부아르는 이런 말을 해. '외모를 가꾸고 치장하는 것은 말하자면 여성이 자신의 신체를 소유하기 위한 것이다.' 화장을 하거나 유행을 따라가는 건 여성을 억압하기 위한 남성 위주 사회에서 고안해 낸 장치라는 거야. 여자들은 가사를 돌봄으로써 가정을 소유한다고 착각하지. 그건 허위의식이야. 절대로 그런 식으로는 여성 자신의 존재가 어떤 가치를 지니고 있는지, 어떤 존재인지를 모른다고. 그러니까 난 화장도 안 할 거고 가사는 물론 안 하고 유행도 안 따라갈 거야. 이게 내 선택이야."

민현이 한 여성의 인생에서 가장 아름답고 활짝 피어나는 처녀 시절의 황금기를 타인의 뜨거운 시선으로부터 유폐하려고 한 의도는 알 수 없었다. 노는 것이나 남자라면 중고등학교 때 신물이 나도록 겪어서? 모를 일이었지만 어쨌든 내게는 좋은 일이었다. 경쟁자들 때문에 괴로워하지 않아도 되었으니까. 또한 나를 어떤 이유에서든 계속 만나 준다면 언젠가는 그녀의 관점을 바꿀 수 있으리라는 가능성이 있었으므로 그다지 안달을 하지 않았다. 오히려 내가 여학생들과의 관계나 일상 생활의 트러블로 괴로워할 때 마음씨 좋은 누나처럼 내 말을 들어 주고 해결책을 제시함으로써 나를 달래 주기까지 했다. 왜 갑자기 상황이 바뀌었는지 불안한 생각이 들 정도였다.

민현 때문에 나는 사르트르의 책을 읽기 시작했다. 제목이 가장 재미있어 보이는 걸 꼽다 보니 《구토》가 손에 잡혔다. 주인공 앙투안 로캉탱이 매일 쓴 일기 형식을 빌린 소설이었다. 그건 내가 이미 고등학교 때 민현에게 편지를 쓰는 식으로 해본 거라 익숙했다. 로캉탱은 부빌이라는 곳에서 연금으로 생활하면서 죽은 롤르봉 후작의 자서전을 쓰고 있다. 그는 심심하고 외롭게 살아가고 있는데 우연히 만나는 사람들과 이야기를 하기도 하지만 그건 별다른 의미가 없다. 어느 날 갑자기 로캉탱은 원인을 모를 구토 증상에 시달리기 시작한다. 나 역시 지루해서 구토가 날 것 같았지만 참고 읽었다.

'구토는 나에게서 떠나지 않았고, 또 그렇게 쉽게 나에게서 떠나리라고는 생각하지 않는다. 그러나 더 이상 그것에 지배당하지 않을 것

이다. 그것은 이미 어떤 병도 아니고 지나가는 발작도 아니다. 나 자신인 것이다.'

한국말로 번역이 되어 있는데도 무슨 말인지 모르겠고 멀미가 날 때처럼 어지러웠다. 사르트르가 빨리 소설을 끝내 준 것이 그나마 고마웠다. 이십 세기의 가장 똑똑한 여자와 계약결혼한 이십 세기의 가장 똑똑한 남자는 이렇게 나를 지나갔다.

소설을 다 읽고 도서관에 책을 돌려주러 갔을 때 광화문에 탱크가 서 있는 것을 보았다. 그 전날 십팔 년간 대통령 자리에 앉아 있던 최고 권력자가 부하가 쏜 총에 맞아 사망했다.

그날 밤 민현이 내 하숙집을 찾아왔다. 그녀의 아버지가 바다에서 실종되었다는 것이었다.

1960년 한국의 GNP는 세계 46위였고 1979년에는 49위였다. 한 해 전에는 50위를 기록했다. 1965년부터 1980년까지 한국의 연평균 GNP 증가율은 9.5퍼센트였고 1960년부터 1979년까지 한국의 연평균 물가상승률은 16.5퍼센트였다.

민현의 안경렌즈가 어둠 속에서 창으로 비쳐 드는 파란 불빛을 반사했다. 머리는 산발한 듯 솟구쳐 있었고 푸른 뺨은 푸들푸들 떨렸다. 귀기 어린 모습에 소름이 끼쳤다.

"내가 무슨 짓을 해서라도 거길 떠나겠다고 마음먹은 이유가 뭔지 알아? 나는 내 아버지라는 사람, 용서할 수 없었어. 술에 취하기만 하면 엄마를 때리고 엄마가 견디다 못해 도망치면 나까지 때렸어. 그래,

그 잘난 인간이, 고래를 잡을 때 맨 앞에서 작살포를 쏘던 잘난 사내가, 집에서는 제 아내와 하나뿐인 딸, 여자들한테도 고래잡이 노릇을 한 거야. 오, 그건 그래서는 안 되는 거였어. 우린 고래가 아니야. 인간이라면 같은 인간에 대해 그런 식으로 행동하면 안 돼. 우린 가족이었어."

내 아버지도 술을 마셨다. 하지만 어머니를 때리지는 않았다. 어머니가 더 힘이 셌으니까. 내 아버지가 고래잡이였고 한 집안의 생계를 책임졌고 술을 마셨다면 제대로 살림을 하지 않고 이국적인 몸치장을 일삼는 어머니를 때렸을까. 그러지는 못했을 것이다. 아버지는 몸이 약했고 술에 취하면 고래고래 노래를 부르다 잠이 들어버리는 체질이었다. 어머니는 평생 화장을 제대로 해본 적이 없는 해녀였다.

세상에는 수많은 유형의 아버지가 있다. 아니 아버지의 유형이라는 건 없다. 아버지마다 다르다. 쌍둥이라 해도 인생이 천지 차이로 다르듯. 그 아버지의 체질, 그 아버지가 술을 마시는지 안 마시는지의 여부, 그 아버지가 술을 마시고 나서 어떤 식으로 변하는지, 그 아버지가 실제로 가족에게 폭력을 행사했는지에 따라 가족 구성원의 운명이 결정적으로 영향을 받는다는 건 모든 가족이 마찬가지다. 그 차이가 나와 민현의 차이일 것이다. 나는 평범하고 민현은 남다른 인생을 살게 되었다.

"입만 열면 하는 말이 자기가 식구들 때문에 살생을 한다, 죽여서는 안 되고 죽이고 싶지 않은 고래를 잡는다고 해. 너 죽고 나 살자고 죽여서 미안하대. 고래가 뭐라도 돼? 그냥 커다란 물고기일 뿐이야. 포유류였다가 바다로 갔으니까 같은 포유류로서 잡아먹는 게 미안하다? 그래서 스트레스 받아서 식구를 때린다? 때려서 식구를 다 쫓아내면 고래를 더 안 잡아도 되니까? 그래 엄마는 집을 나갔어. 나는 무당의 딸이 됐고. 그럼 자기가 고래를 안 잡고 부처처럼 살았느냐고. 결국 고래잡이로 살았다고. 왜 자기의 운명을 가지고 남의 탓을 하는 거냐고. 그것도 세상에서 가장 가깝고 보호해 줘야 할 사람을 괴롭혀야 해? 나는, 집을 나가지도 못하는 나는 그런 사람한테 툭하면 맞고 그런 사람의 빨래를 해주고 밥을 지어 주고 코 고는 소리를 들으면서 윗목에서 잠을 잤어. 내가 어쨌어야 해? 그래도 아버지라고, 세상에 단 하나밖에 없는, 나를 세상에 낳아 주고 길러 준 아버지라고 모든 것을 받아 주고 참아 줬어야 했어? 오, 제발 나한테 그러지 말라고 해. 누구도 나한테 그런 말을 할 자격이 없어."

그러면 되었다. 너는 그 집을 나왔고 시험을 쳐서 무당의 딸이 되었고 누구나 부러워하고 인정하는 국립대학 학생이 되었고 이제는 그 아버지를 안 봐도 되는 사이가 되는 데 성공했다. 그런데 왜?

"그 인간이 보살 엄마한테 매달 돈을 줬다는 거야. 적금을 붓듯이, 곗돈 넣는 것처럼 매달 꼬박꼬박. 보살 엄만 그걸 내게 숨겼고 자기가 무슨 돼지저금통이라도 되는 것처럼 돈을 꼬박꼬박 받아먹었다고. 어른들의 일이라고? 더러운 그 돈, 안 받으면 못 살아? 그런데 지금은 돌려줄 수도 없게 됐잖아. 왜 그렇게 무책임해? 자기 좋을 대로만 하면 그만이냐고? 나보고 어떻게 하라고? 미워하지도 말라고, 증오하지도 말라고? 나는 못해. 죽어도 못해."

민현이 울기 시작했다. 떨리던 입술이 굳으면서 두꺼운 안경렌즈 속의 눈에서 발원한 눈물이 뺨을 타고 흘러내렸다. 나는 반사적으로 그 눈물을 닦아 주려고 손을 올렸다가 정신을 차리고 손을 내렸다. 그녀 스스로가 눈물을 닦을 것 같은 낌새를 전혀 보이지 않고 있었다. 로마 분수에 있는 오줌 싸는 소년의 조각상처럼 영원히 눈물이 흘러내리도록 내버려둘 것처럼 느껴졌다. 관람객이 그걸 중단시킬 수는 없는 노릇이었다.

"그러면 내가 언젠가 아버지라고 부르면서 무릎 꿇고 기어갈 거라고 생각했나 보지? 키워 주셔서 감사드립니다, 아버지 덕분에 이 딸은 전교 수석으로 장학금 받고 국립대를 갔습니다. 이 영광을 오직 아버지에게 돌립니다. 그런 말을 들으려고? 아하, 어른들끼리의 이야기? 어른의 도리? 잘났어요, 어른들. 그런 걸 당사자한테 숨길 권리를 누가 줬느냐고? 내가 언제까지고 수동적으로 자기들이 정해 놓은 대로 조작하는 대로 살아가야 하느냐고? 내가 그런 인간들한테서 벗어나려고 얼마나 노력했는데."

정신이 번쩍 났다. 그녀는 언제나 벗어나기 위해 사는 사람 같았다. 자랑스러운 고향 유일의 고래잡이배 포수의 딸에서 벗어나기 위해 집을 나와 스스로의 선택으로 무당의 딸이 되었고 무당의 그늘에서 벗어나기 위해 교회로 갔으며 모범생에서 벗어나기 위해 승태 같은 깡패와 놀았고 승태가 지겨워지면 평범하기 이를 데 없는 나를 이용했다. 아니 나뿐만 아니라 이용할 수 있는 모든 사람을 그녀는 이용했다. 내가 그녀에게 붙어 있으려면 그녀에게 짐이 되거나 그녀에게 강력한 영향력을 가져서는 안 되었다. 있는 줄 없는 줄 모르게 그저 빨판상어처럼 찰싹 붙어 있기만 하면 되는 것이었다.

늙은 고래잡이는 대한민국 최고의 수재들이 들어가는 서울 국립대학에 다니는 딸의 등록금과 생활비를 벌기 위해 바다로 나갔다. 고래는 그동안 너무 많이 잡아서 보이지 않았다. 고래잡이는 점점 더 멀리, 점점 더 오래, 좀 더 높은 파도 속으로 고래를 찾으러 가야 했다. 고래잡이가 탄 목선은 난바다의 큰 파도를 감당하기에 작았고 칠십 자짜리 나가수를 감당하기에도 작았고 고래잡이처럼 오랜 세월을 바다에서 보낸 뒤여서 낡았다. 그럼에도 불구하고 고래잡이는 바다로 나가야 했다. 하나뿐인 딸, 서울 국립대학에 들어간 자랑스러운 딸을 위해. 넓고 넓은 바닷가, 오막살이 집 한 채에서 자란 사랑스러운 딸을 위해.

그는 고향 바닷가 언덕 보리밭에 누렇게 보리가 익을 때 펄쩍펄쩍 뛰어오르는 고래 떼를 보았다. 폭풍우가 몰려오고 있었지만 그는 그냥 돌아설 수 없었다. 하나뿐인 딸을 위해, 눈에 넣어도 아프지 않은 사랑하는 딸을 위해. 늙은 고래잡이는 온몸이 포신이 되어 호령했다. 두려워 떠는 선원들을 질타하며 고래를 쫓았다.

넓고 넓은 바다에 고래 세 마리가 있었다. 맨 앞에 새끼 고래가 있었고 그 뒤에 어미 고래, 마지막이 아비 고래였다. 도망치던 새끼가 힘들어 하면 어미가 지느러미에 새끼를 얹어 업고 갔다. 아비는 심장에 작살이 박혀 주변을 피바다로 만들고 죽을 때까지 가족의 뒤를 지켰다. 넓고 넓은 바다 한가운데서.

그래도 어쩌겠는가, 저는 고래이고 나는 사람인 것을. 나는 사람이고 저는 고래인 것을. 나는 쫓을 운명, 너는 쫓길 운명.

늙은 고래잡이는 작살포를 쏘았다. 작살은 호를 그리며 날아가 고래의 몸에 꽂혔다. 고래는 달아났다. 고래잡이는 쫓았다. 넓고 넓은 바다에서.

고래도 고래잡이도 돌아오지 않았다. 넓고 넓은 바닷가로, 클레멘타인이 울고 있는 바닷가로. 늙은 고래잡이 아비는 영영 어딜 갔는가.

"고래를 잡으면 아버지는 선장하고 예닐곱 명의 다른 선원들하고 다 합쳐서 삼 할을 받았어. 나머지는 선주가 다 가져갔어. 그게 법이었대. 그게 법이라고 그들은 말해. 선주는 잘살고 있는데 아버지는 바다에서 죽었어. 한 번도 고래를 잡으러 바다에 나가지 않은 선주들은 자기 집의 안방에서 편안하게 누워 죽는데 아버지는, 아버지 같은 사람들은 뼈도 찾지 못해. 바다 밑에서 고래뼈하고 같이 뒹굴고 있을까. 그동안 잡아먹기만 해서 미안했다고 말하면서 말이야."

그녀의 이야기는 고래와 고래잡이 사이의 운명을 건 승부에 관한 이야기처럼 들렸다. 나는 새우였다. 몸을 구부렸다.

의자에 앉은 채 우리는 내 하숙방에서 밤을 보냈다. 그건 내가 그녀와 함께 보낸 첫 번째 밤이었다. 손끝 하나 닿지 않았다. 조금의 욕망도 없었다.

이상하게도 잠이 오지 않고 정신은 맑았으며 그녀의 한마디 한마디는 모두 기억에 새겨졌다. 배도 고프지 않고 오줌도 마렵지 않았다. 그렇게 어둠 속에서 오래 앉아 있었음에도 다리가 저린 것도 아니었다. 기침도 재채기도 하지 않았다. 담배를 피우고 싶은 생각도 술을 마시고 싶은 생각도 들지 않았다.

식탁 위 이차원 세계에서 먹고 마시는 것과 관련된 것들을 치우고 오자 그녀는 잠시 한숨을 돌리듯이 주변을 둘러보고 있었다. 눈을 감고 바람결을 느껴 보려고도 한다.

"난 이 집이 좋아. 점점 더 좋아지고 있어. 이 집을 둘러싼 환경에서 자연의 복잡성이 증가하는 데 비례해서 말이지."

"고마운데, 무슨 말씀인지 전혀 못 알아먹겠네요."

그녀는 생크림처럼 부드러운 미소를 지었다.

"그게 말이죠. 저렇게 나무가 자라고 나뭇가지가 빽빽해지고 잎이 나고 자라고 떨어져서 낙엽이 쌓이고 썩고 부엽토에서 미생물이 번식하고 하면서 그 전에 아무것도 없던 하나의 복잡한 생태계가 됐잖아. 그러면 바람도 오래 머물고 시간도 천천히 가고 자기들끼리의 이야깃거리도 많이 생기고 한다는 거지. 전문용어로는 엔트로피가 갇힌다고 할 수 있고. 사람이 개발한 기술은 그 반대야. 여길 불도저로 싹 밀어 버리고 콘크리트로 깨끗하게 발라 버리면 아무것도 머무를 수가 없지. 바람도 벌레도 새도 생명도 꽃잎도 시간도 나뭇잎도 그냥 지나가 버려. 무미건조하고 매력 없는 데가 되는 거지. 마찬가지로 유기농으로 농사를 지으면 토양의 생명력이 유지되고 거기서 생산된 작물도 사람 몸을 건강하게 하지. 반대로 화학비료와 농약의 힘으로 농사를 지으면 금방 토양이 척박해지고 땅이 침식돼. 거기서 나온 작물은 양은 많지만 부작용이 있고. 유기농으로 농사를 지을 여유가 없는 가난한 나라일수록 환경이 빨리 파괴되고 오염이 많이 발생하는 경향이 있지."

그녀는 샴페인 잔에 맺혀 있던 이슬을 툭 쳐서 떨어뜨리고는 말했다.

"마트의 식품코너에 있는 채소들에 계속 물을 뿌려 놓지? 신선해 보이라고 말이야. 그런 채소가 더 빨리 시들어."

"어? 그건 나도 알고 있었는데."

그녀가 그걸 알고 있었느냐고 칭찬하는 바람에 나는 혼자 음식을 만들어 먹으면서 사는 사람이라면 경험으로 대충 알고 있는 사실이라고 전에 없이 겸손한 척해야 했다.

"미국에서 한때 대도시 교외에 주택을 짓는 광풍이 불었지. 그런 집은 직장까지 오가는 데 화석연료를 많이 쓰게 하고 쓸데없이 커서 유지하는 데도 화석연료를 많이 쓰게 하는 에너지 다소비형 주택이야. 그런데 이 주택을 담보로 대출을 받는 데 신용이 낮아도 별 문제가 없게 만들었어. 주택 가격이 더 상승하니까 주택 담보대출을 더 이자율이 낮은 상품으로 재융자, 리파이낸스라고 하는 걸 너도 나도 받았어. 주택 담보대출 이자에 대해 소득공제까지 해줬으니 대출을 받아서 집을 사는 편이 빌려서 사는 것보다 훨씬 나았던 거야. 그렇게 생긴 돈으로는 집에다 초대형 TV와 홈시어터를 들여놓고 집 꾸미기 프로그램을 보면서 너도 나도 치장을 해댄 거지. 그래서 부동산 버블이 생겼어. 2004년부터 이자율이 높아지기 시작하면서 대출이자를 감당하기 힘들어진 서브프라임 대출자들이 집을 빼앗기기 시작하고 결국 2008년에 붐! 붐붐!"

"그게 한국말로는 쾅, 아니면 꽝인가?"

"그런 게 미국의 유명 비즈니스스쿨 엘리트 코스에서 금융공학을 배워 가지고 금융가에 들어가서 복잡한 금융상품을 개발한 인간들이 한 짓이지. 그런 시스템을 만든 인간들은 손님을 인간으로 안 봐. 그저 먹잇감으로 보지."

1980년 봄에 개학을 하고 나서 얼마 안 있어 교내에서는 민주화를 요구하는 시위가 일어나기 시작했다. 시위를 주도하는 사람들은 복학생들이었다. 유신정권 치하에서 민주화 관련 활동을 하던 중에 제적을 당하거나 군대에 끌려가거나 스스로 학교를 그만두고 공장에 들어가 노동자가 되었거나 한 사람들이 '민주화의 봄' 바람을 타고 대거 복학을 했다. 이들은 시위가 시작되기 전에 소그룹을 조직해 지난 정권의 독재와 탄압이 어땠는지 설명하고 현실과 당면 과제에 대한 토론을 주도했다. 대학 내 곳곳 잔디밭에서 모임과 토론, 공연이 벌어졌다. 시간이 흐르면서 토론장은 강의실이나 식당 같은 실내 공간으로 옮겨졌고 도서관이 철야농성을 하는 장소로 변했다.

잘 알지도 못하고 별 관심이 없었던 민중, 독재, 평등, 분배, 정의, 노동자, 자본주의, 민주주의 등등과 관련된 많은 지식이 머릿속으로 쏟아져 들어왔다. 토론에 적극적으로 참여해 발언할 만한 주제가 되지는 못했지만 박수는 열심히 쳤고 독재정권 시절의 금지곡과 민중가요를 목청이 터져라 따라 불렀다.

식당과 매점, 서클룸이 있어 학생들의 출입이 가장 잦은 학생회관에는 척결해야 할 정치·역사적 거악의 이름이 붉은 글자로 쓰인 현수막이 옥상에서 바닥까지 늘어뜨려진 채 바람에 펄럭거렸다. 유신정권을 대체한 새로운 권력자들, 또는 그들의 가면 역할을 하는 사람들이었다. 이름의 끝 글자는 모두 '악(惡)'으로 끝났으니 '전두악', '신현악', '최규악' 하는 식이었다.

물론 나는 거대한 민주화 운동의 중심과는 무관했다. 거기에는 대학은 물론 정치계, 사회계를 망라하는 광범위한 연계가 이루어지는 듯했다. 복학생 가운데서도 극히 일부가 핵심 그룹과 연락이 닿는 듯했고 그에 따라 시위의 양상도 우발적인 데서 조직적으로, 충동적인 것에서 계획적으로, 부분적인 것에서 통합적인 것으로 달라지는 것 같았다.

나는 대학생이어서도 시위대에 끼어서도 평범했다. 함께 어깨를 겯고 노래를 부르다 보니 여러 사람이 함께 부르는 노래를 듣기만 해도 가슴이 뛰었다. 여러 사람이 함성을 지르는 소리에도 신발 바닥이 공중으로 튀어올랐다. 혼자 순두부찌개를 먹던 학교 앞 식당에서 TV에서 어느 지방 농부들의 대형 민속놀이를 재현하는 것을 보는데 눈시울이 시큰해졌다. 그들은 무리를 지어 나름대로의 질서 속에서 무엇인가를 합심해서 해내고 있는 것이었다. 분명히 관 주도의 전시적인 행사에 불과하다고는 해도 거기에는 이 땅, 기록되지 않은 역사 속에 피어난 전통과 그것을 재현하기 위해 마음과 뜻, 기운을 모아 노력하는 사람들이 있는 것이었다. 그게 그저 감동적이었다. 이해할 수 없는 일이 내 인생을 무대로 벌어지고 있었다.

민현은 무엇을 하고 있을까, 내내 생각했다. 마지막으로 민현을 본 것은 민현이 아버지의 장례를 마치고 올라와서 헤어진 고속버스 터미널에서였다. 그녀의 아버지는 장례식을 치르기 몇 달 전 다른 선원들과 함께 폭풍우로 침몰된 배에 타고 있다 실종되었다. 법적으로, 또 형식적으로 친족이 실종 신고를 해야 했으므로 민현이 오래도록 연락을 끊고 살던 아버지의 죽음에 대해 알게 되었다. 그녀 아버지의 시신은 종내 발견되지 않았다. 장례식은 시신을 찾지 못한 그녀의 아버지와 이십대의 화장까지 합하여 세 명이 한꺼번에 치러졌다.

그녀는 삼베로 만든 작은 상장 리본을 가슴에 매달고 있었지만 표정은 밝았다. 오래도록 자신을 짓눌러 온 애증의 굴레에서 막 벗어난 얼굴이었다. 민현의 손에는 여전히 책과 노트가 합쳐진 꾸러미가 들려 있었다. 거기에는 베블렌, 루카치, 하버마스, 마르쿠제, 아도르노, 파농 같은 특이한 이름의 저자들이 쓴 책도 포함되어 있었다. 나로서는 책 제목의 뜻 자체를 읽어 내는 게 버거웠지만 사회과학 이론의 교과서 같은 것이라는 짐작은 갔다.

"프란츠 파농은 알제리의 흑인 혁명가야. 식민주의 본국인 프랑스에 가서 공부해서 정신과 의사가 됐지만 백인들의 식민지에 대한 폭력에 대항해서 무장폭력으로 인간해방을 이뤄 내자고 주장했지. 파농은 식민주의가 어떻게 폭력을 행사해서 인간을 소외시키는지 밝히고 민족자본주의 가지고는 그걸 극복할 수 없다는 걸 생생하게 보여 줘. 민중의 각성된 의식이 새로운 사회를 건설할 수 있다고 설명하지. 파농의 이야기 중에 평등폭력이라는 게 있어. 식민지 치하에서 억압을 받은 사람들이 지배자에게 저항은 하지 못하고 자기가 받은 억압의 스트레스를 옆에 있는 동료에게 폭력을 가하면서 푼다는 거야. 고래를 잡느라 힘들었던 내 아버지가 집에 와서 엄마와 나한테 밥상을 집어 던지고 주먹을 휘두른 게 그런 예지."

나는 《구토》를 읽고 나서 실존주의든 자본주의든 무슨 주의라는 말만 들어도 어지럽고 구토할 것 같은 증세에 시달렸다. 뱁새가 황새를 좇다가 가랑이 찢어진다는 말은 바로 내게 해당되는 것 같았다.

아마도 민현 역시 민주화를 위해 뭔가를 하고 있을 터인데 나보다는 훨씬 중요하고 영향력이 큰 일을 하고 있을 것이다. 같은 길을 걷다 보면 결국 우리는 민주화의 크나큰 광장에서 만나게 될 것이다. 그런 생각을 할 때마다 가슴이 설렜다.

점점 잦아지고 길어지던 시위는 일상이 되었다. 시위 양상도 격렬해지기 시작했다. 대학 정문 앞에 경찰의 페퍼포그 차가 배치되고 임진왜란 때의 왜군 복장을 연상시키는 진압복을 입고 방망이를 꺼내든 경찰이 정문 앞에 대기하고 있었다.

중간고사가 끝나자 축제 기간이 다가왔다. 휴강을 하는 과목이 대폭 늘어난 것이 시위 인원을 급증시켰다. 시위대는 교외 진출을 본격화하기 시작했다. 군부의 움직임이 심상치 않으므로 민주화의 흐름이 폭력적으로 차단될 우려가 있으니 전국 대학 및 민주화 운동단체, 노동자, 시민과의 연합전선을 형성하여 민주화 세력의 역량을 보여 줄 필요가 있다는 것이었다.

시위대가 교문을 지나 바깥으로 진출하려는 기색이 보이면 경찰은 그것만은 허용할 수 없다는 듯 저지할 태세를 갖추었다. 민주화를 촉구하는 교수 선언을 집필했다 해고당했던 복직 교수가 학생들을 만류하고 나섰다. 학생들의 경거망동이 군부를 자극해서 쿠데타를 불러일으킬 수도 있으니 때가 되기 전에는 자제하라는 것이었다. 시위대를 이끌고 있던 지도부와 복직 교수 사이의 즉석 토론이 시작되었다. 까마득히 뒤에 서 있던 나는 그들이 무슨 이야기를 나누는지 알 수 없었다. 들었다 해도 이해하기는 쉽지 않았을 것이다.

토론이 끝났다. 결과는 서로를 설득하는 데 실패했다는 것이었다. 교수는 길을 비키라는 학생 대표의 뺨을 때렸다. 학생들이 대들고 시위대가 다시 움직이려고 하자 교수가 교문 앞 땅바닥에 드러누웠다. 자신을 밟고 지나가라는 것이었다. 섣부른 시위로 학생들이 경찰에게 잡혀가고 전체 국면에 차질을 가져올 게 뻔한데 절대 나가게 할 수 없다는 이유였다.

"저 교수가 지금 막 귀싸대기 날린 복학생이 데모하다 주동자로 잡혀갈 때, 경찰차 앞에 드러누웠었다는 거야. 나부터 잡아가라고. 원래 쇼에 소질이 있는 인간 같아."

누군가 그런 이야기도 했다. 시위대는 교수가 자빠져 있든 엎드려 잠을 자든 신경 쓰지 않고 지나갔다.

시위대는 단과대학별로 동서남북의 교문으로 나눠서 교외로 진출하기로 방침이 정해졌다. 뒤쪽에서 친구들과 노닥거리던 내가 졸지에 앞줄에 배치되었다. 1학년보다는 2학년이 물정이며 지리를 좀 더 알고 3, 4학년은 나이 때문에 행동이 느릴 수 있다는 걸 고려해서였다. 한 줄에 배치된 동기생은 이소룡이 영화에서 쓰던 쌍절곤을 들고 나왔다. 또 하나는 쌕이라고 불리던 헐렁한 자루 모양의 가방에 돌멩이를 주워 담았다. 자기방어를 위한 최소한의 무장이라는 것이었다. 내가 믿고 있는 것은 남보다 다소 빠른 눈치와 다리밖에 없었다.

동쪽 문으로 향하는 길은 약간 경사가 져 있는 고개 형태였다. 동문은 평소에 사람의 왕래가 많지 않았고 길 또한 좁아서 경찰도 배치되어 있지 않다는 정보에 따라 대열은 막힘없이 고개 위로 올라섰다. 아래로 향하는 후미진 골목길 역시 인적이 드물었다. 대열은 오합지졸처럼 와자지껄 소리를 내면서 질서 없이 아래로 내려가기 시작했다. 백여 명쯤 되는 인원이었다. 절반쯤이 교문을 통과했을 때 갑자기

"와아아" 하는 소리와 함께 경찰 기동대 수십 명이 달려오는 것이 보였다. 선두에 서 있던 나는 되돌아서서 학교 안으로 다시 들어가려고 했으나 내리막길이다 보니 뒤에 있는 사람에게 미처 그런 의사를 전달할 수가 없었다. 겁에 질린 몇몇이 아래로 뛰기 시작하자 대열은 자동차도로가 있는 바깥쪽으로 개미 떼처럼 흩어졌다. 나 또한 과 동기생들과 뛰어 사차선 도로까지 달아났다. 매복을 하고 있던 기동대는 거기까지 추격해 왔고 달려오는 자동차를 세우고 도로를 건너는 대열 뒤를 바싹 추격했다.

쌍절곤과 쌕을 소지한 동기생들의 발걸음이 느려서 그들과 동행한 나 또한 잡힐 뻔한 위기에 처했다. 도로 건너편에는 여고가 하나 있었고 거기에는 물론 높은 담이 처져 있었다. 여고의 후문은 언제부터인지 굳게 닫혀 있었다. 먼저 후문에 도착한 시위대, 아니 도망자들이 문을 수십 차례 두드렸는데도 문은 꼼짝도 하지 않았다. 다급해진 나머지 도망자들은 담을 넘기 시작했다. 나 또한 담을 넘을 도리밖에 없었다. 쌍절곤은 키가 작아서 아무리 팔짝거리며 뛰어도 담 위에 손이 닿지 않았다. 내가 허리를 잡아서 추켜올려 줘서야 쌍절곤을 버린 손으로 겨우 담 위에 올라섰다. 내가 담 위에 몸을 올려놓았을 때 경찰 기동대원이 내 발을 잡았다. 나는 발길질로 경찰의 투구를 찼고 가슴을 내질러 버렸다. 담에서 안으로 뛰어내리려는데 경찰이 나를 향해 죽여 버리겠다고 맹세하는 소리가 들렸다.

안으로 들어가자 이번에는 수위가 진압경찰이 쉽게 들어올 수 있도록 문빗장을 풀려고 하고 있었다. 수위의 허리를 잡고 실랑이를 하다가 담을 넘어올 경찰이 있을지 몰라 운동장 쪽으로 뛰었다. 언덕바지에 있는 교사를 돌아서자 여고의 교사들이 십여 명 밖으로 나와 있었다.

"학생들, 뭐야! 왜 남의 학교로 멋대로 들어오고 그래!"

교장으로 보이는 나이든 여자가 찢어지는 듯한 소리를 질렀다. 쌍절곤 없는 쌍절곤이 여자에게 가서 마주 소리를 질렀다.

"이게 다 우리나라 민주주의를 위해 이러는 겁니다!"

그러자 여자는 쌍절곤의 뺨을 올려붙이며 소리쳤다.

"이 쥐방울 같은 녀석이 감히 내 앞에서 뭐라고 떠드는 거야. 버르 장머리 없이!"

쌕이 흥분해서 두 주먹을 부르쥐고 덤벼들었다.

"지금 버르장머리가 문젭니까! 아줌마는 어느 나라 사람이에요! 이 나라 이 땅의 민주주의가 죽어 가고 있다고요!"

그러자 체육교사로 보이는 남자가 폭격기처럼 공중에 몸을 띄우더 니 연발차기로 쌕과 쌍절곤의 턱을 가격했다.

"이 자식들이 돌았나, 어따 대고 감히!"

그는 손을 털며 말했다. 뒤에서 다시 기동대의 것처럼 느껴지는 함 성이 들려오고 있었으므로 버르장머리인지 예의인지를 가지고 다투 고 있을 겨를이 없었다. 분해 하는 쌕과 쌍절곤을 끌고 다시 뛰기 시 작했다. 함성은 점점 커졌다. 게다가 박자까지 맞춰 발자국 소리를 내 는 것 같기도 했다. 그새 기동대가 그렇게 불어났는지 궁금해서라도 돌아보지 않을 수 없었다.

소리를 내는 건 기동대가 아니라 교실에 있던 여고생들이었다. 그 들은 교사들의 만류에도 불구하고 창문을 열고 응원과 지지의 함성을 지르면서 필통과 책으로 책상과 창틀을 두드려 소리를 내고 있었다. 가슴이 터질 것 같았다. 눈시울이 뜨거워졌다. 물론 뛰느라 숨이 차서 그런 건 아니었다.

여고 정문을 통과해 밖으로 나오자 누군가 "서울역 집결!" 하고 외치는 소리가 들렸다. 문제는 주요 지점을 차지하고 길을 막고 있을 경찰이었다. 의논 끝에 여고 앞에 있는 철로를 따라 서울역으로 가기로 했다. 걷고 또 걷다 보면 우리나라의 철로가 모두 모이는 기차역인 서울역에 닿지 않을 리 없었다.

서울역으로 오는 동안 나는 철로 변에서 나무와 꽃을 키우며 사는 집들이 띠처럼 이어져 있는 것을 보았다. 무척이나 평화스러워 보였다. 고향이 떠올랐다. 사람들은 집집마다 여러 개의 꽃나무 화분을 가지고 있었다. 꽃을 좋아했기 때문이다. 화분을 집 앞에 내놓아도 가져가는 사람이 없었다. 각자 가지고 있기 때문이다. 아름다움을 기를 줄 알고 즐길 줄 알고 좋아하는 사람들이 내 고향에 살고 있었다. 그런 생각에 빠져 걷다 보니 엄청난 함성이 들려왔다.

서울역 앞 광장은 인산인해를 이루고 있었다. 수십만 명은 모인 듯했다. 광장 가운데쯤에서 누군가 연설을 하고 있었으나 잘 들리지 않았다. 계엄을 철폐하고 독재를 타도하자, 군부의 쿠데타가 임박했다, 우리의 의지와 역량을 보여 줌으로써 그런 기도를 분쇄해야 한다는 요지의 이야기라고 했다. 이윽고 군중이 서서히 흔들리기 시작했다. 종로와 을지로 등으로 행진을 하기로 결정되었다는 것이었다.

대학별로 이름을 적은 깃발이 나부끼고 있었다. 나는 민현이 다니는 국립대학의 이름이 적힌 깃발을 찾느라 두리번거리고 있었다. 내가 미적거리는 사이 쌍절곤과 쌕 등등은 흥분된 표정으로 떠나가 버렸다. 마침내 민현의 대학을 찾아서 그쪽으로 다가갔다.

공중에 떠 있던 국립대학의 깃발이 움직이기 시작했다. 깃발을 따라 행진은 서울역 동쪽 방향으로 향했다. 도로 위의 차들은 거의 멈춰 있다시피 했다. 깃발의 움직임이 빨라졌다. 대열이 길어지면서 가늘어졌다. 길이 좁아지고 있었다. 순간적으로 경찰이 어딘가 매복하고 있을 것 같았다. 공부만 잘했지 세상 물정 모르는 순진한 국립대생들은 그런 생각을 하지 않고 있는 게 분명했다. 나는 아무런 대비도 없어 보이는 대열에 섞이지 않고 무슨 일이 생기면 먼저 도망칠 준비를 하고 있었다. 아니나 다를까, 대열이 서울역 광장이 보이지 않을 정도까지 길어지자 골목에 숨어 있던 기동대가 함성을 지르며 치고 나왔다. 대열은 순식간에 무너졌다. 흩어진 군중은 토끼처럼 일방적인 사냥 대상으로 전락했다. 그 와중에 수십 명이 쓰러지며 서로를 덮쳤다. 아우성과 비명이 터졌다.

그때 나는 보았다. 민현의 구두를. 안데르센 동화에 나오는 분홍신처럼 단순한 디자인의 진회색 굽 낮은 구두를. 중학교 1학년 때 순조를 따라 교회에 처음 갔을 때 봤던 수십 켤레의 구두처럼 마구 흩어져 있는 임자 잃은 구두들 가운데 있는 민현의 구두를. 그 구두는 내가 처음 그 구두를 봤을 때보다 많이 낡아 있었고 늘어나 있었다. 하지만 다른 누구의 구두일 리 없었다. 나는 구두를 향해 몸을 굽혔다. 경찰이 쫓아오고 있었다. 신데렐라의 유리 구두를 집어 든 왕자처럼 구두를 주워 들고 사방을 둘러봤다. 있었다, 민현이.

잿빛 옷에 잿빛 가방을 든 민현은 구두 한 짝만 신은 채 절망적인 눈으로 허공을 바라보고 있었다. 쓰고 있어야 할 두꺼운 검은 테 안경은 어디론가 날아가 버린 듯 보이지 않았으므로 잠깐 동안 알아보지 못했다. 먼지인지 최루탄인지 연기인지 뭔가가 자욱이 피어오르는 중에 눈에 초점을 맞추지 못해 장님이라도 되는 양 한 발 한 발 다가오는 경찰에 대해 무방비한 그녀의 모습은 그때까지 내가 보아온 어느 때보다 아름다웠다. 그녀는 넘어졌다 일어서면서 상처를 입은 듯 손에서는 피를 흘리고 있었다. 그냥 두면 잡히고 말 것 같았다. 나는 몸을 날렸다. 무조건 민현의 손을 잡아끌었다. 민현은 내게 손을 잡히는 순간 그게 나인지 직감한 듯 순순히 나를 따랐다. 나는 민현의 발에 구두를 신기고는 다시 손을 잡고 골목 안으로 뛰어들었다. 경찰이 숨어 있던 바로 그 골목이었다. 거대한 갑충 같은 경찰이 쫓아오는 군홧발 소리가 기관총 연발사격처럼 크게 울렸다. 달리고 달렸다. 널브러진 쓰레기통에서 쓰레기가 내장처럼 튀어나와 있었고 식당 주방문에서 김이 흘러나왔다. 찢어진 민현의 손에서 흘러나온 피로 두 사람의 손은 끈적거렸다. 그 손을 잡고 계속 달렸다. 갑충들은 계속 쫓아왔다.

"잡아!"

"저 새끼 꼭 잡아!"

왜 그런 소리를 하면서 쫓아오는지 모를 일이었다. 말을 하지 않고 오면 더 빨리 올 수 있지 않은가. 차라리 거기 서라거나, 제발 잡혀 달라고 하는 게 설득력이 있지 않을까. 그런 생각을 하면서 모퉁이를 돌았다. 막혀 있었다. 절망적인 상황이었다. 민현이 잿빛으로 질린 얼굴로 나를 쳐다보았다. 나는 궁지에 몰린 쥐처럼 미친 듯이 출구를 찾았다. 눈과 손, 발이 모두 더듬이가 되어 필사적으로 출구를 탐색했다. 있었다. 지하로 가는 계단이 있었다. 계단을 내려가 문을 열고 안으로 뛰어들고 보니 서울 도심에 흔한 지하다방이었다. 다방 한가운데 수족관이 있었고 열대어가 한가롭게 헤엄을 치고 있었으며 물속 물레방아에서는 거품이 뿜어 나오고 있었다. 십여 명쯤 되는 손님들이 놀란 눈으로 우리를 바라보았다.

나는 숨이 턱까지 차서 "문"이라는 간단한 단어도 겨우 발음할 수 있었다. 민현 역시 마찬가지였다. 다방 안의 사람들이 우리를 보호해 줄 사람인지 경찰에 넘길 사람인지 그저 되어 가는 대로 방관할 사람인지 알 수 없었다. 하지만 민현은 스스로의 아름다움으로 분위기를 반전시켰다. 한복을 입고 있던 마담이 그녀에게 다가와 눈으로 물었다. 문을 찾고 있느냐고. 내가 그렇다고 고개를 끄덕거리자 그녀는 익숙한 동작으로 빠르게 뒷문을 잠갔다. 얼음처럼 차가운 물을 따라 우리에게 건네며 "이렇게 예쁜 여학생이" 하고는 뒷말을 흐렸다. 민현의 머리카락을 살짝 건드리기도 했다. 누군가 거세게 뒷문을 두드리기 시작했다. 마담은 우리에게 다른 문이 있는 방향을 가리켰다. 나와 보니 큰길이었고 거기서는 버스가 다니고 있었다. 출발하는 버스에 뛰어올랐다.

몇 정거장 가다 내렸다. 경찰이 버스를 멈추고 올라와 시위대를 검색하고 있는 걸 보아서였다. 골목으로 들어가 약국에서 붕대와 알코올을 사서 민현의 팔에 난 상처를 소독한 뒤 붕대를 감았다. 안경을 잃어 버린 그녀는 혼자 힘으로 기숙사에 갈 수 없었다. 민현이 심 봉사이고 내가 심청인 것처럼 손을 잡고 내가 앞장섰다. 경찰이 보이지 않는 골목과 작은 도로만 골라 민현의 기숙사까지 내내 걸어서 갔다. 경찰차의 사이렌 소리만 들려도 숨었고 동태를 살핀 뒤 움직이느라 저녁이 오고 밤이 되어도 근처에까지 갈 수밖에 없었다.

민현의 대학 근처 밤늦게까지 문을 열어둔 분식집에 들어가 순두부찌개를 먹었다. 서로 아무런 말도 하지 않은 채였다. 무수한 말이 찌개 그릇 속 순두부처럼 내면에서 들끓고 있었으나 어느 것도 말을 하면 말이 안 될 것 같았다. 속에서만 한 말이 너무 많아 마치 평생토록 하지 못한 많은 이야기를 한 것 같기도 했다. 통행금지시간이 다 되어서 불빛이 거의 없는 기숙사 앞에 도착했다.

교문으로 들어가기 전 민현이 붕대를 감은 손으로 내 뺨을 살짝 어루만졌다. "고맙다"고 말한 것 같기도 했다. 웬일인지 목이 메었다. 민현이 기숙사 안으로 들어가고 난 뒤 이층 방에 불이 켜지는 것을 보는 순간 엉엉 울고 싶은 생각마저 들었다. 통금위반 단속을 하는 경찰, 학생이라면 눈에 불을 켜고 잡으려는 경찰을 피해 인적이 드문 골목으로 다시 걷고 또 걸어서 하숙방으로 돌아온 것은 새벽이 다 되어서였다.

내가 기숙사에서 하숙방까지 걸어오는 사이 제주도를 제외한 전국으로 계엄령이 확대됐다. 대학은 무기한 휴교에 들어갔다.

"몇 천 년 동안 인류는 과학적 진리를 추구하는 방법으로 귀납, 연역 두 가지 방법만 사용했어. 하지만 정보라는 세 번째 방법이 존재한다는 걸 알게 되면서 인류의 운명이 완전히 달라졌지."

나의 집, 우리의 거처는 정보, 빅 데이터를 수집하고 보관하며 분석하는 장소다. 동굴 속 깊숙한 곳에 전 세계에서 수집되는 정보가 모인다. 동굴의 낮은 온도, 어떤 가뭄에도 항상 샘솟는 차가운 물은 수냉식 슈퍼컴퓨터와 스토리지를 운영하는 데 큰 도움이 되고 있다. 여기에도 친환경의 개념이 적용되는 것이다.

그녀는 이곳을 거점으로 클라우드와 슈퍼컴퓨팅, 병렬처리 시스템 등 첨단 기술을 이용해 전 세계에 유통되는 방대한 정보—빅 데이터를 끌어모은다. 인터넷, 뉴스, 소셜 네트워크, 이메일, 통계, 범죄정보, 교통정보, 제조업, 물류, 기상, 농축산업 관련 서버 등 복잡다단하기 그지 없는 정형, 비정형의 정보를 컴퓨터로 처리해 거기서 의미를 추출해 분석한 뒤 적합한 도구, 무기를 벼려 낸다. 정서 분석, 의미 분석, 예측과 관련된 프로그램은 그녀와 비밀스러운 연대를 맺고 있는 두뇌집단에서 개발한다. 거기에는 예측 모델 과학, 데이터 마이닝 전문가, 데이터 분석가, 통계학자, 수학자, 소프트웨어 개발자, 복잡계 과학자, 분석 전문가, 물리학자, IT 전문가 등등 다양한 전문가와 학자들이 관련되어 있다. 그들은 대체로 자발적으로 참여하는 전문가들로 극소수 지배계층의 이익을 위해 고용되어 있는 전문가들에게는 없는 정의감, 도덕적 우월감 같은 게 있다. 사실 잘 모른다. 있기는 한 모양이다. 그게 밥 먹여 주지 않는다는 것을 잘 알고도 있다. 진실은, 사건의 인과관계는 도덕과 별 관계가 없다는 것도.

요즘은 웬만한 지식이 있는 사람들이라면 공짜 오픈소스를 가져다 흩어져 있는 컴퓨터들을 분산병렬장치 기술로 연결, 슈퍼컴퓨터로 만들어 빅 데이터를 분석할 수 있다. 하지만 소프트웨어나 분석 장치보다 중요한 것은 결국 사람이다. 무의미함에서 의미를 발견해 내고 허점을 찾아낸 뒤 미래의 변화에 대응하는 방법을 가려내는 능력은 민현이 세계 최고다. 그녀 자신이 슈퍼컴퓨팅을 총괄 지휘하는 최고의 슈퍼컴퓨터이면서 무엇보다 가장 인간적인 인간이다.

"우리만 정보를 수집하고 분석하고 있는 게 아니야. 지반이 단단한 스리랑카 같은 곳의 지하에는 수백만 대의 컴퓨터를 연결한 슈퍼컴퓨터가 쉬지 않고 작동되고 있어. 정보는 약간만 더 적고 많은 걸로도 결정적인 승패를 가져와. 옛날에는 이런 개념·자체가 없이 시장이 언젠가 제자리로 돌아오고 공급과 수요에 따라 완전고용이 이루어질 거라는 순진한 믿음이 있었어. 그 순박한 청동기시대의 논리는 정보를 모두 똑같이 공유한다는 걸 전제한 거야. 지금 우리가 상대를 이기려면 우리의 상대보다 조금이라도 더, 몇 비트라도 더 많이 알고 더 정확하게 분석해야 해."

휴교령이 내려지고 나서 나는 고향으로 갔다. 민현은 모습을 보이지 않았다. 민현이 있는 기숙사 역시 문을 닫아 전화도 되지 않았다. 남쪽 도시에서 불법시위와 폭동이 일어났다는 뉴스가 들렸다. 간첩과 불순세력이 가담한 봉기와 소요가 일어났지만 군 병력이 투입돼 신속하게 제압했다는 것이었다. 하지만 그 도시에 살고 있는 대학 동기 누구와도 연락 두절 상태였다.

한편으로는 그게 자발적인 민주화운동이었고 시민이 군인들에게 수백 명이나 희생되고 수천 명이 다치고 투옥되었다는 소문도 돌았다. 외국 언론을 접할 수 있는 사람들, 외국에서 온 사람들에 의한 정보였다. 어느 것을 믿어야 할지 알 수 없었다.

그해 여름에는 북쪽의 오호츠크 해 고기압이 남서쪽까지 밀려와서 오랫동안 머물러 있었고 이 때문에 고온다습한 북태평양기단의 세력은 약해져서 '서늘한 여름'이 찾아왔다. 북동풍이 동해 연안을 따라 남쪽으로 불어오면서 바다의 한류 위를 지나다가 품게 된 습기를 비로 뿌렸다. 이 때문에 기온이 더 내려가고 일조량이 부족해져서 농작물은 냉해를 입었다. 그해 농사는 기록적인 흉작이었다. 벼는 결실이 되지 않아서 쭉정이만 매단 채 서 있었다. 이대로라면 소출은 하나도 없을 것이니 다른 대체 작물이라도 심으려면 갈아엎어야 할 것이라고 어른들은 말했다.

"저 우에서, 나라에서, 총칼 자루 잡은 뉘가 뭔가를 크기 잘못해가 뭐시 이래 천재지변이 온 기다. 천 사람 만 사람이 하는 억울하다는 말은 하늘이 듣는 법이다."

어떤 사람은 듣는 사람이 없는지 좌우를 살핀 후 말했다. 바다의 파도는 높았고 바람은 차고 거셌다. 항구에는 출어를 못한 배들이 수백 척 매어 있었다. 큰 배들은 큰 배들끼리 작은 배는 작은 배들끼리 매어 놓았다.

태풍은 좀체 오지 않지만 오면 치명적인 발톱을 드러내는 법이었다. 배에서 내린 뱃사람들로 항구 거리와 선술집은 대낮부터 북적거렸다. 선술집에 모여든 사내들은 낚시꾼이 놓친 고기 자랑하듯 예전의 좋았던 시절에 대해 무용담을 늘어놓곤 했다. 하지만 선술집에 수십 년 동안 배어 있는 담배 냄새와 인간의 뱃속에 들어갔다가 도로 튀어나온 것들이 썩는 냄새만큼이나 불안 또한 그들 사이에 배어 영혼을 잠식하고 있었다. 항구에 매어 놓은 배가 콘크리트 부두에 부딪

쳐 깨지는 일이 없도록 트럭 타이어가 염주처럼 촘촘히 매달려 있었
는데 거기서 나오는 찌걱거리는 마찰음조차 눅눅한 해무 같은 불안
에 비하면 그다지 자극적인 게 못 되었다.

"태풍이 이왕 올라카마 빌빌 오기보다는 개지랄 떠는 거맨쿠로 씨
기 와뿌리는 기 백분 낫다. 바다를 우에서 속꺼지 픽석픽석 쑤시가
시원하기 화딱 디비놔야 나중에 오징어도 고기도 우 몰리온다."

생의 팔 할을 고깃배를 타며 보낸 노인이 그렇게 말을 하고 난 뒤
먼 바다에서 끓어오른 구름이 빠르게 육지로 다가들었다. 뱃사람이
아니라고 해도 그게 어떤 전조인지 잘 알았다. 바람의 눈이 거느린 거
대한 원호가 무자비한 컴퍼스를 내밀어 어느 점을 찍었다. 하수인이
라도 되는 양 바다에서 엄청난 파도가 일어났다. 파도의 머리에는 여
느 때보다도 훨씬 새하얀 거품이 맹수의 이빨처럼 드러났다. 배에 매
달려 있는 밧줄이란 밧줄은 모두 바이올린 현처럼 소리를 냈다. 아니
초식동물이 맹수에게 잡아먹히기 전 내는 신음, 혹은 공포로 이를 딱
딱 부딪치는 것과 비슷했다.

"마 그때는 참말로 물 반 고기 반이었던 기라. 조선에 어부가 있다
고 해도 제대로 된 그물이 있나 채낚이가 뭔지 알기를 하나. 왜놈들
이 와가 마캐 싹싹 빗자루로 쓸디 고기를 잡아올리댔다. 거 왜말로
사와라라카는, 삼치라는 기 앤 있나. 왜놈들이 환장하는 기다, 거기.
그물에 삼치가 너무 걸리가 이거를 땡기올리마 배가 가라앉고 뇌줄
라이 고기가 너무 아깝고. 그래 일본 어부들이 우엘 줄을 모르고 끌
안고 마캐 엉엉 울었다. 삼치 한 마리가 팔십 전에서 값 좋으마 이 엥
인가 했다는데 이걸 전표로 바까주마 한 놈당 삼백 엥을 손에 줬다

카대. 그기 가치가 얼마나 했는가 하마 쪼맨한 어선 한 척이 팔십 엥 했다이 한 번 출어해가 배 시 척 선주가 돼가 금의환향하는 기다. 누가 안 올라 하겠노. 내 할부지 때부터 왜놈들이 조선을 삼쿠기도 전에 조선 바다에 진을 친 기 다 이유가 있는 기다."

노인은 열 올려 말했지만 사람들의 불안한 눈망울을 바꾸지는 못했다. 나는 무위도식하면서 매일 바닷가로 나가 파도를 보고 좋아하는 구름의 조화를 보고 빗줄기를 바라보고 사람들 사이에서 오가는 말을 들었다. 돌아오는 길에는 민현의 무당 어머니가 살고 있는 곳에 들러 굳게 닫힌 대문을 슬며시 밀어보곤 했다. 견딜 수 없이 그녀가 보고 싶었다. 방법이 없었다.

TV에서는 '정의사회 구현'이라는 명목으로 머리를 박박 깎은 삼청교육대가 군부대에서 갱생훈련을 받는 모습을 내보냈다. 입이 무겁다 못해 고향 앞바다 미역 바위를 매달아 놓은 것 같은 과묵한 민간인 출신 대통령이 하야하고 고향 앞바다 돌문어를 닮은 얼굴의 장군이 별을 네 개 달고 나서 예편한 뒤 체육관 선거를 통해 대통령이 되었다. 강권으로 질서가 잡혔다 싶은지 휴교령이 거둬지고 2학기 개강이 예고됐다. 지난 학기에 채우지 못한 수업일수를 리포트로 대체한다고 해서 과목별로 리포트를 작성하느라 정신없이 시간을 보냈다.

초조하게 서울로 올라와서 하숙집을 잡고 리포트를 내고 수강신청을 했다. 개강을 하고 난 뒤에 민현의 대학으로 찾아갔다. 학과 사무실로 가서 강의 일정표를 확인하고 민현이 강의를 받고 있을 강의실로 향했다. 거기에 민현이 있었다. 두꺼운 검은 테 안경을 끼고 두꺼운 책과 두꺼운 노트를 펴놓은 채 앞을 주시하고 있었다.

강의 분위기는 내가 다니던 대학과 판이하게 진지했다. 경제학 관련 시간이었다. 삼십대 젊은 교수가 토론을 이끌고 발표도 활발했다. 민현은 그중에서도 단연 뛰어났다. 그녀의 입에서 내가 전혀 알아들을 수 없는 낯선 외국 인명과 전문용어가 수시로 튀어나왔다. 대부분의 남학생들은 그런 민현의 앞에서 기가 죽는 모습이었다. 대한민국에서 공부 잘하기로는 둘째가라면 서러워할 녀석들이었다. 민현의 뒤로 남모르게 접근해서 깜짝 놀라게 해줄 작정은 수포로 돌아갔고 놀란 것은 오히려 나였다. 하지만 기분은 좋았다.

그것도 잠시, 강의가 끝나고 나서 매점에서 캔 커피를 사들고 식당 구석자리에 앉았을 때 나는 민현과의 거리가 점점 멀어지고 있다는 불안이 잠식해 오는 것을 느꼈다.

"어디 절에라도 가서 고시공부하듯이 디립다 사회과학 공부라도 하고 온 거야? 교수도 확실히 인정하는 것 같던데."

기껏 나는 그렇게 물을 수밖에 없었다. 민현은 내 반응은 별로 아랑곳하지 않고 자신이 할 말을 계속했다.

"미래에 대한 과학적인 전망을 하기 위해서는 과거라는 렌즈, 역사의 현미경이 필요해. 가장 빠르게 인간에 관한 지식을 습득할 수 있는 방법이 역사를 공부하는 거야. 너도 지식인이 되려면 역사를 공부해. 역사부터 공부해. 세계사, 국사 같은 역사도 있지만 철학사, 과학사, 문화사, 예술사, 문명사도 있는 거야. 음악사, 미술사도 있고 역사에 관한 역사도 있어."

언제부터인가 그녀와 비슷한 수수한 차림에 화장기 없는, 개화기의 선교사를 추종하는 신실한 여신도를 연상케 하는 사람이 우리보다도 더 구석진 자리에 앉아 기도에 빠져 있었다. 처음에는 "아버지"나 "하시옵소서"처럼 알아들을 수 있는 말이 있었으나 결국 기독교 특유의 방언으로 변했다. 민현은 그 소리를 의식하듯 빠르고 단호한 말투로 자신의 이야기를 전개해 갔다.

"글쎄, 술이나 디스코텍에 관한 역사는 없나. 다른 건 자신이 없는데."

그녀의 여성적인 아름다움은 시위에서 봤을 때 드러난 뒤로 원래의 자리로 돌아간 것 같았다. 내가 그 골목길과 다방에서 그녀에게서 보고 느꼈던 것은 화장도 유행도 상관없는 고전적인 개념의 미, 본연의 아름다움이었다. 그런데 교수도 인정할 만큼 똑똑한 현재의 민현에게서는 여성적인 매력이 그다지 느껴지지 않았다. 나무토막처럼 중성적인 공부벌레로 느껴졌다.

아름다움은 무조건 사람들의 주목을 받게 한다. 그녀는 분명히 자신의 아름다움을 잘 알고 있었다. 지하다방에서 그것을 이용하기까지 했다. 그런데 그녀는 그때에는 애써 자신의 아름다움으로 인한 주목을 피하려고 했다. 남자로부터든, 많은 사람들로부터든, 나로부터든, 그 누구로부터든 간에. 내게는 너무 모를 일이었다. 민현은 내가 그녀에 대해 모르는 것의 세제곱에 비례해 인력이 줄어들고 있는 별 같았다. 거리의 십제곱에 비례해 빛이 줄어드는 별.

불안한 채로 하숙집으로 돌아오면서 나는 괴로웠다. 피로 맺어진 관계인 까닭에 내 생애에서 가장 그녀와 가까워졌다 싶은 날로부터 몇 달 만에 가장 멀어져 버린 듯한 느낌을 받은 것이었다.

1980년 12월 8일 밤, 영국의 록그룹인 비틀스의 중심 멤버였던 존 레논이 사망했다. 뉴욕 시에서 광적인 팬 마크 데이비드 채프먼의 총격으로 살해된 것이었다. 존 레논은 자신이 작곡·작사한 〈Imagine〉의 1절에서 종교와 내세가 없는 세상을, 2절에서는 국가와 민족주의가 없는 세상을, 3절에서는 소유와 탐욕이 없는 세상을 상상해 보라고 권한다. 자신이 몽상가(dreamer)일 수도 있지만 자신만 그런 생각을 가진 게 아니며 모든 사람이 동참할 때 세상이 하나가 될 거라고.

마크 채프먼은 존 레논을 저격하기 전 전화에서 자신이 진짜 존 레논이고 한 달 전 〈Starting over〉라는 컴백 앨범을 발표하고 활동을 재개한 존 레논은 가짜이므로 죽여야겠다고 털어놓았다. 하지만 그는 전에는 정신질환을 앓지도 않았고 몽상가의 면모도 보이지 않았다.

그로부터 일 년 반쯤 뒤 나는 민현과 나를 쫓던 그 무시무시한 갑충과 똑같은 모습이 되어 훈련을 받게 되었다. 민주화의 물결을 거스르며 집권한 정권은 민주주의를 요구하는 시위를 진압할 경찰 기동대 병력을 필요로 했다. 이 때문에 국방의 의무를 이행해야 하는 청년들이 대거 전투경찰로 기동대에 배치되었다.

훈련소에서 기초훈련을 마치고 서울로 향하는 기차 안에서 농어촌이나 지방에서 온 전경 동기 대부분은 들뜬 분위기 속에서 시끌벅적 팔도 사투리로 떠들어 댔다. 화려한 서울 거리를 누비며 예쁘다는 서울 여자들도 볼 수 있고 비교적 자유롭게 생활할 수 있을 것이라는 기대 때문이었다.

서울의 중심부인 광화문에서 그리 멀지 않은 곳에 기동대 본대가 있었다. 새벽에 기차에서 내려서 버스로 본대까지 이동하고 난 뒤 곧바로 형광등이 환하게 켜진 식당으로 향했다. 김이 오르는 주방 안 배식구 앞에는 희고 높은 요리사 모자를 쓴 주방장이 큰 국자를 든 채 서 있었다. 기동대에서의 첫 번째 식사는 닭백숙이었다. 한 사람당 반 마리의 닭이 배당되었다. 뜨거운 찹쌀밥이 주방장의 국자에 의해 스테인리스 그릇에 수북수북 담겼다. 훈련소에서는 꿈도 꾸지 못한 음식이었다. 형광등 아래라서 그런지 모두들 환한 얼굴이었다.

강당에 임시 숙소를 만들어 일주일가량 기동대 진압 훈련을 받으며 보낸 뒤 마침내 개인별로 소속 중대를 배정한다고 했다. 본대에 네 중대, 곧 대대급 병력이 배치되어 있었고 서울 각 구의 경찰서마다 중대 병력의 기동대가 있었다. 유사시에 시경찰청 직속인 기동대장의 지휘를 받거나 각 경찰서 서장의 명령에 따라 시위진압에 나서는 게 보통이었다. 세 명의 동기와 함께 내가 배치를 받은 곳은 민현이 다니는 국립대학을 관할하고 있는 경찰서에 있는 기동대였다. 기뻤다.

나중에 알았지만 서울의 전경 기동대원에는 서울 출신은 많지 않았고 서울에서 대학을 다니다 온 사람은 아주 드물었다. 있다 해도 자신이 다니던 대학을 관할하는 경찰서에는 기동대든 경찰 보조업무로든 보내지 않는 게 당연한 원칙이었다. 서울의 주요 대학 출신들은 시위 진압이나 정보 수집 업무와 관련해 대학에 재학 중인 친구나 선후배와 만나 기밀을 누설할 수 있기 때문에 그런 업무와 관련이 없는 파출소 같은 데로 배속시켰다. 내가 민현의 대학이 있는 곳으로 배치된 건 운이 좋았거나 워낙 평범했기 때문이었을 것이다.

기동대 본대의 보급반에서 받은 중대원들의 한 달치 담배와 풀빛 더플백을 멘 신병 네 명을 태운 검정색 화물트럭은 삼십여 분을 달려 경찰서 연병장에 도착했다. 담장 하나 사이인데도 군복을 입은 전경 위병이 서 있는 정문 안과 바깥은 분위기가 판이했다. 불과 두어 달 만에 보는 서울은 하늘빛마저 정색을 한 것처럼 파랬다.

"너희들은 정말 운이 좋은 놈들이다. 천국의 군대에 왔으니까. 푹 쉬어라."

경찰서 구내 건물 오층에 있는 기동대 행정반에 있던 고참 행정반원은 우리에게 그렇게 말했다. 그는 사회에서 일반적으로 볼 수 있는 이십대 초반의 청년 같은 옷차림을 하고 있었다. 머리도 길었다. 그는 우리가 도착한 곳이 대한민국 군대 가운데서 가장 편한 곳이라고 했고 전방에서 뺑뺑이를 치는 일반 '군바리'들이 알면 미치고 팔짝 뛰게 좋은 시설에서 좋은 대우를 받으며 군대 생활을 해나갈 수 있을 것이라고도 했다. 무엇보다 사복을 입고 근무한다는 게 달랐다.

대학가의 시위를 전담하는 기동대 중대 가운데 국립대학을 비롯해 서울 시내 주요 대학 세 군데를 관할하는 중대의 대원만 사복을 입게 했다. 시위대에 학생인 양 섞여 들어가 있다가 시위주동자를 체포하거나 시위대를 와해시킬 때 결정적인 역할을 하게 만들기 위해서라는 것이었다. 이곳저곳서 모인 병력이 정복을 벗고 사복을 입은 채 결속을 다져 나가는 중이었는데 단결을 도모하고 군기를 잡는 방안이 훈련이었다. 훈련의 내용은 정복 기동대 중대와는 달리 체포술이나 호신술 위주였다.

저녁 때 돌아온 중대원들에게서는 시큼한 땀 냄새가 풍겼다. 촌스러운 대학생처럼 사복을 입고 머리를 기른 그들은 지친 표정으로 신고를 하는 우리를 굽어보았다. 한 내무반에 기거하는 전경 사십여 명의 소대가 넷 모여 중대를 이루고 있었다. 그들 외에 경찰관 초급 간부인 경위가 소대별로 하나씩 있으면서 소대장이라고 불렸고 그 아래에 일반 경찰관인 부관이 있었으며 중대장은 무궁화 두 개를 단 사십대 중반의 경감이었다. 중대장 위가 경찰서의 과장 계급인 경정, 그 위가 경찰서장급인 총경이었다. 총경 가운데서 경찰의 별이라 할 수 있는 왕무궁화를 다는 경무관이 나오고 그 위의 직위는 신병들이 매일 저녁 점호 시간마다 외워야 하는 직속상관 관등성명에 나오긴 하지만 하늘에 있는 별자리나 다름없었다.

처음 한 달 동안은 신병에게는 아무것도 시키지 않는다는 게 불문율이었다. 청소조차 하지 못하게 했다. 소대에는 나보다 오 개월쯤 빨리 입대한, 나이는 나와 같은 고참 손주영이 있었다. 그는 눈치와 동작이 빠르고 성격이 사근사근해 고참들의 귀여움을 받고 있었다. 막 육군의 일병에 해당하는 작대기 두 개짜리 일경으로 승진한 그는 내게 호의를 가지고 군대 생활을 편하게 하기 위한 요령이라든지 규칙을 설명해 주곤 했다. 내무반에서 가장 빨리 친하게 된 사람이 손 일경이었던 건 불문가지였다.

"야, 이세길 이 귀여운 촌놈 새끼. 너는 서울서 대학을 다니다 왔담서 이쁜 후배 여자애들은 없냐? 면회 와도 되니까 오라고 해."

그는 휴가 가는 고참들 구두를 요령 있게 닦으면서 바깥으로 통화할 수 있는 공중전화가 어디 있는지, 고참들 눈에 띄지 않고 전화를 어떻게 거는지를 가르쳐 주었다. 나는 구내식당에 가서 떨리는 손으로 전화를 걸었다. 신호가 가고 민현과 같은 기숙사 방에 있는 여학생이 전화를 받았다. 내가 더듬거리며 민현을 찾자 잠시 기다리라고 했다.

"나, 여기서 네 학교까지 버스로 이십 분이면 갈 수 있는 경찰서에 배치 받았어."

내가 한 말을 듣고 민현은 잠시 침묵했다. 이윽고 "그래서?" 하는 대답이 들렸다.

"면회 오라고. 면회 좀 와달라고."

그녀는 "왜?" 하고 반문했다. 나는 입대하기 전에 그녀와는 아무런 상의도 하지 않은 것에 대해 사과하고, 보고 싶었다고 필사적으로 매달렸다. 그건 사실이었다. 훈련소에서 유격훈련을 받는 중에 십 미터 아래로 줄을 타고 뛰어내리며 "애인 이름을 외쳐 부른다, 실시!" 하는 조교의 외침에 내가 목메어 부른 이름은 박민현이었다. 전화기에서 싸르락싸르락 하는 잡음이 들렸다. 내 가슴을 누군가 사포로 갈아내는 소리 같았다.

"언제?"

나는 일요일 오전이 공식적인 면회시간이라고 말했다. 군부대와 달리 경찰서에서는 구내에 목욕탕이나 교회가 없으므로 일요일마다 지휘관 재량으로 부대원들에게 외출이 허용되었다. 면회도 비교적 자유스러웠다.

그녀가 면회를 하러 온 날은 경찰서 앞을 흐르는 개천의 천변에 버드나무가 녹색 머리채 같은 가지를 바람에 흩날리던 5월의 어느 날이었다. 햇빛은 맑았고 바람 또한 청량했다. 국립대학에서는 중간고사기간이었으므로 별다른 상황이 없어 중대 분위기도 평화로웠다.

구내식당에서 나를 호출하는 방송이 흘러나왔다. 손 일경이 미리 다려 준 정복을 입고 군화를 신었다. 사복 중대에 소속되었다는 건 일반인들에게 밝히면 안 될 보안사항이었다. 머리가 긴 것에 대해 물어보면 전경이라 그렇다고 대답하라고 했다. 내려가는데 걸음이 헛디뎌질 정도로 다리가 후들거렸다. 대한민국 전투경찰 이세길 이경을 이렇게 만들 사람은 박민현 너뿐이다. 구내식당에 들어서자 딱딱한 표정의 민현이 구석에 혼자 앉아 있는 게 보였다. 나를 보고 그녀는 손을 들어 보였다. 그녀의 머리는 미장원에서 손질한 듯 굵은 주름이 져 있었고 귀에는 전에 못 보던 귀고리가 달려 있었다. 그러고 보니 화장을 조금 한 것 같기도 했다.

어색하게 인사를 나눴다. 눈으로 서로를 훑었다. 역시 정복을 입고 있는 같은 소대 동기가 부모가 사온 햄버거를 입이 미어지게 밀어 넣으면서 기름종이에 싼 통닭을 꺼내고 있었다. 나는 그저 침을 삼키고 있을 뿐이었다.

"고생은 안 하고?"

"고생은 뭘. 보다시피 이렇게 잘 있어."

갑자기 눈앞이 흐려졌다. 웬 눈물이? 이러면 안 되는데. 나는 고개를 돌렸다. 구내식당은 점심시간이 다가오면서 일요일 근무를 나온 경찰들로 약간 부산해졌다. 음식 냄새가 풍겼다. 배에서 꼬르륵 소리가 났다.

"그럼, 이제 뭐 하지, 우리?"

그녀의 모습과 표정은 입대한 애인을 면회하러 온 사람과는 거리가 멀었지만 단 한 단어 '우리'라는 말로 모든 거리를, 불안을 없애 버렸다. 비록 민현이 아무것도 가져오지 않았지만 세상 전부가 내게로 온 듯했다. 동기가 하나 부럽지 않았다.

"이렇게 앉아 있기만 해도 좋은데."

그건 진심이었다. 그때 손 일경이 트레이닝복 차림에 슬리퍼를 신은 고참 행색으로 내게 다가왔다. 누가 면회 왔는지 구경도 할 겸 나를 놀려 주려고 왔던 그는 민현의 외모와 태도에 순식간에 압도된 듯했다. 민현이 두 사람이 밖에 잠시 나갔다 오는 게 안 되느냐고 묻자 그는 허둥거리면서 다녀오라고 했다. 그는 멀리 가지는 말되 경찰서 앞 다방 같은 데에는 다른 소대 고참들이 있을지도 모르니 근처 통닭집이 좋겠다고도 했다. 그는 구내식당 뒷문으로 몰래 나갔다 오는 길까지 소상하게 가르쳐 주었다.

통닭집에서 나는 닭 한 마리를 혼자 먹어 치웠다. 민현은 아귀아귀 닭고기를 뜯어 먹는 나를 보며 처음으로 미소를 지었다. 나는 천 씨씨짜리 생맥주를 주문했다. 그녀는 거의 먹지 않았으므로 생맥주 이천 씨씨와 통닭 한 마리를 거의 혼자 먹다시피 했다. 오랜만에 술을, 그것도 낮술을 마시자 취기가 끓어올랐다.

"머리도 파마를 하시고…… 귀에 단 쇠쪼가리, 그건 뭐야?"

나는 시비를 걸기 시작했다. 그러면 안 될 일이었다. 통닭과 생맥주 값을 그녀가 치를 것이니까. 그녀 또한 생애 최초로 경찰서에서 근무하는 전경을 면회하러 오면서 나름대로 고심한 흔적이 그것이었으니까.

"요새 유행이라고? 언제부터 유행을 따라가기 시작한 거야? 귀고리에 화장에 그런 건 술집 여자들이나 하는 걸로 알았는데."

나는 계속 이죽거렸다. 그녀는 나를 한심해 하며 바라보고 있었다. 이세길 이경은 그날 제대로 할 수 있는 일이 없었다. 되는 일도 없었다.

"이러려고 면회 오라고 한 거니? 내가 연락을 안 해 나한테 쌓인 게 많았다고 화풀이하러? 암튼 고맙다. 다시는 안 와도 된다는 걸 알게 해줘서."

그녀가 떠나고 나서 경찰서로 비칠거리며 돌아오며 나는 욕설을 퍼부었다. 물론 내게. 쓰레기 같은 놈. 개자식. 미친놈. 병신. 쪼다. 해삼. 말미잘. 돌대가리. 미친놈, 미친놈, 미친놈. 덜 떨어진 놈. 한심한 새끼. 팔푼이. 그중에서도 '미친놈'이라는 게 가장 자주 나오는 걸 보니 그게 내게 제일 잘 어울리는 것 같기도 했다.

경찰서 앞에 서 있는 위병이 바라보이는 곳까지 오자 마당에 집결한 중대 병력이 대오를 갖추고 있는 게 보였다. 내가 소속된 기동대 대원들이 정복을 입고 경찰서장으로부터 인원 점검을 받고 있었다. 무슨 일인가 싶어 부대가 있는 사층 출입구를 바라보는데 행정반 고참이 창문으로 필사적으로 손을 흔들며 숨으라고 지시했다. 개천으로 뛰어들어서 꿩처럼 기어 구내식당 후문으로 들어갔다. 숨이 턱에 닿도록 뛰어 내무반으로 들어간 지 십여 분만에 중대원들이 들어왔다. 그들은 그날 밤새 돌아가며 나를 때렸다.

전경들에게는 갓 배치된 신병은 때리지 않는다는 불문율이 있었다. 그것을 아랑곳하지 않고 그들은 나를 때렸다. 내 동기는 때리지 않았다.

입대한 지 일 년 미만의 전경은 고참 몰래 집합을 시키거나 때릴 수 없다. 그러나 그와 상관없이 때리고 싶은 사람은 나를 때렸다.

화장실에서는 때리지 않는다는 관습이 있었다. 화장실에서는 머리 가죽으로 바닥을 밀어 가며 청소하는 기합이 우선이었다. 인체에서 가장 소중한 머리하고도 '꼭대기'를 걸레로 만드는 이 벌칙을 받다 보면 때리고 맞을 일은 저절로 사라지곤 했다. 그런데도 그들은 화장실에서 나를 때렸다.

전경은 주먹으로 가슴을 때리는 관행이 있다. 때리는 쪽이 주먹으로 가슴을 치면 맞은 쪽은 뒤로 밀리게 되어 있다. 밀렸다 제자리로 돌아가며 관등성명을 댄다. 그러면 또 친다. 밀리면서 충격이 완화된다. 그런데 그들은 나를 벽과 난간에 등을 기대게 하고 뒤로 밀리지 않은 상태에서 주먹으로 가슴을 때렸다.

밤에는 때리지 않는다. 서로 얼굴이 잘 보이지 않는 상태에서는 흥분하기 쉽고 상태를 알 수 없어서 인명사고가 나기 쉽다. 하지만 그들은 한밤중에 나를 깨워 옥상으로 끌고 가서 때렸다.

일요일에 무슨 일로 출근한 경찰서장이 경찰서 앞 다방에서 사복을 입고 미팅을 하던 청년들을 보고 자신의 관할인 기동대 소속인 것을 눈치챘다. 그는 전투경찰도 엄연히 군인인데 담장 하나 사이지만 부대를 이탈해 미팅 같은 걸 한다는 건 용납할 수 없다고 화를 냈다. 그는 불시에 중대원 전원이 정복 차림으로 연병장에 집합할 것을 지시했다. 정복을 제대로 갖춰 입고 얼마 만에 모이는지 봐서 군기가 확립돼 있는지 점검하겠다는 목적도 있었다. 미팅을 하던 소대원이 있던 2소대는 제 시간에 인원이 채워지지 않아서 심한 질책과 단

체기합을 받았다. 그런데 내가 속한 내무반, 3소대는 아무 일도 없었다. 일요일 외출을 신청하고도 그동안 외출을 너무 많이 해서 지겹다면서 내무반에서 낮잠을 자던 왕고참이 있어서 자리를 비운 나 대신 인원 점검에 나갔기 때문이다. 그럼에도 그들은 그 왕고참이 제대 말년에 정복으로 갈아입고 연병장에 집합해 경찰서장 따위의 명령에 따라 '여덟' 하고 번호를 세는 굴욕을 당했다고 나를 때렸다. 새카만 막내 때문에 왕고참이 귀찮은 일을 했다고 내 가슴이 멍으로 새카매지도록 때렸다.

손 일경은 내가 어디에 있는지 알고 있었다. 손 일경이 가르쳐 준 대로 가르쳐 준 장소에 나는 있었다. 하지만 나는 그 사실을 발설할 수 없었다. 아니 원래부터 그런 세세한 사정은 상관없었다. 그들은 서로를 두들겨 패고 싶어 했다. 나는 그 빌미가 되어 주었다.

가슴의 통증으로 숨쉬기 힘들어 하며 내무반 침상에 누워 있는 내게 손 일경이 새벽에 기어왔다. 그는 박하향이 나는 진통소염 연고 한 통을 몽땅 내 가슴에 발라 주었다. 그는 미안하다고 속삭였다. 나는 괜찮다, 내가 미안하다고 말했다. 내가 죽지 않은 것은 그 말 때문인지도 모른다.

아침 점호 시간에 나는 내 힘으로 일어날 수 없었다. 손 일경이 불러온 소대 동기의 부축을 받아 간신히 일어나 연병장에 나갔지만 혼자 힘으로는 서 있을 수 없었다. 동기에 의해 떠받쳐져서 간신히 서 있었지만 구보를 할 수 없었다. 점호와 구보를 마치고 중대원들이 내무반으로 들어가기까지 나는 노환에 시달리는 노인처럼 의자에 앉아 있었다. 아침밥을 먹으러 식당에 갈 수 없어 동기가 밥을 타다가 가져다 주었다. 신병이 곧 제대할 왕고참 행세를 하는 것을 보고도 나를 때렸던 소대원들은 모른 척했다.

시간이 지날수록 내 상태는 악화됐다. 다음 날 점호와 구보에는 환자로 열외가 되어 내무반에 그냥 누워 있었다. 식사는 동기가 내무반으로 가져왔지만 나는 거의 먹지 못했다. 화장실에만 겨우 갈 수 있을 뿐이었다. 저녁 점호 시간에는 내무반 침상에 멀거니 앉아 있었다. 점호를 하는 고참은 유독 나를 많이 때린 터라 직속상관 관등성명을 대보라고 시키지 않았다. 눈을 마주치는 것도 피했다.

수요일 아침 식사 뒤 국립경찰병원으로 진료를 받으러 갈 사람들이 행정반 앞에 집합하라는 방송이 흘러나왔다. 아무나 병원 외출을 신청할 수 없는 것이 젊고 군기가 들어 있는 졸병들은 아플 이유가 없기 때문이었다. 우리 소대에서도 상경 이상 수경까지 세 명이 병원 외출을 신청했다. 그중 한 고참이 집에서 돈을 부쳐 주지 않아서 병원 외출 핑계로 놀러 나가 봐야 별 볼 일 없다고 가지 않겠다고 했다. 그때 손 일경이 그에게 다가가 나를 대신 보내면 안 되겠느냐고 물었다. 그는 그러라고 했고 그 덕분에 나는 국립경찰병원에 갈 수 있게 되었다.

병원에서 의사는 내가 숨을 잘 쉬지 못하는 것을 보고는 상의를 모두 벗게 했다. 가슴과 배 윗부분이 시커멓게 멍이 든 채 부어 있었다. 손 일경이 발라 준 진통소염 연고는 냄새에 민감한 내게 심리적으로 위안해 주는 효과 말고는 없는 것 같았다. 의사는 가슴에 청진기를 대보고 나서 갑자기 "아유, 이런 미친 놈들" 하고 욕을 하더니 엑스레이 사진을 찍어 오라고 했다. 사진을 보고 나서는 지체 없이 입원하라고 했다. '타박에 의한 부종과 급성 흉막염 및 호흡 곤란 등으로 입원 가료 육 개월을 요함' 등의 문장이 휘갈겨진 진단서는 같이 병원에 온 소대원들에 의해 행정반으로 보내졌다.

그날부터 나는 의식을 잃었다 되찾았다 하며 사십 도 가까운 고열에 시달렸다. 알코올 솜으로 온몸을 닦아 체온을 낮추는 바람에 오한으로 벌벌 떨다가 한여름처럼 땀을 흘리다 했다. 정신을 차려 보니 중환자실이었고 일주일 넘게 지나 있었다.

일요일인지 어디선가 교회에서 차임벨 울리는 소리가 들려왔다. 딱한 번 가본 교회, 민현이 다니던 교회가 떠올랐다. 창가 자리여서 기울어 가는 햇빛이 들어와 하얀 시트를 따뜻하게 비추고 있었다. 뽀송뽀송한 베개의 느낌이 좋았다. 베개를 오른쪽으로 베고 누워서 창문 너머 콘크리트 건물과 그 앞에 세워져 있는 은행나무를 바라보고 있자니 다시 살아났다는 실감이 들기 시작했다.

주변을 돌아보자 중환자들이 생명유지 장치와 계기에서 흘러나온 줄 사이에서 겨우 숨을 쉬고 있는 게 보였다. 그중 하나는 피골이 상접한 노인처럼 보였는데 삐죽삐죽 뻗친 머리카락이 성기고 가늘었다. 그는 식물인간인 채로 육 개월째 누워 있었다. 알고 보니 육 개월 전에는 나와 같은 기동대 소속 전경이었다고 했다. 그는 태권도 훈련을 받던 중에 돌연 쓰러져 실려 왔다가 뇌수막염 판정을 받았다. 그는 의식을 잃기 전 가족들에게 태권도를 잘 못한다는 이유로 고참으로부터 머리를 화장실 바닥에 박고 있다 머리가죽으로 바닥 청소를 하듯 밀고나가는 체벌—'미싱하우스'인지 '미신아웃'인지 '미시마우스'인지 유래를 알 수 없고 알 필요도 없는 벌—을 여러 차례 받았는데 그

때부터 머리가 깨질 듯 아프고 고열이 났다고 말했다. 그러니까 평소에 멀쩡하던 청년이 뇌수막염에 걸리고 식물인간이 된 건 불법적이고 가학적인 체벌에 의한 것이라는 게 서울 동남방의 농촌에서 온 가족의 주장이었다. 책임을 져야 할 경찰에서는 그런 사실이 없다고 부인했지만 국립경찰병원에서 혼수상태의 환자를 내쫓을 수는 없었다. 까딱했으면 나도 그의 짝이 되었을 수 있었다.

잇몸이 들떠 아무것도 씹을 수 없는 상황이었다. 음식을 보기만 해도 구역질이 났다. 링거의 식염수와 영양액으로 연명하다 보니 배설하는 것도 없었다. 간호사가 멀건 흰죽을 가져다주었다. 음식이 뱃속에 들어가야 사람 꼴이 될 것 같다는 생각에 억지로 그릇을 비웠다.

간호사가 다가와 손거울을 빌려주었다. 씻지를 않아 시커먼 얼굴에 피골이 상접한 내 몰골 또한 주변의 중환자들과 크게 다르지 않았다. 내 몰골을 보자 눈물이 쏟아져 나왔다. 꺽꺽대며 울었다. 눈물은 언제든 내가 원하는 만큼 샘처럼 흘러나왔다. 마치 우는 병에 걸려 입원한 사람 같았다.

오른쪽으로 누우면 왼쪽 눈에서 흘러내린 눈물이 오른쪽 눈으로 들어갔다. 고개를 돌리면 오른쪽 눈에서 범람한 눈물이 왼쪽 눈으로 들어갔다. 천장을 바로 보고 눕자 두 눈에서 흐른 눈물이 양쪽 눈가로 흘러내려 베개를 적셨다. 인체에 눈물이 그렇게 많은 줄은 처음 알았다. 울다 보니 귀찮게 오줌을 누러 갈 일도 없었다.

열이 떨어지고 음식을 먹기 시작하자 중환자실에서 일반병실로 옮겨졌다. 지긋지긋한 링거에서는 해방되었지만 혹시 결핵이 원인일 수도 있으니 매끼니 한 움큼씩 약을 먹어야 한다고 했다. 그 고역이 적어도 육 개월간 계속될 것이라고 하니 암담하고 눈물이 났다.

의사나 간호사들은 내가 눈물을 흘리는 데에는 아무런 관심이 없었다. 당연히 고쳐 줄 생각도 하지 않았고 고칠 수 있는지도 의문이었다. 그게 남들에게 맞아서 죽다가 살아난 사람들이 일반적으로 보이는 증상인지, 눈물샘의 고장인지도 구별할 수 없었다.

일반병실에는 고참 전경도 한 사람 있었다. 성이 장, 계급이 수경인 그는 전역을 불과 한 달 앞두고 축구를 하다 쓰러져 응급실로 실려 왔는데 알고 보니 위장에 천공이 생겼다는 것이어서 긴급 수술을 했다. 위 천공은 곧바로 '의가사 전역'을 시킬 정도로 심각한 사안이었다. 장 수경은 군대 생활 다한 지금 별것 아닌 병으로 의가사 전역을 하면 사회에 나가 경력에서 큰 손해를 볼 것 같다고 하소연했다. 그 말을 듣자 부러워서 또 눈물이 났다.

그는 내가 거기에 왜 왔는지 물었고 내가 경위를 이야기하자 경험에서 우러나온 많은 이야기를 해주었다. 그는 겉으로는 전경 상호 간에 구타를 엄격히 금지하는 규율이 있지만 직업 경찰관이 대부분인 전경부대 지휘관들은 기수로 체제가 운영되는 전경끼리 알아서 하게 하다가 무슨 사건이 생기면 책임을 모두 전경에게 전가해 버린다고 했다. 듣다 보니 화가 나서 눈물이 났다.

문제는 내가 군인 신분이라는 데 있었다. 나는 육군으로 입대해 국방부에서 내무부에 위탁된 상태로 전투경찰로 근무하다 제대할 때는 다시 육군으로 신분이 환원되는, 엄연히 병역을 치르고 있는 군인이었다. 육 개월 이상 가료기간이 나오는 심각한 질병을 가지고 있으면 나 또한 일반 군인이 그렇듯 의가사 전역 대상이 될 수 있었다. 그러나 그 다음에 몸이 회복되면 다시 육군으로 입대를 해야 할 것이라고 했다. 위탁기간이 채워지지 않았으니 다시 육군으로 입대해 나머지 기간 동안 국방의 의무를 다해야 한다는 논리였다. 억울해서 눈물이 쏟아졌다.

내가 부대원들에게 맞아서 입원했고 병역을 다하지 못할 사유가 생겼음을 입증하면 문제는 해결될 것이지만 그렇다면 내게 가해한 사람들은 형사범으로 기소될 가능성이 높았다. 주요 가해자들은 감옥에 갈 것이고 그렇게 되면 형기를 마치고 나서 남는 기간을 채우기 위해 다시 육군에 입대해야 할 것이다. 나머지 사람들도 적지 않은 고생을 하게 될 것이다. 장 수경은 자신이 졸병일 때 동기가 옥상에서 훈련을 받다 구타를 못 이기고 투신자살을 하는 바람에 구타를 한 고참들이 몇 명 감옥에 가고 부대 자체가 해체된 적이 있다고도 했다. 내가 나아서 부대에 복귀했을 때 지휘관은 당연히 원인을 파악하려 들 것이고 사실대로 말하면 최소한 몇 명은 감옥에, 또 몇 십 명은 전출을 가야 하는데 그런 분위기에서 내가 견디기가 쉽지 않으리라고 했다. 그러면서 그는 지휘관과 협상하는 방법을 가르쳐 주었다. 고마워서 눈물이 났다.

가슴에 고인 물을 주사기로 제거하는 일은 반복되었지만 조금씩 몸이 회복되기 시작했다. 내가 앓고 있는 흉막염이라는 게 워낙 고급 병이어서 잘 먹고 잘 놀고 잘 쉬면 낫는 병이라고 했다.

생일이 돌아왔다. 손 일경이 입대 동기, 고참들과 함께 병원 외출을 빌미로 병문안을 하러 왔다. 같이 온 고참들은 나를 때리지 않았거나 덜 때린 사람들이었다. 그들은 생일케이크를 사가지고 와서 병실에서 촛불을 켜고 생일 축하 노래까지 불러 주었다.

"생일 축하합니다. 생일 축하합니다. 사랑하는 이 이경! 생일 축하합니다."

그들은 확실히 겁을 집어먹고 있었다. 내가 입을 어떻게 여느냐에 따라 그들의 군대 생활이 달려 있기 때문이었다. 그날 밤 나는 발을 쭉 뻗고 잠을 잤다. 하지만 눈물은 여전히 그치지 않았다. 나는 눈물이 나는 증상을 치료하는 법을 알고 있었다.

회진 때를 제외하면 병원을 돌아다니는 것이 자유로웠기 때문에 전화를 거는 건 언제든 가능했다. 나는 민현에게 전화를 걸었다. 내가 병원에 입원하게 된 것이 자신과의 면회 때문이라고 하지 않았는데도 그녀는 아주 쉽게 인과관계를 눈치챘다. 역시 한국 최고의 국립대학은 아무나 갈 수 있는 데가 아니었다.

그녀가 병문안을 왔을 때 내가 입원해 있는 4인용 병실에는 나 말고 아무도 없었다.

"생각보다는 괜찮네. 나는 다 죽어 가는 줄 알았는데."

내가 일어나 앉자 민현은 자신의 책꾸러미에서 심심할 때 읽으라며 책을 꺼냈다. 소스타인 베블렌의 《有閑階級論》이었다.

"아파서 병원에 누워 있는 사람도 유한계급에 들어가나? 하긴 한가하긴 하니까."

말 같지 않은 내 농담은 그녀를 웃기는 데 아무런 소용이 없었다. 그녀는 종이봉지에서 싸가지고 온 사과를 꺼냈다. 함께 싸가지고 온 과도로 사과를 깎기 시작했다. 사각거리는 소리가 기분 좋게 귀를 간지럽혔다. 희미하지만 새콤한 사과향이 입에 침을 괴게 했다. 눈물이 났다. 좋아서였다. 그녀는 사과 깎는 것을 멈추지 않으면서 내게 왜 우느냐고 물었다. 나는 그동안 훈련된 숙달된 방식으로 눈물을 좌우로 흘렸다가 가운데로 모았다가 베개를 적셨다가 하는 식의 아무나 할 수 없는 눈물 묘기를 연출해 보였다. 민현은 그제야 놀랐다. 그래서인지 깎은 사과를 집어 내 입에 넣어 주려고까지 했다. 나는 눈물을 뚝뚝 흘리면서 고개를 흔들었다.

"왜?"

"잇몸이 시려서 딱딱한 건 못 먹어. 신 걸 씹으면 턱뼈가 다 시려와."

그녀는 잠시 생각하더니 사과를 내려놓았다. 사과 냄새가 나는 손가락을 내밀어 내 뺨에 흘러내리는 눈물을 닦아 주었다. 나는 더욱 서러움이 북받쳐 고개를 돌리고 흐느꼈다. 그러자 민현이 앓고 있는 애완동물을 어루만지듯 손으로 내 머리카락을 쓰다듬었다. 이윽고 그녀의 두 손이 내 머리를 감쌌다. 그녀의 얼굴이 다가왔다. 그녀가 내 머리를 자기 쪽으로 당겼는지 스스로 내 쪽으로 움직였는지 잘 구별이 되지 않았다. 둘 다인지도 모른다. 나는 무기력하고 서러움에 젖은 동물이었다. 그녀의 입술이 내 입술에 닿았다. 마치 사과 조각처럼 작고 향기로운 혀가 내 입으로 들어왔다. 벼락이라도 맞은 듯했다.

한번 시작한 이상 그녀는 쉽게 멈추려 하지 않았다. 그녀는 입맞춤에서도 천재였다. 그녀의 혀는 내 혀와 잇몸과 이와 입천장을 마음껏 유린했다. 대뇌와 가장 가까운 곳에 있는 내 성감대는 한껏 흥분해 대뇌 중추신경에 전기폭풍을 일으키는 강력한 신호를 발생시켰다.

당신은 키스만으로 오르가즘에 도달할 수 있다는 것을 믿는가. 나는 믿는다. 당신은 키스가 우울증을 날려 버릴 수 있다는 것을 믿는가. 나는 믿는다. 키스가 죽어 가는 사람을 되살릴 수 있다고 믿는가. 나는 믿는다.

나중에 민현은 간호사에게 가서 숟가락과 그릇을 빌려 왔다. 사과의 속을 긁어 즙을 만들어서 내게 떠먹였다. 죽도록 맞은 보람이 있었다. 죽지 않고 살아난 보람이 있었다. 그녀에게 전화를 건 보람이 있었다. 내 생애에 그녀와 함께 한 순간들이 모두 의미가 있었다. 나는 오로지 나를 위해 사과 속을 긁어내고 있는 사랑스러운 그녀의 모습을 영원히 기억해 두리라 맹세했다.

보름쯤 뒤 민현은 다시 왔다. 내 몸은 민현과의 만남 이후 회복이 급속히 빨라져 거의 정상에 가까워져 있었다. 병실에는 나 말고도 세 사람의 일반인 환자가 있었다. 민현은 차단막을 가져와 그들의 집요한 시선을 가렸다. 그녀는 내게 뭐 먹고 싶은 게 없느냐고 물었다. 나는 귓속말로 대답했다.

"통닭과 생맥주. 달달하고 새콤한 무하고 같이."

"그게 뭐 어렵나?"

그녀는 밖으로 나갔다가는 삼십여 분 뒤에 기름이 밴 봉지에 든 따뜻한 통닭을, 플라스틱 물병에 생맥주를 담아 왔다. 병원 마당의 플라타너스 아래의 벤치에 앉아서 생맥주를 마시고 통닭을 뜯으니 세상에 부러울 게 없었다. 오줌을 누러 갔다가 마주친 나이 든 간호사는 그렇게 예쁜 애인이 있었느냐면서 내게 윙크까지 해주었다.

민현은 한 학기만 지나면 졸업인데 그 뒤의 일에 대해 생각 중이라고 했다. 어떤 생각을 하고 있는지는 말하지 않았다. 나는 부대로 복귀하고 나서 기다리고 있을 심난한 과정에 대해 이야기했다. 그럼으로써 민현이 자세한 진상을 알게 되었다. 그녀는 볼 것도 없이 나를 그렇게 만든 놈들을 모조리 감옥에 처넣어야 한다고 했다. 그게 새로 바뀐 '문어 대가리 5공 정권'에서 부르짖고 있는 '정의사회 구현'이 아니겠느냐고 비꼬았다.

"생일케이크 얻어먹은 것 땜에 안 돼."

"돌대가리다, 넌."

그녀는 대한민국 정부에 소속된 누군가가 나를 구타하고 가해하고 거의 죽일 뻔했으며 거기에 대해서는 분명히 책임을 져야 한다고 했다. 법적, 도덕적, 양심적 책임을. 관리자, 감독자 또한 책임을 면할 수 없고 종국에는 이런 불법적인 상황을 만들어내 아무것도 모르는 청년들이 서로를 가해하게 한 정권에 모든 책임이 있다고도.

"난 군바리야. 그냥 군대 생활만 조용하게 빨리 마치면 돼. 그거 말고는 바라는 게 없어."

그녀는 어이없어 하며 나를 바라보더니 내 의식이 너무도 이기적이고 자기중심적이면서 유아적인 상태라고 비난했다. 그녀는 자신의 말을 주변 사람들이 듣든 말든 아랑곳하지 않았다.

민현은 한때 서울역 앞에서 민주화 시위에 나섰던 내가 어떻게, 민주화를 갈망했을 뿐인 선량한 시민을 폭도로 몰아 수백 명을 살해하고 수천 명을 다치게 하고 수만 명을 감옥에 집어넣은 군부 독재 세력의 수족이 될 수 있느냐고 준엄하게 비판했다. 그들은 인권과 민주주의를 말살할 것이고 노동자의 삶을 피폐하게 만들고 국민의 자유를 억압하고 있다. 오로지 자신들의 권력 독점체제와 특권과 부를 유지하기 위해 불법적 행동과 폭력을 마다하지 않을 것이다……

나는 평범했다. 그녀가 말하는 게 뭔지 짐작은 할 수 있었지만 그건 내가 하거나 말거나 선택할 수 있는 게 아니었다.

"내가 너라면 지금 당장 저 문으로 뛰쳐나가서 이 땅에서 살아가는 청년들로 하여금 이런 더러운 일을 하게 만드는 체제에 대해 고발하고 투쟁에 나서겠어. 이건 국방의 의무를 이행하는 게 아니야. 민주화 운동을 탄압하고 어둠 속에서 민주화 역량을 말살하는 권력의 비루한 개새끼가 되는 거라고. 네가 계속 이런 식으로 살겠다면 우리는 끝이야. 너는 개자식이 되고 나는 내 길을 가는 거지."

나는 할 말이 많았다. 하지만 입을 뗄 수가 없다는 게 문제였다.

나는 내가 일부러 그곳에 온 것이 아니라고 말할 수 있었다. 어떤 우연이, 아니 필연이 나를 그곳에 오도록 만들었는데 그렇게 된 것을 내가 기뻐하긴 했다. 그게 무슨 잘못인가. 나는 학생운동과 민주화를 탄압하거나 그런 일을 하는 도구, 하수인이 되려고 한 적이 없었다. 그런 생각조차 하지 않았다. 그저 민현과 가까운 곳에 있게 된 것을 좋아했다. 만에 하나 길을 오가다 만날 수도 있는 곳에 온 것을 기뻐했다. 그게 내 잘못인가. 좋아하고 기뻐한 것이? 하지만 나는 그런 이야기를 하지 못했다.

나는 하필 이런 때 태어나 이렇게 자랐고 이런 상황을 맞았다 뿐이지 민주화 투사도 아니고 남들을 깨우쳐 행동으로 이끄는 지사도 아니다. 그저 대학 다니다 국방의 의무를 다하려다 보니 전경이 되었고 별 문제가 없이 제대를 할 날만 기다리는 평범한 사람이다. 나는 뻇

속까지 평범하다. 네가 말하는 그런 위대한 행동을 할 만큼 용기도 없고 동기도 없다. 그런 건 난 모른다. 그렇게 말하지도 못했다. 내가 가만히 있자 그걸 수긍으로 받아들였는지 그녀는 결론을 지었다.

"너를 다시는 보고 싶지 않아. 이 학교에서나 바깥에서나 그 어디에서도. 미래에도, 꿈속에서도. 그러니까 재수가 없어 어디서 마주치든 간에 나는 너를 본 적도 없고 알지도 못하는 짭새 새끼라고 여길 거야. 너도 나를 아는 체하지 마. 지금부터 우리는 서로 모르는 사이가 되는 거야. 몰랐던 사이라고 말하지는 않겠어. 안녕. 다시는 만나지 않기를 빈다."

그녀가 《有閑階級論》은 가지고 떠나갔지만 통닭은 채 식지 않았다. 나는 미지근한 통닭 껍질에 뺨을 대고 울었다. 오래도록 울었다. 그건 이전에 흘린 눈물과는 전혀 다른 고통과 설움에서 나온 진짜 눈물이었다. 군인답지 않았다. 상관없었다. 나는 전경이니까.

그로부터 한 달쯤 뒤 병원장이 전경들이 시위를 진압하던 중에 부상자가 속출하는 상황이라면서 입원이 불필요한 환자나 꾀병을 부리고 있는 환자를 색출할 것을 명령했다. 내가 틈만 나면 멀쩡하게 병원을 돌아다니고 생일 축하 노래에 생일케이크를 받아먹고 통닭에 생맥주까지 먹은 것을 바로 곁에서 지켜보기나 한 것처럼. 나를 담당한 의사는 내가 시종일관 맞아서 입원한 게 아니라 그냥 운이 없어 그런 병에 걸린 것 같다고 주장하는 데 대해 분노를 표출하면서도 '통원 치료' 진단을 내주어서 퇴원하게 했다.

내가 중대로 돌아왔을 때 경찰서 전체가 마침 정전으로 캄캄했다. 중대장 고 경감이 나를 자신의 방으로 불렀다. 그는 책상 위, 창, 서가 등에 촛불을 스무 개쯤 밝혀 놓았다. 바람에 촛불이 일렁이자 민현의 무당집 법당이 생각났다. 그는 내게 복귀신고를 받고는 맞은편 소파에 편히 앉으라고 했다.

"이세길 일경, 내 남자 대 남자로 솔직히 묻겠다. 고참들한테 맞아서 병원에 갔나, 아닌가."

나는 장 수경에게서 배운 대로, 아니라고 대답했다. 고 경감은 고개를 끄덕거렸다.

"지금 치안본부장님하고 시경국장님 이하 경찰 지휘부에서 전경 상호 간의 구타는 절대 용납하지 않겠다고 지시하셨다. 만약 이 일경이 맞아서 입원했으면 내가 내 직위를 걸고 책임질 사람들은 전부 감옥으로 또는 전출을 보내겠다. 이제 사실을 말해도 좋다. 내가 집안의 큰 형님이라고 생각하고 마음에 있는 진실을 솔직하게 말해라."

나는 한 번 더 "아닙니다" 하고 말한 뒤 고참들에게 1박 2일 밤낮과 장소를 가리지 않고 맞은 적이 없다고 밝혔다. 그리고 지금 내 발로 멀쩡하게 걸어서 왔으며 앞으로도 착실하게 군 생활을 할 준비가 돼 있다고 말했다.

예상대로 고 경감은 흡족해 하며 고개를 끄덕거렸다.

"그래. 사실 나는 우리 중대에서 이런 일이 일어나는 건 있을 수 없다고 생각했지. 내가 얼마나 민주적으로, 구타행위 같은 행위가 절대 없도록 우리 중대를 화목하고 멋지게 운영해 왔냐 말이지. 내 방침은 자연스럽게 너희들한테 침투되었을 거고 앞으로도 서로를 가족처럼 돌봐 주면서 군대 생활을 무사히 마치게 될 거라고 믿는다. 나도 전경 지휘관 생활이 두어 달밖에 안 남았다 말이지. 그래, 이 일경이 지금 한번 이야기한 이상 앞으로 절대로 말을 바꾸는 건 안 돼. 한 입으로 두말을 하는 건 사내 자식이 아니야. 앞으로 무슨 문제가 있으면 언제나 나를 찾아오도록 해. 지금 바라는 건 없나? 휴가?"

그때 나는 미리 장 수경과 연습해 둔 대로 말했다.

"사실 저는 서울에서 대학을 다니다 왔습니다. 솔직히 말씀드려서 기동대에 있으면 아는 대학 동기나 선후배하고 마주칠 수 있을 것 같아서 정말 괴롭습니다. 그리고 맞거나 뭐 이런 일이 없었기는 하지만 지금의 소대원들하고 같이 생활하는 데 약간은 불편함이 있습니다. 차제에 다른 데로 전출을 보내 주시면 조용히 군대 생활 하다 제대하겠습니다."

고 경감은 몸을 약간 일으키며 "다른 데? 그게 어디야?" 하고 물었다. 나는 원하는 것을 말했다.

"서울 제일 변두리의 파출소로 보내 주십시오."

중대장은 대수롭지 않다는 듯 말했다.

"알았다. 내가 힘을 좀 써보지. 전에 나 있던 남부 관할 파출소로 보내 주겠다. 거기는 관할 구역이 공장 천지고 벌집촌에 대학이라고는 하나도 없으니까 데모 막다가 아는 얼굴 마주칠 일은 없을 거다. 주정뱅이들이나 상대하고 순찰하고 좀도둑놈이나 잡고 하다 보면 군대생활은 끝이지."

마지막으로 그는 입술을 비틀며 웃었다.

"이제 너하고 나 사이는 계산할 게 없는 거야. 나가 봐."

"날씨도 좋은데 자전거나 타러 갈까?"

216

민현은 약간 상기된 얼굴을 들며 "어디로?" 하고 묻는다.

"여기서 구룡소까지 갔다 오지, 뭐. 해안으로 가는 길은 자전거길을 새로 만들고 나서부터 너무 편해졌어. 자전거길 따라가다 산으로 올라가 말목장 따라가는 임도를 관통해서 가보자고. 그쪽으로는 안 가봤지, 아마. 반대편으로는 여러 번 갔지만."

민현이 탈 산악자전거를 꺼내고 별다른 이상이 없는지 살피는 동안 그녀는 옷을 갈아입고 왔다. 푸른 빛깔에 점이 찍힌 수수한 등산복이었다. 하긴 등산복도 일상적인 옷에 비해 화려하긴 하다. 나도 비슷한 복장으로 갈아입었다.

내 자전거를 꺼냈다. 공기 저항을 최소화한 티타늄 프레임에 힘 전달이 우수한 카본 크랭크 셋, 손의 포지션 변경이 자유로운 핸들바 등등으로 원래의 산악자전거 부품을 교체한 커스텀 바이크였다. 그런 부품을 하나하나 주문, 조달하고 자전거를 해체하고 갈아 끼우는 데 일 년이 걸렸다. 그 역시 나의 취미 생활 가운데 하나다.

동해안을 관통하는 자전거도로가 생긴 후 자전거를 타고 일주하는 사람들이 많아져서 주변 사람들 시선을 끌 염려는 별로 없었다. 하지만 헬멧과 선글라스, 버프까지 쓰면 그보다 더 완벽한 위장은 없어 보인다. 일요일 오후여서 외지에서 온 사람들은 모두들 돌아갔는지 길은 한적하다. 찻길, 자전거길 모두.

가을걷이가 끝난 밭에는 바람이 풍년이다. 사료작물인 알팔파와 옥수수는 아직 바람에 저항하며 서걱거리는 소리를 낸다. 바다 빛깔이 보석 같다.

그녀가 앞장선다. 산악자전거를 탄생시킨 캘리포니아의 네바다산

맥 근처에 있는 산을 넘나들면서 익스트림 스포츠를 즐겼던 사람답게 날렵하다. 그런 속도로 가면 예정보다 너무 빨리 구룡소에 닿을 것 같다.

물론 나는 계획이 있다.

서울 남쪽, 수출공단의 공장에 다니는 사람들이 많이 사는 동네의 파출소로 전출을 가기 전 한 번, 파출소에서 근무를 시작하고 나서 열 번쯤 나는 민현에게 전화를 걸었다. 물론 내가 나름대로 그녀의 뜻에 따랐다는 것을 알려 주기 위해서였다. 하지만 그녀는 전화를 받지 않았다. 첫 휴가를 나와서 전화를 걸었을 때 전화를 받은 그녀의 룸메이트에게서 민현이 더 이상 기숙사에 없다는 말을 들었다. 아예 대학 안에도 없을 것이라고 했다. 휴학인지 자퇴인지 모르지만. 상대는 더 이상은 알 수 없다, 전화를 하든 편지를 쓰든 소용없다고, 그동안 전화기를 통해 내 목소리를 워낙 많이 들은 탓에 정이 들어 버렸는지 미안함이 느껴지는 어조로 말했다.

고향에도 그녀의 흔적은 전혀 없었다. 참다못해 일월보살을 직접 찾아가서 민현이 어디에 있는지 물어봤지만 그녀는 냉담하게 고개를 가로저었다. 민현이 아버지의 장례를 치르고 난 후 한 번도 연락을 해온 적이 없다는 것이었다. 꼭 연락을 해와야 어디 있는지 아느냐, 그런 것쯤 신통력으로 재깍 알아낼 수 있어야 진짜 용한 무당 아니냐고 했다가 뜨물을 한 바가지 뒤집어썼다.

그렇다면 민현은 그동안 어떻게 학비며 기숙사비, 생활비를 조달했을까. 무슨 돈으로 내게 사과와 통닭을 사다줄 수 있었을까. 어디로 갔을까. 기숙사에 있던 살림살이며 옷, 책들은 어떻게 했을까. 휴학일까, 자퇴일까. 휴학이라면 왜, 자퇴라면 장차 어떻게 하려는지 알 수 없었다. 지금 어디에서 누구와 뭘, 왜, 어떻게? 의문과 번민만 한 아름 안은 채 휴가를 마치고 파출소로 돌아왔다.

파출소에서의 업무는 그리 힘들지 않았다. 파출소장을 제외하고 십여 명의 상근 인원이 두 조로 나누어 24시간씩 근무하고 교대했는데 군인이나 다름없는 나는 매일이 근무였다. 경찰관들은 걸핏하면 비상이고 행사장과 요인 경비며 시위진압 지원으로 차출되는 판이라 일반 공무원에 비하면 집에 들어가 잘 수 있는 날이 절반에도 미치지 못했다. 파출소에서 생활하는 시간이 많으니 밥 짓고 설거지하고 청소하고 빨래를 하는 등등 살림을 할 사람이 필요했다.

내가 하는 일의 대부분은 방범순찰을 돌거나 노숙자를 깨워 집으로 보내거나 싸움을 말리고 술꾼들을 재우는 등등의 경찰관의 치안 업무 보조였지만 실제로는 파출소의 안살림을 꾸려나가는 일이 더 많았다. 나는 숙직을 하고 나서 제대로 이불을 개지 않고 나가거나 커피 잔에 담뱃재를 털거나 방을 더럽히거나 고스톱을 치고서 모포를 제자리로 돌려놓지 않은 경찰관들에게 잔소리를 퍼부었다. 이따금 생각이 나고 생각날 때마다 심장을 저미고 뼛골을 갈아대는 민현만 아니라면 그런 대로 나쁘지 않은 군대 생활이었다.

왜 너는 내게 최고의 기쁨과 쾌락과 환희를 맛보였느냐. 왜 사라졌느냐. 어디로 갔느냐.

그녀는 축복과 함께 날벼락을 선물했고 천국과 함께 생지옥을 연출했다. 내가 민현을 생각하면서 얼굴을 찌푸리고 우울해 할 때마다 경찰관들은 '공단 다방 미스 리가 또 멘스 중'이라고 놀렸다.

경찰 정보망에서 민현의 종적을 찾아보았지만 여전히 대학 기숙사에 주소가 있는 걸로 나왔다. 그녀는 불심검문에 적발된 적도 없었고 노상방뇨를 하거나 침을 뱉거나 차도를 무단횡단하거나 누군가와 싸워서 파출소에 온 적도 없었으며 무전취식을 하지도 않았다. 한마디로 종적이 묘연했다. 그런 식으로 세월이 흘러가고 있었다.

그 저녁을 잊지 못한다. 11월 3일, 학생의 날이었다. 대학가에서 시위가 격화된 데다 미국 대통령의 방한이 일주일 앞으로 다가온 참이라 온통 비상이 걸렸다. 게다가 수도 경비를 맡고 있는 부대의 저격수 출신 병사 두 명이 탈영해서 관내로 잠입한 것 같다 해서 파출소 인원은 대부분 외근과 순찰로 돌려졌고 고혈압과 당뇨병, 고지혈증 같은 성인병을 골고루 가지고 있는 사십대 후반의 파출소장과 나만 파출소에 남아 있었다.

형사 두 명이 불쑥 파출소에 들어섰다. 국립대를 관할하는 이웃 경찰서 학원반 소속이라고 했다. 그들은 우리 파출소 관내에 있는 특정한 장소에, 공장에 위장취업해 근로자를 의식화하여 노조를 만들고 체제를 전복시키려는 불순세력이 모이는 정황을 포착하고 그중에서도 국립대학 출신 거물급 조직원을 체포, 연행하러 온 것이라고 했다. 체포 과정에서 물리적 저항이나 도주를 막기 위해서 인원을 지원받으려는 것이었다. 정말 그런 거물급을 잡으러 왔다면 자기들끼리 준비를 잘해 왔어야지 동네 파출소 같은 데 와서 협조는 무슨. 그런 생각을 하면서 바쁜 척 순찰일지를 채워 넣는데 파출소장이 인상을 한껏 찌푸리며 말했다.

"보다시피 지금 인원이 다 나가고 없소. 재랑 나랑 자리만 지키고 있는데 혹시 미친놈들 몇 명이 화염병만 들고 쳐들어와도 막을 사람이 없어요."

곱슬머리에 다부진 몸매를 가진 성이 문이라는 형사가 협조를 좀 해달라고 윽박질렀다.

"사람이 없잖소?"

"아니 소장님은 사람이 아니고 뭡니까?"

"나는 전신만신이 다 병이오. 당뇨, 혈압, 전립선염, 협심증, 관절염, 디스크 해서 큰 병만 해도 여섯 개에다가 방광……."

파출소장이 눈을 천장으로 돌린 채 자신의 병을 하나씩 꼽는 중에 문 형사가 내 곁에서 조그만 소리로 중얼댔다.

"아 이거 뭔 똥 씹는 소리야. 병신이 왜 비상시에 근무해? 그냥 집에 자빠져 계시지."

지병은 많아도 파출소장은 귀가 기가 막히게 밝았다. 그는 문 형사를 향해 소리쳤다.

"뭐라고? 지금, 뭐라고 했나, 자네? 응? 너 계급이 뭐야? 얀마! 마! 사람 말이 말같이 안 들려?"

말이 거칠어지자 덩치가 크고 차분한 인상의, 성이 최라는 형사가 앞으로 나섰다.

"소장님, 저희가 급해서 그럽니다. 우리도 죽겠습니다. 본서 인원도 학교로 투입되고 시위대 막으러 나가서 사람이 없습니다. 외근 나간 직원들 잠깐 좀 불러 주시면 안 되겠습니까? 부탁드립니다."

파출소장은 여전히 뺨을 후들거리며 빼낼 인원이 없다며 거절했다.

그러자 문 형사가 나를 가리키며 "그럼 쟤라도 델꼬 갑니다이. 쟤는 사람 아니니까. 됐죠?" 하는 것이었다. 나도 대꾸를 하려다가 최 형사가 눈짓을 하는 바람에 주저앉았다.

"소장님, 길어 봐야 밤 열두 시면 끝납니다. 애 좀 데리고 갔다가 돌려보내겠습니다."

소장은 여전히 마땅치 않다는 표정으로 "쟤 할 일 많아요. 청소하고 방범순찰하고 밤참 준비하고 취객 단속도 하고 설거지, 숙직도 해야 되니까 꼭 시간 지켜요" 했다. 그러자 문 형사는 내게 사복이 없느냐고 물었다. 내가 있다고 하자 옷을 갈아입고 따라오라는 것이었다. 사람이 아닌 군인답게, 영 점 오 초 안으로.

형사들은 차도 없이 왔는지 걸어서 움직이기 시작했다. 말대가리 청바지에 티셔츠, 점퍼 차림인 나는 경찰봉조차 없는 맨손이었고 그들 또한 수갑 하나씩밖에 없는 것 같았다. 문 형사는 무술을 단련한 사람인 듯 몸이 단단하면서도 걸음이 빨랐다. 문 형사보다 덩치가 큰 최 형사는 생각이 많은 사람 같았다. 그들과 함께 이십여 분가량 골목길을 걸어가며 몇 가지를 알게 됐다.

국립대 정문에서 하천을 따라 몇 백 미터 내려오면 녹색의 장막에 가려진 천여 평에 달하는 넓은 마당을 가진 '동양 최대의 파출소'가 있었다. 지상의 이층 건물에는 일반 파출소에 근무하는 일반 경찰관이 아닌, 1개 중대 규모의 정복 기동대가 상시 주둔하고 있었는데 국립대에서 시위나 소요가 벌어지면 즉각 출동할 수 있게끔 하려는 목적이었다. 그건 지상에 드러난 부분이고 중요한 건 겉보기로는 존재하는지 잘 알 수 없는 지하에 있었다. 국립대생들의 동향을 관찰하고

222

시위와 학생운동을 예방하기 위해 주동자를 색출, 검거하는 일을 주된 업무로 하는 경찰서 정보과 소속 학원반이 거기에 있었던 것이다.

학원반에는 경감 계급의 반장 아래 사복형사들이 근무하고 있었다. '에이원(A員)'이라고 불리는 형사들은 지하 벙커 학원반으로 상시 출퇴근을 했고 국립대학 안에도 수시로 드나들었으며 각자의 정보망을 가지고 있었다. 주로 학생을 포섭하거나 탐문해 정보를 캐냈는데 그들이 관리하는 정보원들을 '망원'이라고 불렀다. 에이원은 학내 시위 주동자나 운동권 핵심에 해당하는 사람을 검거하거나 조직을 와해시킴으로써 승진하는 것을 목표로 하고 있었다. 문 형사는 에이원이었다.

'비원(B員)' 역시 승진을 하기 위해 목을 매달고 있기는 마찬가지였다. 그들은 경찰서 관내 다른 부서에서 차출되어 운동권의 활동이 활발해지는 학기 중에만 학원반에 근무했다. 그들에게는 에이원 같은 정보망이 없었다. 그들은 주로 학내 시위가 벌어졌을 때 시위 주동자를 현장에서 검거함으로써 승진할 기회를 잡았다. 경쟁이 치열했으므로 시위 주동자를 잡는 건 심마니가 산삼을 캐는 것과 마찬가지로 확률이 높지는 않았다. 그래서 비원의 절반 정도는 승진시험용 교재를 끼고 살았다. 기왕 파견근무를 나온 이상 대기하는 시간이 길었고 그 시간 동안 공부를 해뒀다가 시험에 합격해서 정상적으로 승진하자는 것이었다. 최 형사는 비원이었다.

문 형사와 최 형사 사이에는 서로를 백안시하는 듯한 분위기가 있었다. 문 형사는 최 형사가 학원반 업무에 미온적이고 수동적이라는 게 불만이었고 최 형사는 문 형사의 무지막지하고 집요한 성격 자체를 싫어하는 눈치였다. 그들은 특진이든 전출이든 방학이든 뭐든 빨리 되어서 이 지겨운 곳을 어서 떠났으면 좋겠다는 데서만 일치를 보이고 있었다.

망원에게서 학생 운동권의 거물급 이론가가 공단에 위장취업해서 활동하고 있다는 첩보를 입수한 건 에이원인 문 형사였다. 그런 그가 평소에 마음에 들어 하지 않는 비원 최 형사를 데리고 올 수밖에 없었던 건 그만큼 학원반이 바쁘게 돌아간다는 이야기였다. 그 거물이 여자이고 이론가여서 만만하게 여긴 탓도 있었다.

최 형사는 한 손에 승진시험용 문제집을 들고 있는 채였다. 책이 아니더라도 그와는 어쩐지 말이 좀 통하는 듯했다. 최 형사가 물었다.

"척 보니 냄새 난다. 너 대학 다니다 왔지?"

나는 고개를 끄덕거렸다.

"휴가 나가거든 이태원 나이트 같은 데 가서 빨리 여자애 만나서 애인이라도 만들어라. 그러면 국방부 시계가 팍팍 돌아가 주니까."

그는 웃으면서 하나 마나 한 충고를 해주었다. 늦가을의 밤길, 형사들의 구둣발 소리가 골목을 울렸다. 번개 모양 마크로 유명한 'Nike' 운동화를 흉내 냈지만 번개가 거꾸로 그려진 가짜라서 '사이키'라는 별명이 붙은 운동화를 신은 내게서는 발소리가 나지 않았다. 세 사람의 그림자가 가로등이 가까워지면 진하고 짧아졌다 멀어지면서 희미하고 길게 늘어지곤 했다.

"저 집이다. 89 다시 114호, 일층 맨 안쪽 방. 108호."

문 형사가 양복 안주머니에서 수첩을 꺼내 주소를 확인한 뒤 거물이 거주한다는 집을 지목했다. 차가 다니는 길에서 골목 안쪽으로 대여섯 집 지나 있는 89-114호 이층 건물은 공장에 다니는 사람들이 두셋씩 짝을 이뤄 자취하는 방 스무 개쯤과 주인집으로 이루어진 전형적인 '벌집'이었다. 쓸데없이 크기만 하면서 고장이 난 철대문을 지나자 마당과 야외화장실 두 개가 나왔고 수도가 있었으며 손바닥만 한 화단에 장미넝쿨이 멋대로 자라고 있었다. 문 형사는 제 집이라도 되는 듯 거침없이 안으로 들어갔다. 좁은 복도 양쪽으로 여인숙처럼 방들이 늘어서 있었다. 문 형사는 108호의 얇은 잿빛 유리와 베니어판으로 만들어진 문에 작은 자물쇠가 달려 있는 것을 보고는 솥뚜껑 같은 손으로 몇 번 잡아당겨 보더니 이층으로 올라가 십여 분 뒤 집주인을 데리고 왔다. 칠십대로 보이는 집주인은 열쇠뭉치를 들고 있었는데 불안하면서도 마땅치 않아 하는 표정이었다. 아무리 경찰이라고는 해도 영장도 없이 멋대로 임차인의 방을 수색하겠다고 하니 울며 겨자 먹기로 협조는 하고 있지만 호의적이지는 않았다. 자물쇠를 열어 주고 나서도 집주인이 거기에 남아 있는 목적은 형사들이 뭘 훔쳐 가지나 않는지 감시를 하는 것이었다.

문을 열고 부엌의 불을 켜자 양동이가 얹힌 연탄화덕과 석유풍로가 보였고 벽에는 엉성한 간이찬장이 있었다. 석유풍로 옆에 또 얇은 합판으로 만들어진 방문이 있었다. 방은 세 사람이 들어서자 움직이기가 불편할 정도였다. 원래는 그렇게 작은 방이 아니었는데 앵글로 만든 책장과 탁상용 스탠드가 달린 책상, 간이옷장 등이 있어서 좁은 것이었다. 책장에는 내가 전혀 모르는 책들이 많았다. 일어, 영어 원서를 복사한 종이뭉치도 쌓여 있었고 독일어와 한문으로 된 것도 있었다. 나는 불빛이 책 표지에 닿을 때마다 제목만 훑기에도 바빴다.

"여긴 완전히 빨갱이 소굴이구만. 이 빌어 처먹을 기집년이 대한민국 최고의 국립대학에서, 국가에서 주는 장학금 받아 가면서 하라는 공부는 안 하고 뭐하는 짓거리야."

도끼눈을 한 문 형사가 큰소리로 투덜댔다. 그는 글자로 쓰인 것을 보는 순간 잠이 드는 체질이라는 것이었다. 최 형사가 입술을 비틀며 무슨 말을 할 듯 말 듯하다가 그만두었다. 그가 손에 집어 든 책 다음에 놓여 있던 책을 나는 무심히 꺼내 들었다. 문 형사의 그림자 때문에 어둡긴 했지만 누런 표지에 박힌 글자는 프란츠 파농과 《大地의 저주 받은 者들》이었다. 가슴이 쿵, 내려앉았다.

나는 그게 민현이 들고 다니던 책임을 알아보았다. 그건 책에 묻은 손때와 냄새와 빛깔과 표지가 닳고 바랜 정도 등등 수많은 요소를 순식간에 총합해서 결과를 산출해 냈다기보다는 직감이었다. 운명이라고 해도 된다. 나는 내 표정의 변화를 아무도 눈치채지 못하는 걸 다행스럽게 여기면서 책을 읽는 체하다가 바닥에 던졌다.

"야, 전경. 너 이름 뭐야. 너 서울서 대학 다니다 왔댔지?"

갑자기 문 형사가 나와 최 형사 사이에 끼어들며 물었다. 최 형사가 책을 덮는 순간 나는 그게 《有閑階級論》임을 알아보았다.

"아 예, 저 이세길이고요. 그냥 후진 대학교 댕기다 왔어요."

"이 쌔끼, 너 데모하다 왔으면 나한테 오늘 죽는다. 그런데 이거 뭐라고 쓴 거야, 최 형사."

"거 뭐 중요한 거 아닌 거 같은데요. 방 주인이 우리 보고 도망가기 전에 나갑시다, 문 형사님. 나중에 주인 오면 붙들고 물어보면 되지요."

"왜 이래. 만날 책만 끼고 사는 교수님이 이런 글자 하나 못 읽는다는 게 말이 되나. 보자, 이건 있을 유, 그 다음이 문 문 잔가. 씨부랄."

"우리 때는 학교에서 한자 공부를 안 시켰어요. 박정희 아들이 개고생한다고 그랬다나 뭐라나. 그래도 그 글자는 알지요. 한가할 한."

나는 그들끼리의 신경전을 모른 체하며 몸을 돌려 먼저 방을 빠져나가려고 했다. 그러나 문 형사는 아무리 무지막지해도 형사는 형사였다. 그가 나를 불렀다. 막 몸을 굽혀 발밑에 있는 책을 주워든 참이었다.

"야, 전경. 네가 이 책 제목 좀 읽어 봐, 이거."

나는 몸을 돌렸다. 가슴이 미친 듯 뛰었다. 그는 전구에 책 표지를 가까이 대고 천천히 한 글자씩 제목을 발음했다.

"이건 나도 알겠는데. 대, 지, 아냐. 저, 주 받은 자들. 맞지? 이게 뭔 말이야. 얀마, 이세길! 아까 최 형사 들고 있던 책, 그거 제목 불러 보라니까."

나는 한자는 잘 모른다고 말했다. 그때 최 형사하고 눈이 마주친 것은 최 형사가 나를 유심히 경찰(警察)—경계하며 살피고 있었기 때문이었다. 그 역시 《大地의 저주받은 者들》이라는 제목을 순간적이나마 읽었고 그 다음에 보니 그 책이 없어져서 어디로 간 것인지 궁금해 하던 차였던 것이다.

내가 그 책을 바닥에 버리지 않았더라면 아무 일도 없었을까. 그건 모른다. 조금 버티기는 했지만 결국 나는 내 입으로 '유한계급론'을 발음하지 않을 수 없었다. 그게 나와 아무 상관이 없는 것임을 입증하기 위해. '계급'이라는 말이 나오자마자 문 형사는 선불 맞은 멧돼지처럼 날뛰었다. 그들이야말로 어떻게든 계급을 올리기 위해 '계급투쟁'을 벌이고 있는 중이었으니 그것이 의미하는 바가 무엇인지는 충분히 잘 알고 있었다.

"계급론, 그거 쓴 놈이 칼 마르크스지? 이거 제대로 한 건 한 거 같다. 쎄길아, 수고했다."

"베, 베블렌인데요. 마르크스 아니고요."

"배불러고 지랄이고 뭔 개소리야. 계급론 하면 무조건 마르크스지. 혁명 하면 레닌이고. 이 쌔끼야, 내가 태권도 주특기로 경찰에 특채됐어도 알 건 알아. 그리고 이거 뭐야?"

문형사가 책장 맨 아래에서 집어 올린 것은 기름 냄새가 나는 종이 뭉치였다. 거기에는 정말 노동자, 혁명, 계급투쟁, 역사, 발전, 러시아, 마르크스 같은 단어가 빼곡히 들어차 있었다.

"두 사람, 내가 분명히 이야기하는데 이거 누구한테도 말하면 안 돼."

두 권의 책과 함께 종이 뭉치를 추리면서 문 형사가 말했다. 그가 책 맨 마지막 장에서 민현의 독특한 사인 'Pak Min Hyon'과 수첩에 적힌 학생운동의 거물, 위장취업자, 이론가의 이름이 일치하는 것을 꼼꼼히 확인하고 난 뒤였다.

산길로 접어들자 길이 제법 가파르다. 얼마 전 내린 비로 군데군데 웅덩이가 깊게 파였다. 경사가 심한 곳은 콘크리트 포장을 해놓았지만 임도를 넓혀 만든 산복도로라 삼분의 이 이상이 비포장이다.

험하고 가파른 길을 갈 때 쉽고 안전하게 갈 수 있는 방법은 하나다. 천천히 가는 것. 투르 드 프랑스 대회를 연속 제패한 사이클 황제도 3극점 7대륙 최고봉을 오른 산악 영웅도 똑같은 방법을 쓴다. 그럴 수밖에 없다.

땀이 흐르고 숨이 차오르면서 페달질이 느려진다. 그러나 꾸준히 가고 있다. 곧 무념무상의 경지가 올 것이다. 내 몸이 경사에 적응하고 고도에 적응하고 자전거에 적응하고 자연에 순응한다. 그렇게 최적화되면서 선정에 든 사람처럼 오로지 숨을 헉헉대는 나와 천천히 구르는 자전거의 바퀴밖에 느껴지지 않는 순간이 온다. 민현은 이미 그 경지에 들어 있는 듯하다. 숨소리조차 들리지 않는다. 그녀가 숨소리를 내지 않아서가 아니라 내 숨소리가 너무 커서 그렇다. 나는 오로지 내 육체에 집중한다.

하루가 넘어갔다. 정확하게는 날짜가 11월 3일에서 11월 4일로, 밤 11시 59분 59초에서 0시 0분 0초로 넘어간 것이었다. 회합은 계속되고 있었다. 민현의 방에서 불과 사오백 미터쯤 떨어진 곳에 있는 또다른 벌집에서 수출공단의 공장에 다니는 대학생 출신 노동자들이 모여 하루를 결산하고 나서 이론학습에 이어 앞으로의 전망과 방침에 관해 자유토론을 벌이고 있었다. 발소리가 나지 않는 내가 잠깐 가서 살펴보고 온 바로는 방 앞에 십여 명의 신발이 있었다.

문 형사는 방 안에서 토론을 주도하고 있는 민현을 검거하는 것을 가장 우선적인 목표로 잡았다. 다른 사람들은 잡아도 되고 안 잡아도 되는 피라미라는 것이었다. 하지만 그 피라미의 숫자가 너무 많아서 월척인 민현을 붙드는 것을 방해받을 수 있다는 게 문제였다. 여자인 민현이 혼자가 되면 남자 셋이 잡는 건 쉽고, 회합 참석자 대부분은 다음 날 출근을 할 것이므로 회합이 끝날 때까지 기다려 보자고 하면서 잠복근무에 들어갔다.

이층 방에는 간간이 사람이 들락거렸고 일층 대문 곁에 있는 공용 화장실의 붉은 알전구에 불이 들어왔다 꺼졌다 했다. 세 사람은 회합이 열리고 있는 이층 방의 불빛이 멀찌감치 건너다보이는 구멍가게 안에 놓인 플라스틱 탁자 앞에 앉아 있었다. 문에 붙어 앉은 문 형사는 바깥을 내다보면서 계속 하품과 욕을 해댔다. 그중에는 학생 운동, 노동 운동, 민주화 운동을 한다는 운동선수들이 알고 보면 혼숙을 하면서 집단 섹스를 한다는 둥 어디 성당에서 농성하면서 단식투쟁한다고 해서 근처 구멍가게의 문을 닫아걸고 신부 사택의 우유 배달을 막았더니 하루 만에 다 기어 나오더라는 것도 있었다. 반면 최 형사는 이따금 책자를 폈다 덮었다 하며 별 말 없이 차분하게 앉아 있었다.

구멍가게의 안방에 있는 전화기로 파출소에 전화를 걸어서 늦을 것 같다고 이야기했다. 파출소장은 혈압약을 집에 두고 왔다며 어서 빨리 들어오라고 성화였다. 전화를 끊고 나가자 문 형사는 혼자 앉아 있다 최 형사가 화장실에서 돌아오는 것을 보고는 입이 찢어져라 하품을 했다.

"야, 정말 졸려서 뒤지겠네. 좀 움직여야 쓰겠다. 최 형사. 얘랑 여기서 좀 더 보고 있어 봐. 나는 그 기집년 방으로 가서 책 좀 보면서 지키고 있다가 혹시 들어오걸랑 붙잡아 가지고 일루 올 테니까. 여기서 모임 끝나걸랑 섣불리 고 기집애 먼저 잡으려고 하지 말고 뒤따라

230

만 와. 그 집서 우리 다 같이 만나서 쇼부 보자고. 만에 하나 중간에서 샐 거 같으면 애를 나한테 총알같이 보내고. 뭔가 상황이 있으면 일로 전화할게. 알았지?"

최 형사는 눈을 깜박거리며 문 형사의 의도가 뭔지 헤아리는 눈치였다. 하지만 결국은 고개를 끄덕거렸다. 그는 문 형사와 같이 앉아 있는 것 자체가 싫고 부담스러운 것 같았다. 문 형사가 떠나고 난 뒤 삼십여 분이 더 흘렀다. 최 형사가 탁자에 얼굴을 묻고 엎드렸다. 구멍가게 주인이 몇 번 문소리를 냈다. 문을 닫고 싶은데 안면이 있는 나와 무게감 있는 최 형사의 존재 때문에 말을 못하는 것 같았다. 나는 최 형사에게 한번 살펴보고 오겠다고 한 뒤 자리에서 일어섰다.

처음 회합이 열리는 방에 정찰을 하러 갈 때는 가까이 갈수록 가슴이 더 격렬하게 뛰는 것이 민현이 거기 있다는 것을 증명해 주었다. 이번에는 대문 근처에 갔는데도 아무런 신호가 없었다. 나는 벌집의 세입자인 양 태연하게 집 안으로 들어섰다. 계단을 올라가 방 앞을 지나가며 한 번 동정을 엿보고 나오면서 다시 한 번 살폈다. 기타 소리가 흘러나왔다. 공식 회합은 진작 끝나고 술판이 벌어진 것 같았다. 부엌에 엉켜 있는 신발을 보니 여자 신발은 없었다. 모골이 송연했다.

계단을 내려와 발자국 소리가 나는 것도 아랑곳하지 않고 뛰었다. 전력질주로 민현의 방이 있는 곳까지 갔다. 뛰었으니 가슴이 뛰는 건 당연했다. 그런데 거기에는 다른 방식의 동계(動悸)도 겹쳐 있었다. 민현이 가까이 있고 뭔가 위험에 처해 있다는 직감이 보내는 강력한, 비정형의 신호였다.

이층 건물인 벌집, 일층의 여덟 개나 되는 방 가운데 일곱 개의 방에는 인기척도 불빛도 없었다. 민현의 방, 108호의 문에는 작은 자물쇠가 걸려 있지 않았다. 얇은 불투명 유리와 베니어판으로 된 문은 안으로 잠겨 있었다. 나는 문을 두드리는 대신 귀를 유리에 바싹 갖다 댔다. 남자의 굵은 목소리가 들렸다. 모기 소리 같은 여자의 외침도 들리는 것 같았다. 미칠 것 같았다.

나는 수돗가로 나와서 도끼 같은 게 없는지 찾았다. 안에서 문을 잠근 문고리, 아니 문, 아니 문 형사의 머리를 부숴 버릴 셈이었다. 없었다.

애써 심호흡을 하며 전후 사정을 헤아려 보았다. 그녀에게 당장 걸린 혐의는 불온서적이나 문서 소지 정도일 것이다. 그런 걸 가지고 불문곡직 잡아가기에는 함량이 부족하다. 문 형사는 조금 더 취조를 하려 했다. 민현에게서 민주화, 혹은 노동 현장의 조직과 배후에 관련된 정보를 캐려고 할 게 뻔했다. 그것도 빠른 시간 안에 필요한 것을 입수해서 혼자만의 공으로 만들려 했다. 그녀가 그걸 알고 있든 그렇지 않든 곤욕은 예정되어 있었다. 그걸 견딜 수 있을까. 어떻게 해야 하나.

저 문을 열면 무엇이 기다릴까. 태풍이 몰아치고 파도가 방파제를 넘어 덮쳐들며 벼락이 공중을 죽죽 찢어 버리는 고향의 밤바다 같은 지옥 같은 공간이 열리지는 않을까. 두려웠다.

나는 이럴 수도 저럴 수도 없다는 걸 알게 된 후에야 최 형사에게 달려갔다. 그는 여전히 엎드린 채 앉아 있다가 내 재촉에 잠에서 덜 깬 얼굴로 따라 일어섰다. 문 형사가 민현을 혼자 빼돌린 것 같다고

232

하자 그의 얼굴은 삽시간에 굳어 갔다. 민현의 방으로 향해 가며 횡설수설하는 내 설명을 듣던 그의 발걸음이 빨라졌다. 마지막에는 거의 달리다시피 했다.

최 형사는 고장 난 철대문에 걸려 넘어질 뻔하다 균형을 회복하고는 벌집의 일층 복도를 밝히는 형광등 스위치를 찾아 불을 켰다. 그 작은 스위치에서 나는 딸깍, 하는 소리가 얼마나 크게 느껴졌던가. 그 작고 희미한 형광등 하나가 밝히는 불빛이 얼마나 눈부셨던가. 최 형사는 내가 무슨 느낌으로 어떤 생각을 하는지 상관하지 않고 민현의 방으로 통하는 바깥문을 거세게 두드렸다. 나는 그의 옆 벽에 바짝 붙어 있었다. 여차하면 두 형사 사이에서 민현을 구출해 낼 셈이었다. 힘이 달려 못한다 해도 할 수 없다. 나는 내 인생을 걸었다.

"뭐야?"

의외로 응답은 쉽게 나왔다. 냉정을 회복한 최 형사는 문을 톡톡 치며 말했다.

"문 형사님, 면회 좀 합시다."

"아, 용건이 뭐냐고."

"잠깐 나오세요."

"아 씨부랑까, 빨리 그냥 이야기해. 나 바쁘다고. 보면 몰라?"

"안 보여서 모르겠는데요. 좀 나오세요."

"뭔데?"

문이 열리면서 찌걱찌걱, 울었다. 와이셔츠 차림에 볼펜을 손에 쥐고 문 형사가 나왔다. 최 형사는 내 쪽으로 등을 반쯤 보인 채 문 형사와 마주 섰다. 한 손은 주머니에 넣은 채였다. 나는 최대한 눈과 귀를 집중해 안쪽을 들여다보았다. 방 안은 어두워서 보이지 않았다.

"지금 뭐 하고 있는 겁니까."

"뭘 하든? 니가 뭔 상관이야?"

"같이 온 나를 쏙 빼놓고 여자 용의자하고 단둘이서 캄캄한 방에 마주 앉아서 뭘 하고 있냐고요? 심문입니까, 취조하는 겁니까?"

"아 나 참, 이 새끼가 돌았나. 너 뭐 잘못 처먹었냐?"

"문 형사님, 말조심하세요. 나도 문 형사님처럼 대한민국 경찰관이에요."

"그래 대한민국 경찰이라는 놈이 다른 경찰이 중요한 정보를 얻어 내고 있는데 와서 시비를 걸어? 너 제정신이야?"

"문 형사님이 제정신인지 묻고 싶습니다. 근무수칙에 여자애 하나 데리고 방문 때려 잠그고 일대일로 앉아서 조지라는 게 있냐고요."

"야, 너 경찰에는 어떻게 기어들어 왔냐? 빽뺑이로 왔냐? 슈발아, 얘 아는 애들이 지금 다음 주 시위 주동으로 나온대잖아. 빨리 줄 땡겨서 잡아들여야 할 거 아냐. 그게 대한민국 경찰이 할 일 아니냐고. 내가 정상이야, 네가 정상이야?"

"나는 그 방법이 정상적인 거냐고 묻고 있는 겁니다, 지금."

"남이사 배창시 빼서 줄넘기를 하거나 말거나."

"그 여자애 학원반에 넘기세요. 아니 지금 당장 본서로."

"못한다. 내가 잡은 거를 왜 본서에 넘기냐, 언놈 좋으라고."

"당신이 본서에 가서 정상적인 절차대로 취조를 하면 될 거 아닙니까?"

"뭐 당신? 당신? 이 좀만 삐윈 새끼가 이제 보니까 내가 승진하는

234

게 배 아프니까 개기러 온 거구만, 완전히. 야, 이 쌔발라새끼야, 너 나랑 한판 뜨고 싶다 이거지? 그치?"

쿵, 하는 소리가 들렸다. 문 형사가 최 형사의 가슴을 손바닥으로 쳐서 최 형사가 문에 부딪히며 난 소리였다. 곧 최 형사가 문 형사의 오금을 낚아챘고 문 형사 역시 바닥으로 쓰러졌다. 둘은 뒤엉켜 뒹굴기 시작했다. 복도가 좁은 데다 서로 팔을 쥐고 있어서 결정적인 타격은 날리지 못하는 상태였다. 그때 집주인이 말했다.

"지금 남의 집에서 뭣들 하는 게요. 이 야밤에. 경찰이면 다야? 나도 보안대 출신이야!"

나는 최 형사의 허리띠를 움켜잡고 집주인은 문 형사의 두 팔을 잡아 두 사람이 다시 접근하기 힘들게 막았다. 입술이 찢어진 문 형사는 드라큘라처럼 이를 붉게 물들인 채 죽여 버리겠다고 소리를 지르고 있었고 최 형사는 "야 이 자식아, 경찰 전에 사람부터 돼라"고 부어오른 얼굴로 훈계를 하고 있었다. 이상하게도 다른 셋방에서는 아무런 소리도 나지 않았다. 숨을 죽이고 있는지도 몰랐다. 차츰 두 사람의 숨소리가 가라앉고 서로를 노려보던 상태에서 문 형사가 내게 말했다.

"야, 전경. 저 쓰가발 새끼 때매 재수 옴 붙었다. 너 안에 들어가서 내 양복 윗도리 꺼내 가지고 와."

내가 최 형사의 허리띠를 놓고 부엌을 통해 들어가 방문을 열자 어둠 속에 누군가 앉아 있는 게 보였다. 문 바로 옆 방바닥에 놓여 있는 양복을 꺼내와 문 형사에게 건넸다. 문 형사는 양복을 걸쳐 입은 뒤에 최 형사에게 밖에 봐둔 공터가 있다고, 나가서 제대로 일대일로 한판 붙자고 제안했다. 최 형사는 두말없이 그를 따라나섰고 집주인은 구경거리라도 생긴 것처럼 두 사람을 따라 집 밖으로 나갔다. 그들의 발소리가 사라지기도 전에 나는 다시 문을 열고 방으로 들어섰다. 스위치를 누르자 작은 형광등이 몇 번 깜박거리다 켜졌다.

거기에 민현이 있었다. 수갑이 채워진 채 앉아 있었다. 머리는 흐트러져 있었고 공장에 다니는 여공이 입는 회색 제복 바지에 검푸른 티셔츠를 입고 있었다. 셔츠가 젖혀 올라가 있었고 한쪽 젖가슴이 드러난 채였다. 젖가슴 한가운데의 작은 젖꼭지가 빨갰다.

그녀는 나를 노려보았다. 입술을 앙다문 채. 곧 나를 알아보았다. 놀라지 않았다. 우리는 모르는 사이였다. 그녀가 병원에서 마지막으로 내게 말한 대로라면. 하지만 그녀는 내게 가까이 오라고 말했다. 수갑을 풀어 달라고 했다. 내게는 열쇠가 없었다. 범죄영화의 주인공처럼 머리핀 하나로 수갑을 풀 재주도 없었다.

책상 위에는 조직도를 그리려고 한 흔적이 있었다. 그녀의 이름이 하단 다섯 개의 네모 칸 하나에 들어 있었고 다른 칸과 그 위에 있는 칸에 물음표가 그려져 있었다. 그 위로 위로 한참 올라가서 야당 정치인의 이름도 보였다.

잠시 생각을 하던 그녀는 문을 잠그라고 했다. 부엌문, 그리고 방문을.

나는 문을 잠갔다. 그녀는 가까이 와서 자신을 안아달라고 했다. 나는 시키는 대로 했다. 내 의지대로 할 수 있는 건 별로 없었다. 그녀의 몸은 딱딱했고 약간 떨리고 있었고 머리카락은 땀에 젖어 있었으며 얼굴 역시 축축했다.

"어서 나를 가져. 저 사람들한테 내가 더 더러워지고 망가지기 전에."

오, 민현. 내가 어떻게?

"시간이 없어. 빨리 그 사람 돌아오기 전에."

모든 것은 삽시간에 이루어졌다. 나는 그녀에게서 회색 제복 바지를 벗겼다. 그녀는 몸을 비틀어 바지와 팬티가 쉽게 벗어지게 도왔다. 서둘러, 서둘러서.

"나를 사랑한다고 말해 줘."

그녀의 말에 나는 복종했다. 아니 그건 사실이었다. 처음부터 영원까지. 사랑해, 사랑해, 사랑해.

민현, 민현, 민현, 오 나의 민현.

그녀의 몸속으로 곧바로 진입했다. 그녀의 몸, 그 입구는 젖어 있지도 말라 있지도 않았다. 그저 객관적이라는 느낌? 이성과 논리에 의해 열기로 결정하고 과학적인 절차에 의해 열었다는 느낌. 그녀는 한껏 다리를 벌렸다. 그리고 신음했다. 그게 아파서인지 알 수 없었다. 그냥 순서처럼 느껴졌다.

마지막 사랑해, 라는 말과 함께 나는 사정했다. 마치 내 존재 전부가 한 군데 좁은 관으로 밀려 나가는 느낌이었다. 죽어도 좋아. 나는 그 말의 뜻을 알게 되었다.

그녀는 부엌으로 가서 쭈그리고 앉더니 오줌을 누었다. 그리고는 옷을 입혀 달라고 했다. 내가 그녀의 바지를 다 끌어올리고 나자 그녀는 서울 시내 어디쯤에 있는 '세진정'이라는 곳으로 최대한 빨리 찾아가라고 내 귀에 밀어처럼 속삭였다. 자신이 지금 잡혀 있다는 것을 세진정 주인에게 알려 달라고 했다.

차마 혼자 두고 갈 수 없어 머뭇거리는 나를 단호하게 꾸짖고 재촉해 방을 나서게 하면서 그녀는 말했다.

"네가 있어서 다행이야. 불은 그냥 켜두고 가."

산길로 접어든 지 삼십여 분만에 마침내 정상 부근까지 왔다. 세계에서 가장 길다는 돌담이 나타난다. 이곳에서는 신라 시대부터 말을 길렀다는 기록이 남아 있고 《조선왕조실록》에도 목장 감독관을 수령이 겸임하도록 한 것으로 보아 길게는 천오백 년 전부터 말을 길러 왔다. 말목장을 두르는 울타리를 마성(馬城)이라고 하는데 실은 석책(石柵)—사람이 쌓은 돌로 만든 담—이다. 팔 킬로미터에 달하는 돌담 중에 아직도 남아 있는 게 육 킬로미터나 된다. 호랑이의 피해가 극심해 호랑이를 잡기 위해 삼십여 명의 포수와 창군이 배치되었다고 표지판에 설명이 되어 있다. 말에게 물을 먹이는 웅덩이 오십여 개소와 눈과 비를 피할 수 있는 마구 십구 개소도 있었다고 하고 목자군이 목장 안에 살면서 말의 분뇨를 치우거나 관리에 동원되었다는 기록도 있다.

내가 고향에 돌아오고 나서 몇 년 뒤에 마성을 관광자원으로 개발하기 위해 무너지고 흩어져 있던 돌담을 따라 탐방로를 조성했다. 임도를 넓히고 벚나무를 길가에 수백 그루 심었다. 산중에 운동시설도 만들었다.

자전거를 세웠다. 헬멧을 벗어 자전거에 걸고 민현이 타고 온 자전거와 내 자전거를 나무 사이에 감추었다. 예나 지금이나 좀체 사람이 오는 곳은 아니지만 힘들여 마음에 드는 부품을 모아 조립한 자전거를 잃고 싶지는 않다. 그녀의 자전거는 캘리포니아의 산악자전거 전문 제작업체에 주문 생산해 온, 수천만 원을 호가하는 고가품이기도 하다.

오른쪽으로 해발 이백 미터쯤 되는 정상으로 가는 가파른 흙길을 따라 올라간다. 길 주변에 진달래, 노간주나무가 서 있고 철에 맞게 구절초가 무더기로 피어 있다. '구절초'라고 손바닥만 한 팻말을 구절초 군락 앞에 심어 놓은 게 고맙다.

민현은 "구절초랑 쑥부쟁이, 벌개미취를 구별할 줄 알면 식물에 대해 꽤 안다고 자랑해도 돼" 하면서 구절초 무더기 너머에 있는 쑥부쟁이를 가리킨다. 차이점을 말해 보라는 것이다.

"다 같이 들국화라고 하면 안 돼?"

나는 나의 평범함으로 저항한다. 민현은 피식 웃는다.

"정말 이제 어쩔 수 없이 아저씨가 다 됐군."

그러면서도 참을성 있게 세 식물의 차이에 대해 설명한다. 나는 아래의 표지판에 있던 설명 가운데 마성, 석책, 돌담의 차이가 뭘까 생각한다. 그새 설명이 끝났다.

하늘이 보인다. 조선 시대의 봉수대를 복원해 놓았다. 다시 표지판과 설명이 붙어 있다. 내가 열심히 그걸 읽고 있는 동안 민현은 봉수대 앞에 서 있는 나무와 봉수대가 이루는 풍경을 여러 각도로 살피는 중이다. 바람이 부는지, 하늘에서 떠 있는 구름이 움직이는지 살피고 그 변수를 적용하기도 한다.

"올라가 봐, 전망대에?"

그녀는 고개를 젓는다. 그러면서 그림처럼 수해 너머 펼쳐진 바다의 반대편을 가리킨다. 아하, 하고 감탄사가 절로 터진다.

높지 않은 산봉, 그러나 첩첩한 산봉의 능선이 파도처럼 어깨를 겯고 다가오고 있다. 아득하게 푸른 안개가 끼어 있다. 누가 침 흘리는 호랑이를 무릅쓰고 이곳을 수천 마리의 말을 기르는 목장으로 선정했는지는 몰라도 그 또한 분명 정상에서 저 춤추는 능선과 봉우리를 보았을 것이다. 그는 이곳이 정녕 지기가 응결한 비범한 자리라고 옆에 있는 누군가에게 말했을 것이다.

눈을 뗄 수 없었다. 산악 군단의 장엄한 행진이었다. 마치 영원히 부딪쳐 오는 파도를 향해 뭍이 조응하듯, 혹은 그 반대로 파도가 하늘에 부딪쳐 가는 능선을 흉내 내듯, 혹은 뭍과 바다가 서로를 닮기 위해 맹약이라도 한 듯 그 둘은 지독히도 닮아 있었다. 누가 닭이고 누가 달걀인지 알 수는 없지만.

삼십여 년 전 11월의 어느 일요일에 나는 서울 북촌, 조선시대에 양반들이 살았다는 동네 한복판 기와가 씌워진 고색창연한 담 앞에 서 있었다. 한눈에도 일반인이 범접할 곳이 아닌 듯 보였다. 열려 있는 솟을대문에는 문패도 번지수도 보이지 않았다. 행랑채만 해도 여러 식구가 거주할 만했다. 중문을 지나가야 닿는 고래등 같은 기와집 안채까지는 아득히 멀어 보였다. 하지만 나는 가야 했다.

평생 들어 본 적이 없는 낯선 이름인 세진정까지 찾아오는 데 한나절을 소비했다. 아침은 물론 점심도 먹지 못하고 헤매다 보니 아무리 청춘이라 한들 눈에 헛것이 보일락 말락 했다. 솟을대문을 들어서자 누군가 빗자루로 깨끗이 쓸어 놓은 흙길 양쪽으로 무릎 높이의 석축이 쌓여 있었고 오래된 향나무가 줄을 이었다. 향나무의 뒤쪽에는 병풍처럼 키 큰 회화나무와 소나무가 서 있었다. 맨 뒷줄에 서서 넉넉한 품을 벌린 채 아래를 굽어보고 있는 건 오동나무였다. 가지를 둥글게 다듬어 놓은 철쭉과 반송이 있었고 단풍나무, 배롱나무와 박태기나무도 보였다. 나리와 백일홍, 맨드라미에 황국, 백국, 구절초 같은 국화 종류와 그 외에도 이름 모를 외국종 꽃들이 잔뜩 피어 있었음에도 시골길처럼 코스모스가 일렬로 심어져 하늘거리고 있었다. 집주인이 어지간히 꽃과 나무를 좋아하는 것 같았다. 중문은 여닫는 문이 아니라 큰 나무판으로 가운데를 막아 시선을 차단한 형태였다. 가까이 다가가자 헛것이 보이는 게 아니라 헛소리가 들려왔다. 모차르트의 오페라 《피가로의 결혼》에 나오는 〈산들 바람이 부드럽게〉였다. 그때는 무엇인지도 몰랐으나 가슴을 저미는 아름다운 여성 이중창이 고래등 같은 지붕에 중문까지 갖춘 한옥에서 흘러나오고 있으니 헛소리로 여길 만도 했다.

Che soave zeffiretto questa sera spirera
산들바람이 부드럽게 불어오네
Sotto I pini del boschetto Ei gia il resto capira
숲의 소나무 아래 나머지는 그가 알 거야
Canzonetta sull`aria Che soave zeffiretto
소리 맞춰 노래해 부드러운 저녁 바람아

세비아에 사는 알마비바 백작이 젊고 아름다운 처녀 수산나에 빠져 한때 열렬히 사랑했던 백작 부인을 돌보지 않자 백작 부인이 수산나와 짜고 백작을 골탕 먹이기 위해 편지를 쓴다. 백작 부인이 내용을 부르면 수산나가 편지를 따라 적는 형식이어서 가사가 두 번씩 반복된다. '사랑의 이중창'이라고 불리는 유명한 노래로 어디서 들은 적은 있었지만 그때만 해도 내가 잘 아는 노래가 아니었다. 중문 안에는 백작 부인이 살고 있지 않았다. 물론 백작도 없었다.

"어디서 왔어요?"

이십대 중반으로 보이는 수산나처럼 젊고 예쁜 여자가 갑자기 튀어나오며 물었다. 홍조가 짙은 얼굴에는 취기가 있어 보였다. 화장실에 다녀오는 길 같았다. 화장실 또한 기와지붕에 장중한 빗장이 달려 있었다. 나는 더듬거리며 집주인, 아니 사장님을 만나러 왔다고 말했다.

"집주인? 사장님? 우리 집에는 그런 사람이 없는데."

여자의 눈길이 향하는 곳으로 눈을 돌려 보니 난간이 둘러쳐진 대청마루에 일고여덟 명의 여자들이 모여 있었다. 이럴 때 사극 같은 데서는 "어디서 온 뉘라더냐" 하고 대감마님이 묻는 소리가 들려와야 하는데 들리는 소리는 온통 여자들의 웃음소리와 아리아뿐이었다. 하지만 나는 그 집의 주인을 만나야 했다. 만나지 못한다면 내 인생에서 가장 소중한 순간이 아무런 의미가 없는 것이었다. 내 삶 또한 마찬가지가 될 것이었다.

"여기 박민현이라는 여학생 아는 분 안 계십니까? 박민현입니다. 박민현입니다. 박민현입니다."

나는 고래고래 소리를 질러댔다. 해바라기도 귀가 있으면 들을 수 있도록. 회화나무도 은행도 향나무도 측백나무도 백일홍도 모란도 가죽나무도 귀를 기울이도록. 그렇게 해서 불려간 곳은 중년의 아름다운 여성 앞이었다.

"누군데 남의 영업집에서 개지랄을 떨어 쌓노?"

여자의 입에서 나온 말은 험했다. 하지만 나는 그녀가 누구인지 직감적으로 알아보았다. 누구보다 민현을 닮았으므로. 어안이 벙벙했다.

"여 앉아 봐라."

나는 그녀가 시키는 대로 했다. 그럴 수밖에 없었다. 그녀, 그녀 모녀의 유전자에는 나를 무조건 복종하게 하는 어떤 것이 있는 듯했다.

"니 어데서 왔나?"

이십대 중반의 나이에 비슷하게 생기고 비슷한 한복을 입은 여자들은 호기심 어린 눈으로 나를 바라보았다. 그들 각자의 앞에는 하얀 사기술잔이 놓여 있었고 중심에는 팽이처럼 둥글고 긴 술잔이 자빠져 있었다. 거기에 검은 줄이 쳐져 있었다. 그걸 주사위처럼 굴려서 어느 쪽으로 검은 줄이 향하게 되면 그 방향에 앉아 있던 사람이 술을 한 잔 따라 마시는 방식으로 게임을 벌이고 있었던 것 같았다.

내가 대학에 다니다 전경이 되었으며 국립대학이 있는 경찰서 기동대에 소속되었다는 것까지 말하자 중년의 여자는 손을 흔들어 여자들을 흩어 보낸 뒤 낙타가 그려진 미국산 담뱃갑에 손을 뻗었다. 담배를 문 그녀의 붉은 입술에서 "불 좀 붙여 봐라" 하는 말이 흘러나왔다. 나는 명령에 따랐다. 어느새 그녀는 내 턱밑에 머리를 들이밀고 나를 올려다보고 있었다. 어지러웠다.

나를 이리저리 살펴보며 담배 한 대를 피우고 난 그녀는 용건을 물었다. 내가 민현의 이야기를 전하자 그녀는 대수롭지 않다는 듯 손뼉을 쳐 사람을 불렀다.

"여기 자리를 좀 치우고 점심 한 상 잘 봐오거래이."

여자들이 멀어져 간 뒤에 그녀는 내 얼굴을 향해 길게 연기를 뿜고 난 후 말했다.

"자네 그 애랑 잤구만."

그날 저녁 '동양 최대의 파출소' 앞에 검은 승용차 세 대가 도착했다. 거기서 내린 검은 양복 차림의 남자들은 긴급히 불려 나온 학원반 반장으로부터 브리핑을 들은 뒤 민현에 관한 모든 자료와 함께 그녀를 인수했다. 그들과 함께 민현이 사라지고 난 뒤에 나는 칠 년간 그녀의 종적을 찾을 수 없었다.

세진정에도 더 이상 출입이 허용되지 않았다. 내가 전역을 하고 나서 세 번째로 찾아갔을 때 세진정에는 일본 대판방송그룹의 한국 지사라는 간판이 붙어 있었다.

올라올 때와 달리 서쪽으로 내려가는 길은 대부분 포장이 되어 있어서 쉽게 내려올 수 있었다. 모르는 게 없는 민현도 그 길에 대해서는 아는 게 없는 듯 잠자코 내 뒤를 따라온다.

임도는 산속 마을을 지난 뒤 구불구불 해안을 따라 이어지던 지방도에 연결된다. 몇 백 미터 타고 내려가다가 가볍게 길을 건너 맞은편의 산길로 또다시 접어든다. 이 길 역시 자전거를 타기에는 나쁘지 않은 편이다. 충분히 답사를 해두었기 때문에 망설일 이유가 없다. 그녀는 여전히 아무 말 하지 않고 따라온다.

이제부터가 진짜 산길이다. 길이 없는 숲. 수십 미터 아래에 구룡소를 둘러싸고 있는 절벽이 있고 그 절벽을 감싸고 돌아가는 길이 있다.

그제야 민현은 그곳이 어딘지 알아차린 듯하다. 그러나 여전히 말이 없다. 충분히 이유를 알기 전까지는 입을 열지 않을 것이다. 내가 내 성미를 못 이기고 말하기를 기다리고 있는지도 모른다. 우리는 각자의 자전거를 머리 위로 쳐든 채 숲으로 들어간다. 이럴 때를 대비해 많은 돈을 들여서 자전거 무게를 줄여 놓았다. 물론 경사진 산과 계곡, 숲을 다닐 때 요구되는 충분한 내구성은 가진 채로. 내 자전거 무게는 8.2킬로그램. 민현의 자전거는 7킬로그램 미만이다.

1985년 9월 22일, 미국 뉴욕의 플라자호텔에서 프랑스·독일·일본·미국·영국 등 선진 5개국(G5) 재무장관과 중앙은행 총재가 엔화와 마르크화를 달러에 대해 평가절상하기로 합의했다.

주요 내용은 각국 정부가 외환시장에 개입해서라도 미국의 무역수지를 개선시킨다는 것이었다. 미국은 80년대 초에 소득세를 감세하고 재정지출 유지를 주요 내용으로 하는 '레이거노믹스' 경제 정책을 펼치면서 정부가 천문학적인 대규모 재정적자를 기록하기 시작했다. 또한 레이건이 '강한 미국'을 표방함으로써 달러화 가치가 높아져 무역적자까지 심각해지면서 경쟁국으로 부상한 독일과 일본을 견제할 필요가 있었다. '플라자 합의'에 따라서 일주일 만에 독일 마르크는 칠 퍼센트, 일본 엔화는 팔 퍼센트 정도 평가절상됐다. 달러 가치는 계속 떨어져서 이 년 뒤에는 삼십 퍼센트 이상 평가절하됐다. 플라자 합의로 독일과 일본의 팔을 비틀면서 미국의 무역적자와 경제 상황은 개선됐지만 두 나라는 오랫동안 경제 불황을 겪어야 했다.

플라자 합의로 가장 큰 혜택을 입은 나라가 한국이었다. '엔고'가 철두철미하게 수출 주도 경제 정책을 추진하고 있던 한국에 엄청난 행운을 안긴 셈이었다. 외국 사람들이 일본 제품 대신 값싼, 그러면서도 어느 정도 품질이 만족스러운 한국 제품을 집어 들기 시작했다. 플라자 합의를 기점으로 한국의 수출경쟁력은 전과 비교할 수 없이 높아졌고 이에 따라 산업 전반이 활황을 구가하게 되었다.

이에 따라 전두환 정권 후반기 국내총생산(GDP) 성장률은 1986년 11.0퍼센트, 1987년 11.0퍼센트를 기록했다. 전체적으로 전두환 정부 집권 칠 년 동안 GDP 성장률은 연평균 8.7퍼센트, 이를 물려받은 노태우 정권은 8.4퍼센트를 보였는데 이런 실적은 플라자 합의에 힘입은 바가 컸다.

저유가, 저물가, 저달러화라는 이른바 '3저'로 인한 단군 이래 최대의 호황기에도 평범한 대학을 평범한 성적으로 졸업한 평범한 내가 서울에 있는 일류 대기업에 취직하는 건 거의 불가능했다. 주제를 잘 알고 있는 나는 건전지를 만드는 중간 규모 회사의 입사시험에 응시했다. 필기시험은 통과했는데 면접에서 회장 옆에 앉아 있던 관상쟁이로부터 낙제점을 받아 떨어지고 말았다. 몇 번 더 시험을 봤으나 비슷한 결과가 나왔다. 실의에 빠져 있던 중 잘 알지도 못하던 졸업논문 지도교수의 연락을 받고 부랴부랴 삼십여 년간 주로 섬유를 생산해 오던 재계 서열 이십 위권의 C그룹에 입사원서를 집어넣었다. 여름에 전역하는 학군장교들이 군복 차림으로 응시한 그 시험에서 뜻밖에 합격했다. 삼 개월의 연수와 삼 개월의 수습기간을 거쳐 내가 배치된 부서는 또한 뜻밖에도 회장 비서실이었다. 뜻밖인 것은 또 있었다. 신입사원을 대상으로 한 여직원들의 인기투표에서 내가 일등으로 꼽혔다는 것이었다.

회장을 지근거리에서 모시는 비서라면 신원이 확실해야 되는 것은 물론이고 회장이나 그와 친분이 있는 사람과 어떤 식으로든 인연이 있어야 한다. 그게 상식이었다. 그러니 여직원들이 내가 뭔가 회장과 관련된 신비한 연줄을 가지고 있다고 믿었을 수는 있었다. 정작 나 자신은 내가 왜 뽑혔는지 모르고 있었다. 비서답게 용모를 단정하게 하기 위해 노력은 했다. 사투리를 쓰지 않도록 조심했다. 사투리는 비서에게 어울리지 않는 정체성을 드러내기 때문이었다.

말이 비서(秘書)이지 나는 비밀스러운 서류를 작성한 것도 아니고 회장의 개인사까지 챙겨 주는 측근도 되지 못했다. 비서학과를 졸업한 예쁜 여비서와 잡담하는 시간이 더 많았다. 회장이 출입할 때 회장 전용 운전기사를 호출하고 퇴근 후에 술집이나 음식점 앞에서 대기할 때 운전기사의 이야기 상대가 되어 주는 것이 주요 일과였다.

이사인 비서실장, 비서과장, 비서인 나, 여비서 성영란이 비서실 구성원의 전부였다. 회사의 경영과 관련된 비서로서의 주요 업무는 모두 비서실장이 독점했다. 과장은 의전을 담당했고 나는 옛날로 치면 방자, 군대로 치면 '따까리'만도 못했다. 나 자신이 왜 거기 있는지 모르는 소모성 부품 같았다. 그래서 존재 이유가 확실해 보이는 여비서

영란과 몇 번 자긴 했다. 그녀는 지방의 공장장으로 전임된 전 비서실장의 애인이라는 소문이 있었던 만큼 부담을 주지 않았다.

회장은 성미가 급했다. 걸음도 빨랐고 머리 회전도 빨랐으며 밥을 먹는 것도 빨랐다. 어느 날 비서실장이 급한 용무로 자리를 비우는 바람에 과장과 내가 회장을 수행해 회사 근처 단골식당에 갔다. 돌솥비빔밥이 회장이 그 식당에서 늘 먹는 메뉴였다. 세 사람이 앉자마자 세 개의 돌솥비빔밥이 날려져 왔고 식사는 오 분도 되지 않아 끝났다. 그날 오후 내내 과장과 나는 전화를 제대로 받지 못했다. 나중에 돌아온 비서실장이 벙어리가 된 과장과 나를 보고 웃음을 터뜨렸다. 자신이 점심시간 이후 과묵한 것이 다 우리처럼 돌솥비빔밥에 입 안을 데었기 때문이라는 것이었다. 그런 게 큰일이나 되는 것처럼 기억될 정도로 평온한 나날이 흘러갔다.

창업 이후 반세기 가까이 섬유산업 외길을 걸어온 C그룹은 내가 입사하기 한 해 전 오래도록 병석에 누워 있던 창업주가 타계하고 나서 맏아들이 회장에 취임, 그룹의 전권을 장악하면서 사업 다각화를 꾀하기 시작했다. 회장은 우리나라 일반 재벌가의 아들과는 달리 화려한 학벌을 자랑했다. 국립대 경제학과를 졸업하고 미국 캘리포니아 주의 버튼비즈니스스쿨 경영학석사(MBA) 출신이었다. 그는 아버지의 독촉으로 빨리 귀국하는 바람에 자신의 전공인 기업 인수와 합병(M&A) 분야에서 세계 금융의 심장인 뉴욕에서 경력을 쌓지 못한 것을 아쉬워하고 있었다. 그룹 내에서 그의 신임을 받는 사람들은 아버지 대부터의 가신이 아니라 버튼비즈니스스쿨 비슷한 미국 MBA 출신의 젊은 엘리트들이었다. 그중에서도 신설된 그룹 기조실 신규사업

248

팀 팀장으로 있는 삼십대 초반의 진용호 차장이 가장 앞서 나갔다.
진차장은 매일 회장에게 뭔가를 보고하고 사흘에 한 번쯤은 독대를
했다.

"진 차장이 회장실에 들어가면 언제나 웃음소리가 난다. 우리 그룹
전체에서 회장을 웃게 할 수 있는 사람은 진 차장밖에 없다."

진 차장을 젊은 환관 같다며 누구보다 싫어하는 비서실장도 인정
하는 사실이었다. 보고든 독대든 간에 회장실에서 나온 진 차장은 비
서실을 통과하면서도 비서진에게 눈길 한 번 주는 법이 없었다.

그러던 어느 날, 진 차장이 웬일로 나를 좀 만나자고 전화를 했다.
시간은 다음 날 오전 일곱 시, 장소는 회사 앞에 있는 특급호텔 레스
토랑이었다. 주문도 하지 않았는데 네모진 나무쟁반에 조찬이 담겨
나왔다. 흰 쌀밥, 포장 김, 미소장국, 청어구이, 우메보시가 딸린 전형
적인 일식이었다. 진 차장은 젓가락으로 엄지손톱보다 좀 큰 김을 집
어 밥을 싸 먹으면서 요즘 회사에서 비밀리에 진행되고 있는 일이 있
는데 알고 있느냐고 물었다. 나는 물론 모르고 있었다.

"이세길 씨. 고향이 저 동쪽 아래 바닷가 촌동네지? 큰물에서 출세
하고 싶지 않아?"

그는 처음으로 내 이름을 부르며 반말을 썼다. 손도 얼굴도 키도
작은 그는 간헐적으로 두 눈동자가 모두 바깥을 향하는 사시라는 것
만 제외하면 단단하고 빈틈이 없어 보였다. 나는 엉겁결에 네, 하고
대답했다. 첫 문장으로는 나를 불렀고 두 번째 문장으로는 사실을 이
야기했으므로 네, 라고 대답하는 게 자연스러웠다. 네, 라고 대답한
것은 나였지만 그건 그가 의도했기 때문이었다.

"세길 씨가 비서로 잘하는 게 뭐가 있지?"

그는 웨이터를 불러 포장 김을 몇 개 더 가져다 달라고 한 뒤 물었다. 그는 군대에 가지 않았고 대신 미국의 비즈니스스쿨에 가서 석사 학위를 따왔지만 나와는 네댓 살 차이밖에 나지 않았다. 그러나 그와 나의 격차는 영원히 극복할 수 없이 크게 느껴졌다. 나는 솔직히 잘하는 게 뭔지 생각나지 않는다고 대답했다. 운전, 타자를 할 수 있고 퍼스널컴퓨터를 다룰 줄 알지만 어느 것도 특기라고 할 수는 없었다. 외국어도 별로였다. 모든 면에서 나의 능력은 나처럼 평범한 수준이었다. 물론 없는 것보다는 낫고 못하는 것보다는 낫지만.

"보고도 못 본 척, 들어도 못 들은 척, 알아도 모르는 척하기. 위에서 시키면 무조건 그대로 하는 것. 어떤 경우에도 비밀을 지킬 것."

그의 눈은 왼쪽만 웃고 오른쪽 눈은 상어처럼 가만히 나를 지켜보고 있었다. 나는 인생에서 어떤 전기가 다가온 것을 직감했다. 그건 바보라도 알 수 있다.

그는 내가 회장이 대단히 중시하는 인물의 추천으로 입사한 것을 알고 있다면서 내게 자기 사람이 돼 달라고 했다. 그 대가로 나는 곧 회장의 진짜 비서 일을 하게 될 것이라고 했다. 비서실장도 비서과장도 여비서도 못하는 진짜 비서. 로열패밀리를 직접 모시며 앞날이 보장된 비서. 그 일이 끝나면 내가 원하는 어떤 핵심 부서든 선택해 갈 수 있게 될 것이라고 했다. 내가 고개를 끄덕이자 그는 '비서는 비밀(秘密)을 지키는 게 가장 중요하며 반드시 져야 할 의무'라고 말했다. 비서실에서 일어나는 일에 대해 자신이 알아야 하는데, 그 비밀을 자신에게 알려 주되 자신과 나 사이의 비밀은 지키라는 것이었다. 그건 쉬웠다. 물어보는 사람도 없었으니까. 마지막으로 그는 내게 볼펜처럼 생긴 비밀녹음기를 건네주었다. 그때부터 그건 언제나 내 양복 안주머니에 꽂혀 있다가 필요하면 스위치가 눌렸고 녹음된 내용은 진 차장에게 전달되기 직전 내 카세트라디오에 저장되었다.

진짜 비서로서의 임무는 이듬해 봄, 미국과의 합작기업을 설립할 때부터 시작되었다. 진 차장이 극비리에 추진해 오다 성사 직전에 이사회 석상에서 공표한 내용은 충격적이었다. 그룹의 중심을 제조업에서 첨단의 금융업으로 전환할 것인데 미국 투자은행의 계열사와 합작으로 투자전문회사를 설립해 정부의 인가를 받고 연내에 은행, 보험사, 금고 같은 금융사와 대기업 대주주 등 막대한 자금을 굴리는 투자자를 상대로 영업을 시작하겠다는 것이었다. 미국의 투자은행(Investment Bank), 선진금융기법, 합자, 정부의 인가, 파트너십, 금융 소매 영업 등의 개념 자체를 이해할 수 있는 임원은 거의 없었다. 그들은 대부분 제조업으로 잔뼈가 굵은 사람들이었다. 임원이 아닌 사람으로서 유일하게 이사회에 배석한 진 차장은 집중적인 공격을 받았다. 도대체 그런 일을 왜 하느냐는 것이었다. 지금도 잘나가고 있는데.

"지금 이대로라면 우리는 영원히 섬유원단 납품업자에 지나지 않아요. 상대가 거래를 끊자고 하면 그걸로 끝이 아닙니까. 우리가 금융 그룹으로 정체성을 바꿀 수 있다면 지금까지 우리가 납품 상대로 모시고 있던 상전들을 최소한 대등한 입장에서 마주할 수 있게 되는 겁니다. 우리의 미래가 다른 그룹의 입맛과 손에 의해 자의적으로 결정이 되는 건 바람직하지 않습니다. 이제는 우리도 선진 금융상품으로 소비자를 직접 만나야 해요. 우리가 성의를 다해서 열심히 만든 뛰어난 서비스와 상품을 가지고 직접 시장의 판단을 받는 겁니다. 그게 기업이 미래로 나갈 방향이에요."

회장이 강력하게 밀고 나갈 의지를 천명했지만 임원들의 반응은 미지근하다 못해 냉랭했다. 회장이 계열사에 분담을 요구한 투자전문사의 자본금이 너무 컸다. 금융산업의 특수성을 감안한다 해도 계열사의 잉여금을 전부 투자해도 이십 퍼센트도 되지 않았다. 모자라는 건 계열사의 부동산 등 자산을 담보로 넣고 대출을 받으라는 요구를 하고 있는 것이었다. 그냥 해보는 장난이 아니라 실패하면 회사 전체가 무너질 수도 있는 도박이었다. 늙은 임원들은 회장이 창업주의 아들만 아니었다면 정신 차리라고 호통이라도 칠 기세였다.

난관은 많았다. 제조업을, 그것도 일반 소비자들은 거의 알지도 못하는 섬유 생산업체를 주력으로 해오던 회사에서 투자부터 대출, 외환, 기업 인수 합병까지 망라하는 종합금융업을 한다고 하면 정부의 해당 부처 해당 부서에서 쉽게 인가를 내줄 리 없었다. 게다가 선진 금융기법을 가진 미국의 회사와 합자를 한다면 외국 자본의 유입에 따른 동의도 따로 받아야 할 것이었다. 입맛이 까다로운 대형 투자자, 부자들을 상대할 새로운 영업조직을 어떻게 만들 것인가. 차라리 기왕에 있는 작은 금융사를 인수해서 인적, 지적 자원을 확보하고 업무 영역을 확장하는 게 낫지 않을까.

"이미 미국 합작 파트너사의 전폭적인 협력을 약속받았고 세계적인 컨설팅사가 정부 요로에 개방 압력을 행사해서 팔십팔 퍼센트는 해결된 문제입니다. 법적인 인가나 계약상의 과정은 완벽하게 진행되고 있습니다. 자본금 확충만 의결해 주시면 그 다음의 플랜과 일정을 제시하겠습니다."

세 번째로 커피를 가지고 들어갔던 영란이 진 차장이 자신만만하게 임원들을 설득하던 광경에 대해 이야기해 주었다. 그로부터 일주일 뒤 미국 합작 파트너의 회장이 내한했다. 구속력이 있는 합작투자 의향서에 사인을 하기 위해서라고 했다. 그런데 합작 파트너의 회장이 체류하는 동안 일체의 일정과 접대를 그 회사를 담당하고 있는 미국의 세계적인 컨설팅 법인에서 알아서 한다는 것이었다. 그중에는 요정으로 유명한 청수각에서의 가야금병창과 부채춤 공연을 곁들인 비공식적인 환영 연회도 포함되어 있었다.

합작 의향서 작성을 하루 앞둔 저녁, 회장은 진 차장과 진짜 비서인 나만을 대동하고 청수각으로 향했다. 물론 선대 회장 때부터의 가신그룹의 스파이, 아니 핵심인 운전기사가 운전하는 차를 타고. 비서실에서 청수각까지는 이십여 분밖에 걸리지 않았다. 모든 것이 계획된 대로 진행되었다. 나는 무엇이 계획되었는지 알 만한 위치에 있지 않았다.

"이따 만날 그 두 사람은 러버(Lover)인 것 같지?"

회장이 진 차장에게 물었다. 진 차장이 예라고 했는지 아니라고 했는지 분별하기도 전에 카폰이 울렸다. 돌도끼만 한 카폰을 집어 든 회장은 여당 전국구 국회의원이 된 동창과 외설적인 농담을 주고받기 시작했다. 나는 역사적인 현장에 참석해 있는 사람이라도 되는 양 몹시 흥분해 있었다.

세진정과 비교할 수 없이 크고 넓은 청수각에는 청수각 안채만 한 큰 한옥 건물이 수십 채나 되었다. 다른 건물과 뚝 떨어진 산자락에 있는 최고급의 별실이 예약되어 있었다. 소문으로는 그 방이 1970년 대에 북한에서 내려온 대표단을 접대한 곳이라고 했다. 정작 진 차장 도 그런 사정에는 밝지 못했다. 한국 사람도 잘 모르는 그런 장소를 어떻게 알고 예약을 했는지, 미국 법인의 담당자에 대해 궁금증이 커 져 갔다.

나와 운전기사는 VIP 고객 수행원 전용 식당으로 안내되었다. 우 두머리끼리의 만남이 끝나기까지 평소에는 구경도 하기 힘든 고급 한 식이 제공되었다. 단 술은 빼고. 거기에는 이미 수십 명의 다른 그룹 회장, 고위공직자, 기관장들의 비서와 운전기사들이 모여 있었다. 대 부분 구면인 듯 왁자지껄 인사를 나누고 갖은 정보를 교환했다. 큰 차를 가지고 있는 회장들은 정부의 에너지 시책에 맞춰 배기량을 줄 여 보이려고 하고 작은 차를 가지고 있는 회장은 늘려 보이려고 하는 참이니 각자 차량에 달려 있는 숫자 마크만 떼어 내서 교환하자는 말 이 나오기도 했다. 거기에는 미국에서 온 합작 파트너사 회장의 비서 나 법인 담당자는 없었다. 다른 방에서 진 차장이 상대한다고 했다.

한복을 입은 미모의 국악 연주자와 부채춤 공연을 할 여자들이 승 합차를 타고 와서 별실 쪽으로 사라졌다. 10월의 마지막 밤이었다. 원 래 산자락이었던 곳에 있는 집이어서 그런지 단풍나무, 소나무, 잣나 무 같은 나뭇가지 사이로 별이 꽤 보였다.

가야금 소리인지 기타 소리인지 공중을 떠돌다 내 귓바퀴를 간지 럽혔다. 어쩐지 가슴 한구석이 간질간질해져 왔다. 오랜만에 느끼는 감각이었다. 가슴이 부정맥 증상을 보이는 것처럼 벌떡벌떡 뛰는 일은 이십대 중반 이후 한 번도 없었다.

두 시간이 지났다. 차를 준비하라는 연락이 왔다. 나는 거기서 곧바로 퇴근하라는 지시도 받았다. 버스가 들어오는 곳은 아니었으나 청수각에서 운용하는 승합차가 있어 문제는 없었다. 진짜 비서나 그냥 비서나 큰 차이가 없다 싶었다.

승합차를 기다리고 있는 중에 회장이 나오는 게 보였다. 약간 비틀거리는 걸음이었으나 기분이 좋아 보였다. 합작 파트너사 회장은 적당한 체구에 이탈리아계처럼 보였다. 로마에서 여성 배낭여행자에게 길 안내를 해주겠다고 나설 수 있을 정도로 잘생겼다.

나는 놀랐다. 진 차장과 함께 걸어 나오는 사람은 민현이었다. 그녀는 마지막으로 보았을 때처럼 두꺼운 테의 안경을 쓰고 있지 않았고 영어로 대화를 나눴고 전에 한 번도 본 적이 없는 검은색 바지와 흰 셔츠에 푸른 재킷의 비즈니스 정장 차림이었다. 그녀와 나 사이의 공간은 어두웠고 거리도 아주 가깝지는 않았다. 하지만 내가 그녀를 알아보고 놀라는 데는 문제가 없었다. 나는 심장이 튀어나올지도 모르겠다는 생각을 하며 가슴을 눌렀다. 진 차장이 준 볼펜형 녹음기가 만져졌다. 내 심장이 뛰는 소리가 녹음이 될까, 그 와중에도 궁금해진 나는 스위치를 눌렀다.

나는 비로소 미국 법인 담당자가 왜 청수각을 예약했는지 깨달았다. 그건 진 차장도 회장도 모를 것이었다.

"난 엄마를 이해할 수 없었어. 남편한테 못 견딜 정도로 맞았다고 어떻게 어린 여자애 혼자 남겨 두고 무책임하게 자기만 집을 나가느냐고. 나를 데리고 갔어야지. 나는 그때 겨우 아홉 살이었어. 여자애들한테 엄마의 존재가 얼마나 절대적인지 모를걸. 여자로서의 모든 걸 엄마한테 배워. 너무 비슷해서 미워하기까지 하지. 모녀간의 갈등은 인류학적인 차원에서 바라봐야 해. 그런데 내 엄마는 그걸 무시했고 자기 살길을 찾아서 혼자만 가버린 거야."

민현의 어머니는 내게는 은인이었다. 내가 사랑하는 사람을 이 세상에 존재하게 해주었다는 단순한 이유가 아니라 내가 사회 생활을 시작하고 자리를 잡고 내가 감당하기 힘든 풍파를 헤쳐 나가야 했을 때 늘 어둠 속에서 나를 밀어주었다. 내 취직자리를 알아봐 준 것도 그녀였고 C그룹 비서실에 근무하게 한 것도 그녀였다. 민현이 내가 어디 있는지 알았던 건 내가 여전히 그녀의 손바닥 안에 있었기 때문에 가능했다. 그녀는 내게 사회인으로서 내 역할을 다할 수 있도록 바다 속에서 젖을 먹여 주고 바닷물의 저항을 덜 받게 수면으로 들어 올려준 어미 고래 같았다. 민현에게는 보통의 엄마 역할조차 하지 않았으면서.

"나는 내 속에 내장된 떠돌이의 본성이 아버지로부터 유래한 거라고 생각했어. 막연히. 아버지는 고래잡이였으니까. 고래가 가는 곳이라면 어디든 가야 하는 고래잡이. 고래들은 따뜻한 남쪽 바다에서 새끼를 낳고 추운 바다에서 풍부한 먹이를 섭취하기 위해서 끊임없어 지구의 절반 이상을 오가는 거야. 고래잡이는 그걸 따라가야 하고. 그런데 알고 보니까 엄마 자신도 세계를 끝없이 방랑하는 강력한 유전자를 가지고 있었던 것 같아. 지금 내가 떠도는 걸 멈출 수 없는 건 아버지 때문이 아니라 엄마의 유전자가 영향력을 더 강하게 발휘했기 때문일걸. 아버지는 목선을 타고 연안을 다니면서 육지에 가까이 오는 작은 고래를 잡는 평범한 고래잡이였지만 엄마는 고래 그 자체가 아니었을까. 나는 그런 생각을 가끔 해. 아버지는 사실상 엄마라는 고래를 놓친 거야. 엄마의 몸에 꽂힌 나라는 작살은 엄마가 도망치려고 몸을 크게 비틀자 허무하게 빠져 버렸던 거고."

새끼를 버리고 자신만의 바다로 헤엄쳐 간 고래. 나는 그녀가 어떻게 해서 정계, 재계의 거물급 인사들과 교유를 하게 되었는지 알게 되었다.

서울로 간 그녀는 어떤 인연으로 일본인 현지처의 '나나'가 되었다. 미모에다 일본어에 능통한 그녀는 곧 일본인의 시선을 끌어당겼다. 그녀의 일본어는 일본 남쪽 사투리라는 것만 빼면 거의 완벽했다. 그 일본인과의 인연이 한국을 자주 드나드는 다른 일본인에게로 이어지고 그녀 역시 현지처와 비슷한 위치를 갖게 되었다. 비슷했다는 것이지 같은 것은 아니었다. 그녀의 남자는 일본 언론계의 유력자였고 정계에 선이 닿았다. 일본에서 들어오는 차관은 먼저 일본 정계에 떡고물을 떨어뜨렸고 한국으로 들어와 일차적으로 정계에 큼지막한 토막이 떨어지고 나서 연관이 있는 브로커의 손에 들어갔다. 그 자금은 다시 이리저리 난도질당해 누군가의 입으로 들어갔다. 모든 일은 흑막 뒤에서 치러졌다. 그 눈먼 돈을 나눠가지는 데, 그 때문에 생겨나는 문제를 수습하는 데 필요한 비밀스러운 장소가 그녀가 운영하는 요정 '세진정'이었다. 고래등 같은 기와집에 정계와 재계, 권력기관, 언론계 등등의 거물들이 단골로 드나들며 모든 일을 두꺼운 흑막이 쳐진 호화스럽고 비밀스러운 방에서 처리했다. 야망을 가진 사람이라면 누구든 그녀의 집에 단골이 되고 싶어 했다. 그녀는 사람을 알아

보는 눈을 가지고 있었고 세월이 지났을 때 권력을 가진 사람들이 그녀의 편이 되었다.

내가 세진정에서 그녀를 처음 만났을 무렵 흑막 뒤의 힘이 절정을 이루고 있었다. 하지만 그건 내리막의 시작이었다. 밀실에서 세상의 추이를 농단하는 극소수의 사람들이 없는 것은 아니었지만 어차피 흑막은 구시대의 유물로 밀려 나갈 수밖에 없었다. 그녀는 물론 그런 사실을 잘 알고 있었다. 청수각으로 이사를 한 뒤로 특권의식을 가진 사람들을 위해 비밀스러움을 유지하는 한편으로 돈을 지불할 용의가 있는 일반인들도 받아들이기 시작했다.

그녀는 어쩔 수 없는 외로움을 주사위로 하는 술 마시기 놀이로 달래면서도 알게 모르게 거액의 장학금을 내놓기도 했다. 직접 그녀의 장학금을 받은 학생만 천 명이 넘었다. 분야는 사법, 입법, 행정을 가리지 않았고 재계, 교육계, 세무, 경찰, 문화, 언론계 등을 망라했다. 그러니까 그들의 선배가 먹고 마신 음식 값과 서비스료를 가지고 후배에게 장학금을 준 셈이었다.

그녀가 죽었을 때 알 만한 사람들은 경찰을 비난했다. 교통사고로 죽었기 때문이었다. 그녀는 낮에 술 마시기 게임으로 술을 마신 뒤 취기가 오르면 서울의 거리에서 차를 몰고 고속질주를 하곤 했다. 물론 경찰이 교통규칙 위반과 음주운전으로 단속을 했으나 그럴 때마다 그녀의 단골손님인 윗선의 명령으로 아무 일 없이 그냥 풀려났다. 단속이 헐거운 시절이긴 했지만 결국 그게 그녀로 하여금 규칙 위반과 음주운전을 계속하게 만들었던 것이다. 그녀는 어느 날 차가 가로수를 들이받는 바람에 즉사했다.

그녀의 시신이 안치된 영안실에는 화환이 쇄도했다. 익명이 많긴 했지만 정계, 재계, 교육계, 법조계, 문화계, 언론계 등에서 수천 개나 들어온 화환을 다 세워 둘 수가 없어 리본만 떼서 전시했는데 리본에 가장 많이 들어가 있던 단어는 '어머니'였다. 최후의 순간까지 그녀의 과거 경력과 사진은 방송을 타지 않았다. 신문에도 '평생 번 돈을 장학금으로 내놓은 여성의 죽음' 하는 식의 단신으로 처리되었다. 언론계 어디든 그녀의 죽음을 슬퍼하는 '아들'이 있었기 때문이었다. 그녀는 철저히 아날로그 시대의 인물로 살다가 익명으로 사라져 갔다.

나는 그녀의 장학생도 아들도 될 수 없었다. 나는 대학 시절 가난하지 않았고 공부를 잘하지도 못했다. 무엇보다 장학금 줄 사람이 나를 아들로 여긴 적이 없었다. 그녀는 속내를 한 번도 말하지 않았다. 어쩌면 사윗감으로 생각했는지 모른다. 내가 여덟 살 때 여름 어느 날 처음 만났을 때부터, 아니면 내가 민현과 잤다는 것을 긍정한 때, 바로 그때부터. 그러기를 바란다. 그녀가 이승에서 모든 것을 다 이룬 듯 웃으면서 눈을 감은 건 딸에게 그지없이 충직한 사윗감이 있다고 믿어서였을 것이다. 그렇게 생각하고 싶다.

내가 민현의 마지막 연인이 된 데는 단 한 가지 이유가 있을 뿐이다. 나는 그녀의 전남편, 남자, 연인, 숭배자, 그저 하룻밤 잔 상대, 그 누구든 질투하지 않는다. 그들을 일일이 질투했다면 나는 진즉에 말라 죽었거나 그녀를 떠나야 했을 것이다.

그녀는 단 하나뿐이지만 세상에서 그녀를 원하는 사람은 많다. 원하는 것을 획득하는 능력이 있는 인간들에게는 권력이든 금력이든

운이든 열정이든 젊음이든 뭔가 대가를 치를 만한 게 있다. 내게는 없다. 대신 내게는 '질투가 없다'는 자산이 있다. 이처럼 '마이너스(負) 계정'이 힘이 될 수도 있다. 그리고 보면 민현에게도 어린 시절 자신의 곁을 떠나 버린 어머니의 존재가 '마이너스 계정'이었다. 폭력적인 아버지 또한 마찬가지였다. 그녀는 그들에 대한 분노와 원망을 특별한 운명을 개척하는 에너지원으로 삼았다.

평범한 나로서는 '마이너스 계정'을 쓰는 게 가능하지 않았다. 나도 아팠다. 누구보다 슬펐다. 힘들었다. 그녀가 나와는 영원히 독립적으로 행동할 개체, 혹은 내게 지배적인 위치를 점하고 있다는 걸 인정하는 건 결코 쉽지 않았다. 아니 쉬웠다. 그녀와 나의 격차를 인정하기만 한다면. 나는 인정한다. 인정했다. 그리고 편해졌다.

그녀에게 처분을 맡겼다. 그랬더니 편해졌다.

"그건 내가 정할게."

어린 시절 했던 말을 그녀는 어른이 되어서도 되풀이했다. 모든 건 그녀가 정했다. 나는 그녀를 구속할 수 없다. 나는 그녀를 소유할 수 없다. 나는 그녀를 나 자신의 이익이나 출세를 위한 수단으로 이용할 수 없다.

유구한 역사를 가진 남녀의 일대일 관계에서 변화가 일어난 것일까. 나와 그녀 두 사람만의 변화일까. 아니면 민현만이 그런 지위를 쟁취한 것일까. 상관없다.

민현은 마이너스 계정뿐만 아니라 플러스 계정인 남자들도 이용했다. 그들의 능력, 자산을 자신에게 유리하게 써먹다가 이용가치가 없어지면 그들을 버렸다. 그들이 크게 억울해 하지 않는다는 점에서 역사적인 인물과 민현은 다르다. 억울해 할 수 없는 형편이 된 사람도 있다. 죽었거나 폐인이 되었거나 사라져 버렸다는 뜻이다. 평범한 내가 한결같았던 것은 그녀에게 별다른 이용가치가 없었다는 점이다.

민현이 소속된 세계 최고의 컨설팅그룹에서 한국 정부에 압력을 가하고 법적인 허점을 찾아낸 끝에 미국 투자은행의 자회사와 C그룹이 합자한 투자전문사는 일단 설립이 되긴 했다. 하지만 예상대로 원활하게 굴러가지 않았다. 당시 정부에서는 철저한 규제를 통해 금융사의 폐해를 막아야 한다는 통제일변도의 금융 정책을 폈다. 회사는 사사건건 간섭을 받았다. 재무부의 삼십대 과장이 명줄을 잡고 흔들었다. 그야말로 관치금융의 시대였다. 회장은 머리를 짜냈다. 바로 그 관치금융의 사령탑이자 기갑부대인 재무부의 국장급 관료를 대표로 영입한 것이었다. 현동만 대표이사는 바로 진 차장의 처백부였다.

처삼촌도 아니고 처백부라니, 그게 무슨 관계라도 되느냐고 말할 사람이 있을지도 모른다. 그런 말을 하는 사람들은 한국 사회의 핵심부에서 인맥이 가지는 결정적인 의미를 몰라도 잘 살 수 있는 사람이다. 처백부라면 굵은 동아줄에 해당했다. 거미줄만 한 연줄이라도 잡기 위해 사람들은 공공칠가방에 현금을 가득 들고 다녔다. 공공칠가방을 받을 사람을 소개시켜 주는 사람에게 줄 작은 가방도 함께.

처백부가 계열사의 대표가 되고 나서 진 차장은 부장을 거쳐 이년 뒤 이사가 되었다. 진 이사는 사장단급 이사로 불렸다. 그 사이 나는 대리가 되었다.

그는 이사가 되자마자 사시 교정 수술을 받았다. 완벽해 보이는 그는 효율이 극대화된 로봇 같았다.

　민영 이동전화사업 허가신청이 가시화되면서 C그룹도 참가를 결정했다. 다른 그룹들에 비해 사세가 약한 C그룹에서는 계열사 총동원령을 내렸고 최종적으로 허가신청을 앞두고 있었을 때는 삼사백 명의 인원이 그룹 주력기업인 C섬유 본사 한 층에서 득시글댔다. 허가신청 사업주체 가운데 가장 약체로 지목되고 있었기 때문에 다른 곳과 뭔가 새롭고 남다른 장점을 부각시키지 않으면 안 되었는데 그 방안으로 나온 게 외국 선진 기업과의 합작이었다. 이동통신사업에 경험이 많은 선진 기술을 도입해서 양질의 서비스를 제공한다는 명분이었다.

　신흥소비강국으로 부상하고 있는 한국의 이동전화사업은 민현이 소속된 미국 법인 스코트컨설팅에게도 적지 않은 관심사였다. 아니 C그룹에서 먼저 그쪽에 협조를 요청했고 미국 내의 통신사에 의향을 타진했고 그 결과를 가지고 C그룹과 접촉하는 절차를 밟았을 것이다. 스코트컨설팅에서 사람이 왔고 그게 민현이라는 게 내게는 중요했다.

　삼 년 전과 달리 민현은 스코트컨설팅을 대표하여 회장과 직접 만났다. 실상 스코트컨설팅 같은 세계적인 회사에서 한국의 이십 위권 정도의 재벌그룹을 상대해 준다는 게 이례적이었다. 민현은 스코트컨설팅의 동아시아 담당 디렉터, 한국으로 치면 팀장급 간부가 되어 있었다. 회장으로서는 만나 준다는 것 자체가 고마울 것이었다. 민현이 나 때문에 그 자리에 와준 것이라고 여기고 있었지만 나는 그 자리에 들어가지 못했다. 회장과 진 이사, 민현이 마주 앉은 회장실에 커피를 들여간 영란에게서 민현이 가지고 있던 명품 가방에서 명품 플래너와 명품 만년필을 꺼내 뭔가 사인을 하더라는 이야기를 전해 들었다.

"진 이사님, 바짝 쫄았어요. 그런 거 처음 봐요."

영란은 고소하다는 듯 소곤거렸다. 그날 밤 민현이 묵고 있는 호텔로 갔다.

용기를 내기 위해 호텔 앞에서 혼자 마신 소주 때문에 걸음이 꼬였다. 회사에서 하루 백만 원의 숙박료를 부담하고 있는 스위트룸으로 전화를 걸었지만 전화를 받지 않았다. 아예 미쳐 버리기 위해 호텔 밖 유흥가로 가서 술을 더 퍼마셨다. 다시 호텔 안으로 와서 비틀대며 로비의 바에 도착한 건 열 시쯤이었다. 손님이 있었다. 이른 시간임에도 그들 역시 나처럼 이미 취해 있었다. 나는 그들이 내 존재를 눈치채지 못하는 범위에서 최대한 가까이 앉아 그들 사이의 이야기를 엿들었다.

두 사람은 주로 영어로 이야기했는데 비즈니스(Business)라는 단어를 자주 썼다. 씽(Thing)이라는 단어는 많이 썼다기보다는 발음이 강해서 잘 들렸다. 굿 씽, 썸씽, 애니씽처럼. 딜(Deal)이라는 단어도 들렸다. 빅 딜, 낫 어 빅 딜, 그레이트 딜. 이상하게도 두 사람의 영어가 쏙쏙 이해가 되기 시작했다.

남자는 자신에게 여자와 다시 한 번 더 하룻밤을 보낼 권리가 있다고 주장했다. 여자는 그건 두 사람이 모두 미혼일 때 생긴 우발적 상황이라며 두 사람의 신상에 변화가 생긴 만큼 불법적인 행위가 된다고 했다. 남자는 한국에서는 한국적 환경에 따라야 한다고 혀 꼬인

소리로 계속 주장했다. 그리고 여자의 왼손 네 번째 손가락에 낀 반지가 비행기 구내에서 파는 것처럼 싸구려로 보인다고 비꼬았다.

"어디서 술을 더럽게도 처먹었네. 갓 땜, 선 오브 비치. 비치 오브 비치."

바텐더가 놀란 눈을 하기에 나는 내 가슴을 가리켜 보였다. 그리고 데킬라를 더 주문해 단숨에 마셨다. 여자의 목소리가 다시 들렸다.

나는 너와 비즈니스로 만났고 개인적인 감정을 개입시키고 싶지 않고 자고 싶지 않다. 너, 그냥 네 집으로 가서 이 닦고 자빠져 자라.

"야, 나도 미국서 잘나갔어. 너 스코트컨설팅이면 다야? 까지 마. 한국에서는 하버드를 더 먹어 주는 거 몰라? 네가 나온 애시포드스쿨, 한국에선 평판이 좃나게 푸어해. 불 쉿이라고. 한 번만 더 달라는데 뭐가 그렇게 복잡해? 씨이발."

남자가 우리말로 말했다. 여자는 자리에서 일어났다. 스무 걸음쯤 걸어와 계산을 하더니 고개를 돌리고 메뉴로 눈썹 위를 가리고 있는 내게 "따라와" 하고 말했다. 일어나면서 돌아보자 남자는 테이블에 이마를 처박고 있었다.

"한국 사내 새끼들은 도대체 제늘한 데가 없어. 특히 재벌 회사 것들이 더리해. 회장부터 이사라는 놈에 너까지. 다 왜 그러니?"

스위트룸에 들어선 그녀는 재킷을 벗어 소파에 던지고 싱글몰트 위스키를 따르며 말했다. 나는 잠자코 맥주를 크리스탈 물잔에 따라 마셨다. 한국 남자는 신사적이지 않다? 더럽다?

"올 초에 방북했을 때도 마찬가지였어. 같이 간 T그룹 회장, 환갑 넘기지 않았어? 왜 비즈니스를 하러 간 사람을 유혹해? 북쪽 부총리라

264

는 인간은 결혼을 몇 살에 했냐고 물어. 무슨 상관이야. 애는? 그건 또 왜? 사전에 이미 충분히 리포트를 했다고. 알고도 묻는 거지. 내가 어떤 식으로 반응할 건지. 비즈니스를 하자는 게 아니라 사람을 자꾸 건드리고 떠봐. 오, 샌프란시스코로 빨리 돌아가고 싶어. 마이 패밀리, 젠늘 피플 있는 데로."

그제야 나는 말뜻을 알아들었다. 샌프란시스코의 거리에 평화를 사랑하는 '젠틀한 피플'이 머리에 꽃을 꽂고 기다리고 있는 것이다. 십대에 좋아했던 노래는 평생 간다. 스코트 매킨지의 노래 〈San Francisco〉의 가사, 'In the streets of San Francisco Gentle people with flowers in their hair.' 그게 그녀의 가족이었다. 나는 그녀의 목 아래에 찍힌 붉은 키스마크를 보며 말했다.

"나도 금방 결혼할 거야."

그녀는 얼음 통을 얼음송곳으로 찍다 말고 "오, 그래? 그러럼" 했다.

"올해 안에 결혼하고 말겠어. 결혼을 안 하고 있으니까 넘보는 여자들도 많고 말야. 몸이 괴로워. 영혼도."

그녀는 네가 알아서 결정하라고 했다. 그건 네 인생의 비즈니스니까. 그럼 네 반지도 네 인생의 비즈니스의 결과냐? 나는 물으려다 말았다. 그녀가 먼저 말하기 시작했으므로.

"결혼하고 나니까 좋은 점이 정말 많아. 시부모가 집과 가족을 맡아서 챙겨 줘. 남편도 나한테 헌신적이야. 내가 맘껏 일할 수 있게. 애들도 병원 한 번 가지 않고 건강하게 잘 크고 있지. 제일 고마운 건 뉴욕 사무실의 비서들이야. 그들이 없으면 나는 아무것도 못할 거야.

내 시간은 각설탕같이 촘촘하게 짜여 있어. 하나의 프로젝트가 끝나면 새로운 각설탕이 내 앞에 놓이지. 다른 생각을 할 겨를이 없어. 그러니까 네 인생은 네 마음대로라고."

나는 그녀가 상대하는 자그마한 재벌그룹 회장의 비서에 불과했다. 그의 달걀로 바위 치기 식의 비즈니스가 성공하도록 헌신해야 할. 그나마 내 노력을 그가 고맙게 생각할지도 의문이었다.

"그런데 그 전에 해야 할 일이 있다."

그녀가 나를 덮쳤다.

"웬만하면 내가 받아 줄라고 했다. 그런데 그 개새끼는 정말 역겹더라. 눈 수술까지 하니까 어디 봐줄 데가 한 가지도 없어. 남자든 여자든 하고 싶을 때 하고 싶은 건 마찬가지야. 표현하는 방식이 다르고 진행 방식이 다른 거지."

그 뒤로로 내가 혹 반란을 일으킬 기색이 보이면—그건 그녀를 보지 못하는 시간이 길어지고 그녀로부터 얻었던 에너지가 고갈이 될 기미가 나타날 때마다 그랬다—그녀는 마력을 가진 몸으로 나를 제압했다. 그녀의 몸은 뜨거웠고—불덩어리 같았다—그녀의 신음은 내 뇌를 녹였고—양초처럼—그녀의 움직임은 내가 누구이고 어디에 있는지 잊게 만들었으며—이런 인간을 두고 얼빠진 놈이라고 하는 모양이다—그녀의 다정한 눈빛은 내 영혼과 전두엽의 사고력을 빨아들이고도 남았다. 그녀는 내게 자신을 사랑한다고 말하라고 명령했다. 세상에서 그만큼 달콤한 주문이 있을까. 그 순간만은 죽어도 좋았다.

언젠가 나는 평범하고 가진 것도 없고 능력도 부족하며 생긴 것까지 그녀의 상대가 되기에 어울리지 않는 나를 좋아한 이유가 뭐냐고 물어본 적이 있다. 그녀의 대답은 이랬다.

"나를 해치지 않고 나를 독점하거나 내게서 뭘 빼앗아 가지 않으면서, 순수하게 나를 좋아한다는 느낌을 준 건 네가 처음이야."

내가 그녀를 언제까지고 좋아할 이유? 그녀는 언제든 다르게 보인다. 닿을 듯 말 듯 나를 미치게 만든다. 그녀가 돌아서는 순간 그립다. 반면 그녀는 질투를 하지 않는다. 내가 약간은 진지하게 만난 상대와 결혼할 생각을 하고 있다는 것만으로도 나를 지옥 같은 형벌에 빠뜨렸다. 연락을 끊는다는 간단한 방법으로. 그녀가 모르게 그녀가 싫어할 만한 일을 할 수 있을까, 그때 원 없이 계산해 봤다. 못한다.

결핍이 있어 본 사람은 안다. 사랑하는 사람을 내 것으로 하지 못한 아픔과 안타까움과 절망이 삶의 원동력이 된다. 이 행복이 얼마 가지 않을 불안한 것임을 알기에 그 순간이 그지없이 소중하고 행복하다.

구룡소가 내려다보이는 절벽 위에 자전거를 세운다. 바위투성이 해변 검은 바윗돌에 하얀 포말을 슈크림처럼 얹은 푸른 바닷물이 부딪친다. 멀리 바다 건너편에 굴뚝이 하늘을 찌르는 게 보였다. 그 건너편이 그녀와 내가 어릴 때 자전거를 타고 가서 자전거를 눕혀 놓고 모래밭에 누워 프랑스어 책을 읽고 뒹굴고 걷던 해수욕장, 그 너머가 내항이었다.

내항은 백 년 전까지는 다섯 개의 섬 사이로 흐르는 강물과 바닷물이 맞닿은 항구였다. 한일합방 후 여름철마다 되풀이되던 물난리를 막는다는 명목으로 제방이 건설되고 강이 현재의 하구로 바다에 닿도록 직강화되면서 자정 기능을 잃어 갔다. 제철소가 건설되고 도시화가 급격히 진행되기 전인 1960년대까지만 해도 내항의 물은 맑았다. 아이들은 거기서 먹을 감고 숭어와 망둥이를 잡았다. 주변 도심이 개발되고 인구가 급격히 증가하면서 내항과 강의 물길은 변하기 시작했고 종내에는 아예 막혀 버렸다. 그러자 환경이 보복을 하기 시작했다. 생활하수가 쏟아져 나오면서 오염물질이 퇴적되고 항구 주변 바닷물에서 냄새가 나고 생활환경이 악화됐다. 그에 따라 해마다 적조가 발생했다.

적조가 발생하면 갖가지 피해가 나타난다. 편모조류에는 독성을 가진 종이 많고 가스를 발생시키고 열병의 원인이 되는 종도 있다. 적조생물이 대량으로 죽으면 유독세균이 번식하고, 수중의 산소가 결핍되어 어패류가 폐사한다. 유독화된 어패류를 먹으면 인체 또한 중독을 일으킨다.

내가 집을 다 지었을 무렵 내항을 살리기 위한 프로젝트가 시작되었다. 예전처럼 강과 내항 사이를 잇는 물길을 건설해서 연안의 생명을 복원하는 공사가 완공되면서 더 이상 적조는 발생하지 않았다. 부두와 주변 도시 시설이 정비되고 해양공원이 들어섰다. 비즈니스 타운이 생겼고 주변의 재개발도 이루어져 전과는 비교할 수 없는 모습이 되었다. 가장 반가운 건 우리가 놀던 해수욕장 백사장이 완벽하게 복구됐다는 것이었다. 어쩐지 자주 가게 되지는 않지만.

내가 시찰을 하러 온 장군에게 상황을 보고하는 중대장처럼 장황하게 내항 복원 사업에 대한 설명을 마치자 민현은 말했다.

"적조를 일으키는 플랑크톤에 디노피시스라는 플랑크톤이 있어.

디노피시스는 먹으면 설사를 유발하는 독성을 가지고 있거든. 그런데 이런 독성이 항암치료제의 기본 물질이 될 수 있는 거야. 문제는 자연 상태에서는 양이 너무 적다는 것. 누군가 이걸 배양해서 대량생산할 수 있다면? 난치의 암환자들에게는 구원의 소식이 될 거야. 이런 기술과 과학, 지식을 그것이 필요한 지역에, 그 지역의 사회 환경과 지속 가능성의 여부와 생산과 소비의 적정성 같은 것을 고려해서 쓰이게 하는 것. 이런 게 내가 하는 일과 비슷한 거야. 그런데 세상에 플랑크톤이 몇 종류일까. 바다의 조류, 육지의 식물은? 독충은? 그러니까 바쁘지. 나도 내 몸이 몇 개라도 있었으면 좋겠어. 이해해."

글쎄 누가 뭐랬나.

예순이 조금 넘어 치매 증세가 오기 시작한 어머니를 제외하면 내가 결혼을 하든 안 하든 관심을 가진 사람은 거의 없었다. 나 또한 결혼을 꼭 해야 한다는 생각은 하지 않았다. 하지만 나는 삼십대에 두 번 결혼할 기회가 있었다. 사십대에도 한 번 있었다. 그건 기억하고 기록할 만한 가치가 없다. 결혼을 고려했던 여자들에게는 미안한 말이지만 그녀들 역시 그럴 것이다.

C그룹은 이동전화 사업자로 선정되지 못했다. C그룹의 규모로나 인적 물적 자산으로 보나 사업의향서를 제출한 여섯 개 컨소시엄 중에서 꼴찌를 모면한 게 다행이었다. 스코트컨설팅, 아니 민현은 그것까지 정확하게 예측하고 있었다.

회장은 바람만큼 단기간에 큰 성과를 올리지는 못하고 있어 초조해 하던 참이었다. 그때 진 부사장이 기업 인수 합병을 건의했다. 상대는 재계 서열 순위에서 다섯 손가락 안에 꼽히는, C그룹에 비해 까마득히 앞에 자리한 T그룹이었다. C그룹에 비해 역사는 짧았지만 제조업이 아닌 유통과 무역으로 빠른 시간 내에 덩치를 키웠다. 그러다 자동차, 전자산업, 북한처럼 자금이 많이 소요되면서 자본 회수 가능성이 별로 보이지 않는 사업에 동시다발로 투자했다가 위기설이 돌고 있었다. T그룹의 주력기업은 국내에서는 잘 알아주지 않는 해외 부동산과 원유, 금광 등 자원개발 프로젝트를 채권자들 눈에 보이는 담보 자산으로 계량화하고 회사의 존속에 문제가 없다는 것을 보여 주기 위해 스코트컨설팅에 자문을 의뢰한 상태였다. 하지만 T그룹이 살아나기 위해서는 까마득히 멀리 있는 목성만 한 다이아몬드 원석이 아닌 눈앞에 있는 국내 금융기관들의 현금이 필요했다. 결국 그건 스코트컨설팅, 정확하게는 민현의 평가와 판단에 달린 문제였다.

민현은 C그룹이 T그룹을 인수하려는 건 새우가 고래를 삼키는 것과 다름없는 일이라는 내용의 리포트를 회장에게 보내기 전 내게 보여 주었다. 회장도 그 사실은 충분히 잘 알고 있었다. 그런데 진 부사장은 거기서 끝을 내지 않았다. 그는 그 잘난 처백부와 비즈니스스쿨 동창 등의 인맥을 활용해 T그룹의 주력기업 대표를 만났고 엄청난 뇌물과 인수 합병 후의 자리를 대가로 회계장부를 조작해 주가를 급락시킨 뒤 인수 절차에 들어갔다.

내가 회장 비서실에 진짜 비서, 만년 대리로 앉아 있었다는 게 진 부사장에게는 불운이었다. 회장이 승진도 인사이동도 없는 조건으로 나를 데리고만 있어 달라는 민현의 부탁을 들어주고 있었기 때문이었다. 나는 진 부사장이 증거를 남기지 않기 위해 구두로 회장에게 보고하는 자리에 들어가 오른손 검지를 한 번 놀림으로써 그들의 대화를 모조리 녹음해 민현에게 보냈다. 회장은 보고를 받는 자리에서 크게 흡족해 하면서 "지시하지도 않은 일을 알아서 했다"라는 말로 진 부사장을 칭찬했다. T그룹은 민현이 제공한 증거자료를 가지고 진 부사장의 뇌물 공여와 주가 조작에 대해 검찰에 고발했다. 회장과 진 부사장 간의 대화 녹음은 불법적으로 수집된 것이어서 증거로 채택되지는 않았지만 검찰이 회장을 기소하지 않는 근거가 되기에는 충분했다. 법정에서 실형을 선고받고 구치소로 떠나는 진 부사장의 모습은 그저 인생 더럽게 꼬인 사십대 샐러리맨이나 다름없었다. 그는 평범해 보이는 두 눈으로 눈물을 흘리고 있었다. 내게는 그저 "사시 교정 수술만 한 줄 알았더니 쌍꺼풀 수술도 잘했네" 하는 감상밖에는 없었다.

감옥행을 면한 회장은 내게 비서실을 떠나도 좋다고 말했다. 그는 내게 군대 시절의 기동대 중대장처럼 어디로 가고 싶으냐고 물었다. 나는 합작으로 설립된 투자전문사의 자료분석팀에 보내 달라고 했다. 출세에 관심이 없는 평범한 회사원에게는 천국이나 다름없는 한가한 자리였다. 회장은 전경 기동대 중대장처럼 입술을 비틀며 웃었고 우리 사이에는 이제 계산할 게 전혀 없노라고 말했다. 막상 그 자리에 가보니 그 투자전문사는 최초의 자본금이 한국 사십 대 미국 육십의 비율에서 오십일 대 사십구로 바뀌어져 있었다. 그건 민현이 독자적으로 움직이기 시작했다는 증거였다. 그녀는 한국인이었다.

얼굴은 인체의 전체 면적에서 차지하는 비중이 오 퍼센트도 되지 않는다. 하지만 이 오 퍼센트는 나머지 구십오 퍼센트를 더한 인체 전체의 성적 매력을 좌우하는 결정적인 부분이다.

본다. 나는 민현의 얼굴을 보고 있다. 바람이 그녀의 머리카락을 살짝 뒤흔든다. 사랑스럽다. 아름답다. 아름다워서 사랑스럽다. 사랑스러워서 아름답다.

"미의 기준을 공유하고 있는 집단에서 누가 봐도 아름답다고 생각할 수 있는 사람의 비율은 오 퍼센트 이하래. 나머지 구십오 퍼센트의 사람들 중에 삼분의 일은 일부는 매력이 있는 사람이라고 하지. 친절하거나 지적이거나 유머러스하거나 남을 배려하거나 하는 개인적 태도나 재능이 있는. 나머지 전부는 못생긴 사람이고. 나이가 많기만 해도, 주름지고 병들기만 해도, 어디서 많이 본 것 같은 느낌을 줘도 못생긴 사람의 범위에 들어가. 흔히 마음이 아름다운 사람이야말로 진정으로 아름다운 사람이라는 식이라고 해왔지. 하지만 아무리 마음이 아름답다 해도 거기서 성적 매력을 느끼는 사람은 많지 않아. 넌 달라. 나를 늘 흥분시키니까. 나만 흥분시키는 게 아니라서 문제지만."

그녀는 엄한 눈으로 나를 응시한다.

"알아 둬. 외모에 대해 아름답다느니 못생겼다느니 하는 게 얼마나 사람들에게 고통을 주는 건지. 잔인하고 가혹한 거야."

나는 물론 수긍한다.

"알았어. 알았다고."

서너 척의 거대한 배들이 항구를 떠나 큰 바다로 나가거나 바다에서 항구로 들어가고 있다. 그녀의 눈 또한 자연스럽게 그쪽으로 향한다.

"내가 만나본 대기업의 마케팅 담당 임원들 중에 통계를 가지고 시장에 접근하는 과학적 사고를 하는 사람은 오 퍼센트밖에 안돼. 구십오 퍼센트는 직관이나 감, 경험 같은 걸 사활을 건 시장에서 가장 중요한 무기로 사용하지. 통계에 대한 지식이 빈곤한 데도 책은 안 읽고 정보도 등한시해. 그 덕분에 나 같은 직업을 가진 사람들이 성공적으로 일을 해나갈 수 있고. 한국 이야기가 아니라 전 세계의 대기업들 이야기지. 한국의 경우는 정도가 훨씬 더 심해."

"그래도 한국은 맨주먹 붉은 피밖에 없던 육이오 이후에 몇 십 년 만에 전 세계 십 위권의 국가로 성장하는 데 성공했잖아. 그건 통계로 설명하기는 어려울 것 같은데."

"가끔 한국 같은 예외적인 사례가 나오는 건 정부가 사기업의 방종을 어느 정도 통제했기 때문이야. 특히 금융기관들은 철저하게 규제를 해야 해. 한국도 독재정권 때 흑막 뒤에서 빼돌린 돈이 엄청났지. 지금 전 세계 최빈국들의 통치자들은 매년 선진국에서 원조 받은 돈의 여덟 배까지 조세 회피지역 은행의 비밀계좌로 빼돌리고 있어. 제 나라의 천연자원이나 국제 금융자본에 상하수도나 고속도로 같은 공공 서비스, 사회 인프라를 팔아넘기고 받은 걸 착복한 거지."

"고얀 놈들일세. 고양이한테 생선을 맡긴 거구만."

"사기업들은 단기실적을 많이 올려서 연봉을 많이 받으려는 CEO, 주당 순이익을 많이 실현하려는 주주들 때문에 구조조정이니 원가절감이니 하는 명분으로 고용을 불안하게 만들기 쉽지. 특히 금융기관은 위험해. 투자은행이니 사모펀드니 저축대부은행이니 하는 금융사들은 인수합병이며 금융파생상품 같은 걸로 멀쩡한 기업과 건실한 개인까지 도박판 칩으로 만드는 경우가 많아. 그래야 떨어지는 게 많으니까. 국가가 제대로 통제를 하지 않으면 세금 포탈, 범죄조직 돈 세탁, 부동산 투기 같은 불법적인 수단이 성행하는 거지. 끝없는 탐욕이 사악한 빅 피쉬들의 본성이고 그건 선량한 절대 다수를 위해서는 반드시 통제해야 하는 거니까."

"빅 피쉬? 빅 맥은 아니고?"

그녀는 눈을 내게 돌린다.

"빅 맥은 햄버거지. 영국 출신 배우 이완 맥그리거의 별명이기도 하고. 전 세계 최대의 빅 피쉬는 빅 맥을 가장 많이 소비하는 미국 그 자체야. 미국을 지배하는 일 퍼센트의 빅 피쉬가 바로 금융자본이고."

그녀의 말을 경청하는 나는 그녀의 제자이다. 좀 머리가 나쁜, 아니 평범한. 그녀는 나와 대화를 나누면서 스스로의 논점을 정돈하고 정보와 지식을 편집한다. 곧 평범한 내가 세계 최고의 두뇌를 가진 그녀의 컨설턴트가 된다. 결국 그녀가 보호하려는 부류는 나처럼 평범한 사람들이기 때문이다.

나는 평범하지만 멍청하지는 않다. 평범함이 위대함을 만들어 내거나 적어도 돋보이게 한다는 것을 명확하게 알고 있다.

민현이 컨설턴트로 성공하게 된 데는 명문 학교 출신이라는 것과 뛰어난 자질이 작용했지만 한국이 IMF의 관리체제로 들어간 게 커다란 기회로 작용했다. 민현이 속한 회사에는 한국 출신 직원이 그녀밖에 없었기 때문이었다. IMF 체제로 들어간 한국 시장은 투기성을 가진 국제 규모의 사모펀드들에게는 물 반 고기 반의 황금어장이었다. 큰손들의 의뢰를 받은 민현의 회사에서는 한국의 시장 상황을 파악하고 가장 먹음직한 먹이가 어떤 것인지 민현을 통해 조사하고 분석했고 여러 경우에 민현은 회사와 회사의 고객에게 큰 이익을 가져다주었다.

세계적인 컨설팅 회사의 에이전트로서 민현의 존재가 부각되자 정계, 재계의 인사들이 앞다투어 그녀를 만나려고 했다. 국가 부도 위기에 몰린 정부로서는 구체적인 정책적 대안 말고도 최신의 경영기법과 정보, 과학적 분석수단을 보유한 세계적인 컨설턴트 회사의 보증이 필요했다. 비록 그 회사가 겉으로는 점잖은 체하지만 속으로는 제 실속을 한껏 챙기느라 바쁜 악당들의 집합소라 해도 상관없었다. 민현의 한마디 말이 스코트컨설팅의 '한국 리포트'에 반영되면 곧바로 주가와 환율에 영향이 미쳤다. 그 영향력은 또다시 스코트컨설팅의 힘—영향력으로 환원되고 민현의 입으로 사람들의 이목이 집중됐다. 그건 명백히 불공정한 게임이었다.

정보를 충분히 가지고 있는 자와 그렇지 못한 자의 게임은 언제나 정보를 가진 자의 일방적 승리로 끝났다. 스코트컨설팅은 한국의 정부, 국가기관, 재벌 그룹들로부터 최고급 정보를 얻어 한국 시장의 파트너를 손쉽게 조종하고 가공한 정보로 시장에서 가장 수익이 많이 나는 사업을 지속했다.

IMF 관리체제가 끝나갈 무렵, 그녀는 스코트컨설팅의 디렉터에서 어소시에이츠, 우리 식으로는 이사로 승진했다. 마흔 살이 되기 전에 아시아 지역 전체를 담당하는 수석 파트너—부사장이 되었다. 민현의 승진에 아시아 지역의 경제 급성장이 바탕이 되긴 했지만 삼십대에, 그것도 여성이 수석 파트너가 된 것은 스코트컨설팅의 역사상, 아니 전 세계 컨설팅 회사 백 년 역사상 전무한 기록이었다. 그녀는 그것으로 만족하지 않았다.

그녀는 미국인과 결혼했고 집이 미국에 있고 아이들이 파란 눈을 하고 있고 엄청난 연봉과 성과급을 달러로 받고 백여 년 전 어느 미국인이 설립한 회사에서 일하고 있었지만 한국인임은 틀림없었다. 게다가 그녀에게는 송곳 같은 정의감이 있었다. 사십대에 접어들자마자 회사에서 독립해 독자적으로 사업을 벌이기 시작했다.

미국에서 닷컴 버블이 불어닥쳤다. 한국에서도 마찬가지의 광풍이 일었다. 그녀가 근무했던 회사는 미국에서, 그녀는 한국과 미국 모두에서 많은 돈을 벌었다. 광풍이 끝나자 수많은 사람들이 파산하고 그보다 더 많은 사람들이 돈을 잃었다. 닷컴 산업으로 돈을 번 사람은 극소수였다. 스코트컨설팅 같은 독점적인 시장지배력을 가진 컨설팅 회사는 사람과 기업이 흥하든 망하든 앉아서 돈을 벌었다. 민현 또한 마찬가지였다. 위험을 무릅쓰고 투자를 할 필요도 없었다.

그녀는 그때 이미 억만장자가 되었다. 억만장자 컨설턴트라는 명성이 그녀에게 고객을 몰아다 주었다. 그때부터 한동안 그녀는 스스로 말한 대로라면 '빅 피쉬'만 상대했다. 라스베이거스의 도박꾼들 가운데 아랍의 왕자 같은 부호들을 부르는 별칭이 빅 피쉬, 큰 고기다. 큰 고기를 한 단어로는 '고래'라고도 한다.

라스베이거스의 고래는 전 세계 오백대 기업 CEO, 대주주, 거대 사모펀드 운영자, 제3세계 자원부국 권력자, 주류·담배 같은 독과점 사

업 분야의 다국적기업, 산유국의 왕족 등등이 해당한다. 한국 상황
에서는 재벌급 이상의 권력, 금력, 영향력을 가진 존재들이 해당될 것
이다. 그녀는 원칙적으로 불법적인 사업, 군수산업과 밀수, 마약 등과
관련된 사람들과는 일하지 않는다.

한국에서 '대규모 인수합병', '빅 딜' 등 '크다(大·Big)'는 단어가 들
어가면 거기에는 반드시 민현의 그림자가 어른거렸다. 그 '대' 자 돌림
의 사람들은 이미 많은 것을 가졌는데 왜 그녀와 같은 컨설턴트를 필
요로 하는가.

"사람들은 많이 가질수록 약해져. 지켜야 할 게 많아지니까."

사실상 그들의 가장 큰 상대는 바로 자신들이라고 그녀는 말했다.
자신이 가지고 있는 것을 빼앗길 수도 있다는 공포. 지금 누리고 있
는 것을 더 이상 누리지 못하게 될지도 모른다는 공포. 지금 있는 드
높은 곳에서 자유낙하할 때 자신의 몸무게가 치명적인 결과를 가져
올 것이라는 불안. 나 같은 깃털은 떨어져도 전혀 다치지 않을 텐데.
하긴 나는 바닥 가까이에 있으니까 떨어져 봤자 크게 다칠 일도 없
다.

이상했다. 잘 먹고 잘 살고 떵까떵까 잘 놀고 있는데 마흔 살도 되
기 전에 배가 농구공만 해지더니 몸무게가 백 킬로그램을 넘어섰고
심각한 성인병 증상이 연달아 나타났다. 고도비만, 고지혈증, 당뇨병,
고혈압, 동맥경화, 그 외의 심혈관계 문제와 대사증후군……. 어이가
없었다.

"사람은 애초에 삼사십 년쯤 살도록 설계되었거든. 그나마 그걸 절
제 없이 마구 굴려 댔으니 지금 고장 나는 게 크게 이상할 건 없어.

집에 비유하면 불필요한 쓰레기가 집 안 구석구석에 쌓이고 파이프와 전선 계통에 문제가 생긴 거야. 수돗물에 녹물이 섞이고 전구 필라멘트도 끊어지고 가전제품도 갈 때가 됐고. 앞으로가 문제야. 내가 시키는 대로 하면 적어도 백 년은 살게 될 테니 닳아 빠지고 낡은 건 교체하고 새로 정비해서 인생을 제대로 살아."

결국 그녀의 권유에 따라 나는 마흔 살쯤 되어 은퇴했다. 나 자신의 인생과 별 관계도 없는 일을 하면서 인생의 황금기를 보낼 수는 없었다. 그런 일을 한답시고 출퇴근을 하는 시간이 제일 아까웠다.

몸이 좀 나아진 뒤 일 년간 세계 각지를 여행했다. 베를린의 게멜데미술관에서는 렘브란트의 그림을 보며 오랜만에 눈물을 흘렸다. 뮌헨의 노이에피나코테크미술관에서 고흐의 그림을 보며 또 눈물을 흘렸다. 이상한 경험이었다. 내 수준이 눈물을 흘리기 전보다 훨씬 높아진 것 같았다. 프라하에서는 베르디의 오페라《라 트라비아타》를 보면서 눈물을 흘렸다. 2막에서 아버지 제르몽이 연인 비올레타를 떠나보내고 시름에 잠겨 있는 아들 알프레도를 찾아와 고향으로 돌아갈 것을 권유하는 〈프로벤자 내 고향으로(Di provenza il mar il sol)〉에서는 아예 펑펑 울었다. 그로부터 얼마 뒤 나는 바다(mar)와 태양(sol)이 빛나는 내 고향집으로 돌아왔다.

아버지가 돌아가시고 난 뒤 진지하게 결혼에 대해 고려해 봤다. 내가 죽고 난 다음 내 유전자를 지구상에서 더 이상 찾아볼 수 없게 된다는 게 슬플 것인지 생각했다. 이제 와 결혼해서 얻는 즐거움과 기쁨보다는 지금까지 살아온 생활을 바꾸고 살림을 바꾸고 환경을 바꾸고 시간을 공유하는 데 드는 부담, 파트너에게 지울 부담이 훨씬 더 클 것이라는 결론에 도달했다. 아버지는 돌아가시면서 제사나 벌초에 관해 아무런 유언도 남기지 않았다. 홀가분했다.

나를 위해 책을 샀다. 음반을 샀다. 좋은 차를 사서 마셨다. 커피 도구를 사 모았다. 자전거를 탔다. 그 어느 것이라도 제대로 하려면, 음미하려면 최소한 일 년 정도는 몰입하는 시간이 필요했다. 어떤 분야든 프로스포츠 선수가 되는 데는 평균적으로 만 시간의 연습이 필요하다고 한다. 하루 여덟 시간씩 꼬박 자전거만 탄다고 하면 삼 년 하고도 반 년이 더 드는 셈이다. 나는 아마추어로 충분히 즐기는 정도에서 멈추고 다른 즐거움으로 옮아 갔다.

끝이 없는 것도 있다. 책이며 음악 같은 게 그런 종류다. 늦도둑질에 밤이슬 젖는 줄 모른다더니 내게 책이 그랬다. 하나에 관심이 생겨서 책을 구해 읽기 시작하다 보면 감자 줄기처럼 주렁주렁 더 읽어야 할 게 생겼다. 결국 해당 분야의 경계를 넘어서서 인접 분야에도 손을 대게 되었다. 민현이 수십 년 전 충고한 대로 역사를 공부하게 됐다.

요즘 책을 쓰는 인간들은 쉽고 재미있게도 쓴다. 도저히 읽는 것을 멈출 수 없게 만든다. 책은 중독성이 없는 중독의 세계다. 지성의 네트워크에 닿게 되면 고대의 철학자에서 현대의 젊은 천재까지 모두 만날 수 있게 된다. 지성의 쾌락을 경험하면 절대 헤어 나올 수 없다. 고향의 새 집으로 이사할 때 헤아려 보니 책이 트럭 두 대분이나 되었다. 트럭 운전기사 말로는 서점이나 대본소가 폐업하는 줄 알았다고 한다.

새 책을 사다 읽는 틈틈이 예전에 읽었던 책을 스캔하고 있다. 이

미지 파일로 저장해 두면 검색을 할 수도 있고 모니터와 프린터로 언제든 출력해서 읽을 수 있다. 가장 중요한 건 검색이 가능하다는 것이다. 새로 읽고 있는 책과 과거에 읽은 책에서 언급된 것을 연결하고 비교하면 흥미로운 게 많다. 그 또한 내 나름의 네트워크가 된다. 나처럼 개별적인 지적 네트워크를 가진 사람들이 전 세계에 수백만 명이 있고 그들과 이따금 연결이 되어 자료와 의견을 교환하기도 한다. 이 또한 엄청난 중독성이 있다.

음악 또한 중독성 없는 중독의 세계이다. 음악에도 당연히 개별적으로 음악 파일을 가지고 있는 수백만, 수천만의 사람들이 있어 이들과 정보와 자료, 감동을 교환한다. 중복되는 곡이 많지 않은 음악 파일을 가지고 있는 사람을 만나면 보물섬을 발견한 기분이 된다. 음악과 책, 일생 끊을 수 없는 중독성을 가진 두 가지에만 몰두한다 해도 백 년 인생은 너무 짧다.

나는 내가 먹는 것 대부분을 직접 재배하거나 내가 생산한 것과 물물교환을 하는 방식으로 조달한다. 내가 거주하는 집, 동굴과 숲을 둘러싼 환경은 자연이 끊임없이 변화하며 같은 모습을 보여 주는 법이 없듯 바뀌고 또 바뀐다. 바뀐 게 사는 데 불편함이 없도록 손을 봐야 할 때도 있다.

빨래나 청소, 음식 마련, 설거지는 물론 몸을 씻고 산책을 하고 운동을 하고 하는 게 모두 시간을 분배해 달라고 요구한다. 자신의 한 몸 건사하는 데 자신에게 주어진 시간을 모두 쓰는 게 아닌가 하는 생각이 들 때도 있다. 하지만 이건 내 삶이다. 내가 선택하고 기꺼이 나를 위해 바치는 시간이다. 누구를 탓할 수도 없다.

나는 하루에 네 시간 경제적으로 의미 있는 일을 한다. 많이 벌지는 못하지만 내 생활을 꾸려 나가는 데는 충분하다.

나는 하루에 네 시간 밭을 돌보고 음식을 만들고 먹고 주변의 꽃과 나무, 식구나 다름없는 숲을 돌아본다.

나는 하루에 네 시간 음악을 듣고 자전거를 타고 책을 읽고 취미 생활을 즐긴다.

나는 하루에 네 시간 과거의 슈퍼컴퓨터 통신용 규격에 맞먹는 속도의 초고속 무선인터넷망을 이용해 세상을 돌아본다. 나는 지속 가능하고 착취와 파괴가 없는 세계를 위해 해야 할 일이 뭔지 소셜 네트워크 서비스를 통해 친구가 된 수백만의 사람들에게 이야기한다. 나와 반대의 의견을 가진 사람과 토론하고 설득한다. 여론이 세금을 제대로 쓰는 데 반영이 되도록 노력한다. 요컨대 나는 내 나름의 정치적 행위를 하고 있다는 것이다.

그리고 나머지 시간에 잠을 잔다.

이런 하루의 반복이 내게는 전혀 지겹지 않다. 나는 매일 의욕에 넘쳐 매 시간 몰두한다. 늘 가슴이 뛰는 일을 하는 게 즐겁다.

나는 그렇게 디자인되었다. 그녀에 의해.

2001년 4월 20일 이탈리아 출신의 지휘자 주제페 시노폴리가 사망했다. 그는 칠 개 국어에 능통한 사람이었고 정신과 의사였으며 작곡가였다. 시노폴리는 사망 당일 밤 베를린 도이치 오페라에서 베르디의 《아이다》를 지휘하고 있었다. 라다메스와 아이다가 부르는 사랑의 이중창 〈Pur ti rivego(당신 때문에 나는 다시 돌아왔소)〉가 흘러나오고 3

막이 끝나갈 무렵 오케스트라에서 '쿵' 하는 소리가 들렸다. 지휘자가 심장마비로 쓰러진 것이었다. 향년 오십사 세로 지휘자로는 드물게 요절한 경우였다. 4월 23일 로마에서 장례식이 열렸는데 시노폴리가 살아 있었다면, 라 사피엔차 대학 고고학과에서 박사학위를 받는 날이었다.

민현의 사업 범위는 점점 넓어졌다. 경제, 문화, 사회 각계에서 모두 그녀를 필요로 했다.

그녀는 보이지 않는 곳에서 그녀를 원하는 사람을 지원했다. 그건 그녀의 어머니가 했던 일과 어느 정도 상통했다. 그녀는 그것을 어둠의 장막 속에서 힘 있는 자들끼리의 거래와 조정이 이루어진다는 의미에서 '흑막'이라고 불렀다. 그녀는 자신에 대해 아무 말도 하지 않았고 하지 않지만 나는 '백막'이라고 이름을 붙여 주었다. 흑막은 몇몇 사람의 특권과 이익을 위해 어둠 속에서 움직이는 세력이지만 백막은 다수 사람의 이익을 위해 보이지 않는 막 뒤에서 일한다. 물론 대가를 받는다. 흑막이 부정한 돈과 권력을 나눠 갖는 것이라면 백막은 정당한 대가와 마음에서 우러나는 감사를 받는다. 가장 큰 대가는 스스로에 대한 자긍심일 것이다. 자긍심의 부수입은 아름다움이다. 내면과 외면 모두의.

백마의 기사, 백의의 천사, 백색 마법사…… 그들이 언덕에 나란히 늘어서서 그녀에게 갈채를 보내는 것을 보고 싶다. 백기를 들고 오는 백마 탄 왕자는 빼고.

나는 그녀가 그 무렵 대선을 앞둔 국내 정치권에서 컨설팅 의뢰를 받기 시작했다는 것을 뒤에 알게 되었다. 다른 나라 정치가들도 그녀에게 도움을 청해 왔다. 그녀가 모든 일을 다 받아들일 수는 없었을 것이다. 하지만 그녀는 언제나 바빴고 세계적인 인물이 되었다. 그녀에게는 그녀의 라이벌이나 일반 사람의 예상을 뛰어넘는 힘의 원천이 될 비밀스러운 기지, 그녀와 비슷한 일을 하는 사람들의 이목을 따돌리고 쉬고 싶을 때 완벽하게 쉴 수 있는 장소가 필요했을 것이다. 그렇다고 그게 나로 하여금 고향 근처 어린 시절 잠결에 듣던 파도 소리와 가장 가까운 소리가 나는 이곳을 선택하게 만들지는 않았다. 그녀가 준 돈을 받기는 했지만 이곳을 선택한 것은 어디까지나 나였다.

　나 역시 고향에 돌아온 것을 널리 소문내고 싶지는 않았다. 새삼스럽게 옛 친구들을 만날 일도 없고 그럴 만한 친구도 없었으며 기질적으로도 혼자 있는 게 편했다. 무엇보다 나는 환자였고 민현의 도움으로 최신 의료 기술과 약물을 통한 자가요법에 따른 치료를 하고 있었다. 그러니 누구에게도 내가 처해 있는 상황이 밝혀지는 것을 원치 않았다. 그래서 철저하게 비밀을 유지하려 애썼다.

　고향의 산야초, 해초와 등 푸른 생선을 비롯한 물고기, 물, 공기, 햇빛이 내게는 모두 약이었다. 민현의 방문이 대뇌 속 천연 치료물질을 생성시켰다. 나는 텃밭을 일구고 내가 먹고 치료에 쓸 모든 채소를 직접 가꾸었다. 사과나무, 산딸기, 배나무, 오미자, 구기자, 앵두나무, 복숭아나무 등등을 심어 내가 먹을 과일을 직접 수확했다. 음악을 듣고 자전거를 조립하고 책을 읽고 달리고 걷고 자전거를 타고 고향 구석구석을 탐사하고 여행하고 항해하고 날았다. 한밤의 고요 속에서 우주가 운영하는 별 백만 개짜리 야외호텔에서 잠이 들기도 했다. 고향에 돌아온 지 삼 년 만에 나는 모든 병에서 완치 판정을 받았다.

"내려가 볼까."

해가 기울어져 가고 있다. 배 한 척이 구룡소 앞에서 우리를 기다리고 있다. 민현의 아버지가 타던 것과 같은 크기, 같은 모양, 같은 재질인 나무로 만든 고래잡이배를 타고 첫 항해를 떠난다. 물론 배를 내가 직접 만든 건 아니고 고향에 남아 있는 작은 조선소에 의뢰했다. 나무로 배를 만들던 목수들이 떠난 지 오래라 오십여 년 전 고래잡이를 위해 출항하던 내 마음속 위풍당당한 목선을 재현하기는 불가능했다. 하지만 비슷하게는 만들었다.

길이 이십 미터 폭은 오 미터 가량의 크기에 갑판 중간 부분에 조종실이 있는 건 다른 어선과 별로 다를 바 없다. 고래잡이배답게 배의 맨 앞쪽을 선반처럼 높이고 거기에 돛대 같은 망대를 세웠다. 망대 꼭대기쯤에 한 사람이 들어가 있을 만한 망통이 달려 있다. 고래가 어디에 있는지 살피기 위한 장치다. 배를 가지러 갔다가, 목수가 망대 앞쪽에 있는 작살포의 모형을 부직포로 덮어 놨다가 벗겨 보였을 때 깜짝 놀랐다. 워낙 실물과 비슷해서였다. 내가 놀랐을 정도이니 민현은 말할 것도 없었다.

목선은 탄소유리섬유(FRP) 배나 철선에 비해 훨씬 오래 쓸 수 있다. 세월이 갈수록 바닷물이 나무를 더 질기게 만들어 주기 때문이다. 철선처럼 녹이 슬지 않고 쉽게 부서지지도 않는다. 동력을 사용하는 것은 마찬가지이니 속력도 느리지 않다. 그렇지만 목선이 FRP 배로 급속히 바뀌게 된 데는 목선의 선창에 횟감으로 각광받는 선어를 넣어 둘 공간을 마련할 수 없었다는 게 결정적이었다.

하지만 고래를 잡는 배는 군이 철선일 필요가 없었다. 고래는 잡아서 선창에 집어넣지 않고 끌고 와서 뭍에서 해체하니까. 그럼에도 포경선에 목선이 많지 않았던 건 목선은 크게 만드는 데 한계가 있었기 때문이다. 목선으로는 멀리까지 가서 고래를 잡을 수도 없었고 오래도록 추적해 가며 많이 잡을 수도 없었다. 최대한 잡으면 두 마리가 한계였다.

민현의 아버지는 바로 그 목선의 마지막 포수였다. 민현의 아버지가 마지막으로 탔던 고래잡이 목선은 우리나라에서도 작은 편이었을 것이다. 전 세계에서 상업적으로 고래를 잡았던 배 가운데 가장 작았을 수도 있다. 그럼에도 포수, 아니 포장인 민현의 아버지는 세상 누구보다도, 내 아버지보다도 위대해 보였다. 위엄이 있고 존경을 받았다. 비록 평범한 사람들, 아이들한테서만이라 해도.

구룡소 안쪽 구석에 목선은 수줍게 숨어 있다. 문득 구룡소는 고래가 드나들던 만이 아니었을까 하는 생각이 든다. 고래는 원래 다섯 마리에서 열 마리까지 여러 마리가 떼를 지어 다니는 습성이 있다. 검푸른 빛을 띤 고래들이 수면 위로 올라와 이따금 물거품을 뿜어 올리며 구룡소로 몰려드는 것을 누가 보았다면 용이라고 생각했을 것이다. 그 고래들이 수면 위로 브리칭을 할 때 승천을 하기 위해 용틀임을 하는 것이라 여겼을 것이다. 그러고 보니 구룡소의 깊은 동굴 앞 바다는 연안 항행을 좋아하는 고래들이 먼 바다를 지나가다 잠시 쉬어가기 좋은 아늑한 장소로 보이기도 했다.

고래의 삶이라고 무슨 일이 없겠는가. 수면 바로 아래에서 태어난 새끼가 숨을 잘 쉬지 못할 때 어미 고래가 새끼 고래를 밀어서 수면 위로 올려 주는 일. 수천수만의 정어리 떼가 구룡소 근처의 얕은 바다로 도망칠 때 긴 입을 한껏 벌리고 숨차게 정어리를 따라가는 일. 그저 쉬고 싶을 때. 놀고 싶을 때. 외로울 때. 젊은 수컷 고래가 노래를 불러 아름다운 암컷에게 구애하고 싶은데 음향시설이 갖춰진 적당한 극장이 없을 때 그것을 찾아 나서는 일. 아득한 옛날, 백만 년 전 바다로 나간 그들의 조상이 육지를 바라보았을 때의 그리움이 문득 어느 늙은 고래 한 마리의 뇌리에 찾아오는 일. 육지의 발가락뼈와 같은 구룡소의 바위에 지느러미가 닿고 그게 자신 또한 근원을 알지 못할 향수를 자극하는 일. 그때에 고래는 구룡소에 이르렀을 것이다. 밤새 울음 울며 노래하며 알 수 없는 그리움을 녹였을 것이다. 그랬을지도 모른다.

목선에는 바다를 다니는 동네 주민들의 어선과 지나치게 차이가 나지 않도록 홀수선 아래는 진갈색으로 칠하고 그 위는 푸른색을 입혔다. 푸른색에 흰 띠를 둘렀는데 배 왼쪽 전방에 배의 이름을 적어 놓았다. '나가수호'라고. 이제 나가수를 아는 사람은 거의 없겠지만 그건 긴수염고래, 한자로는 장수경(長鬚鯨)이다. 우리말로 참고래이며 영어로는 'Right Whale'인데 그건 그만큼 여러 종의 고래 가운데서도 뛰어난 종이라는 뜻이다.

배로 올라 고래잡이를 할 때 필수품인 작살포를 덮어 놓은 비닐 덮개를 벗기자 민현이 "앗" 하고 놀란 소리를 냈다. 그녀의 눈에는 어느

새 눈물이 그렁그렁했다.

모른 척하고 조종실로 들어가 시동을 걸었다. 새 엔진에서 쿠두둥 하고 경쾌한 소리가 나며 스크루가 돌기 시작했다. 자랑을 하려고 그녀를 보았지만 그녀는 죽은 자식 불알을 만지는 사람처럼 포신을 쓰다듬고 있었다.

배는 곧장 동쪽을 향해 달려 나갔다. 나로서도 나가수호로서도 첫 번째 정식 항해였다. 고래를 직접 보려는 사람들을 태운 관경선(觀鯨船)이 아래쪽 도시에서 거의 매일 출항하고 있다는 건 알고 있었다. 고래를 보는 것은 평생 잊을 수 없는 특별한 경험이다. 심지어 고래를 만지거나 눈을 맞출 수도 있다. 연안을 회유하는 귀신고래나 참고래, 돌고래는 사람들을 두려워하기보다는 호기심을 보인다. 그래서 가까이 다가오거나 사람 쪽에서 다가가도 놀라 도망가는 일이 드물다. 워낙 덩치 면에서 차이가 나서 그럴까. 아니 고래는 고래 자신 말고는 살아 움직이는 것이 자신에게 큰 위협이 되지 않는다고 생각할 수도 있다. 소인국에 온 걸리버처럼.

"어디까지 갈 거야?"

민현이 조종실로 들어와 함께 서서 바람막이 점퍼 옷깃을 여미며 물었다.

"고래를 만날 때까지."

"정말? 고래가 나와?"

"모르지. 이 배도 나도 처음이거든."

"그러면 뭘 근거로……" 하다가 그녀가 웃었다. 올려다보니 눈물이 마른 자국이 그녀의 눈가에 남아 있었다.

"그냥. 오늘쯤은 나올 것 같다는 느낌에."

고래의 브리칭에 대해 설명했다. 브리칭은 대부분의 고래류가 보이는 행동으로 머리부터 공중으로 솟아올랐다가 물을 튀기면서 물속으로 떨어지는 동작이다. 구애, 동료에게 보내는 신호, 기생충 제거, 힘의 과시, 물고기 사냥 등 여러 가지로 설명되고 있으나 확실하지는 않으며 그저 놀이에 불과하다고 보는 견해도 있다.

"나는 그걸 보고 싶어. 오로지 그것만 봐도 돼."

언덕 위 보리밭에서 바다를 굽어보고 있을 때 대여섯 마리의 고래가 한꺼번에 항행하다가 펄쩍 뛰어오를 때의 그 어마어마한 느낌. 고래 중 작은 혹등고래만 해도 사람 체중의 수백 배가 넘는데, 최대 길이 이십 미터에 무게 팔십 톤에 이르는 참고래가 왜 그 엄청난 에너지를 들여서 수면 위 허공으로 뛰어오르는지 알 수 없다. 경제성으로 계산이 안 되고 두뇌로는 예측할 수 없다. 그건 내 머리통을 후려갈기는 깨달음의 몽둥이질 같았다. 인생에 특별히 깨달을 건 없다는 깨달음. 중요한 건 살아가는 것이라는. 중요한 건 존재하며 느끼는 것이라는.

한 시간쯤 걸렸을까. 배를 멈추었다. 엔진을 완전히 껐다. 느낌으로는 근처에 고래가 지나가는 길이 있을 것 같았다. 느낌대로 되는 게 어디 있는가. 남획으로 개체수가 줄어들고 산업화로 연안의 환경이 나빠지면서 고래가 오지 않은 지 오래되었는데 그 길을 어느 고래가 전승해서 오겠는가. 고래에게도 길이 있는가. 있다면 그 길을 지킬 것인가.

배는 출렁이는 물결에 몸을 내준 채 제자리를 맴돌고 있었다. 노을

이 점점 짙어졌다. 해가 완전히 수평선 아래로 내려가기까지 삼십 분 정도 남았다. 그 후라면 고래가 아주 가까이 오지 않는 한 볼 수가 없을 것이다. 돌아가야 할 것이다. 민현은 아무 말 없이 바다를 바라보고 있었다. 나는 옆에서 민현의 눈을 보고 있었다. 그 눈에는 물기가 차오르기도 하고 스러지기도 하고 뺨에 노을이 물들기도 하고 홍조가 들었다가 바람에 딱딱해졌다 하고 있었다.

"왔다!"

그녀가 나지막하게 부르짖었다. 그녀는 정말 고래잡이의 딸답게 정확했다. 적어도 나보다는 훨씬 더. 수백 미터 앞에 물줄기가 뿜어져 나오는 게 보였다. 삼사 미터쯤 되는 높이로 고래가 숨 쉬며 내뿜는 물과 공기가 만들어 내는 분기현상이었다. 반사적으로 엔진 시동을 걸었다.

"아냐! 엔진 꺼! 고래 오는 방향이 이쪽이야. 칠팔 분 있으면 숨 쉬려고 떠오를 거야. 조용히 기다리고 있어야 돼."

그녀는 산전수전 다 겪은 노련한 선장 같았다. 고래잡이배의 제일가는 어른인 포장 같았다. 눈초리는 준엄했고 어조는 냉철했다. 덮어 놓고 뛰고 덤벙대는 나와는 달라도 한참이나 달랐다.

고래가 잠수한 채로 점점 가까이 다가오는 게 느껴졌다. 가슴이 엔진처럼 뛰었다. 그건 이십대에 민현 가까이 갔을 때 민현이 보이지 않아도 그녀의 존재를 느낄 수 있게 하던 나만의 신호와 같았다. 아주 좋아 죽겠다는 영혼의 두근거림.

"더 가까이! 세 시 방향!"

물속에서 거뭇거뭇한 잠수함 같은 게 천천히 움직이는 게 보였다.

참고래는 고래류 가운데서도 가장 빠른 종류에 속한다. 최대 속도가 시속 사십 킬로미터 가까이나 된다. 속도만으로는 참고래인지 알 수 없었다. 느리게 갈 수도 있으니까. 돌고래나 상괭이는 물론 아니었다. 밍크고래도 아니었다. 밍크고래는 4월 중순부터 5월 말까지 동해바다에 많이 출몰한다. 6월에서 8월 사이 관경선들은 돌고래를 보여 주는 경우가 대부분이다.

"크기로 봐서 혹등고래는 아니야. 귀신고래는 아직 나타날 때가 아니고. 한두 달 더 있어야지. 한국 귀신고래는 거의 없기도 하지만. 숨구멍만 내놓고 숨만 쉬고 귀신처럼 사라지기 때문에 워낙 잘 보이지도 않고."

그녀가 확신에 찬 어조로 말했다. 그녀는 고래잡이의 딸이었다. 누구보다도 고래에 대해 잘 알았다.

"이것도 아니고 저것도 아니면? 설마 대왕고래?"

몸무게가 코끼리 마흔 마리에 맞먹는 지구 최대의 생물인 대왕고래는 수십 년래 한반도 근해에서 목격된 적이 없었다.

"아니야. 색깔이 좀 옅어. 분기 높이도 훨씬 낮고."

가슴이 떨렸다. 나이 오십 줄의 사내 대장부가 소년처럼 떨고 있다.

"그러면?"

"가만있어 봐."

민현이 몸을 최대한 구부려 바다에 바짝 얼굴을 들이밀었다. 그녀 역시 나이는 오십 줄이건만 몸이 어찌 그리 유연한지. 그럼에도 불구하고 혹시 그녀가 바다에 떨어질지 몰라 나는 그녀의 다리를 잡았다.

발목은 어찌 이리 가는지. 그때였다.

바다 속에서 무엇인가 거대한 움직임이 일었다. 뭔가가 수면 위로 고개를 내밀었다. 아니 내밀려 하고 있었다. 나는 보았다. 어떤 존재의 눈을.

"봤어?"

"으…… 음."

마법에 사로잡힌 듯 나는 꼼짝할 수 없었다. 그녀는 연신 말을 했다.

"참고래야. 긴수염고래. 우리 아버지가 하도 잡아들여서 거의 멸종한 줄 알았는데. 지금 지나갈 시기이긴 하지만. 맞아. 참고래. 다시 돌아왔어. 참고래가."

나는 술고래의 아들, 고래에 대해서는 나도 좀 안다. 참고래의 몸 바깥에 보이는 수염은 주름이다. 나는 그녀의 발을 잡아당겼다. 그녀 역시 뭔가에 홀린 게 분명했다. 통제 불능이었다. 발버둥을 치는 그녀를 반쯤이나 끌어왔나 싶을 때였다. 그녀가 쑥 딸려 왔다.

고래가 뛰어올랐다.

하늘 가득 무지개를 흩뿌리며.

고래가 수면으로 떨어졌다. 바다를 쳐서 엄청난 바닷물을 배에 뒤집어씌우며.

그건 존재 증명이었다. 자신이 거기 있고 우리를 알고 있다는.

어느새 나는 그녀를 안고 있었다. 그녀 또한 나를 힘껏 부여안고 있었다. 고래는 천천히, 아주 천천히 먼 길 떠나며 동구 밖까지 전송 나온 자식들을 돌아보고 또 돌아보듯 하다 떠나갔다. 어두운 바닷속 깊은 곳에서 왔다 하늘로 간 듯 홀연히 사라져 버렸다.

"있잖아. 나, 당신에게 정말 고마워. 여기 데려다 줘서. 이젠 정말 편해진 것 같아."

나는 그녀가 무슨 말을 하는지 알 수 있었다. 나만큼 잘 아는 사람은 세상에 없을 것이다. 그녀의 부모조차도 나만큼은 모를 것이다.

"내가 고마워. 당신이 여기 있어 줘서."

고래가 뿜고 간 물이 그녀의 머리 위에서 희미하게 반짝거렸다. 돌아가야 할 시간이었다.

그녀는 지금 싸우고 있다.

특권과 부, 권력을 독점한 정치·경제·군사·과학·기술 복합체, 탐욕의 화신인 그들을 그녀는 '사악한 빅 피쉬'라고 부른다. 그것은 악의 축이며 악의 근원이며 악한 권력이며 세력이며 영향력, 힘 그 자체이다. 그것은 폭력적이고 무자비하다. 불의하고 부도덕하다. 무지하고 무관심하다, 웃음소리와 선의와 아름다움과 배려와 눈물과 꿈과 행복과 평온과 사랑과 감동과 무엇보다 인간적인 가치와 인간적인 삶에 대해.

그녀는 평범한 사람들을 위해 그들과 싸운다. 그들의 위협 앞에 가장 먼저 치명적인 피해를 입을 사람들의 삶을 위해 싸운다. 어린이, 노인, 환자, 장애인, 실업자가 그들이다. 가난한 농어민, 지역 토착민, 도시 빈민, 저임금 비정규직 노동자, 차별에 시달리고 폭력에 노출된 여성, 이주민이 그들이다. 기업농이 아닌 평범한 농부들, 거대 양식장 소유주나 원양어선 선단을 거느린 기업 소유자가 아닌 어부, 대기업

대주주가 아닌 노동자, 부호가 아닌 서민, 통치자가 아닌 피치자, 선출된 자가 아닌 유권자, 권위적인 가부장이 아닌 가족…… 결국 지상에 존재하는 대부분의 사람들이다.

그들은 시장, 실적, 단기순익, 조세 회피지역, 법률가, 회계사, 은행가, 컨설팅 회사, 시장자유화, 지적재산권, 경제학, 금융공학, 정보기술, 컴퓨터, 법률, 협약 등등의 방패와 무기를 자유자재로 활용하며 물, 토지, 식량, 의료, 교육, 사회보장제도, 연금, 대중교통, 주택, 병원, 학교, 종자, 문화, 지식, 민주주의처럼 인간적 가치와 삶에 직접적으로 연관이 있는 것을 독점하고 상품화해서 이익을 낸다.

그들은 영원히 지속될 수 없는 화석연료로 지탱되는 시스템이 가져다주는 이익과 시장지배력을 독점하고 생태계를 파괴한다. 그들이 생산한 농산물은 사람이 먹지 못하고 가축이 먹고 자동차 엔진이 먹는다. 사람이 먹지도 못하는 농산물을 생산하는 데 사람이 마시고 쓸 엄청난 물이 소진된다. 그들은 자신들 때문에 문제가 된 온실가스를 배출하는 권리를 시장에서 거래하면서 또 돈을 번다. 그들은 자신들에게서 기인한 기후변화로 땅과 바다에서 생산되는 농산물과 수산물이 급격한 풍흉의 사이클에 시달릴수록 이익을 낸다. 그들은 지속 가능하지 않은 산업화된 방식으로 불건강하고 반문화적인 식품을 생산한다. 그들은 정보를 독점하고 걸러서 자신들에게 유리한 여론을 조성한다.

그들은 오십 년 전의 부자들이 냈던 세금의 삼분의 일밖에 내지 않는다.

그들은 분쟁과 전쟁을 통해 이익을 얻는다.

그들은 종자를 독점 생산한다. 이익을 낸다. 그들이 유전자 조작으로 만들어낸 종자는 빨리 성장하는 대신 세포벽이 얇다. 이를 쉽게 뚫고 들어가 병을 일으키는 곰팡이와 박테리아, 그리고 곤충과 싸울 수 있도록 그들은 농약을 개발해 종자를 산 농부들에게 판매한다. 그들은 이익을 낸다. 다수확 종자를 키워내는 데는 물과 인공비료가 많이 필요하다. 그들은 화석연료를 써서 화학비료를 생산한다. 이익을 낸다.

바다는 거대한 기업형 양식장에서 배출하는 항생물질과 고영양 사료로 오염된다. 토양이 소금과 농약, 고농도 화학비료로 오염되고 황폐화된 지는 오래되었다. 상관없다. 그들은 이미 이익을 냈다. 산업화된 농어업, 공장화된 축산, 금융상품이 된 곡물로 시장을 좌지우지하며 앞으로도 계속 이익을 낼 것이다.

죽지 않을 만큼의 저임금을 받으며 살아온 노동자에게는 빚과 병들고 나이 든 육신이 남는다. 그들은 노동자의 갖가지 대사장애증후군을 일시적으로 호전시키는 약을 생산해 이익을 낸다. 저임금 도시 노동자들은 아이들을 제대로 가르칠 수도 제대로 먹일 수도 없다. 아이들이 자라면 부모 세대보다 못한 저임금, 혹독한 노동환경에 시달리게 될 것이다.

자살을 하는 농부들은 그들이 판 농약을 먹는 경우가 많다. 그들은 결국 이익을 낸다.

농부 십억 명에게서 일 달러씩 버는 것이 몇 십 명에게서 몇 천만 달러씩 버는 것보다 안전하다. 그것을 그들은 '위험의 분산'이라고 말한다.

그들은 시장을 통제하고 관리한다. 그들은 가축을 통제하고 관리한다. 그들은 식량을 통제하고 관리한다. 그들은 의료 기술과 약품과 질병을 통제하고 관리한다. 그들은 그들의 독선과 잘못을 지적하는 여론을 광고비와 자본으로 통제하고 관리한다. 그들은 아낌없는 지원금으로 학계와 대학을 통제하고 관리한다. 그들은 새로운 에너지원을 찾으려는 시도를 막고 특허를 독점해 최대한 자신들의 이익이 커지는 시점까지 화석연료를 통제하고 관리한다. 그들은 금융을 통제하고 관리한다. 부채와 기아는 제3세계의 빈곤국가 국민들을 통제하고 관리하는 가장 강력한 수단이다. 그들은 사회적, 경제적 약자의 이성을 통제하고 관리하려 한다. 그들은 절대 다수의 인류를 통제하고 관리하려 끊임없이 시도한다.

그녀는 그들과 싸운다. 의뢰인이 없어도 싸운다. 대가가 없어도 싸운다. 그녀는 싸운다. 싸운다. 싸운다. 멈추지 않는다. 그녀는 기아민을 지원하고 말라리아처럼 전 세계 다국적 제약회사들이 소홀히 하는 질병 치료약을 개발하도록 지원하고 수해, 가뭄, 화재, 빈곤으로 집을 빼앗긴 사람들을 지원한다. 싸우는 그녀의 아름다운 얼굴은 잘 보이지 않는다. 그래서 '얼굴 없는 천사'라고 불린다.

내 집, 우리의 거처는 민현이 탐욕과 독점적인 부, 권력의 화신인 사악한 빅 피쉬들과 싸우기 시작하면서 구축한 비밀스러운 기지이다. 고래의 뱃속 같은 동굴 깊숙이 들어 있는 거대한 컴퓨터를 민현과 그녀를 둘러싼 그룹에서는 '내부의 고래(Inner big fish·IBF)'로 부른다. 여기도 고래고 저쪽도 고래로 불리기는 마찬가지다. 여긴 착한 고래, 저긴 나쁜 고래. 그나마 이 세상이 이대로 굴러가는 것은 그녀 때문이다. 그녀 덕분이다.

그녀는 절대 다수의 삶과 이익을 위해 전 세계를 떠다니며 사악한 빅 피쉬를 잡는 고래잡이배의 가장 어른, 포장. 나는 그녀의 요리사, 화장, 심부름꾼.

그녀의 모든 능력은 여기에서 출발한다. 고향이란 그런 것이다. 고향은 추억과 시간의 저금통이자 활력의 발전소, 충전소다. 나는 내가 도달할 수 있는 가장 좋은 자리에 이르렀다.

"아주 소설을 쓰고 계십니다."

민현은 유리구슬처럼 투명한 눈으로 나를 바라보며 말한다.

"현실처럼 리얼리티가 없는 건 없거든."

내 말에 민현은 맑고 높은 웃음소리를 낸다. 내가 생각해도 명언이다. 전적으로 내 생각인지는 모르겠지만. 그녀는 메달을 주듯 내 이마에 가볍게 입을 맞추고 나서 말한다.

"내가 알아낸 걸 가르쳐 줄게. 슈퍼컴퓨터로 당신 게놈 염기서열을 분석하고 대조군과 비교해 보니까 대략 백여덟 살까지 사는 걸로 나왔어. 일흔일곱 살에 백혈병에 걸릴 확률이 이십칠 퍼센트인데 그건 큰 문제가 안 될 거고 여든네 살에 완벽한 대머리가 되더군. 지금 아들을 낳으면 아이큐 백사십팔에 키가 백팔십이 센티미터쯤…… 그런데 그건 좀 늦었겠지?"

"아들이라면, 나와 누구 사이에?"

내가 반색하자 그녀는 침을 줄줄 흘리는 하이에나 앞에서 임팔라 영양이 도망치듯 가볍게 걸음을 떼놓는다.

평생을 독신으로 산 아이작 뉴턴은 유언을 이렇게 시작한다.

"사람들이 어떻게 나에 대해 생각하든 간에 나는 평생 해변을 거니는 한 소년이었을 뿐이다……."

나는 뉴턴처럼 해변을 거닐며 생각한다.

그녀는 자신의 필요에 따라 나를 이용하고 있다. 돌아갈 곳이 있다는 안정감을 얻기 위해. 행복을 느끼기 위해. 사랑을 누리기 위해. 안다. 나는 그게 좋다. 나 또한 행복을 느끼고 사랑을 얻기 때문이다. 편안하다. 이건 내가 원하고 원해 왔던 것이다. 언젠가 민현이 온전히 내게 돌아올 것임을 아는 한은.

생각해 보니, 내게 행복은 기억이 아니라 경험이었다.

그녀는 떠난다. 바닷가에 도착한 요트에서 가볍게 신호를 보내오고 있다. 언젠가 고래잡이배가 들어올 때 뛰어뛰이 하고 경적을 울리듯. 그녀는 바다를 향해 걸어간다. 나는 본다. 보고 있다. 서른 걸음쯤 걸은 뒤 그녀는 우연히 그러는 것처럼 몸을 반쯤 돌려서 멈춘 채 나를 바라볼 것이다. 나는 중얼거린다. 속으로 말할 것이다.

나는 멋진 인생을 살았어. 너 때문에. 당신 덕분에. 고마워. 고마워요.

너는 나를 기억하겠지, 클레멘타인. 나의 사랑 클레멘타인, 민현.

그녀는 떠났다. 지금까지 그랬던 것처럼 그녀가 돌아올 때까지 침묵하리라. 침묵으로도 수많은 말을 대신할 수 있다. 삶이 그렇듯, 삶에서 그렇듯이.

이 소설을 쓰는 동안 나는 무엇인가에 신들려 있는 것 같았다. 어디서나 썼다. 여관방, 민박집, 카페와 찻집, 음식점, 바닷가, 해수욕장, 산, 숲, 나무 그늘, 계곡, 한때 보리밭이었을 언덕, 언덕에 서 있는 해송 둥치, 성터, 파라솔이 있는 옥상, 구멍가게 어디든 가리지 않고 앉아서 노트북을 열고 켜고 키보드를 두드렸다. 머릿속에서 이야기가 꼬리에 꼬리를 물었고 문장과 단어가 쉼 없이 생겨나고 사라져 갔는데 그것을 노트북의 화면에 수렴하는 게 벅찰 정도였다. 내 의지로 쓴다기보다는 어떤 우주적 인연, 생동하는 기운이 나를 붙들어 쓰게 만들고 있다는 느낌이었다. 이 소설을 쓰는 동안 나는 한낱 도구에 지나지 않았다. 내가 그들의 노트북이고 책상이며 손이었다.

이 소설은 포항과 동해의 공기와 햇빛, 구름과 파도, 그늘과 어둠, 바람과 불빛과 커피를 잉크로 씌어졌다. 그 알 수 없는 존재와 힘은 물회, 회국수, 과메기, 모리국수, 따뜻한 밥과 국, 자장면, 밀면, 막걸리,

풍성한 갖가지 해산물, 곡식과 과일처럼 먹을 것으로 화현하기도 하고 항구, 새벽 어판장, 시장, 고택, 사찰, 다리, 하구, 계곡, 호미곶, 등대, 구룡포 근대역사문화거리, 그 거리의 즐비한 일본인 가옥, 말목장성, 장기읍성, 해수욕장과 공원, 바닷가 마을, 돌담을 비추는 햇빛, 방파제, 한낮의 그림자 같은 고요, 노을, 해국, 모감주나무, 해송, 육송, 구절초, 새, 바위, 숲, 고개, 해녀의 손, 어부의 주름, 내가 자전거로 누빈 골목, 오래된 골목의 음악 소리, 골목의 냄새, 국숫집 할머니들의 길고 아름다운 노래 같은 대화, 국솥에서 솟아오르는 김, 이름 모를 훤칠한 남자, 나이 모를 아름다운 여인, 꽃을 든 아이, 아이들의 웃음소리, 시인의 목소리로도 나타났다. 그런 자양으로 이 소설은 걸음마를 시작했고 걷기 시작했고 뛰기 시작했다. 마침내 자전거를 타고 동해안의 여름과 바람을 가르며 달렸다.

이 소설과 함께 한 시공간, 사람, 대화, 만남은 내게 행운이자 축복이었다. 그들이 없었으면 이 소설도 나도 없었다. 그 모든 것이 내 삶의 일부가 되었다. 그들에게 이 소설을 바친다.

2012년 12월
성석제